KB115791

암초

The Reef

Edith Wharton

대산세계문학총서 057

암초

THE REEF

이디스 워튼 지음

손영미 옮김

문학과지성사
2007

대산세계문학총서 **057**_소설

암초

지은이_이디스 워튼
옮긴이_손영미
펴낸이_채호기
펴낸곳_(주)문학과지성사

등록_1993년 12월 16일 등록 제10-918호
주소_서울 마포구 서교동 395-2(121-840)
전화_02)338-7224
팩스_02)323-4180(편집) 02)338-7221(영업)
전자메일_moonji@moonji.com
홈페이지_www.moonji.com

제1판 제1쇄_2007년 1월 26일

ISBN 978-89-320-1752-5
ISBN 978-89-320-1246-6(세트)

이 책은 대산문화재단의 외국문학 번역지원사업을 통해 발간되었습니다.
대산문화재단은 大山 愼鏞虎 선생의 뜻에 따라 교보생명의 출연으로 창립되어 우리 문학의 창달과 세계화를 위해 다양한 공익문화사업을 펼치고 있습니다.

차례

제1권 7

제2권 81

제3권 157

제4권 219

제5권 283

옮긴이 해설 350

작가 연보 366

작품 목록 369

기획의 말 371

일러두기

번역에 사용한 원본은 *The Reef*(New York: Alfred A. Knopf, 1996)이고, 워튼의 연보 자료 및 전기적 사실들에 대한 정보는 주로 루이스 R. W. B. Lewis의 『워튼 전기 *Edith Wharton: A Biography*』(New York: Fromme International, 1985[1975])와 말린 스프링거Marlene Springer의 『이선 프롬 *Ethan Frome: A Nightmare of Need*』(New York: Twayne Pub., 1993)에서 얻었음을 밝혀둔다.

제 1 권

제1장

'예기치 못한 장애 발생. 30일 전에는 오지 말 것. 애너.'

채링 크로스 역에서 도버 해협으로 가는 기차 여행 내내 이 전보문의 한 마디 한 마디가 총성처럼 조지 대로우의 귓속에 울려 퍼지며 느리고 차갑게 그의 뇌리에 방울져 내렸고, 뭔가가 그 단어들을 악랄한 신들이 던지는 주사위처럼 흔들고, 던지고, 이리저리 옮겨댔다. 그리고 객실에서 부두로 나와 바람이 몰아치는 플랫폼과 그 너머의 거친 바다를 보고 있자니, 거기 담긴 조소가 다시 한번 파도에서 튀어오른 물보라처럼 그의 눈을 따갑게 흐려놓았다.

'예기치 못한 장애 발생. 30일 전에는 오지 말 것. 애너.'

그녀는 아주 온당하고, 언제나 그렇듯이 '합당한' 이유를 대며 이렇게 최후의 순간에, 그것도 두번째로 그를 피하고 있었다. 이 이유도 (시숙모의 방문이라는) 첫번째 이유만큼이나 합당했지만, 바로 그 확실성이 그를 질리게 했다. 그녀가 두 사람 사이의 일에 그토록 이성적인 태도로 임한다는 것은 12년 만에 다시 만난 날, 전에 없이 다정한 말투로 인사를 건네

왔다는 사실을 무색하게 만들고 있었다.

두 사람은 세 달쯤 전, 런던의 미국 대사관 만찬에서 다시 만났는데, 그를 본 순간 그녀는 자신의 상복에 꽂힌 붉은 장미 같은 미소를 지었다. 그는 만찬회 때 늘 보는 그만그만한 얼굴들 사이에서 뜻밖에도 익숙한 눈과 그 위로 둥글게 묶어 올린 갈색 머리의 그녀의 얼굴을 보았을 때 느꼈던 뭉클한 놀라움을 지금도 느끼고 있었다. 그 눈은, 나이가 들어서도 어릴 때 놀던 방의 구석구석이 기억나듯, 반생이 지난 지금까지도 아주 작은 곡선과 그늘까지도 알아볼 수 있는 눈이었다. 두 사람의 눈길이 마주친 순간, 깃털과 보석으로 치장한 화려한 무리 속에서 날씬하고, 독특하고, 주위와 동떨어져 보이는 그녀를 보며, 대로우는 자기 역시 그녀에게 그토록 특별해 보인다는 사실을 깨달았다. 그녀의 미소는 그 모든 것을, 그리고 그보다 더 많은 것을 담고 있었고, '저도 기억해요'가 아니라 '당신이 기억하고 있는 바로 그것들을 기억해요'라고 말하고 있었다. 마치 그녀의 기억이 그의 회상을 돕고, 그녀의 눈길이 두 사람의 추억을 아침 햇살처럼 훤히 비춰주는 듯했다. 연회실 입구에서 이리저리 인사를 챙기던 대사 부인이, "아, 리스 부인을 아신다고요? 파넘 장군은 기억을 못 하시던데……" 하며 손짓으로 두 사람을 짝지어줬을 때, 애너가 그의 팔을 살짝 눌렀는데, 그 동작은 '런던에서…… 사교철에…… 이렇게 많은 사람들 사이에서 다시 만나다니…… 정말 놀랍지 않아요?'라는 그녀의 환성을 희미하지만 확실하게 강조해주고 있었다.

그건 보통 여자들에게는 사소한 동작이었겠지만, 애너는 손짓 하나, 말 한마디까지도 의미심장하게 느껴지는 그런 여자였다. 그녀는 회색 눈의 눈빛이 강렬했던 소녀 시절에도 그런 가벼운 동작을 함부로 취하는 일이 없었지만, 다시 만난 지금 대로우는 그사이 그녀가 전보다 훨씬 더 예민하고 틀림없이 자신을 표현하는 사람으로 변했음을 금세 알아차렸다. 그리고 이런 느낌은 그날 저녁에 얘기를 나누면서 더욱더 확실해졌다. 그녀는 수줍지만 솔직한 태도로 둘이 그토록 이상하게 만나지 못한 지난 몇 년 동안의 일을 얘기해주었다. 그녀는 프레이저 리스와의 결혼, 프랑스에서의 생활, 젊어서 혼자되었다가 샹텔 후작과 재혼한 시어머니, 그리고 어머니의 재혼으로 프랑스에 정착하게 된 남편에 대해 얘기했고, 진한 사랑이 밴 열렬한 어조로 어린 딸 에피와, 그에 못지않게 애정 어린 어조로, 남편이 맡기고 간 멋지고 총명한 의붓아들 오언 리스에 대해 얘기했다…….

* * *

자신의 여행 가방에 걸려 비틀대는 짐꾼을 지켜보던 대로우는 자신이 아직도 그 가방들만큼이나 맥없고 짐스러운 꼴로 플랫폼에 서 있다는 것을 깨달았다.

"해협을 건너가십니까?"

글쎄, 건너가야 하는 것인지 확실치 않았지만, 다른 급한 일이 없는 지라 그는 일단 수화물차에서 짐을 내린 뒤 다시 짐꾼을 따라 갑판 위를 걸어갔다. 보이지 않는 벽처럼 밀려드는 강풍을 안고 걸어가자니 다시 한 번 이 어정쩡한 처지가 한심하게 느껴졌다.

"해협을 건너기엔 좀 험한 날씨네요." 부두로 내려가는 좁은 통로를 걸어가며 짐꾼이 말했다. 정말 궂은 날씨였다. 그런데 다행히도 대로우가 오늘 꼭 해협을 건너가야 할 이유는 전혀 없었다.

짐을 따라 힘겹게 걸어가자니 전에 했던 생각이 다시 떠올랐다. 대로우는 애너 서머스가 자기 대신 선택한 그 남자와 두어 번 마주친 적이 있었고, 그녀를 다시 만난 후로는 종종 두 사람의 결혼 생활을 상상해보곤 했다. 그녀의 남편은 예술을 위해 유럽에 사는지, 유럽에 살 핑계가 필요해서 예술을 하는 것인지 판단하기 힘든 그런 미국인의 전형 같았다. 그는 수채화가였는데, 조금이라도 전문성을 띠는 걸 경멸하는 신사답게 은밀히, 아니 거의 숨어서 그림을 그렸고, 그보다 더 내놓고, 거의 종교적인 열성을 가지고 매달린 일은 바로 칠보 담배 상자 수집이었다. 금발의 리스는 늘 말쑥한 차림에 쭉 곧은 몸매와 가는 코, 그리고 항상 뭔가를 약간 혐오하는 듯한 표정 때문에 돋보이는 형이었다. 진품 담배 상자가 점점 더 희귀해져서 시장에 형편없는 모조품들이 범람하는 형국이었으니 그가 그런 표정을 짓는 것도 당연한 일이었다.

대로우는 리스 부부가 약간이라도 마음이 통하는 결혼 생활을 했는지 의아해 하곤 했는데, 지금 생각하면 전혀 그랬을 것 같지 않았다. 애너의 얘기 속에 프레이저 리스가 기대했던 바와 전혀 다른 사람이었다는 암시는 없었지만, 남편 얘기를 거의 안 한다는 사실 자체가 그걸 보여주는 것 같았다. 그녀는 마치 소설이나 역사 속의 인물을 묘사하듯 딱딱하고 진지한 어조로 남편 얘기를 했고, 그 내용 자체도 그저 암기했거나 여러 번 얘기해서 약간 지루해진 것처럼 들렸다. 대로우도 그런 그녀를 보면서 곧바로 두 사람이 만나지 못한 그사이의 세월이 일시에 사라져버리는 듯한 느낌을 받았다. 항상 이해하기도, 다가가기도 힘들었던 그녀가 갑자기 상냥하고 말이 많아져서, 과거의 문을 열어 보이며 그에게 나름의 결론을 내릴 수 있도록 해주고 있었다. 그래서 그는 아주 소중한 것을 맡은 느낌, 특별히 뽑혀 고귀한 특권을 부여받은 듯한 심정으로 그녀와 작별했던 것이다. 그 소중한 것은 바로 애너 자신의 행복이었고, 그녀는 모든 걸 그에게 일임한다는 뜻을 분명히 했다. 대로우에게 그 선물이 그토록 아름답게 느껴진 것도 바로 그 솔직함 때문이었다.

두번째 만남은 그런 인상을 굳혀주고 깊게 해주었다. 두 사람은 며칠 후, 영국 남부의 고운 풍광 속에 자리한, 책과 그림으로 가득 찬 오래된 시골 저택에서 또 마주쳤다. 뚜렷한 목적도 없이 떠들썩하게 파티를 즐기는 많은 사람들은 두 사람을 고립시켜 (적어도 대로우의 생각에는) 더 깊은 교감을 나눌 수 있게 해주었고, 그곳에서 보낸 며칠은 악기들이 나지막한 소리로 그들에게 몰아닥칠 음악의 파도를 제어하고 있는 전주곡처럼 느껴졌다.

리스 부인은 이때도 몇 달 전 못지않게 상냥했지만, 그토록 불가피하게 다가오고 있는 그 일이 너무 빨리 일어나서는 안 된다는 점을 강조했다. 그 일에 대해 어떤 망설임도 없지만, 두 사람 사이의 친밀함이 서서히 되살아나는 동안 그 한 단계 한 단계를 모두 음미하고 싶다는 식이었다.

애너의 뜻이 정 그렇다면 대로우도 기다릴 용의가 있었다. 그는 미국에 있었던 어린 시절, 그녀의 시골 집에 찾아간 날을 떠올렸다. 며칠 머물 작정으로 그곳에 도착했을 때 그녀는 집에 없었고, 그녀의 어머니는 그에게 정원에 나가보라고 했다. 그녀는 정원 밖에 나갔다가 길고 그늘진 오솔길을 따라 돌아오는 중이었다. 그를 본 순간 그녀는 미소 지으며 거기서 기다리라고 손짓했고, 그는 걸어오는 그녀 위에 아롱대는 빛과 그림자에 매혹되고, 천천히 다가오는 그녀를 지켜보는 즐거움에 매료되어 거기 그대로 서서 기다렸다. 이제 그녀는 세월의 오솔길을 따라 그에게 돌아오는 듯했다. 기억의 그림자와 희망의 빛이 그녀 위에 아롱대고 있었고, 그녀가 한 걸음 한 걸음 다가올 때마다 새로운 아름다움이 느껴졌다. 그는 애너가 자신에게 곧장 걸어오리라는 걸 알고 있었지만, 그녀의 눈빛은 기다리라고 말하고 있었고, 그는 또다시 그녀가 시키는 대로 기다리고 있었다.

그런데 나흘째 되던 날 뜻밖의 일이 터지는 바람에 그의 이런 계산은 어긋나고 말았다. 그녀는 시어머니가 영국에 도착했으니 런던으로 오라는 연락을 받자마자 다시 만날 기회도 주지 않고 떠나버렸고, 그는 괜히 꾸물거리다 일을 망친 자신을 원망했다. 하지만 이런 실망감은 그녀가 프랑스로 떠나기 전 반드시 다시 만나게 될 거라는 확신 때문에 어느 정도 사그라졌고, 실제로 두 사람은 런던에서 다시 만났다. 하지만 이번에는 상황이 바뀌어서 그런지 분위기 역시 전혀 달랐다. 애너가 그를 피한다든지 전보다 덜 반가워하는 것 같진 않았지만, 집안일 때문에 정신이 없어 보였고, 그가 느끼기로는 지나치게 쉽게 거기 몰두해버렸기 때문이다.

샹텔 후작 부인은 고인이 된 자기 아들과 똑같이, 부드럽지만 꼬장꼬장한 성품이었고, 완강하게 겸양지덕을 발휘함으로써 주변 사람을 모두 휘어잡는 그런 여자였다. 실제로, 잠깐잠깐 자리를 비울 때조차 느껴지는 이 후작 부인의 그늘이 리스 부인의 기운을 소진시켜 말 한마디 제대로 못하게 만드는 것 같았다. 게다가 애너는 의붓아들 일로 정신이 없는 상태였다. 그 청년은 하버드 대학을 졸업한 후 열렬한 연애에 빠졌다가 헤어난 뒤 몇 달을 고민 속에 보냈다. 그러다가 새엄마와 상의한 끝에 옥스퍼드에 일 년간 공부하러 가 있는 중이었다. 리스 부인은 아들을 만나러 한두 번 옥스퍼드에 다녀왔고, 나머지 기간은 그녀가 말한 대로 프랑스에 남아 있는 딸의 '옷과 가정교사를 구하고,' 시어머니와 몇 시간씩 쇼핑을 다니느라 연일 눈코 뜰 새 없었다. 하지만 대로우는 이런 와중에도 어김없이 다가올 '그때'에 밝혀질 자신의 사랑 안에 그녀가 거하고 있음을 느낄 수 있었고, 마침내 마지막 날 저녁, 극장에서 뚱뚱한 후작 부인과 아무것도 모르는 오언 사이에 앉아 그녀에게서 거의 결정적인 대답을 받아냈던 것이다.

지금, 몰아치는 바람 속에서 대로우는 그녀가 보낸 전보문에 깃든 조소의 메아리를 느낄 수 있었다. '예기치 못한 장애 발생.' 애너처럼 정연하면서도 예측 불허의 생활을 하는 사람에게는 아주 사소한 문제도 '장애'로 보일 수 있으리라. 그렇지만, 지금 그가 처한 상황에서 가능한 한 객관적으로 판단해보건대, 시어머니가 늘 집에 있고 의붓아들이 가끔씩 고향에 돌아오는 그녀의 생활에서는 보통 과부들의 자유로운 생활과 달리 수많은 문제들이 생길 수 있겠지만, 마음만 먹는다면 바로 그런 상황에서 배운 지혜로 얼마든지 빠져나올 수 있을 것 같았다. 애너가 그를 못 오게 하려고 무슨 핑계든 되는 대로 갖다 붙이고 있다는 좀더 불쾌한 상황을 상상하지 않는 한, 그녀가 말하는 '이유'가 무엇이든 간에 이 경우에는 그야말로 하나의 구실일 수밖에 없었다! 그녀의 환영이 대로우가 상상하는 걸 의미했다면, 그녀가 불과 몇 주 사이에 두 번씩이나 두 사람의 계획을 무산시키는 상황을 순순히 받아들일 리 없었다. 이번에 이렇게 계획이 틀어지면 직장 일 때문에 앞으로 몇 달 동안 만나러 가지 못할 수도 있다는 걸 그녀도 알고 있었기 때문이다.

'30일 전에는 오지 말 것.' 이제 겨우 15일인데 30일까지 오지 말라니! 그녀는 마치 대로우가 분주한 외교관이 아니라 시간과 무관하게 사는 한량인 양 두 주일을 공치게 만든 것이다. 그녀의 부름에 응하기 위해 수많은 약속들을 취소하고 간신히 여기까지 왔는데 말이다! '30일 전에는 오지 말 것.' 그뿐이었다. 사과나 유감의 말도, 이런 경우에 상대의 기분을 풀어주기 위해 으레 덧붙이는 '전에 말했듯이' 같은 구절도 없이 딱 이 말뿐이었다. 그녀는 그를 원치 않았고, 그걸 알리기 위해 이런 지름길을 택한 것이었다. 처음 이 전보를 받고 당황했을 때에도 아무런 변명 없이 이렇게 약속을 미루는 건 역시 그녀의 성격이라는 생각이 들긴 했다. 역시 그녀는 매몰찬 사람이었다!

'얘너는 내 청혼도 이런 식으로 거절했을 거야. 안 하길 잘했지!' 그는 이런 생각을 했다.

런던에서 여기까지 줄곧 그의 머릿속을 맴돌던 이런 씁쓸한 생각은, 그녀가 조금만 선견지명이 있었더라면 자기는 지금 이 거친 5월의 쌀쌀한 저녁, 비에 젖은 군상들에 섞여 부두에서 덜덜 떨고 있는 대신 런던에 있는 클럽 하우스의 화롯가에 앉아 있었을 거라는 상상을 하는 순간, 그 절정에 달했다. 보통 여자 쪽에서 먼저 마음을 바꿀 권리를 행사한다는 건 대로우도 알고 있지만, 최소한 그의 숙소로 직접 전보를 보내 그가 일정을 바꿀 여유를 줄 수도 있었겠지만, 그녀는 그동안 편지를 주고받았는데도 그의 주소를 기억하지 못했고, 결국 전령(傳令)이 숨을 헐떡이며 대사관에서부터 막 출발하는 기차에까지 뛰어와 전보를 전하게 만들었던 것이다.

그녀는 그의 주소를 적어놓을 기회가 충분히 있었는데도 그러지 않았고, 대로우는 군중 사이를 힘겹게 뚫고 가며 그녀의 무관심을 보여주는 이 작은 증거를 바탕으로 그녀와 자신의 우둔함을 탓하고 있었다. 부두를 반쯤 걸어가다가 갑자기 누군가의 우산에 찔린 그는 그때서야 비가 온다는 사실을 깨닫고 더욱 화가 치밀었다. 좁은 부두는 갑자기 밀치고, 기울어지고, 피하는 우산들의 전쟁터가 됐고, 비와 함께 몰려온 바람 때문에 짜증이 난 사람들은 날씨에 못 하는 분풀이를 옆사람들에게 해댔다.

보통 때는 삶을 즐기는 건강한 성격 때문에 붐비는 것도 잘 참아서 여행할 때 별 문제가 없었던 대로우도 오늘은 이 혼잡에는 은근히 짜증이 났다. 주변 사람들이 모두 그의 마음을 꿰뚫어 보고 그의 처지를 훤히 알아버린 것같이 느껴졌고, 갑자기 하찮은 존재가 된 그를 모욕하기 위해 그렇게 밀고 부딪치고 있다는 생각이 들었던 것이다. '그녀는 너를 원치 않아, 원치 않아, 원치 않아.' 그들의 팔꿈치와 우산은 그렇게 말하는 듯했다.

전보가 객실 창문으로 날아 들어왔을 때 대로우는 경솔하게도, '어쨌든 돌아가지는 않을 거야' 하고 맹세했다. 그가 파리로 곧장 가지 않고 왔던 길을 되짚어가면 그녀가 고소해 할 수도 있기 때문이다! 지금 생각하면 그건 말도 안 되는 맹세였고, 오히려 아무런 이유 없이 저 포구 밖의 험한 파도에 뛰어들지 않아도 된다는 게 다행스러울 뿐이었다.

바로 이때, 공중에서 우산 하나가 내려와 그의 목덜미에 걸렸다가, 다음 순간 바람에 밀려 옆으로 푹 기울어졌고, 결국 휙 뒤집히더니 연처럼 솟아올랐다. 그리고 그 끝을 한 여성의 손이 움켜쥐고 있는 게 보였다.

대로우는 우산을 붙잡아 뒤집힌 우산살을 정리한 다음, 그 뒤에 서 있던 여성의 얼굴을 건너다보며 말했다.

"잠깐만 기다리세요. 여기 이러고 계실 순 없죠."

그런데 바로 이 순간 그녀는 사람들에 떠밀려 대로우 쪽으로 쓰러졌다. 그는 팔을 내밀어 그녀를 붙잡았고, 그녀는 몸을 일으키며 소리쳤다. "아아, 어쩌면 좋아, 완전히 찢어져버렸네!"

몰아치는 비 때문에 싱싱하게 상기된 채 위로 치켜든 그 얼굴을 보는 순간 대로우는 아주 오래전에 별로 유쾌하지 않은 장소에서 그녀를 본 기억이 났지만, 지금은 그런 걸 생각할 계제가 아니었고, 그녀의 미모는 그 자체로도 원하는 걸 얻을 만했다.

그녀는 짐들을 내려놓더니 엉망이 된 우산을 움켜쥐었다. "바로 어제 백화점에서 산 건데, 이런, 완전히 망가져버렸네!" 그녀는 이렇게 탄식했다.

대로우는 무척이나 괴로워하는 그녀를 보며 빙긋 웃었다. 자신이 겪고 있는 고통에 비하면 아무것도 아닌 이런 사소한 일도 어떤 사람에게는 이렇게 큰 괴로움의 원천이 되는 걸 보면 인간이란 참 묘한 존재였다!

"괜찮으시면 제 우산을 쓰세요!" 그는 요란한 바람 때문에 아주 큰 소리로 이렇게 외쳤다.

그러자 아가씨가 그를 유심히 쳐다보았다. "어머, 대로우 씨네!" 그러고는 환하게 웃으며 인사를 했다. "아, 고맙습니다! 같이 쓰죠, 뭐."

그렇다면 그녀는 그를 알고 있고 대로우도 그녀를 안다는 건데, 대체 어디서 어떻게 만난 사이란 말인가? 그는 이 문제를 뒤로 미뤄둔 채 그녀를 좀더 안전한 곳에 데려다 놓고, 짐꾼을 찾아올 테니 기다리라고 했다.

몇 분 후 그가 짐을 갖고 와서 조수가 바뀔 때까지는 배가 떠나지 않는다는 소식을 전해주자 그녀는 이렇게 말했다. "두 시간 여유가 있다고요? 아, 다행이다! 그 정도면 제 가방을 찾을 수 있을 거예요!"

보통 때라면 가방을 잃어버린 처녀의 일에 끼어들 리 만무했지만, 대로우는 지금 어떤 일에든 뛰어들 핑계가 필요했다. 도버발 열차를 탄다 해도 한 시간은 너끈히 남아 있으니, 자기 우산을 쓰고 있는 이 아름다운 처녀의 고난을 해결해주는 데 그 시간을 바치는 게 제일 좋을 것 같았다.

"가방을 잃어버렸다고요? 같이 찾아봅시다."

그녀가 보통 여자들처럼 '아, 정말 그래주시겠어요?' 하지 않는 게 좋게 느껴졌다. 그녀는 씩 웃으며, "그냥 가방이 아니라 제 가방이에요, 가방은 그거 한 개뿐인데……" 하더니 얼른 이렇게 덧붙였다. "그러기 전에 먼저 선생님 짐들을 배에 싣는 게 좋을 텐데요."

그는 이 문제에 대해 얘기함으로써 마음속의 계획을 확정지으려는 듯이 이렇게 대답했다. "안 갈지도 몰라요."

"안 가신다고요?"

"글쎄요……. 이번 배로는 안 갈 수도 있어요." 정말 어째야 좋을지 대로우는 또다시 난감해졌다. "런던으로 돌아가야 할지도 모르고. 편지를…… 편지를 기다리는 중이거든요……." (그러면서 그는, '이 여자가 나를 약속을 안 지키는 사람으로 볼 수도 있겠구나' 하는 생각을 했다.) "하지만 아가씨 가방을 찾아볼 시간은 충분히 있어요."

그는 한 손으로 그녀의 짐들을 들고, 다른 쪽 팔을 내밀어 가냘픈 그녀가 우산 밑으로 더 바짝 들어오게 해주었다. 이렇게 엉킨 채, 줄에 매달린 인형들처럼 바람에 따라 붙었다 떨어졌다 하며 플랫폼으로 가는 동안, 대로우는 대체 어디서 그녀를 보았었는지 기억하려 애썼다. 높고 감미로운 음성과 민첩한 몸놀림뿐 아니라 작은 코, 맑은 피부, 환하지만 연한 수채화 물감으로 그린 듯 가볍고 섬세한 그녀의 용모로 보건대 그녀는 분명히 미국인이었다. 그녀가 미국인인 건 확실했지만, 느슨한 미국적 특징들과 함께 더 조밀한 예절의 씨실들이 얽혀 있었으니, 그녀는 호기심 많고 적응력 뛰어난 종족이 모여 이뤄낸 산물이었다. 하지만 이런 건 이름을 기억하는 데는 전혀 도움이 안 됐다. 런던 주재 미국 대사관에는 이런 처녀들이 쉴 새 없이 드나들었고, 윤곽이 뚜렷하고 각진 미국인은 이런 유형에 비해 점점 줄어들고 있었기 때문이다.

이름이 기억나지 않는 것보다 더 이상한 건 그녀가 뭔가 불편하고 불쾌한 것과 연관되어 있다는 사실이었다. 비에 젖은 갈색 머리와 축축한 갈색 털목도리 사이에서 상기된 표정으로 자신을 올려다보는 이 매력적인 얼굴은 아주 즐거운 것과 연관이 있어야 할 텐데, 그녀를 과거와 연관시켜보려 할 때마다 지겹고 왠지 불편했던 느낌이 떠오를 뿐이었다…….

제2장

“아직도 절 기억 못 하세요? 머릿 부인 댁에서 뵌 적이 있는데?“

한참 가방을 찾아 헤맨 뒤, 그의 제안으로 차를 마시러 들어간 조용한 다방에서 탁자를 사이에 두고 마주 앉았을 때 그녀가 이렇게 물었다.

이 매캐한 다방에서 그녀는 빗물이 뚝뚝 떨어지는 모자를 벗어 난로 앞 철망에 걸고는, 꼭대기에 독수리 머리가 달린 둥근 거울 앞에 발끝으로 서서 벽난로 선반에 놓인 말린 밀짚꽃을 꽂은 꽃병 위로 몸을 쭉 뻗더니, 손가락으로 머리를 빗어 내렸다. 그녀의 이 몸짓은 언 몸을 풀어준 난롯불처럼 그의 둔해진 감정을 자극했다. 그가 “발도 젖지 않았어요?” 하자 그녀는 튼튼한 밑창이 달린 구두를 자세히 살피더니 명랑한 어조로, “아뇨, 다행히 새 신발을 신고 왔거든요” 하고 대답했고, 그는 인간관계가 형식에 얽매이지 않는다면 아직도 괜찮을 수 있다는 생각을 했다.

그녀가 모자를 벗는 순간 대로우는 이런 생각에 빠졌고, 처음으로 그녀의 얼굴을 자세히 뜯어보았다. 그 얼굴은 무척이나 사랑스러워서 그녀가 방금 말한 그 이름을 듣는 순간 둘 사이의 괴리에 놀라 당혹감을 감추지 못했다.

“아, 머릿 부인 댁, 바로 거기였군요?”

이제 물론 그녀가 기억났다. 그녀는 첼시에 있는 그 지겨운 집의 배경에 있던 어렴풋하고 수줍은 존재들, 요란하고 강압적인 머릿 부인이 거느린 말없는 권솔(眷率) 중의 한 사람이었던 것이다. 그는 얼리카 크리스핀 부인을 정신없이 쫓아다니다가 머릿 부인의 마수에 걸려든 적이 있었다. 그 사건은 지금 돌이켜 보면 정말 어처구니없는 일이었지만 좀처럼 잊혀지지 않았다!

"계단에서 선생님과 마주치곤 했는데……." 그녀가 말했다.

그랬다. 이제 기억이 났다. 얼리카 부인을 쫓아 응접실로 뛰어 올라가다가 그녀가 스쳐가는 걸 본 적이 있었다. 그는 그 일을 기억하며 그녀의 얼굴을 좀더 유심히 살펴보았다. 이런 얼굴이 어떻게 머릿 부인 집에 모인 사람들 틈에 묻혀버릴 수 있었을까? 그 얼굴의 스러질 듯 내리뻗은 선들 덕분에 그녀의 이목구비 구석구석에 부드러운 경사(傾斜)와 단축이 생겨났고, 전체적으로 이탈리아 희극의 젊은 여주인공 같은 색다른 우아함이 어려 있었다. 소년처럼 이마 위에 헝클어진 머리의 색깔은, 검은 점들이 있는 황갈색 눈과 장미가 꽂혀 있어야 할 귀와 주름 깃 위에 솟아 있어야 할 턱 사이의 뺨에 있는 갈색 점과 조화를 이루고 있었다. 미소를 지을 때는 오른쪽보다 왼쪽 입 꼬리가 약간 더 올라갔고, 그 미소는 대개 눈에서 시작되어 두 빛줄기를 타고 입술로 내려갔다. 얼리카 크리스핀 부인을 쫓아가느라 이 얼굴을 휙 스쳐 지나갔다니!

"하지만 선생님은 물론 저를 기억하지 못하실 거예요." 그녀가 이렇게 말하고 있었다. "저는 바이너, 소피 바이너예요."

그녀를 기억 못 할 거라고? 물론 기억하고 있었다! 지금 생각해보니 그것만은 확실했다. "머릿 부인의 조카시죠?" 그가 자신 있게 말했다.

그녀는 고개를 저었다. "그것도 아니에요. 책 읽어주는 사람이었을 뿐이에요."

"책 읽어주는 사람? 그럼 머릿 부인이 책도 본다는 말이에요?"

바이너 양은 그가 놀라는 걸 보고 재미있어 했다. "물론 아니죠! 메모를 하고, 초대객 명단을 만들고, 개들을 산책시키고, 그녀 대신 지겨운 사람들을 만나고, 그런 거죠."

대로우는 신음 소리를 냈다. "정말 힘들었겠네요."

"그래요. 하지만 머릿 부인의 조카인 것보다는 낫죠."

"그것도 그러네요. 이제 전부 과거 시제로 말씀하시는 걸 보니 다행이네요." 그가 말했다.

이 말에 그녀는 약간 풀이 죽더니 금세 당찬 표정으로 턱을 쳐들었다. "그래요. 그 댁과는 이제 완전히 끝났어요. 눈물을 흘리긴 했지만 조용한 이별은 아니었죠!"

"이제라니, 그럼 지금까지 내내 그 집에 있었단 말이에요?"

"선생님이 얼리카 부인을 만나러 오시던 그때부터 말이죠? 그게 그렇게 오래전 일처럼 느껴지시나요?"

그는 처녀의 말하는 품이 점점 더 맘에 들었지만, 이 예기치 않은 질문과 그 뒤에 담긴 의심스러운 안목 때문에 갑자기 입맛이 싹 가시는 기분이었다. 그는 그녀가 정말 맘에 들었고, 그녀의 솔직하고 호감 어린 눈길 속에서, 아까 부두에서 이리저리 떠밀리며 느낀 이름 없는 부랑자가 된 듯한 기분에서 벗어나, 매력적인 청년으로서의 자부심과 거기 따른 여러 가지 특권을 되찾아가던 참이었다. 그런데 바로 이 순간, 자연스러운 것과 안목은 별개 문제라는 걸 깨닫는 건 별로 유쾌하지 못한 일이었다.

그녀는 이런 그의 생각을 눈치 챈 것 같았다. "선생님이 얼리카 부인을 만나러 오셨다는 말이 맘에 안 드세요?" 그녀는 탁자 위로 몸을 굽혀 두번째 잔을 채우면서 이렇게 물었다.

그는 어찌 됐든 그녀의 기민함이 맘에 들었다. "내가 머릿 부인을 쫓아다녔다고 생각하시는 것보다는 낫죠!" 그는 웃으며 대답했다.

"아, 우리 중 그 누구도 남자들이 머릿 부인을 쫓아다닌다고 생각하진 않았어요! 대개는 뭔가 다른 것, 예컨대 음악이나, 좋은 요리사가 있을 때는 음식, 또는 다른 손님—대개는 다른 손님 중의 누군가를 찾아온 것이었죠."

"그렇군요."

그녀는 재미있는 사람이었고, 지금 그의 기분으로는 그게 그녀의 안목보다 더 중요하게 느껴졌다. 머릿 집안의 희미한 배경이 사실은 살아 있었고, 주의 깊게 지켜보는 눈들로 가득 차 있었다는 걸 갑자기 깨닫는 것도 특이한 경험이었다. 그중 두 개의 눈이 그의 눈을 마주 보고 있는 이 순간, 그는 이 기묘한 처지의 반전을 의식하고 있었다.

"'우리'라니, 증인들이 그렇게 많았나요?"

"아주 많았죠." 그녀는 빙긋 웃었다. "보자. 선생님이 드나드실 때 있던 사람들은, 볼트 부인과 그 딸, 디디머스 교수, 폴란드의 백작 부인, 아, 그 폴란드 백작 부인 생각 안 나세요? 수정점도 치고, 노래 반주도 하고 그랬는데, 디디머스 부인이 자기 남편에게 최면을 걸었다고 난리를 치는 바람에 머릿 부인이 내보냈죠. 하긴 선생님께서 그런 걸 기억하실 리가 없죠. 선생님 같은 분들 눈에는 우리가 보이지도 않았을 테니까요. 우리는 선생님이 어떤 분인지 늘 궁금했는데……."

대로우는 관자놀이가 붉어지는 느낌이었다. "내가요?"

"그게……, 선생님 쪽인지 그 여자 쪽인지……."

그는 순간 움찔했으나 불쾌감을 드러내진 않았다. 그저 심심풀이로 그녀의 얘기를 들어주면 될 것이었다.

"그래서 결론이 어떻게 나왔나요?"

"그게……, 볼트 부인 모녀랑 백작 부인은 그녀 쪽이라고 했지만, 디디머스 교수와 지미 브랜스, 특히 지미는……."

"잠깐만요, 대체 지미가 누구죠?"

그녀는 깜짝 놀랐다. "지미 브랜스를 모르시다니, 얼리카 부인에게 정말 푹 빠져 계셨군요! 그럼 결국 지미 말이 맞았던 것 같네요." 그녀는 우습다는 눈길로 그를 빤히 건너다봤다.

"하지만 어떻게 그러실 수가……. 그 여자는 머리부터 발끝까지 전부 가짜였는데!"

"가짜라니?" 그렇게 오랜 시간이 흘렀고 이제 싫증 난 여자였는데도 남자 특유의 소유욕 때문에 대로우는 그런 비난에 맞서 싸우고 싶어졌다.

바이너 양은 그의 표정을 읽더니 웃으며 이렇게 말했다. "아, 겉이 그렇다는 말이었어요! 테니스를 치고 난 뒤라든지 밤에 파티 도중에 화장을 고치러 제 방에 자주 들르셨는데, 정말 직소 퍼즐처럼 완전히 분해되곤 했거든요. 그래서 제가 지미한테 늘, '네가 원하는 건 뭐든지 걸고 내기해도 좋은데, 그 여자는 감히 ××을 벗는 일은 절대로 없을 거야' 하곤 했죠. 지미가 흥분하는 게 재미있어서요." 그녀는 '××' 이라는 말을 차마 못 하고 얼굴을 붉혔는데, 그 모습이 마치 안쪽으로 갈수록 분홍빛이 진해지는, 꽃잎이 얇은 장미꽃 같았다.

갑작스레 떠오른 여러 가지 기억 덕분에 그로서는 상황이 회복된 셈이었다. 그는 명랑하게 웃었고, 그녀는 내놓고 그 웃음에 동참했다. 그녀는 숨막히게 웃으며 떠듬떠듬 이렇게 말했다. "저는 물론 지미를 약올리려고 그렇게 말했을 뿐이에요."

그런 그녀를 보면서 대로우는 왠지 짜증이 났다. "아, 여자들은 다 똑같아!" 그는 알 수 없는 실망감에 사로잡힌 채 이렇게 외쳤다.

그녀는 금세 그의 기분을 눈치 챘다—눈치 하나는 정말 빠른 처녀였다! "제가 심술궂고 샘이 많아서 그렇게 말한다고 생각하시는 거죠? 맞아요, 저는 정말 얼리카 부인이 부러웠어요……. 아, 선생님이나 지미 브랜스 때문은 아니었어요! 다만, 그분은 제가 늘 원했던 걸 거의 다 갖고 계셨거든요. 옷, 즐거운 생활, 자동차, 남자들의 관심, 요트 여행, 파리……. 그래요, 파리에만 가볼 수 있었어도 저는 만족했을 텐데! 그 모든 걸 가진 그분을 매일매일 지켜보면서, '나보다 별로 잘난 것도 없는 여자들이 그것들을 모두 앉아서 받았는데, 왜 나는 이렇게 파티 초대장이나 쓰고, 계산이나 맞추고, 손님 명단이나 베끼고, 골프 양말이나 만들고, 리본이나 접고, 개들에게 유황 가루나 먹이며 살아야 하나' 하는 생각을 해보는 거, 이해하실 수 있지 않나요? 저도 거울은 보고 살거든요!"

그녀의 이 마지막 말은 허영심에서 나온 울화 이상의 뭔가를 담고 있었지만, 그는 그녀의 얼굴에 어린 놀라움의 표정에 정신이 팔려 그 뜻은 알아듣지도 못했다. 얕은 꽃컵 같았던 그 얼굴은 그녀가 내뱉은 열띤 문장들 아래에서 이상하리만큼 깊은 감정을 담아내는 어둡고 반짝이는 거울로 변해 있었다. 그는 그녀에게 뭔가가 있음을 간파했고, 그녀는 이 사실을 눈치 챈 듯했다.

"그런 게 제가 머릿 부인 댁에서 배운 교훈이고, 제가 지금까지 살아오면서 배운 건 그게 전부예요." 그녀는 어깨를 으쓱하며 이렇게 말했다.

"세상에, 그 집에 그렇게 오래 있었어요?"

"5년요. 그 집에 들어온 사람들 중 제일 오래 있었어요."

"흠, 이제라도 나와서 다행이네요!"

그런데 이때 잠깐 그녀의 얼굴에 그늘이 어렸다. "네, 이번에는 정말 나왔어요."

"그러면, 이런 걸 물어봐도 될지 모르지만, 이제 뭘 할 생각인데요?"

그녀는 눈을 내리깐 채 잠시 생각에 잠기더니, 약간 도도한 표정으로 대답했다. "파리에 가서 연기 공부를 할 생각이에요."

"연기요?" 대로우는 당황해서 그녀를 건너다보았다. 지금까지 본 그녀의 여러 가지 모순된 모습들이 이 말을 듣는 순간 새로운 의미를 띠는 느낌이었다. 하지만 그는 놀라움을 숨긴 채 아무렇지도 않은 어조로 이렇게 말했다. "아, 그럼 결국 파리에 가게 되네요!"

"얼리카 부인의 파리와는 전혀 다르죠. 제 경우에는 장미로 뒤덮인 그런 파리는 아닐 테니까요."

"물론 아니겠죠." 그는 정말 안쓰럽다는 생각이 들어 이렇게 덧붙였다. "뒤를 봐줄 사람은 있는 거예요?"

그녀는 약간 경박하게 킥 웃었다. "저 스스로 돌보면 돼요. 지금까지도 그렇게 살았으니까요."

그는 이럴 때 당연히 나올 말을 생략하고 화제를 돌렸다. "배우 지망생들이 얼마나 많은지 알아요? 내가 알기로는……."

"아주 잘 알고 있어요. 하지만 그 집에서는 도저히 더 이상 견딜 수 없었어요."

"물론 그랬겠지만, 그 집에 있던 사람들 중 제일 오래 버텼으니까, 최소한 다른 자리가 날 때까지 견뎌볼 수 있었잖아요."

그녀는 잠시 묵묵히 있더니, 맥 빠진 눈길로 비에 젖은 유리창을 바라보았다. "이제 나가봐야 하지 않나요?" 그녀는 마치 얼리카 부인이라도 된 듯 초연하고 고고한 어조로 이렇게 물었다.

대로우는 이 갑작스러운 변화에 놀라긴 했지만, 그렇게 괴롭고 혼란스러운 상황에서는 그럴 수도 있겠거니 하며, 자리에서 일어나 의자에 걸쳐 있던 그녀의 상의를 집어 내밀었다. 그녀는 그의 얼굴을 휙 올려다보았다.

"실은, 머릿 부인과 싸우고 나온 거예요." 그녀가 입을 열었다. "그래서 어제 저녁에 식사도 안 하고, 월급도 안 받은 채 그냥 나와버렸어요."

"아……." 대로우는 그 순간 머릿 부인과 그렇게 헤어질 때 일어날 수 있는 온갖 지저분한 상황들을 명확히 상상할 수 있었다.

"추천장도 못 받고," 그녀는 소매에 팔을 끼우며 말했다. "거기다 가방도 안 갖고 나온 것 같은데……. 아까 선생님께서, 떠나기 전에 역에서 다시 한번 찾아볼 시간이 있을 거라고 하셨죠?"

역에서 다시 한번 찾아볼 시간은 있었지만, 막 도착한 런던발 급행열차에서 쏟아져 나온 엄청난 짐들을 아무리 살펴봐도 그녀의 가방은 보이지 않았다. 바이너 양은 한동안 당황하는 눈치였지만, 금세 여행을 계속하기로 결심했고, 대로우는 그녀의 그런 결심을 보며 런던으로 돌아가지 않고 파리로 건너가겠다던 이전의 모호한 결정을 확고히 했다.

바이너 양은 둘이 같이 가게 되었다는 말에 용기를 얻었고, 채링 크로스 역에 전보를 보내 없어진 가방을 찾아보겠다는 그의 말에 희망을 거는 듯했다. 그는 그녀를 마차에 태운 뒤 전보를 치러 뛰어갔다. 그런데 전보를 치고 돌아서는 순간 갑자기 다른 생각이 떠올랐고, 그는 창구로 되돌아가 런던의 자기 하인에게 이런 메시지를 보냈다. '내가 떠나온 뒤에 프랑스에서 온 편지가 있거든 곧바로 파리 북부역의 테르미뉘 호텔로 보낼 것.'

그러고는 바이너 양과 함께 마차를 타고 빗속을 달려 부두로 갔다.

제3장

기차가 칼레 역을 출발하자마자 그녀는 머리를 옆으로 숙이더니 곤히 잠들어버렸다.

이런저런 방법을 동원해 단둘이 쓰게 된 기차 객실에서 대로우는 탁자 저편에 앉아 있는 그녀를 흥미롭게 지켜보았다. 그는 지금껏 그렇게 변화무쌍한 얼굴을 본 적이 없었다. 방금 전까지만 해도 미풍 부는 여름 들판의 데이지꽃 무리처럼 춤추던 그 얼굴이, 이제 천장에 매달려 흔들리는 창백한 불빛 아래, 마치 곡선들이 둥글게 무르익기도 전에 어떤 형태로 굳어버린 부드러운 물체처럼, 세상살이의 굴곡으로 그늘져 있었고, 그녀가 잠든 사이에 벌써 걱정이 밀려든 걸 보니 마음이 아파왔다.

기적 소리 요란한 기차 안과, 머릿 부인 댁에서 못 먹고 나온 저녁을 사주러 들어간 칼레의 한 식당에서, 그녀는 더 많은 얘기를 들려주었고, 대로우는 전보다 더 명확히 그녀의 상황을 그려볼 수 있었다. 부모님이 돌아가신 후, 다른 일로 바쁜 후견인이 그녀를 서둘러 뉴욕의 한 기숙학교에 맡긴 그 순간부터 바이너 양은 자기가 이 분주하고 무관심한 세상에 홀로 남겨졌음을 절감했다. 다들 너무 바빠서 자기를 돌봐줄 여유가 없었다는 그녀의 말은 그녀가 어떤 소녀 시절을 보냈는지 능히 짐작할 수 있게 해주었다. 은행원인 그 후견인은 직장 일로 무척 바빴고, 그의 부인은 건강 문제와 교회 일로 바빴으며, 결혼했다 이혼하고 다시 결혼한 언니 로라는 그 분주한 생활 속에서도 어떤 모호한 '예술적' 이상을 추구하고 있었다. 후견인 부부는 로라의 그런 점을 못마땅해 했는데, (대로우가 짐작한 대로) 로라는 바로 그걸 핑계 삼아 가엾은 소피를 나 몰라라 했고, 어쩌면 바로 그 이유 때문에 소피한테 언니 로라는 늘 아스라한 낭만적 가능성을 상징하는 인물로 남아 있었다.

얼마 뒤, 후견인이 갑자기 뇌일혈로 쓰러지자 재산 관리에 문제가 생겼고, 많은 사람들의 애도 속에 그가 세상을 떠나자 그가 남긴 돈에서 소피의 유산을 빼내기는 어렵게 되었다. 후견인의 부인은 이 사실을 그 누구보다 안타까워했지만, 그녀에게 이 일은 남편이 평생 다른 사람들 일로 고생했다는 걸 보여주는 또 다른 증거에 불과했다. 그리고 자기가 종교인이 아니었으면, 그렇게 부담을 줌으로써 어떤 의미에서 남편의 죽음을 재촉한 소피를 용서할 수 없다는 생각도 갖고 있었다. 소피는 그런 그녀를 원망하지 않았다. 그녀로서는 얼마 안 되는 유산을 잃은 것보다 후견인이 돌아가신 게 훨씬 더 슬펐다. 그 유산은 그녀를 묶어놓는 올가미에 지나지 않았고, 그게 없어진 지금 그녀는 지금까지의 구속에서 벗어나 빛나는 삶의 바다로 뛰어들 수 있었다. 그녀는 기숙학교 선생님들의 주선으로 5번가의 한 집에 가정교사로 들어가게 되었다. 거기서 그녀는 몇 달 동안 천방지축인 세 아이와 유모, 교사들 사이에서 일종의 인간 방패 역할을 했는데, 그애들의 아버지를 모시는 시종의 끈질긴 구애 때문에 이 괜찮은 직장을 뛰쳐나왔다. 이때 그녀의 은사들은 품위와 자긍심만 있다면 아무리 끈질긴 남자도 막아낼 수 있다며 그 집에 있기를 권했다. 후견인 부인 역시 경험에 비춰볼 때 자기도 그 은사들과 같은 생각이라고 했다. 그러나 그 여자는 로라의 한심한 선례를 아직까지 생생히 기억하고 있었고, 그래서 결국 그 은사들과 마찬가지로 더 이상 소피의 일에 신경 쓰지 않기로 결심했다. 이렇게 해서 소피는 자기 힘으로 세상을 헤쳐나갈 수밖에 없게 되었다.

그런데 마침 이때, 로키 산맥 출신의 한 동창에게서 연락이 왔다. 가족끼리 유럽 여행을 떠나는데, 부모가 시중꾼과 함께 유명한 온천지에서 요양을 하는 동안 자기랑 유람이나 다니면 어떠냐는 것이었다. 대로우는 그녀의 얘기를 들으며 마미 호크와 함께했던 이 유람이 꽤 파란만장하고 때로는 재미있는 경험이었다는 인상을 받았다. 그런데 소피의 과거 중 그래도 꽤 괜찮은 편이었던 이 시기는 철없는 마미가 뉴욕에서부터 따라온 제비족과 줄행랑을 치고, 호크 부부가 돈으로 딸을 되사기 위해 서둘러 귀향하는 바람에 얼마 안 가 끝나고 말았다.

바이너 양이 머릿 부인의 복잡한 삶에 말려들게 된 것은 마미와의 여행에서 돌아와 친절하지만 가난한 파리의 미국인들 집에 머물던 바로 그 시절이었다. 이 가난한 미국인들은 그녀를 머릿 부인 집에 취직시켜주었고, 그녀가 첼시의 그 지긋지긋한 집에서 그토록 오래 버틴 것도 어느 정도는 그들 때문이었다. 그 부부는 정말 친절했고, 소피와 모든 걸 의논했을 뿐 아니라, 자신들이 그녀를 어떤 지경에 몰아넣었는지 꿈에도 몰랐기 때문이다. 바이너 양 말로는 팔로우 씨 부부는 그녀가 지금까지 살아오면서 만난 가장 좋은 친구들일 뿐 아니라, 로라를 '이해해준' 유일한 사람들이기도 했다(팔로우 씨 부부는 로라를 딱 한 번 만나봤는데, 그녀를 정말 대단한 사람이라고 생각했다). 그들은 파리에서 20년을 살았는데도 못 말리게 순진해서 머릿 부인을 아주 대단한 지식인이라고 생각했고, 첼시에 있는 그녀의 집을 '이 시대 마지막 살롱'이라고 말하곤 했다—바이너 양은 여기서 대로우에게 자기 말이 무슨 뜻인지 알겠느냐고 물었다. 만약 그녀가 팔로우 씨 부부에게 모든 걸 사실대로 얘기하면 그들은 틀림없이 그녀에게 자기들 집으로 돌아오라고 했을 것이고, 그녀로서는 그때까지 있었던 일들을 고려할 때 어떻게 해서든 듬직한 사람이라는 평판을 얻어야 했다. 그러지 않고서는—그녀는 이 부분에서 가볍게 씩 웃었다—어떤 일자리도 얻기 힘들었기 때문이다.

그녀는 이렇게 가볍고 빠른 필치로 자신의 과거를 그려 보였고, 운명론자 같은 태도를 취하면서도 누굴 원망하는 기색은 전혀 보이지 않았다. 대로우가 보기에 그녀는 늘 사람들을 '운' 좋은 부류와 그렇지 못한 부류로 양분했는데, 그렇다고 해서 불공평한 신을 원망하는 것 같진 않았다.

바이너 양의 생각은, 운이 좋으면 잘살고, 운이 나쁘면 가난하게 살아야 하지만, 그건 인력으로 어쩌지 못하는 일이고, 우리는 그저 그 모든 걸 지켜보면서 머릿 부인 댁에서의 '연극'을 지켜본다든지, 얼리카 부인이나 그 비슷한 멋쟁이들에 대해 얘기하는 등의 작은 보상을 한껏 누리는 수밖에 없다는 것이었다. 그리고 물론 인생의 만화경이 이렇게 돌다 보면 어느 순간 불운한 이의 인생에도 눈부신 빛이 비칠 수 있었다.

비교적 전통적인 시각을 갖고 있는 대로우에게는 이처럼 긍정적인 인생관이 어떤 면에서는 매력적으로 느껴졌다. 조지 대로우는 꽤 다양한 종류의 여자들을 만나보았지만, 그가 사귄 여자들은 모두 명백히 '숙녀'였거나, 그렇지 않은 사람들이었다. 이 두 부류는 그가 지닌 다양한 남성적 욕구를 충족시켜준 고마운 존재들이었고, 대로우가 보기에 여자는 원래부터 그 목적으로 창조되지는 않았을지 몰라도 남자를 즐겁게 하기 위해 여기까지 진화해온 것 같았다. 그러나 그는 본능적으로 이 두 부류를 엄격히 구분해서 생각했고, 이 두 인생관을 양립시키려는 중간 부류의 사람들과는 교류하지 않았다. '보헤미안'들은 다른 두 부류보다 더 값싸 보였고, 그가 제일 좋아한 것은 양쪽 부류의 전형적인 타입들이었다. 그는 '숙녀'든 그 반대 타입이든 자기 본성을 스스럼없이 드러내는 걸 좋아했다. 얼리카 부인의 경우에서 알 수 있듯이, 그는 제3의 타입도 만나본 경험이 있었다. 하지만 그녀와의 관계는 그로 하여금 한 부류의 특권을 이용해 다른 부류의 행동을 감행하는 여자들에 대해 경멸 섞인 혐오감을 갖게 만들었다.

대로우는 젊은 처녀들에 대해서는 별로 생각해본 적이 없는데, 그 주된 이유는 나중에 리스 부인이 된 소녀에 대한 첫사랑 때문이었다. 대로우의 회상 속에서 그 사건은 난만(爛漫)한 실제의 여름 풍경 앞에 놓인 창백한 장식 도안처럼 현실과 거리가 먼 일이었다. 자신이 그 당시 느낀 엄청난 충동들과 몽상적인 설렘, 그녀의 이해할 수 없는 회피와 망설임 등은 지금 돌아보면 도저히 이해할 수 없었다. 그녀가 떠난 뒤 대로우는 한동안 고뇌에 빠졌고, 운명의 장벽에 젊은이다운 본능으로 맞서고 싶다는 충동을 느꼈지만, 그보다 더 강한 쾌락을 처음으로 맛본 순간 그녀와 보냈던 시간은 중요한 줄거리만 남긴 채 모두 희미한 옛 추억으로 스러져 갔고, 애너 서머스에 대한 기억 때문에 그는 소녀들을 신성하지만 전혀 흥미롭지 못한 부류로 간주하게 되었다.

하지만 그런 단정적인 생각을 한 것은 모두 지금보다 젊었을 때의 일이었다. 나이가 들수록 모든 게 점점 더 불가사의해졌고, 젊었을 때와 달리 어떤 대상에게서 받은 인상을 다른 것과 연관지어 이해하기보다는 그 자체로 즐기게 되었던 것이다. 그런데 지금 탁자 저편에 앉은 이 아가씨가 한동안 잊고 있던 그런 비교의 습관을 일깨우고 있었다. 그녀는 산다는 게 뭔지 익히 안다는 점에서 부잣집 딸들과 달랐고, 그것은 숙녀들이 지닌 삶에 대한 이론적 지식과는 전혀 다른, 현실 속에서의 체험에서 나온 것이었다. 그런데 대로우가 보기에 그녀는 그런 걸 다 겪고도 마음이 굳어지기보다는 자유로워졌고, 고집보다는 자신감을 얻은 것 같았다.

기차가 아미엥으로 들어서고 역사의 불빛이 객실에 비쳐들자 바이너 양은 잠에서 깨어났다. 그녀는 그대로 앉은 채 눈만 들어 대로우를 쳐다보았는데, 놀라거나 당황하는 기색은 전혀 없었다. 그녀는 금방 정신을 차린 듯했고, 여기가 어딘지는 몰라도 그와 함께 있다는 사실을 깨닫고는 안심하는 표정이었다. 바이너 양은 고개를 돌려 밖을 내다보지도 않고, 입가는 졸음으로 처져 있었지만 얼굴을 안에서 비춰주는 듯한 희미한 미소를 띤 채 그를 계속 쳐다보았다.

플랫폼의 어지러운 불빛 사이로 사람들이 외치는 소리, 급히 뛰어가는 소리가 들려왔다. 이때 누군가가 창가에 불쑥 얼굴을 내밀었고, 대로우는 얼른 몸을 굽혀 그녀의 얼굴을 가렸지만, 그건 순찰 중인 역무원일 뿐이었다. 그 사람이 지나가고, 기차가 길게 흔들리며 어둠 속으로 출발하자 역의 불빛과 발소리들은 모두 안개와 희미한 메아리 속으로 녹아들었다.

바이너 양은 다시 머리를 젖혀 쿠션에 기댔고, 이마 위로 갈색 머리칼이 밀려나왔다. 기차가 흔들리는 바람에 귀 위의 머리칼 한 가닥이 빠져나오자 그녀는 눈으로는 계속 대로우를 쳐다보면서 남자애 같은 몸짓으로 그걸 뒤로 넘겼다.

"피곤하죠?"

그녀는 빙긋 웃으며 고개를 저었다.

"자정 전에 도착할 거예요. 거의 정시로 운행하고 있거든요." 그는 자기 말이 맞다는 걸 증명이라도 하듯 시계를 들어 불빛에 비춰 보였다.

그녀는 멍한 표정으로 고개를 끄덕였다. "괜찮아요. 팔로우 씨 부인께 역에 나오시지 말라고 전보를 쳤거든요. 하지만 수위한테 제가 도착하면 문을 열어주라고는 하셨을 거예요."

"거기까지 태워다드려도 되겠죠?"

그녀는 또다시 고개를 끄덕이더니 눈을 감았다. 대로우는 그녀가 굳이 고맙다는 말을 한다든지 안 졸린 척하지 않는 게 정말 맘에 들었다. 그는 바이너 양의 윗눈썹이 아랫눈썹과 섞이고, 그 그림자가 볼 위에 어리는 모습을 지켜보고는 커튼으로 전등을 가렸다. 객실 안은 푸르스름한 어둠에 잠겼다.

그는 다시 자리에 앉으며 애너 서머스 혹은 애너 리스라면 이럴 때 전혀 다르게 행동했을 거라는 생각을 했다. 그녀도 말을 많이 하거나 불안해 하거나 당황하진 않았겠지만, 그런 적응력이나 예의는 천성이라기보다는 '사회적 수완'에서 나온 것이었으리라. 그녀라면 이렇게 특이한 상황에서 잠들 수도 없었겠지만, 설사 무척 지쳐서 잠이 들었을지라도 화들짝 깨어나 여기가 어딘지, 자기가 어떻게 해서 여기까지 왔는지, 머리가 흐트러지지는 않았는지 물었을 것이고, 머리핀을 다시 꽂고 물을 한 잔 마신 다음에야 제정신을 차렸을 것이다…….

이런 상상을 하다 보니 소위 '곱게 자란다'는 것은 이후의 삶에 전혀 도움이 안 될지도 모른다는 생각이 들었다. 리스 부인은 결혼과 출산, 그리고 그 이후의 14년 세월 동안 얼마나 삶에 가까워졌을까? 그녀의 침묵과 회피들은 모두 '숙녀'를 길러내는 치명적인 과정의 산물이었고, 그가 그토록 경탄했던 그녀의 순수함은 실은 어둠 속에서 자란 꽃의 부자연스러운 흰색이었던 것이다.

애너와 다시 만나 얘기를 나눈 며칠간의 일을 되돌아보니 그녀는 전에 둘의 관계를 망쳐놓았던 바로 그 망설임과 침묵으로 일관했고, 그 전과 마찬가지로 둘만의 시간을 허비해버린 것이었다. 그녀는 어렸을 때와 똑같이 눈으로 한 약속을 두려움 때문에 차마 입 밖에 내놓지 못하고 있었다. 그녀는 여전히 삶과 그것이 지닌 냉혹함, 위험, 신비를 두려워하고, 혼자서는 어둠을 견디지 못하는 응석받이 소녀였다……. 그는 과거를 돌이켜보며 오랫동안 잊고 있던 갖가지 사건들을 기억해냈는데, 그 모든 게 정말 너무도 약하고 희미하게 느껴졌다. 두 사람은 그리스 도자기에 그려진 연인들처럼 쫓아다니기만 할 뿐 영원히 포옹에 이르지 못할 사이였고,*

---

* 영국 시인 존 키츠John Keats(1795~1821)의 「그리스 도자기에 붙이는 노래Ode on a Grecian Urn」에 대한 언급(옮긴이 주).

그로서는 아직도 둘이 왜 헤어졌는지 이해할 수 없었다. 여름 바람에 흩날린 씨앗들처럼 하릴없이 헤어졌달까…….

그에게는 애너와 함께했던 추억이 그토록 희미하고 모호하다는 게 더더욱 안타깝게 느껴졌다. 태어나자마자 죽은 아이에 대해 부모가 느끼는 신비로운 슬픔이 이럴까. 아주 작은 요인으로도 전혀 달라졌을 둘의 관계가 왜 그렇게 끝나고 만 걸까? 그가 그녀를 차지했다면 그녀의 혈관에 온기를, 그녀의 두 눈에 빛을 불어넣어 정말로 성숙한 여인으로 변모시켰을 것이다. 이런 생각을 하다 보니 경험의 가장 쓰라린 열매라 할 허망함이 가슴을 채웠다. 대로우의 엄청난 사랑은 그녀를 소생(甦生)시켜줄 고귀한 선물이 될 수도 있었을 것이다. 하지만 이제 그녀는 말끔하고 격리된 자신의 의식(意識) 바로 바깥에 삶이 빛들로 수놓인 거대한 어둠처럼, 혹은 기차의 차창 밖에 펼쳐진 밤 풍경처럼 굴러가고 있다는 걸 전혀 깨닫지 못한 채, 전에 했던 동작들을 되풀이하고 어릴 때부터 들어온 말을 되뇌며 늙어갈 것이다.

기차는 조용한 역을 통과하느라 속도를 늦추었고, 대로우는 플랫폼의 불빛에 비친 바이너 양의 모습을 건너다보았다. 고개가 한쪽으로 기울어져 있고, 입술이 약간 벌어져 윗입술의 그늘 때문에 아랫입술의 색이 더 짙어 보였다. 기차가 흔들리자 귀 위의 머리칼이 또 흘러내려 꽃밭 위를 날아다니는 나비의 갈색 날개처럼 그녀의 뺨 위에 나부끼고 있었다. 대로우는 몸을 굽혀 그 머리칼을 그녀의 귀 뒤에 걸어주고 싶다는 강렬한 욕망에 사로잡혔다.

제4장

북부역을 출발한 택시가 화려한 번화가에 들어서자 대로우는 몸을 굽혀 휘황찬란한 건물을 가리켰다.

"저기!"

그 문 위에는 유명한 배우의 이름이 번쩍이고 있었다. 대로우가 칼레역에서 객실 안으로 던져 넣었던 파리 신문들에는 아주 독창적인 한 연극의 마지막 공연에서 그녀가 펼친 연기가 길게 묘사되어 있었다.

"오늘 해전에 저걸 꼭 봐야 해요!"

그녀도 얼른 대로우가 가리키는 곳을 쳐다봤다. 휘황한 불빛과 요란한 거리의 소음이 포도주처럼 그녀의 혈관에 스며든 듯, 그녀는 이제 완전히 잠에서 깨어나 생기를 되찾은 모습이었다.

"세르딘? 바로 저기서 공연하는 거예요?" 그녀는 창밖으로 얼굴을 내밀어 그 신성한 문간을 바라보더니, 차가 그 앞을 지나간 뒤에는 흡족한 표정으로 한숨을 내쉬며 다시 의자에 등을 기댔다.

"세르딘을 직접 본 적은 없지만, 그녀가 저기 있다는 걸 아는 것만으로도 황홀해요! 마미 호크랑 왔을 때는 그애가 불어를 전혀 할 줄 몰라서 연예쇼 극장밖에 못 갔어요. 팔로우 씨 댁으로 돌아왔을 때는 저나 그분들이나 돈이 한 푼도 없어서 연극표를 살 수가 없었고요. 아는 사람들 초대로 간 적은 몇 번 있는데, 한번은 어떤 루마니아 여자가 쓴 비극이었고, 또 한번은 프랑세 극장에서 공연한 「프리츠의 친구」라는 작품이었죠."

그러자 대로우는 웃으며 말했다. "이번에는 그보다는 나아야죠. 「현기증」은 대본도 좋고, 세르딘의 연기도 대단해요. 내일 저녁에 나랑 같이 보러 가요. 물론 팔로우 씨 부부도 같이." 그러고는 이렇게 덧붙였다, "표를 구할 수 있다면 말이죠."

가로등 불빛이 기쁨에 찬 그녀의 얼굴을 비춰주었다. "아, 정말 그래주실 거예요? 지금이 내일이면 정말 좋겠다!"

남에게 그렇게 큰 기쁨을 선사할 수 있다는 건 정말 기분 좋은 일이었다. 대로우는 부자는 아니었지만, 자기와 비슷한 안목과 통찰력을 지닌 사람들이 돈이 없어서 연극을 못 본다는 건 상상해본 적도 없었다. 그리고 바로 이때, 그가 이 연극을 봤느냐고 물었을 때 리스 부인이 했던 대답이 떠올랐다. '아뇨, 보러 갈까 했는데, 파리에서는 그럴 틈이 없었어요. 그리고 세르딘이라면 지겨워요. 그녀를 봐야 한다고 끌고 가는 사람들이 꼭 있잖아요.'

대로우가 만나는 사람들은 그와 같은 기회를 대개 그런 식으로 표현했다. 그들에게는 그런 걸 즐길 기회가 귀찮을 정도로 많아서 오히려 방어적인 자세를 취하는 형편이었던 것이다! 나중에 대로우는 자신이 바로 이 순간에, 정말 세련된 안목을 지닌 사람이라면 아주 탁월한 것을 접했을 때 그것을 아무리 자주 봤어도 또다시 감동할 것이고, 아름다움에 대한 갈증이란 결핍을 통해서만 유지될 정도로 약한 게 아닐 것이라는 생각을 했음을 기억했다. 어쨌든 지금, 바로 그 갈증에 대해 실험해볼 좋은 기회가 왔고, 대로우는 계속 파리에 머물면서 바이너 양의 수용 능력이 어느 정도인지 알아보고 싶다는 생각까지 했다.

그녀는 아직도 조금 전 대로우가 한 약속을 생각하고 있었다. "정말 고맙습니다. 표는 구할 수 있겠죠?" 그러고는 잠깐 동안 고마워 어쩔 줄 모르는 눈치더니, "너무 나쁘게 생각지는 말아주세요. 저로서는 그녀를 볼 유일한 기회가 될지도 모르거든요. 네 사람 표를 구할 수 없다면 저만이라도 데려가주시면 안 될까요? 팔로우 씨 부부는 이미 보셨을 수도 있고요!"

물론 그는 그녀를 밉게 보지 않았고, 오히려 이처럼 자연스럽고 솔직하게 자신의 빈궁한 처지를 드러내는 게 더 매력적으로 느껴졌다. "아, 어떻게든 보게 될 거예요!" 그는 명랑한 어조로 약속했고, 택시가 센 강을 건너 팔로우 씨 부부가 사는 어두컴컴한 동네로 들어서는 순간 바이너 양은 흡족한 얼굴로 한숨을 내쉬며 의자에 등을 기댔다…….

이튿날 아침, 호텔 방의 창문을 열자 북부역의 아침 소음이 들려왔고, 그 순간 대로우는 어젯밤의 그 약속을 기억했다.

잠에서 깨어난 순간 대로우는 바이너 양이 바로 옆방에 있다는 사실을 상기했다. 이어서 그는 이 예기치 않은 일로 자기에게 이런 의무가 생긴 게 다행스럽다는 생각을 했다. 어쩌다 뛰어든 이 사건이 어떻게 끝날지 지켜보고 싶다는 본능적인 호기심도 있었지만, 잠에서 깨어나는 순간, 당장 뭔가 할 일이 생겨서 자신이 처한 곤란한 처지에 대해 쓸데없이 고민하지 않아도 된다는 게 다행이라는 생각이 들었다.

어젯밤, 대로우와 바이너 양이 셰스 가에 있는 팔로우 씨 집에 도착해 수십 번 문을 두드리자 수위가 나와서 두 사람이 지난주에 이사 갔다는 소식을 전해주었다. 그것도 시내의 다른 구역이 아니라, 파리를 완전히 벗어나 다른 도시로 갔다는 것이었다. 그런데 바이너 양이 머릿 부인 집에서 갑자기 나오는 바람에 팔로우 씨가 보낸 편지와 전보를 받지 못했던 것이다. 그 우편물은 틀림없이 수위가 앉은 그 칸막이 의자의 창구에 꽂혀 있었겠지만, 단잠을 깬 수위는 무뚝뚝한 태도로 확인해줄 수 없다고 버텼다. 그러더니 대로우가 몇 푼 집어주자 그때서야 팔로우 씨 부부가 즈와니로 이사 갔다고 알려주었다.

하지만 그 시간에 즈와니까지 갈 수는 없었고, 바이너 양은 이 새로운 장애의 출현에 좀 동요되긴 했지만 그다지 당황하는 것 같진 않았다. 그러고는 대로우가 아까 자기 짐을 보낸 호텔로 가서 밤을 지내라고 하자 선뜻 따라나섰다.

그녀는 새벽이 오기 전의 괴괴한 어둠 속을 달리는 차 안에서, 마술사의 궁전을 밝히는 도깨비불처럼 여기저기 꺼져가는 번화가의 밤 불빛에 감동한 나머지 자신이 처한 이 곤경은 까맣게 잊은 눈치였다. 대로우가 보기에 그녀는 그 광경의 아름다움과 신비로움보다는 그 인간적인 측면, 즉 거기 담긴 온갖 감정과 모험에 더 매료된 것 같았다. 흐릿한 불빛 속에 저 멀리 무슨 사원처럼 서 있는 프랑세 극장의 기둥들을 본 바이너 양은 그의 팔을 부여잡으며, "저 안에 제가 정말 보고 싶어하는 것들이 있어요!" 하고 소리쳤다. 그러고는 호텔에 도착할 때까지 파리의 연극계에 대해 아주 날카롭고 적확한 질문들을 던졌는데, 그러면서도 가끔은 어린아이같이 아주 세부적인 것을 캐묻기도 했다. 대로우는 바이너 양의 얘기를 들으면서 다시금, 그녀의 자연스러움 덕분에 이 난감한 상황이 별로 부담스럽지 않게 느껴졌고, 이 모든 게 그저 친구와 즐기는 재미있는 놀이 같다는 생각을 했다. 이런 일은 겪어보지 않은 사람은 '어색하다'고 할 수 있겠지만, 실제로는 이슬 맺힌 숲 속을 나무의 요정과 걷는 것만큼이나 어색함과는 거리가 멀었다. 대로우는 사회에 '처세술'이 생긴 것은 복잡한 인간관계 때문이라는 생각이 들었다.

그는 전날 저녁 바이너 양에게 잘 자라는 인사를 하면서, 아침에 즈와니행 기차를 알아보고 역까지 안전하게 데려다주겠다고 약속했다. 그런데 아침 식사 후 기차 시간표를 기다리고 있자니 세르딘을 볼 생각에 기뻐

날뛰던 그녀의 모습이 떠올랐다. 그 신비롭고 불가사의한 배우가 다음주에 남미로 떠난다는데, 아마 그녀가 지금까지 연기했던 배역 중 가장 뛰어난 작품에서 어쩌면 마지막이 될지도 모르는 이 공연을 놓친다는 것은 정말 안타까운 일이었다. 그래서 대로우는 옷을 입고 시간표에서 필요한 부분을 메모한 다음 그런 결론을 전하러 옆방으로 갔다.

바이너 양은 노크 소리를 듣자마자 바로 문을 열었는데, 무슨 빛나는 원소 속에라도 들어갔다 나온 듯 머리칼이 구불거리고 눈부신 새싹들로 뒤덮인 것처럼 보였다.

"저 어때요?" 그녀는 이렇게 소리치며 파리에서 맞춘 최고급 의상을 선보이듯 두 손을 허리에 대고 빙 돌아 보였다.

"어제 없어졌던 가방이 왔나 보군요. 정말 기다릴 가치가 있는 가방이었군요."

"이 옷이 정말 맘에 드세요?"

"참 예쁜데요! 전 원래 새 옷을 좋아하거든요. 설마 새 옷이 아니라고는 안 하시겠죠?"

그녀는 여봐란듯이 깔깔 웃었다.

"하하, 전혀 아닌데! 가방은 안 왔고요, 이건 어제 입었던 바로 그 옷이에요. 하지만 이 방법은 언제나 통했어요." 그녀는 의기양양한 표정으로 말을 이었다. "저는 늘 남이 입었던 초라한 헌 옷을 입어야 했고, 남들이 멋진 새 옷을 입고 있을 땐 정말 속이 상하곤 했어요. 그래서 어느 날 머릿 부인 부탁으로 갑자기 누군가를 대신해 만찬에 나가게 됐을 때 이렇게 빙 돌면서, '여러분, 저 어때요?' 해봤는데, 모든 사람이 속아 넘어간 거 있죠. 심지어 머릿 부인은 뒤집어 다시 꿰매고 염색한 이 옷을 못 알아보고, 만찬이 끝난 후 제가 무슨 대단한 존재나 되는 양 멋진 옷을 차려입는 건 점잖지 못한 짓이라고 꾸짖기까지 했어요! 그 뒤로 저는 특히 멋져 보이고 싶을 때는 꼭 이렇게 빙 돌면서 이 새 옷이 맘에 드느냐고 물었고, 사람들은 항상 속아 넘어갔어요!"

그녀가 너무도 생생하게 이 모든 걸 설명하는 바람에 대로우는 자기가 마음먹은 게 벌써 이루어진 것 같은 느낌을 받았다.

"정말 연기자가 될 만하군요." 그가 소리쳤다. "세르딘을 꼭 보셔야 해요." 자신의 계획이 바뀌었다는 걸 일깨워주는 이 말을 듣더니 바이너 양의 표정이 어두워졌고, 대로우는 얼른 아까 했던 생각을 얘기해주었다. 그러면서 그는 그녀에게 뭔가를 설명하는 게 얼마나 쉬운 일인지 다시금 느꼈다. 그녀는 남의 제안을 수락하든 거절하든 간에 쓸데없이 이의를 제기하거나 반대하지 않았고, 체면치레에 시간을 낭비하지도 않았다. 그녀가 어떤 문제에 대해서든 거의 항상 그렇게 나올 거라고 생각하니 그만큼 친근감이 들었고, 그래서 그는 바이너 양에게 너무 급하게 팔로우 씨 부부를 쫓아가는 게 왜 안 좋은지 설명하기 시작했다.

바이너 양도 그렇게 느긋한 성격의 팔로우 씨 부부가 즈와니에서 완전히 자리를 잡았다든지, 자기를 받아줄 만큼 정리가 됐다는 확증도 없이 급히 그 집에 찾아간다는 건 어리석은 짓이라는 걸 인정했다. 생활비를 줄이려고 이사 갔을 수도 있고, 그러면 그녀를 받아줄 방이 없을 수도 있는데, 예고도 없이 불쑥 찾아간다는 건 실례가 될 수도 있었다. 그렇다면 낮 시간에 팔로우 씨 부부가 살던 셰스 가의 그 집에 다시 가서 수위에게 더 자세한 얘길 들어본 다음 어떻게 할지 결정해도 될 것이다.

바이너 양은 팔로우 씨 부부가 그렇게 소식도 없이 파리를 떠났다면 무작정 찾아가면 안 될 처지일 수도 있다는 대로우의 말에 고개를 끄덕였다. 그녀는 팔로우 씨 부부에 대한 걱정 때문에 자기 일은 까맣게 잊은 눈치였고, 대로우는 그녀의 성격을 보여주는 이 작은 사건을 정말 흡족하게 느꼈다. 그녀는 지금 당장 세스 가로 가는 게 좋겠다는 제안에는 동의했지만, 차로 가자는 그의 말에 파리에서 차를 타는 건 "낭비"라고 대꾸했다. 그래서 둘은 활기 넘치는 거리를 걸어 세스 가로 향했다.

거기까지 가는 동안 대로우는 그녀에 대해 더 많은 걸 알게 되었다. 어젯밤의 폭풍우 덕분에 대기는 티없이 맑았고, 아침의 파리는 커다란 흰 구름과 푸른 하늘 아래 아름답게 빛나고 있었다. 그러나 그녀는 팔로우 씨 부부가 '인간사'라고 칭할 것들을 구경하느라—대로우는 자신도 이미 그들을 잘 안다는 착각에 빠졌고, 틀림없이 좋은 사람들일 거라는 느낌이 들었다—아름다운 풍경을 제대로 즐기지 못하는 것 같았다. 그녀는 사물의 형태나 색깔, 또는 거기 깃든 낭만적인 연상은 거의 감지하지 못한 채, 그에게 그토록 감동적으로 느껴지는 멋진 광경들을 가게 안의 물건들, 행인들의 얼굴에 나타난 성격이나 직업, 거리의 이정표, 길가의 호텔들, 꽃수레의 알록달록한 꽃들, 독특해 보이는 교회나 공공건물의 이름 등 수천 조각의 구체적인 세부로 나누어 관찰했다. 그러나 대로우가 보기에 그녀가 제일 좋아하는 것은 내키는 대로 마음껏 떠들고, 잡다한 거리의 소음에 발을 맞추며, 환한 대기 속을 자유롭게 걸을 수 있다는 바로 그 사실이었다. 신선한 공기, 자유, 아침의 빛과 광채를 그토록 즐기는 그녀의 모습을 보면서 그는 그녀의 답답한 과거를 일시에 이해할 수 있었고, 자기와 같이 걷고 있기 때문에 그녀가 더 즐거워한다는 사실 또한 무시할 수 없었다. 그는 다른 건 몰라도 이야기 상대로서 자기가 그녀에게 상당히 소중한 존재일 거라는 생각이 들었다. 그녀는 이야기할 상대, 안쓰럽게도 지금까지 꼭꼭 숨겨온 감정들을 훤히 펼쳐 보일 상대가 정말 아쉬웠던 것 같았기 때문이다. 그렇게 일시에 모든 걸 털어놓는 걸 보면 아주 오랫동안 감정을 억누르고 살아왔음에 틀림없었다. 대로우는 바이너 양이 무척이나 가엾어서 그녀에게 주어진 이 며칠만이라도 한껏 행복하게 해주고 싶다는 욕망에 사로잡혔다.

바이너 양은 뭐든지 간결하게 묘사해내는 재주가 있었기 때문에, 마미 호크와 함께한 여행에서 돌아와 머릿 부인 집에 가게 될 때까지, 팔로우 씨 부부와 살았던 당시에 대해 몇 마디 물어보고 나니 파리의 한구석에서 그 세 사람이 영위한 기이한 삶이 머릿속에 훤히 그려졌고, 화가인 팔로우 씨와 '잡지 기고가'인 그 부인의 한없이 순진한 모습이 눈에 보이는 듯했다. 파리에 있으면서도 마치 매사추세츠 주 근교에 있는 양 생활하고, 프랑스인들의 고결한 측면을 주로 생각하려고 노력하는 나이 지긋한 뉴잉글랜드인들의 모습이랄까. 바이너 양은 또 뉴잉글랜드에서 가장 유명한 잡지에 실린다는 팔로우 씨 부인의 「프랑스인들의 참모습」에 나오는 사람들을 아주 생생히 묘사해주었는데, 자기가 쓴 비극을 보러 오라고 표를 보내준 루마니아의 여류 작가, 딱 일주일 간 포크스톤에 머문 뒤 영국 소설을 번역해 한 지방 출판사에서 펴낸 나이 지긋한 프랑스 남자, 코르셋 타도와 자유연애를 부르짖는 캔자스 주 위치타 시 출신의 여자, 『영국 여성들을 위한 해외 미술관 안내서』를 쓴 토르키 출신의 목사 미망인, 견과류만 먹고 살고 '거의 확실히' 무정부주의자인 러시아 출신의 조각가 등이 바로 그들이었다. 이 사람들과, 그들보다는 좀 덜 가깝지만 음악이나 건축을 전공하는 다른 미국인 유학생들이 바로 팔로우 씨 부인이 쓴 「대학 생활」 「파부르그 생 제르맹의 한 살롱」 「파리의 '지식인들'」 「몽마르트르의 한 단면」 같은 다채로운 기사의 소재가 된 사람들이었다. 하지만 팔로우 씨 부인이 이들에게서 아무리 다양한 글을 엮어낼 수 있다 해도 「참모습」 연재가 언제까지 계속될 수는 없었고, 팔로우 씨의 풍경화 역시 시장성이 별로 없는지라, 이 용감한 부부는 잠깐잠깐 시골로 거처를 옮기곤 했던 것이다(이 시골 생활은 그 뒤 「프랑스 성(城)에서의 생활」의 소재가 되었다).

머릿 부인 집에서 일한 지난 5년 동안 바이너 양은 팔로우 씨 부부를 더 좋아하게 됐지만, 그들에게 뭔가를 기대할 수는 없다는 사실을 깨달았고, 연극계로 진출한다는 계획 역시 그녀도 인정하다시피 아무런 구체성이 없었다. 그 계획은 팔로우 씨 부인이 조금 아는(「프랑스에서 각광 받는 스타들」과 「프랑세 극장의 분장실」이라는 기사에서 한껏 이용했던) 늙은 희극배우가 혹 도움이 될지도 몰라서 생각해본 것이었다. 그 배우 앞에서 「5월의 밤」을 낭송해 칭찬을 받은 적이 있다는 것이었다.

"저도 물론 그게 얼마나 하찮은 건지 잘 알아요." 갑자기 평소의 날카로운 통찰력을 발휘하며 바이너 양이 이렇게 말했다. "게다가 설사 돌 부인이 제 재능을 인정한다 해도 누가 그런 구닥다리 배우의 부탁을 들어주겠어요? 하지만 저를 다른 사람들에게 소개하거나 충고를 해줄 순 있겠지요. 레슨을 받을 만큼 돈을 벌면 바로 유명한 배우들을 찾아가 연기를 배울 생각이에요. 팔로우 씨 부부가 마미네 가족처럼 해외여행을 갈 파리에 사는 미국인 가족을 소개해주면 참 좋을 텐데. 여행 중에 공부할 시간이 좀 있으면 더 좋구요."

두 사람은 셰스 가의 수위에게서 팔로우 씨 부부의 주소와 그들이 전에 살던 아파트를 세 주고 나갔다는 사실 밖에 알아내지 못했다. 대로우는 부두를 따라 센 강 가에 있는 한 작은 식당까지 걸어가서 점심을 먹으며 앞으로 어떻게 할지 생각해보자고 했다. 한참을 걷고 나자 바이너 양의 얼굴은 건강한 허기로 달아올랐고, 식사가 나오자 대로우 앞에서도 스스럼없이 잘 먹었다. 식사 후 그들은 다시 강가로 나가 노트르담 쪽으로 걸어갔는데, 대로우는 그냥은 절대 못 지나가는 헌책방과 늘 새롭게 느껴지는 변화무쌍한 풍경 때문에 걸음을 멈추곤 했다. 지난 2년 동안 시커먼 도시와 낮게 깔린 어두운 하늘의 신비로운 조화로 특징지어지는 런던의 차분한 분위기에 익숙해 있던 대로우에게, 푸른 정원과 하얀 석조물들을 그토록 부드럽게 조화시키면서도 고전적으로 선명하게 부각시켜주는 프랑스의 투명한 대기는 의식을 지닌 존재처럼 느껴졌다. 건물의 선, 다리의 굴곡 하나하나, 그리고 그 사이를 흐르는 빛나는 강 자체가 어떤 예민한 기억을 자극했고, 그런 파리의 거리를 걷노라면 늘 눈앞의 풍경이 마치 갖가지 향기를 뿜어내는 거대한 양탄자처럼 느껴졌다.

똑같은 광경이 별 무리 없이 바이너 양이 느끼는 즐거움의 배경이 되기도 한다는 것은 파리의 경치가 얼마나 풍요롭고 다채로운지 입증해주었다. 지금 파리의 거리는 그에게 갖가지 감정을 촉발시키는 굉장한 풍경이면서 동시에 그녀에게는 각별한 체험의 무대가 되고 있었다. 센 강이 내려다보이는 식당의 나지막한 창가에 앉았을 때, 대로우는 또다시 바이너 양이 그 흥미진진한 세부와 수없이 많은 아기자기한 구경거리에서 파리의 진면목을 발견하고 있다는 걸 감지했다. 앤초비와 무, 얇은 조가비 모양 버터가 대칭으로 담긴 귀여운 전채 그릇, 식사하면서 시골의 정취를 한껏 느끼게 해주는 나무딸기와 갈색 크림통을 볼 수 있는 곳은 이 세상에서 파리뿐이었다. 바이너 양은 그에게 요리는 그 나라의 국민성을 보여주고, 프랑스 요리가 재치 있고 재미있는 건 바로 이 나라 사람들이 그렇기 때문이라는 사실을 생각해본 적 있느냐고 물었다. 그리고 어느 나라든, 각 가정의 요리는 바로 그 집안에서 오가는 대화를 닮아서, 진부한 음식을 먹는 사람들은 진부한 말을 쏟아내게 되어 있다는 걸 아느냐고 묻기도 했다. 그녀는 갑자기 요정이 나타나 요술 막대로 런던의 만찬에서 오가는 대화를 고깃덩어리나 푸딩으로 바꾸어놓는다면 어떤 상차림이 나오겠느냐고 물으면서, 자기는 아일랜드 스튜를 좋아하는 사람에게는 늘 호감을 느낀다고 했다. 그런 사람은 변화와 놀라움을 즐기고 인생을 있는 그대로 받아들이기 때문이었다. 그리고 지금 그들 앞에 나온 그 스튜의 파리식 요리인 나바랭은 아무도 그 내용을 예측하지 못하는 최상의 대화와 같다는 것이었다!

소박한 식사를 그토록 즐겁게 먹는 바이너 양의 모습을 지켜보며 대로우는 이렇게 생기 있고 활기 넘치는 아가씨라면 연극을 해도 괜찮지 않을까 하는 생각이 들었다. 그녀는 어떤 이들이 보면 단번에 연극적 재능이 있다고 할 그런 유의 아가씨였다. 하지만 지금까지의 경험으로 미루어 볼 때 그런 재능은 창조의 순간에만 불타오르는 게 정석이었다. 그가 아는 정말 뛰어난 여배우들은 실제로 대화를 해보면 소갈이 무디거나 그저 '명랑'했다. 대로우가 보기에, 정말 천재라면 몰라도, 보통 사람의 경우는 창조의 과정에 지나치게 많은 에너지를 빼앗기기 때문에 일상생활에서는 그런 재능을 발휘하기 힘든 것 같았다. 그리고 이렇게 변화무쌍한 표정과 유연한 상상력을 갖춘 바이너 양은 예술보다는 삶 자체에서 그 재능을 발휘할 운명인 것 같았다.

커피와 술이 나온 뒤, 바이너 양은 갑자기 팔로우 씨 부부 생각이 났는지 예의 그 갑작스러운 몸짓으로 벌떡 일어서더니 지금 당장 전보를 쳐야겠다고 했다. 대로우는 필기도구를 가져오라고 한 뒤 파리의 레스토랑에서 흔히 보는 말라붙은 잉크병과 찌든 압지(押紙)를 그녀 앞에 놓아주었다. 그런데 그녀는 이 낡은 필기도구를 보자마자 머리가 굳어버린 듯한 표정을 지었다. 그녀는 초조한 나머지 이마를 찡그리고 펜 끝을 입술에 댄 채 한동안 전보지를 응시하더니 고민스러운 얼굴로 대로우를 쳐다보았다.

"어떻게 말해야 할지 전혀 모르겠어요."

"글쎄요. 파리에서 세르딘의 공연을 보고 간다고 하면 되잖아요?"

대로우는 시계를 보았다. "아무리 답장이 빨리 와도 오늘 오후에 즈와니행 기차를 탈 수는 없을 거예요. 팔로우 씨 부부가 오라고 해도 말이죠."

그녀는 펜으로 입술을 톡톡 치며 잠시 생각에 잠겼다. "하지만 제가 여기 있다는 건 알려드려야죠. 그리고 제가 정말 그 집에 갈 수 있는지도 가능한 한 빨리 알아봐야 하구요." 그녀는 절망에 찬 표정으로 펜을 내려놓으며 한숨을 지었다. "저는 전보 쓰는 일은 정말 못 해요!"

"그러면 편지를 쓰면 되잖아요. 내일 간다고 편지 써요."

바이너 양은 이 말에 금세 다행이라는 표정을 짓더니 잉크병에 펜을 푹 담갔다. 하지만 몇 자 긁적인 후에는 다시 멈춰버렸다.

"아, 정말 힘들다! 대체 뭐라고 해야 할지 모르겠어요. 어떤 일이 있어도 그분들이 머릿 부인이 얼마나 지독한 사람인지 모르게 해야 하는데."

대로우는 잠자코 있기로 했다. 어찌 됐든 이건 자기가 상관할 일은 아니었다. 그는 시가를 피워 물고 의자에 등을 기댄 채 그 나른한 맛을 즐겼다. 그녀는 힘겹게 편지를 쓰느라 모자를 뒤로 젖혔고, 그 바람에 어젯밤 그가 그토록 만지고 싶었던 그 머리칼 한 가닥이 다시 흘러내렸다. 대로우는 한동안 그 머리칼을 지켜보다가 일어서서 창가로 갔다.

등 뒤에서 펜 소리가 사각사각 들려왔다.

"그분들께 걱정을 끼쳐드리고 싶진 않아요. 안 그래도 근심거리가 많으실 텐데." 자신 없는 듯한 펜 소리가 다시 그쳤다. "글 쓰는 재주가 있으면 정말 좋을 텐데. 제가 글을 쓰려고 하면 단어들이 놀라서 도망가버려요."

대로우는 '작문' 숙제를 하는 여학생처럼 고개를 숙인 채 열심히 편지를 쓰고 있는 그녀를 쳐다보며 빙긋 웃었다. 상기된 볼과 찡그린 이마를 보니 글을 못 쓴다는 그녀의 말은 그를 자기 옆으로 오게 할 순진한 술수가 아니라 사실인 것 같았다. 바이너 양은 정말 생각하는 바를 글로 옮기는 능력이 없었고, 이건 그녀의 영리하고 예민한 정신과 끊임없이 뭔가를 보고 느끼는 감성과 연관이 있었다. 그는 애너 리스, 아니 오래전에 애너 서머스였던 소녀에게서 받은 몇 통의 편지를 생각했다. 가늘고 힘찬 획, 명확한 어구들로 가득 찬 그 편지들을 기억하자니까, 갑작스러운 연상에 의해 바로 그런 편지 한 통이 지금 호텔에서 그를 기다리고 있을지도 모른다는 생각이 들었다.

정말 그런 편지가 와 있고, 애너가 거기서 전에 보낸 전보의 배경을 낱낱이 설명하고 있다면? 이런 생각을 하자 갑자기 비위가 상해 그는 신경질적인 표정으로 바이너 양을 노려보았다. 그녀는 정말 멍청해 보였고, 대로우는 리스 부인의 편지가 자기 방 탁자에 놓여 있을지도 모르는 이때 어떻게 이런 여자와 한나절을 낭비할 수 있는지 기가 막힐 따름이었다. 원한다면 바로 이곳에서 바이너 양에게 작별을 고할 수도 있었지만, 그는 그녀를 떠맡은 셈이고 그러니 그 결과를 감수해야 했다.

그녀가 갑자기 편지를 구기며 일어서는 걸 보니 기이한 직관으로 그의 기분을 알아챈 모양이었다.

"저 정말 한심하죠? 하지만 더 이상 여기서 지체하시게 하지 않을게요. 호텔에 가서 쓰면 돼요."

그녀의 얼굴이 더 붉게 달아올랐고, 두 사람의 눈이 마주친 순간 그는 처음으로 그녀가 어색해 하는 모습을 보았다. 혹시 자기가 옆에 있어서 저렇게 당황한 것일까? 그런 생각이 들자 그녀에 대한 모호한 짜증이 자신에 대한 확실한 혐오감으로 바뀌었다. 이런 일에 이렇게 말려드는 게 아니었다. 왜 저녁 기차로 즈와니에 보내버리지 않고 세르딘을 핑계 삼아 파리에 잡아두었던가? 파리는 아는 사람 천지였고, 극장에서 리스 부인의 친구가 수상쩍게 예쁜 여자와 같이 있는 그를 보고 그녀에게 일러바칠 수도 있다는 생각을 하니 더 짜증이 났다. 그건 절대로 안 될 일이었다. 열렬히 사랑하는 여자에게 자신이 한시라도 그녀를 잊을 수 있다고 생각하게 할 수는 없었다. 이제 그는 리스 부인의 편지가 자기를 기다리고 있다고 굳게 믿었고, 거기에는 전보에 썼던 지시를 철회하고 당장 자기 옆으로 오라는 사연이 담겨 있을 거라는 상상에 잠겼다…….

제5장

이런 희망은 '편지 온 게 없는데요'라는 데스크 직원의 한마디에 완전히 물거품이 되어버렸다.

리스 부인은 편지를 쓰지 않았다. 그 전보의 내용을 설명할 필요를 못 느낀 것이리라. 대로우는 한 방 맞은 기분으로 돌아섰다. 그녀의 간소한 침묵이 자신의 넘치는 희망과 두려움을 비웃는 듯 느껴졌기 때문이다. 그는 점심 식사 후 돌아오는 길에 편지가 왔는지 확인해보았는데, 오후 늦게 다시 돌아오며 물었을 때도 또다시 부정적인 답변을 들은 것이었다. 두번째 우편배달 때에도 그에게 온 편지는 없었다.

흘깃 시계를 보니 바이너 양과 저녁 먹으러 가기 전에 옷을 갈아입으려면 시간이 빠듯했다. 그런데 승강기 쪽으로 가던 대로우는 좋은 생각이 떠올라 자기 하인에게 얼른 전보를 쳤다. '오늘 혹시 프랑스 소인이 찍힌 편지 한 통 전송한 적 없나? 테르미뉘 호텔로 전보 보내주게.'

극장에서 돌아올 때쯤에는 어떤 회답이든 와 있을 것이고, 그러면 리스 부인이 편지를 보냈는지 확실히 알 수 있을 터였다. 그는 얼른 방으로 올라가 한결 가벼운 마음으로 옷을 갈아입었다.

바이너 양이 잃어버렸던 여행 가방이 드디어 도착했고, 거기서 나온 소박한 옷가지로 한껏 차려입은 그녀는 식탁 건너편에 앉은 대로우를 향해 밝게 웃어 보였다. 상처 입은 자존심 때문인지 대로우의 눈에는 그녀가 전보다 더 예쁘고 흥미로워 보였다. 둥글게 파인 드레스의 목선 위로 가느다란 목과 우아한 머리가 보이고, 모자의 넓은 챙이 뿌연 후광처럼 머리칼 위에 둥글게 솟아 있었다. 그녀의 눈과 입술에는 기쁨이 일렁이고 있었고, 촛불이 던지는 그림자 사이에서 밝게 미소 짓는 그녀를 보면서 대로우는 그녀와 함께 있는 게 자랑스럽게 느껴졌다. 그래서 식당 안에 혹시 아는 사람이 있으면 하고 주변을 둘러보기까지 했다.

그토록 명랑하던 바이너 양은 숨을 죽인 채 극장의 특별 칸막이 관람석에 앉아 비밀스러운 종교 의식에 처음 참여하는 초심자처럼 공연에 몰두해 있었다. 자신과 무대 사이에 놓인 그녀의 옆모습을 보려고 뒷자리에 앉은 대로우는 바이너 양의 얼굴에 서린 젊은이 특유의 진지한 표정에 깊은 감동을 받았다. 지금까지 겪었을 이런저런 일들과 스물네 살이라는 나이에도 대로우가 보기에 그녀는 진실로 젊어 보였고, 대로우는 그렇게 무상한 청춘이라는 것이 머릿 집안의 삭막한 분위기 속에서 용케도 살아남았다는 생각을 했다. 연극이 펼쳐지는 동안 그는 꼼짝 않고 앉아 있는 바이너 양이 실은 하나도 빠짐없이 모든 걸 감지하고 있고, 공연에 너무 열중한 나머지 세르딘이 무대에 등장할 때는 긴장으로 이마를 찌푸린다는 걸 알아챘다.

1막이 끝나자 그녀는 황홀한 표정으로 한동안 가만히 앉아 있더니 대로우를 돌아보며 갖가지 질문을 퍼부었다. 그 질문들로 미루어 볼 때 그녀는 연극의 전반적인 줄거리보다는 공연의 이런저런 세부적인 사항에 관심이 더 많았고, 위대한 세르딘의 몸짓이나 억양 하나하나를 유심히 지켜보며 분석하고 있었다. 대로우는 연극에 관해 권위자의 입장에 서게 된 게 은근히 자랑스러웠다. 지금까지 그는 연극에 대해 모든 예술에 흥미를 느끼는 유식한 청년이 갖는 정도의 관심만 느껴왔지만, 그녀의 질문에 대답하다 보니 상대가 보기에 아주 인상적이고 독창적이며, 스스로 생각해도 전반적으로 꽤 괜찮은 말들이 쏟아져나왔다. 바이너 양은 자기 생각을 말하기보다는 대로우의 의견을 들으려고 했고, 그녀의 그런 열의 덕분에 대로우는 전에는 생각지 못했던 여러 가지 견해를 피력했다.

바이너 양은 2막부터는 연극의 줄거리에도 관심을 기울였으나, 인물 간의 갈등보다는 '이야기'에 더 흥미를 느끼는 듯했다. 그녀는 연극의 여러 요소를 예리하게 파악하고, 이런저런 기술적 '장치'나 분장실에서 일어난 여러 가지 사건을 들먹이고, '대사'나 '막'에 대해서도 유창하게 떠들어댔지만, 연극의 줄거리 자체에 대해서는 마치 길거리에서 일어나는 사고나 옆방에서 들려오는 언쟁처럼 실제로 일어나고 있는 사건을 지켜보듯 순진하기 짝이 없는 태도를 보였다. 그녀는 대로우에게 무대 위의 두 연인이 지금 다가오는 저 사건으로 인해 '정말' 파멸할 것 같은지 물었고, 그가 자기는 이미 이 연극을 봤으니 대답할 자격이 없다고 하자, "아, 그럼 앞으로 어떻게 될지 얘기하지 마세요!" 하더니, 바로 다음 순간 세르딘의 배우로서의 위치와 실제 생활에 대해 물어보기 시작했는데, 후자와 관련해서는 젊은 처녀들이 묻지도 않고, 어떻게 물어야 할지도 모를 질문들을 던졌다. 그런데 그녀가 이 사실을 전혀 의식하지 못하고 있는 걸 보면 그녀 자신보다는 그 주변 사람들에 대해 많은 걸 짐작할 수 있었다.

2막이 끝난 후, 대로우는 바이너 양을 데리고 로비로 나가 비좁은 붉은 벨벳 소파에 앉은 채 불빛과 번쩍이는 도금 장식들 사이를 걸어다니는 사람들을 지켜보았다. 그런데 그녀가 거긴 덥다고 했기 때문에 두 사람은 사람들 틈을 비집고 나가 층계 아래쪽에 있는 비좁은 카페로 가 다른 손님들 사이로 간신히 오렌지 주스를 건네 받았다. 바이너 양이 빨대로 주스를 마시는 동안 대로우는 담배를 피우면서 다른 남자들의 눈길을 끄는 여성과 같이 있다는 사실에 원초적인 자부심을 느꼈다.

두 사람이 앉은 탁자 한쪽 구석에 오래된 연극 잡지가 놓여 있었는데, 소피는 한참 그 표지를 들여다보더니 흥분된 어조로 소리쳤다.

"내일 프랑세 극장에서 「오이디푸스」 공연이 있네요! 선생님은 여러 번 보셨겠지요?"

대로우는 빙긋 웃으며 대답했다. "소피도 봐야 하니까 내일 가죠."

이 말을 들은 바이너 양은 한숨을 지었지만 그 제안을 거부하지는 않았다. "안 돼요. 즈와니행 막차가 네 시에 떠나는걸요."

"하지만 그분들이 소피를 받아줄지 어쩔지 아직 모르지 않소."

"내일 아침이면 답장이 올 거예요. 팔로우 씨 부인께 편지 받는 즉시 전보 쳐 달라고 썼거든요."

대로우는 순간 뜨끔했다. 점심 식사 후 호텔로 돌아왔을 때 그녀가 편지 한 통을 부쳐 달라고 부탁했는데 여태 까맣게 잊고 있었던 것이다. 그 편지는 지금 저녁 먹으러 나올 때 벗어둔 코트 주머니에 들어 있을 터였다. 당황한 대로우가 갑자기 의자를 뒤로 밀자 바이너 양이 그를 쳐다보았다.

"왜 그러세요?"

"아무것도 아니오. 그런데 내 생각에 그 편지는 오늘 오후 기차로 배달될 것 같지 않소."

"배달될 것 같지 않다구요? 왜요?"

"글쎄, 그러기엔 너무 늦게 부친 것 같거든." 대로우는 고개를 숙이고 담배에 불을 붙였다.

"어머, 그 생각은 꿈에도 못 했어요! 하지만 내일 아침에는 틀림없이 도착하겠죠?"

"오전 중에는 도착하겠죠. 프랑스 시골 우편은 아주 느리거든요. 오늘 저녁에 배달됐을 가능성은 거의 없어요." 그렇게 말하고 나니 마음이 좀 편해졌다.

"전보를 칠걸 그랬나 봐요."

"그럼 내가 내일 아침에 전보를 쳐줄게요."

이윽고 공연 시작을 알리는 종소리가 카페 안에 울려 퍼지자 바이너 양이 벌떡 일어섰다.

"아, 빨리, 빨리 가요! 놓치면 안 되니까!"

그녀는 금세 팔로우 씨 부부를 까맣게 잊고 대로우의 팔짱을 낀 채 극장 안으로 들어갔다.

그리고 막이 오르자 대로우의 존재는 까맣게 잊혀졌다. 그는 또다시 구석 자리에 앉아 엄청난 감각의 파도가 그녀의 머릿속에서 감미롭게 물결치는 것을 지켜보았다. 그동안 굶주려온 모든 감각이 그 밀려오는 파도 쪽으로 촉수를 내밀어 지금 그녀가 보고, 듣고, 상상하는 모든 것이 지금까지 누려보지 못한 것들의 공백을 급속히 채워주고 있었던 것이다.

대로우는 그녀를 지켜보면서 다시 한번 상대의 열락에서 즐거움을 느꼈다. 그녀는 놀라울 정도로 예민한 사람이었고, 자신의 느낌을 육체적으로 발산해 대로우의 피까지 일렁이게 하는 듯했다. 그는 이제껏 완전히 새로운 자극이 그렇게 예민한 기질의 사람에게 끼치는 영향을 관찰해본 적이 없었고, 그래서 자신의 즐거움을 위해 그녀의 감각을 한껏 만족시켜주고 싶다는 욕망에 사로잡혔다.

다음 막이 끝날 무렵, 바이너 양은 대로우가 사준, 사진이 실린 아름다운 공연 안내 책자를 카페로 나가다가 잃어버린 걸 깨닫고 어쩔 줄 몰라 했다. 그녀는 다시 나가서 찾아보겠다고 했지만 대로우는 또 사면 되니까 걱정 말라며 바이너 양이 반대했는데도 특별관람석 문 쪽으로 걸어나갔다. 그녀는 대로우가 자기 때문에 또 돈을 쓰는 게 미안한 눈치였다. 그는 바이너 양이 평소에 보여준 발랄한 풍요로움과 대조되는 이 검소한 태도에 가슴이 아팠고, 그러한 부당함을 시정하고 싶었다.

그녀는 그가 특별관람석으로 돌아올 때까지 문간에 그대로 서 있었고, 대로우 말고도 여러 사람이 그녀를 바라보고 있었다. 그런데 다음 순간 또 다른 사실이 그의 주의를 끌었다. 파리 관중들의 피곤한 얼굴 위로 밝은 표정으로 인사하는 오언 리스의 환하게 생기 넘치는 얼굴이 보였던 것이다.

늘씬하고 진지한 모습의 오언은 자기와 비슷하게 생긴 두 친구를 자리에 남겨둔 채 새어머니의 친구를 만나러 사람들을 헤치며 걸어왔다. 대로우에게 이 일은 그야말로 최악의 사태였고, 소피 바이너를 본 기쁨도 그가 느끼는 심한 당혹감을 달래줄 수 없었다. 바이너 양은 본능적으로 위험을 감지한 듯 어두컴컴한 특별석 안으로 들어가버렸다.

오언 리스는 금세 대로우 옆에 와 섰다. "아저씨인 줄 알았어요! 여기서 뵙다니 정말 운이 좋네요! 연극 끝난 뒤에 저희랑 같이 식사하러 안 가실래요? 몽마르트르든 어디든 아저씨 마음대로 고르세요. 저 애들은 보자르에 다니는 제 친구들이에요. 둘 다 좋은 녀석들인데……"

대로우는 잠깐 동안 오언의 친절한 눈빛에서 '저 아가씨도 같이 가주시면 좋겠는데'라는 뜻을 읽을 수 있었지만, 결국 청년은 '같이 가주시면 저희 모두 정말 좋겠어요'라는 말로 끝을 맺었다.

대로우는 고맙다는 말로 제의를 거절한 후 몇 분 더 오언과 얘기를 나누었는데, 청년의 한 마디 한 마디, 어조 하나하나가 쓰린 눈에 비쳐드는 햇살같이 느껴졌다. 그는 공연 재개를 알리는 종이 울리자 다행이라는 생각이 들었고, 오언은 다정하게 "나중에 지브레에서 만나 뵐 수 있는 거죠?"라고 말하며 자리로 돌아갔다.

바이너 양 곁으로 돌아온 대로우는 오언이 앉은 데서 이쪽 좌석이 보이는지 확인하려고 얼른 극장 내부를 살폈다. 하지만 오언은 보이지 않았고, 대로우는 오언이 바이너 양 옆이 아니라 복도에서 자신을 발견했을 거라는 결론을 내렸다. 그게 왜 그렇게 중요한지는 불분명했지만, 분명한 것은, 그가 그렇게 안도감을 느낀 것은 바이너 양을 배려해서가 아니라, 늘 마음속에 남아 있는 〔애너의〕 엄하고 상처 입은 듯한 눈빛이 또다시 기억났고, 그녀에게 새로운 상처를 주지 않아서 천만다행이라는 생각이 들었기 때문이다.

호텔로 돌아오는 차 안에서도 그 눈빛은 리스 부인의 편지가 오후에 도착했을 수도 있다는 생각 때문에 계속 그의 뇌리에 남아 있었다. 설사 편지가 안 왔더라도 그걸 이리 전송했다는 하인의 전보가 와 있을 수 있었다. 이런 생각을 하자 옆에 앉은 바이너 양이 여자가 아니라 여동생이나 딸같이 느껴졌다. 그녀는 이제 그가 즐거운 마음으로 하루저녁의 행복을 선사해준 매력적인 젊은 여성에 지나지 않았다. 택시가 불 켜진 호텔 마당에 들어서는 순간 바이너 양이 얼른 몸을 돌려 환한 얼굴로 대로우를 쳐다보았지만, 그는 택시 문을 여는 척하며 외면해버렸다.

안내 데스크의 야간 담당 직원은 우편함을 뒤져보더니 편지 아니면 전보를 대로우 방으로 올려 보낸 것 같다고 했고, 이 말을 들은 그는 한시바삐 자기 방에 올라가보고 싶었다. 이윽고 위로 올라온 두 사람은 아무도 없는 어두컴컴한 복도를 걸어갔고, 자기 방 앞에 이르자 바이너 양은 연한 색 망토의 주름을 한 손으로 모아 잡고 다른 손은 대로우에게 내밀었다.

"전보가 일찍 오면 저는 첫 기차로 떠날 거니까, 그럼 이게 마지막이네요." 이렇게 말하는 그녀의 눈빛이 아쉬움으로 그늘져 있었다.

대로우는 다시 한번 양심의 가책을 느끼며 그 편지를 아직도 안 부쳤다는 걸 깨달았다. 그리고 악수를 하는 순간, 그녀가 방으로 들어가는 즉시 아래층에 내려가 그 편지를 부치기로 결심했다.

"아, 틀림없이 아침에 만나게 될 거예요!"

대로우가 약간 어색하게 미소 지으며 이렇게 말하자 바이너 양의 얼굴이 기쁨으로 파르르 떨렸다.

"어쨌든 오늘 하루 즐겁게 보내게 해주셔서 고맙습니다."

그녀의 손이 조금 전 얼굴이 그랬듯이 파르르 떨리고 있었다. "하지만 실은 그쪽이……." 대로우는 바이너 양의 손을 입술로 가져가며 대답했다.

그런데 그 손을 놓는 순간, 두 사람의 눈길이 마주쳤고, 커튼이 쳐진 창문 안에서 누군가가 들고 지나간 촛불 같은 뭔가가 그녀의 눈을 스쳐 지나갔다.

"잘 자요. 많이 피곤할 텐데." 대로우는 친절한 어조로 갑자기 이렇게 말하며 바이너 양이 방으로 들어가는 것도 보지 않고 돌아서서 자기 방 문을 열었다. 그러고는 어둠 속에서 문턱에 걸려 넘어지면서 전등 스위치를 찾았다. 불을 켜자 탁자 위에 놓인 전보가 보였고, 그는 다른 건 모두 잊은 채 얼른 그걸 집어들었다.

'프랑스에서 온 편지 없음.' 전보에는 그렇게 쓰여 있었다.

대로우는 전보를 바닥에 던지고 자신도 탁자 옆 의자에 털썩 주저앉아 연갈색과 암갈색 무늬가 있는 우중충한 카펫을 내려다보았다. 애너는 편지를 쓰지 않았다. 그녀는 아직 편지를 안 보냈고, 보낼 생각도 없는 게 분명했다. 그 전보의 내용을 설명하고 싶었으면 분명히 이십사 시간 이내에 편지를 띄웠을 것이다. 하지만 그녀는 그 내용을 설명할 생각이 없었고, 그녀의 침묵은 이쪽에서 납득할 만한 구실이 없거나, 설명이 필요하다고 느낄 만큼 대로우에게 관심이 없다는 걸 의미할 뿐이었다.

이런 생각을 하다 보니 어린 시절에 느꼈던 비참함이 되살아났다. 지금 그가 이토록 괴로운 것은 상처 받은 자존심 때문이 아니었다. 대로우는 리스 부인의 이미지만 보전할 수 있다면 그 정도 고통은 참을 수 있다는 생각이 들었다. 하지만 그 때문에 애너가 진부하고 불성실한 사람이 되는 건 참을 수 없었다. 그건 도저히 견딜 수 없었기에 자신이 느끼는 이 고통의 대가로 누군가를 괴롭히고 싶다는 맹목적인 욕망이 샘솟았다.

그렇게 침울한 마음으로 쓸데없이 복잡한 카펫의 무늬를 보고 있자니 모든 게 뿌옇게 흐려지며 리스 부인의 눈으로 변해 또다시 자신을 지켜보는 듯했다. 그는 애너의 훤칠한 이마와, 런던에서 만난 마지막 저녁, '그럼 이게 마지막이네요'라고 말했을 때의 그 깊은 눈빛을 떠올렸다. 대로우는 애너가 소피 바이너와 같은 말로 작별을 고했다는 사실을 상기했다.

다음 순간 대로우는 자리에서 벌떡 일어나 바이너 양의 편지가 든 코트를 꺼내 들었다. 밤 12시 45분이니 오늘 부치나 내일 아침 일찍 부치나 그게 그거지만, 그는 양심의 가책을 덜고 싶어서 편지를 꺼내 들고 밖으로 나갔다.

하지만 그는 옆방에서 들려오는 소리에 걸음을 멈추었다. 그는 지금 다시 한번 얇은 벽 너머, 바로 몇 발짝 떨어진 곳에 작지만 강렬한 생명의 불꽃이 타오르며 공기를 뒤흔들고 있다는 사실을 깨달았다. 그러자 소피의 얼굴이 자꾸만 되살아났고, 이제 그 얼굴은 조금 전에 떠오른 리스 부인의 얼굴만큼이나 생생했다. 그는 그날 저녁 바이너 양이 체험한 즐거움과 갖가지 자극을 향해 그녀가 내뻗은 그 많은 섬세한 촉수들을 기억하고 기분이 좋아져 피식 웃었다.

바로 그 순간 그가 자신의 불행을 되씹는 것처럼 바이너 양이 그날의 행복을 골똘히 되새기고 있을 걸 생각하니 묘하게도 그녀가 바로 옆에 있는 것처럼 느껴졌다. 자신의 불행은 어쩔 수 없지만 바이너 양을 몇 시간 더 행복하게 해주는 건 그리 어렵지 않을 것이었다. 어쩌면 이건 그녀 자신이 은근히 바라는 바일 수도 있었다. 팔로우 씨 댁에 가는 게 그렇게 급했다면 이런 편지 대신 파리에 도착하자마자 전보를 보냈을 것이기 때문이다. 대로우는 시간을 좀더 벌어보자는 바이너 양의 이런 순진한 발상을 왜 그때는 눈치 채지 못했는지 이상하게 느껴졌다. 그리고 그녀가 그런 수단을 썼다는 게 나쁘게 보이기는커녕 이 기회를 활용해야겠다는 생각이 더 강해졌다. 가엾은 아가씨, 바이너 양은 약간의 즐거움과 개인적인 생활에 굶주려 있었고, 그런 처녀에게 파리에서의 하루를 한 번 더 선사하는 것도 나쁘지 않을 것 같았다. 그런데 그렇게 되면 자신이 바이너 양의 수단에 넘어가는 것 아닐까?

하지만 이런 생각을 하다 보니 다시 한번 바이너 양이 안쓰럽게 느껴졌다. 그녀는 이제 대로우가 자신에게서 도피하기 위한 수단, 그리고 갑자기 생긴 여유 시간을 함께할 대상으로서 아주 흥미로운 존재가 된 것이었다. 그는 벽 저쪽에 그녀가 있었기에 덜 쓸쓸했고, 그래서 즐겁고 느긋한 마음으로 또 한번 이렇게 자신을 위로해준 대가로 그녀를 파리에 묶어 둘 새로운 방법들을 궁리하기 시작했다. 그는 의자에 등을 기댄 채 시가를 피워 물고 기쁨에 찬 그녀의 얼굴을 상상하며 빙긋 웃었다. 그리고 바로 이 순간 그녀가 회상하고 있을 오늘 하루의 일들과, 그 일에서 자신이 행한 역할을 돌이켜보았다. 그 역할이 결코 작지 않았다는 건 확실했고, 그런 생각을 하니 마음이 한결 밝아졌다.

그녀 방에서 이따금 들려오는 이런저런 소리를 듣고 있자니 자신이 처해 있는 이 상황이 더욱 생생하게 느껴졌고, 나름의 비밀을 담고 있는 여러 방 중 하나에서 그녀와 잠시 머물게 된 이 거대하고 의미심장한 고독이 더욱 특이하게 느껴졌다. 수많은 사람들의 비밀이 아주 가까이서 자신들을 에워싸고 있다는 사실을 생각하니 바이너 양이 더 친밀하게 느껴졌다. 대로우는 시가 연기 속에서 그녀의 움직임을 그려보고, 올렸던 머리를 풀려고 치켜든 가늘고 젊은 팔의 곡선과, 허리까지 내려왔다가 다시 무릎으로 미끄러져 내리는 그녀의 옷, 침대로 올라가는 그녀의 하얀 발 등을 상상해보았다…….

이윽고 그는 자리에서 일어서며 하품을 하고 시가 꽁초를 던졌다. 그런데 그 꽁초가 날아가는 걸 보고 있자니 아까 방바닥에 떨어뜨린 전보가 눈에 띄었다. 옆방에서는 아무런 소리도 들려오지 않았고, 그는 또다시 외롭고 불행한 느낌에 빠져들었다.

대로우는 창문을 열고 창틀에 두 팔을 얹은 채 거대한 불야성 같은 도시와 어두운 하늘, 그리고 그 하늘에 떠 있는 샛별을 바라보았다.

第6장

다음 날 오후, 프랑세 극장에서 대로우는 너무 지겨운 나머지 하품을 하고 있었다.

따뜻한 날씨 때문인지 사람들로 가득 찬 극장 안의 공기는 텁텁했고, 공연은 참기 어려울 정도로 치졸했다. 대로우는 바이너 양도 그렇게 생각하는지 궁금해서 슬쩍 옆을 돌아보았다. 그녀는 아주 차분한 표정으로 공연에 열중해 있었는데, 예의상 재미있는 척하는 것일 수도 있었다. 짜증난 대로우는 다시 의자에 등을 기대고 하품을 억누르며 공연에 집중하려 했다. 무대 위에선 엄청난 사건들이 벌어지고 있었고 대로우도 고대 연극의 비장한 아름다움을 모르는 바는 아니었다. 하지만 배우들의 연기는 극장 안의 공기만큼이나 답답하고 맥빠지게 느껴졌다. 전에 대로우 자신이 환호했던 바로 그 배우들이 같은 역할을 맡고 있었지만, 그 때문에 그들의 연기가 더욱더 진부하고 고리타분하게 느껴지는 것 같기도 했다. 그러고 보면 지금이야말로 이 빈사의 예술에 새로운 피를 수혈할 시점이었다. 대로우는 지금 유령이 된 배우들이 스틱스 강가에서 사자(死者)들을 위해 연기를 펼치고 있는 것 같다는 생각을 했다.

예쁜 아가씨를 동반한 젊은이라면 봄날 오후의 금쪽같은 시간을 연극이나 보며 허비할 일이 아니었다. 계절의 청신함을 반영하는 듯한 바이너 양의 신선한 얼굴을 보니 어린 나뭇잎 사이로 비쳐드는 햇살, 풀밭을 흘러가는 시냇물 소리, 산들바람 부는 풀밭 위에 어른대는 나무 그늘이 떠올랐다…….

마침내 비극의 흐름이 잠시 멈춘 순간, 극장 앞 광장이 내려다보이는 발코니로 나왔을 때 대로우는 바이너 양도 자기랑 같은 생각인지 보려고 그녀 쪽을 돌아보았다. 하지만 그녀의 감동에 찬 얼굴을 보니 이 공연에 대해 악평을 한다는 건 생각할 수도 없었다.

"아, 왜 이리 나오자고 하셨어요? 저 안에 기어 들어가서 다시 시작할 때까지 어둠 속에 앉아 있어야 하는 건데!"

"공연을 보고 그렇게 느꼈어요?"

"선생님은 안 그러셨어요? 신들이 주인공들 바로 뒤에 숨어서 줄을 당기는 것 같지 않았어요?" 바이너 양은 난간을 꽉 움켜쥔 채 연이어 밀려오는 감동의 날갯짓 아래 환해졌다 어두워졌다 했다.

대로우는 즐거워하는 바이너 양을 보며 빙긋 웃었다. 실은 대로우 자신도 아주 오래전에 그 모든 감정을 느낀 바 있었다. 연극의 감동이 사라진 듯 느껴지는 것은 배우들보다 바로 자기 자신의 탓일 수도 있었다…….
하지만 그럴 리는 없었다. 배우들의 연기가 둔하고 진부한 건 사실이었다. 바이너 양이 그들의 연기에 그토록 감동하는 건 다른 공연들과 비교해 평가할 경험이 부족하기 때문이었다.

"지겨워서 나가고 싶어 하는 줄 알았어요."

"지겹다고요?" 바이너 양은 기분 나쁜 듯 얼굴을 찌푸렸다. "제가 너무 무식하고 멍청해서 이 공연의 진가를 몰라볼 거라고 생각하셨다는 거죠?"

"아니, 그게 아닌데." 바이너 양은 여전히 난간을 잡고 있었고, 대로우는 자기 쪽에 있는 그녀의 손을 잠시 감싸 쥐었다. 그러자 그녀의 얼굴이 붉어지며 파르르 떨렸다.

"소피 생각엔 어떤지 말해봐요." 대로우는 자신이 무슨 말을 하는지도 모르는 채 약간 고개를 숙이며 이렇게 말했다.

바이너 양은 여전히 앞을 응시하며 빠른 어조로 자기가 느낀 감정을 털어놓기 시작했다. 하지만 그녀는 자신의 예술적인 감정을 분석해본 적이 별로 없었기에, 연극의 파란만장한 전개가 폭풍우나 다른 자연재해라도 되는 듯, 그저 엄청난 경이감에 사로잡혀 있는 듯했다. 그녀는 오늘 느낀 감정을 부가적으로 설명해줄 문학적 · 역사적 지식도 없었고, 그리스 문학을 공부해본 적도 없는 듯했다. 하지만 그녀는 고전 문학 강의에서 일등을 한 아가씨도 간파하지 못했을 것들, 예컨대 거부할 수 없는 운명 같은 줄거리 전개, 자기 자신의 작은 운명까지 조종하는 불가해한 '우연'의 무서운 손길 등을 느꼈던 것이다. 그녀에게 이 연극은 문학 작품이 아니라 지금 자신에게 일어나고 있고 앞으로 일어날 일들과 똑같이 생생한 사실이었다. 그런 시각으로 보니 대로우에게도 이 연극이 지닌 숭고하고 절절한 현실감이 되살아났다. 그는 예술에 대한 이론이나 연극의 장치 같은 인위적인 껍질을 뚫고 이 작품의 정수를 볼 수 있게 되었고, 그 결과 연극이라는 대상을 여태 한번도 본 적 없는 새로운 방식으로, 즉 삶 자체로 보게 되었다.

이제 공연 도중에 나가는 건 상상도 할 수 없는 일이었고, 그래서 대로우는 다시 바이너 양을 특별석 안으로 데리고 가 그녀와 같은 방식으로 공연을 감상하기로 했다. 하지만 연극이 다시 이어지고 텁텁한 공기가 마음을 짓누르자 다시 잡념이 되살아났고, 그는 마음속으로 아침에 있었던 일들을 돌아보기 시작했다.

소피 바이너와 하루 종일 같이 있었는데도 시간이 놀라울 만큼 빠르게 흘러가고 있었다. 시간이 흐름에 따라 바이너 양은 오전에 팔로우 씨 부부에게서 전보가 안 왔다는 말을 듣고도 기쁨을 감추지 않았다. 그녀는 그저 "보내시긴 했을 텐데" 하고는 곧바로 극장에서 보낼 멋진 오후에 대해 생각하기 시작했다. 두 사람은 극장 가기 전 오후 시간 동안 활기 넘치는 거리를 걷기도 하고, 샹젤리제에 있는 한 식당의 밤나무 아래서 천천히 점심 식사를 즐기기도 했다. 바이너 양은 모든 것에 흥미와 즐거움을 느꼈고, 대로우는 그녀가 사람들의 주목을 받는 걸 의식하고 있음을 깨닫고 재미있다고 생각했다. 하지만 그녀가 자신의 미모 때문에 허영심을 느끼는 것 같진 않았다. 자신의 아름다움이 그저 고운 합창을 이루는 한 음이고, 가수가 노래하기를 즐기듯 그 음을 내는 걸로 만족한다는 식인 것 같았다.

식사 후 커피를 마시는 동안 그녀는 수많은 질문을 퍼부었고, 아주 다양한 의견을 제시하기도 했다. 그녀의 질문들은 인간사에 대한 건강하고 폭넓은 호기심을 보여주었고, 그녀가 내놓는 의견들에는 그녀의 얼굴이나 태도 전반이 그렇듯 조숙한 영악함과 천진한 무지가 묘하게 섞여 있었다. 그녀는 걸핏하면 인생이라는 말을 입에 올렸는데, 대로우가 보기에는 그런 그녀가 그야말로 호랑이 새끼를 갖고 노는 아이로 보였고, 아이가 자람에 따라 호랑이도 점점 커질 거라는 생각이 들었다. 바이너 양은 아주 영악하면서도 정말 솔직해서 그녀가 지금껏 어떻게 살아왔고, 그 삶이 그녀에게 어떤 영향을 주었는지 가늠하기 힘들었다. 그녀는 수십 가지 타입 중 하나일 수도 있고, 아니면 ―상대에게는 당혹스럽고 본인에게는 위험한 일이겠지만― 그 모든 타입이 아무렇게나 뒤섞이며 번갈아 나타나는 경우일 수도 있었다.

그녀는 전에도 그랬듯이 금세 연극 얘기로 화제를 돌렸고, 연극계에 존재하는 모든 장르와, 정식 극장을 비롯해 연극인들이 드나드는 온갖 장소에 대해 질문을 던졌다. 공연 당시 후반부의 몇 장면 때문에 상당한 물의를 빚은 어떤 연극에 대한 바이너 양의 질문에 대로우가 "그 극은 결혼한 여자들이나 볼 수 있어요!"라고 대답하자 그녀가 결혼 문제로 화제를 돌렸다.

"아, 저는 절대 결혼 안 할 거예요." 그녀는 젊은이 특유의 확고한 말투로 이렇게 말했다.

"처녀들은 으레 그렇게 말하죠!"

"맞아요, 선택의 여지가 있는 여자들이 하는 말이죠!" 그녀의 눈빛이 갑자기 노인처럼 변한 듯했다. "제게 청혼한 남자들을 보셨어야 하는 건데! 한 사람은 호크 가족과 외국에 갔을 때 배에서 만난 의사인데 술주정 때문에 해군에서 쫓겨난 사람이었고, 다른 사람은 귀머거리 홀아비인데 세 딸이 다 커서 베이스워터에서 시계방을 하고 있는 사람이었어요! 그리고……" 바이너 양은 말을 이어갔다. "전 결혼 제도 자체가 별로 맘에 안 들어요. 자기 계발과 독립된 생활이 제일 중요하다고 생각하거든요. 그런 점에서는 굉장히 현대적이죠."

그런데 대로우는 바이너 양이 스스로를 굉장히 현대적이라고 말하는 바로 그 순간 그녀가 말할 수 없이 전통적으로 느껴졌다. 하지만 바로 다음 순간 그녀는 괜한 허세를 부리거나 어떤 태도를 가장하는 게 아니라 아주 자연스럽게, 쓰라린 경험을 통해서나 얻을 수 있는 인간사에 대한 어떤 결론을 내놓곤 했다.

극장에서 그녀 옆자리에 앉아 순진하게 공연에 빠져 있는 그녀를 지켜보고 있자니 이 모든 게 되살아났다. 그녀의 정신은 '줄거리'에 집중되어 있었고, 실제 생활에서도 그녀는 좀더 추상적인 상상력의 영역보다는 '줄거리'에 주로 매달릴 것 같았다. 대로우는 그녀의 영혼에는 아무런 메아리도 없을 거라고 생각했던 것이다…….

하지만 그녀는 분명 모든 걸 아주 강렬하게 느끼고 있었다. 그녀는 실제로 일어나는 일이나 바로 눈앞에서 벌어지는 일에는 아주 예민한 촉수를 내밀었기 때문이다. 연극이 끝나고 다시 햇살이 환한 밖으로 나왔을 때 대로우는 빙긋 웃으며 그녀를 내려다보았다.

"어때요?" 그가 물었다.

그녀는 멍한 눈길로 말없이 그를 쳐다보았다. 볼과 입술은 파리하고, 모자 챙 아래로 빠져나온 고수머리는 땀에 젖은 채 이마에 달라붙어 있어, 마치 동굴 안의 연기 때문에 정신이 몽롱해져 있는 젊은 여사제 같은 모습이었다.

"이런, 너무 무리한 거 아니에요?"

그녀는 어렴풋이 웃으며 고개를 저었다.

"자," 대로우는 그녀의 팔에 손을 얹으며 말했다. "택시 타고 얼른 신선한 공기랑 햇빛이 있는 데로 가야겠어요. 해가 지려면 아직 몇 시간 남았으니까. 밤도 아주 멋질 것 같고!"

그가 가리키는 곳에는 리볼리 가의 지붕들 위로 희부연 하늘에 하얀 달이 떠 있었다.

그녀는 아무 말도 하지 않았다. 대로우는 "브와!" 하며 택시를 불러 세웠다.

그런데 차가 튈르리 궁 앞을 지나는 순간 바이너 양이 정신을 차린 듯 입을 열었다. "전보가 와 있을지도 모르니까 먼저 호텔에 가봐야겠어요. 여하간 어떻게 할지 정해야 하거든요."

그녀는 갑자기 자신이 처한 상황의 심각성을 깨달은 모양이었다. "어떻게 할지 결정을 해야만 해요." 그녀는 방금 한 말을 되풀이했다.

대로우는 호텔은 나중에 가고 우선 브와에 가서 저녁을 먹자고 하고 싶었다. 오늘 저녁에 즈와니로 떠날 수는 없다는 것과, 팔로우 씨 부부의 답장을 지금 보든 몇 시간 후에 보든 무슨 상관이 있느냐고 말하면 될 것 같았다. 하지만 바로 어제까지만 해도 아무렇지도 않게 했을 그 말이 지금은 왠지 어색하게 느껴졌다. 그는 호텔에 가봤자 소용없을 거라는 걸 알고 있었지만, 그렇다면 못 가볼 이유도 없었다.

데스크 직원은 확실히 모르겠다고 대답했다. 자기가 있는 동안은 그녀에게 온 편지가 없었지만, 그전에 거기 있던 부하 직원이 받아 방으로 올려 보냈을지도 모른다는 얘기였다.

대로우와 소피는 승강기를 타고 위층으로 올라갔고, 그녀가 자기 방에 가 있는 사이 대로우는 자기 방 문을 열고 탁자 위에 아무것도 없다는 사실을 확인했다. 적어도 그에게는 아무런 우편물도 와 있지 않았다. 그리고 다음 순간 그녀 역시 그의 방문 앞에 와 대로우가 예상했던 대로, "아무것도 없네요" 했다.

그는 잘됐지만 좀 뜻밖이라는 표정을 지어 보였다. "잘됐네요! 자, 그럼 이제 차를 타고 어디로 좀 나가볼까요? 아니면 배를 빌려서 벨르뷔까지 가볼까요? 달밤에 그곳 테라스에서 저녁 먹어본 적 있어요? 꽤 괜찮아요. 여기서 편지나 기다리고 앉아 있어봤자 무슨 소용 있겠어요?"

그녀는 당혹스러운 표정으로 대로우 앞에 서 있었다.

"어제 편지 쓸 때 분명히 전보로 답장해 달라고 부탁했는데. 세상에, 그분들이 얼마나 쪼들리면 전보 대신 편지를 보내셨을까요." 바이너 양의 얼굴이 붉게 물들어 있었다. "저도 그래서 전보 대신 편지를 쓴 건데. 저도 한 푼이 아쉽거든요!"

그 말을 들은 대로우는 엄청난 자책감에 빠졌다. 어젯밤, 그녀가 팔로우 씨 부부에게 전보 대신 편지를 쓴 이유를 제멋대로 해석했던 걸 생각하니 정말 얼굴이 달아오르는 것 같았다. 더구나 그 이유는 대로우 자신이 스스로의 불성실함을 정당화하기 위해 꾸며낸 것이 아니었던가. 이런 생각을 하니 마음이 더욱 혼란스러웠고, 가능하다면 그녀의 손을 붙잡고 자신의 오해를 사과하고 싶어졌다.

그런데 바이너 양은 대로우의 안색이 붉어진 게 그렇게 초라한 형편을 알게 된 걸 자기도 모르게 유감스럽게 생각해서 그런 줄 알고 웃으면서 이렇게 말했다. "선생님은 전보를 치기 전에 과연 내가 그럴 형편인지 따져본다는 게 어떤 건지 상상하기 힘드시겠죠? 하지만 저는 늘 그런 것들을 생각해야 하는 처지였어요. 그리고 이제 여기 더 있으면 안 될 것 같아요. 즈와니행 야간 열차를 타러 갈 거예요. 팔로우 씨 댁에 묵을 형편이 아니면 호텔로 가면 돼요. 여기보다는 훨씬 쌀 테니까요." 그녀는 잠시 아무 말 없이 있더니 이렇게 소리쳤다. "왜 진작 그 생각을 못 했지? 어제 전보를 쳤어야 하는 건데! 하지만 어제 생각으로는 오늘 중으로 꼭 연락이 올 것 같았어요. 그리고 아, 어제는 정말 여기 있고 싶었고요!" 그녀는 걱정스러운 표정으로 대로우를 쳐다보았다. "제 편지를 몇 시에 부쳤는지 혹시 기억하세요?"

제7장

그때까지 바이너 양 방의 문간에 서 있던 대로우는 그 질문을 받은 순간 안으로 들어가 문을 닫았다.

가슴이 평소보다 좀더 빨리 뛰었지만, 아무리 미안한 마음이 들더라도 바보같이 그 편지를 안 부쳤다는 말은 절대 하지 말자는 것 이외에는 뚜렷이 어떤 말이나 행동을 할 생각은 없었다. 그는 쓸데없이 자신의 과오를 털어놓는 것이 그 과오 자체보다 더 큰 피해를 줄 수 있다는 걸 알고 있었다. 그리고 이게 바로 사소한 잘못이 고백으로 인해 정말 심각한 실수로 변할 수 있는 그런 상황이었다.

"정말, 정말 안됐네요. 하지만 제가 도울게요. 돕게 해줄 거죠?" 대로우가 말했다.

그는 상냥한 몸짓이 말로 하지 못한 부분을 대신해주길 바라면서 그녀의 손을 감싸 쥐었다. 그녀의 손길이 약간 부드러워지는 걸 느끼면서 대로우는 대답할 시간도 주지 않고 이렇게 말했다.

"즐거운 시간을 갖지 못하게 만드는 과거의 어떤 행동 때문에 함께 보낼 즐거운 시간을 망친다면 안타깝지 않아요?"

그러자 바이너 양은 손을 빼며 뒤로 물러섰고, 이전의 믿고 매달리는 표정 대신 날카로운 불신의 표정을 지으며 이렇게 물었다.

"설마 깜박 잊고 제 편지를 안 부치신 건 아니죠?"

대로우는 긴장되고 부끄러운 심정으로 그녀 앞에 선 채, 자신의 고민을 감추는 것보다 털어놓는 편이 더 큰 피해를 줄 거라는 사실을 다시금 절감했다.

"무슨 그런 말씀을!" 대로우는 웃으며 두 팔을 내밀었다.

그러자 바이너 양의 얼굴이 활짝 밝아졌다. "그렇다면 저도 후회하지 않을래요! 즐거운 시간이 다 지나간 것 말고는 아무것도 아쉬워하지 않을 거예요!"

바이너 양의 이 말은 무척이나 의외여서 그의 모든 결심을 흔들어놓고 말았다. 만약 그녀가 계속 그를 의심했다면 그 역시 그녀를 속였겠지만, 그녀가 선뜻 자기 말을 믿는 걸 보니 차마 속일 수가 없었던 것이다. 그러나 바로 그 순간 그의 마음속에 한 가지 의심이 뱀처럼 고개를 쳐들었다. 어린애처럼 순진하게 상대방의 말을 믿는 것은 그녀가 아니라 바로 대로우 자신 아닐까? 바이너 양이 이렇게 얼른 그의 말을 액면 그대로 받아들이고 편지에 대해 일언반구 더 묻지 않는 것은 수상하지 않은가? 그녀가 살아온 세월을 생각하면 남을 그렇게 쉽사리 믿는 건 미심쩍은 데가 있었다. 하지만 그녀를 보는 순간 그런 의심 자체가 부끄럽게 느껴졌고, 실상 그것은 자신의 실수를 정당화할 또 다른 변명에 지나지 않는 사실이 명백해졌다.

"이 즐거운 시간이 끝나야 할 이유는 없지요. 좀더 계속될 수 있잖아요."

그녀는 놀라 벌어진 입을 다물지 못한 채 그를 쳐다보았고, 그녀가 미처 대답을 하기도 전에 대로우는 이렇게 말했다. "나랑 같이 있어줘요. 며칠만 더 있으면서 전에 누려보지 못한 것들을 누려봐요. 5월에 파리에 있기는 쉽지 않아요. 이왕 왔으니 한껏 누려야죠. 서로 모르는 사이도 아니니 나를 친구로 생각하면 되잖아요."

그가 이렇게 말하는 동안 바이너 양은 약간 뒤로 물러났지만 손을 빼지는 않았다. 그녀는 파리해진 얼굴에, 불신도 적개심도 아닌 천진한 경이감만이 가득 담긴 눈길로 그를 응시하고 있었고, 그 표정을 본 대로우는 말할 수 없이 감동했다.

"아, 그렇게 해요! 그래야 돼요. 제 말이 진심이라는 걸 보여주죠……. 실은 그 편지 부치지 않았어요……. 몇 시간 더 즐겁게 해주고 싶었고…… 당신이 떠나는 걸 견딜 수 없어서 안 부쳤던 거예요."

그는 이 말이 이 장면을 지켜보는 어떤 악랄한 힘에 의해 어쩔 수 없이 나와버렸다고 느꼈지만, 그 말을 한 걸 후회하지는 않았다.

바이너 양은 잠자코 귀를 기울였고, 그의 말이 끝난 뒤에도 한동안 가만히 있더니 갑자기 손을 뺐다.

"제 편지를 안 부쳤다고요? 일부러 갖고 있었다고요? 그러고는 이제 와서 당신이 보호해주겠다는 거예요?" 그녀는 머릿 가에서 보낸 세월이 비수처럼 울려 나오는 소리로 웃었고, 얼굴 또한 두 눈만 검게 빛나는 작고 악랄한 하얀 마스크로 변해버렸다. "고마워요, 그걸 말해줘서 정말 고맙다고요! 그리고 그 밖의 친절한 제안도 고맙고요. 정말 멋진, 아주 멋진 계획이고, 그런 제안을 받으니 황송해서 어찌할 바를 모르겠네요!"

바이너 양은 화장대 옆 의자에 털썩 주저앉더니 치켜올린 손 위에 턱을 얹고, 눈 위로 흘러내린 고수머리 아래서 그를 내다보며 웃고 있었다.

대로우는 바이너 양의 이 격렬한 반응이 불쾌하지 않았고, 오히려 자신의 흥분된 마음을 가라앉혀주는 것같이 느껴졌다. 그처럼 극적인 반응을 지켜보고 있자니 자신의 실수가 아까보다 덜 심각하게 느껴졌던 것이다.

대로우는 그녀 옆으로 의자를 끌어다 앉으며 상냥하게 말했다. "내가 편지 안 부친 걸 숨길 수도 있는데 굳이 얘기한 걸 보면 소피에게 나쁜 뜻이 없다는 걸 확실히 보여주는 거 아닌가?"

바이너 양은 어깨를 으쓱해 보였고, 대로우는 대답할 틈도 주지 않고 빙긋 웃으며 곧바로 말을 이었다. "정말 나쁜 뜻은 없었어요. 머릿 부인 집에서도 힘들었지만, 앞으로도 별로 재미있는 일이 없을 것 같아서 우울한 과거와 별로 밝지 않은 미래 사이에서 몇 시간 즐겁게 지내게 해주는 게 별로 해롭지는 않겠다고 생각한 것뿐이에요." 대로우는 잠시 쉬었다가 다시 아까처럼 친절하고 합리적인 어조로 말을 이었다. "이 얘기를 처음부터 하지 않은 것, 소피의 마음을 괴롭힌 것들을 모두 잊게 해줄 테니 하루 이틀 시간을 달라고 솔직히 부탁하지 않은 것은 내 실수였지요. 그렇게 말했으면 거절당할 수도 있었겠지만 적어도 불순한 동기에서 그랬다는 오해는 받지 않았을 텐데……. 동기라!" 대로우는 자리에서 일어나 방을 가로질러 가더니 소피 쪽을 향해 돌아섰다. 그녀는 여전히 화장대에 팔꿈치를 기대고, 두 손에 턱을 고인 채 앉아 있었다. "동기라니, 무슨 헛소리람! 난 애초에 아무런 동기도 없었어요. 그저 소피와 같이 있는 게 좋았을 뿐이지……. 기분도 우울하고 일도 잘 안 풀리던 차에 소피를 만나서 마음이 가벼워졌는데, 소피 역시 나처럼 지루한 생활로 돌아간다는 말을 들으니 그러기 전에 잠깐 즐거운 시간을 가지는 것도 좋겠다 싶어서 그 편지를 호주머니에 넣고 다닌 것이죠."

대로우는 소피의 얼굴이 점차 밝아지는 걸 느꼈다. 이윽고 그녀가 맞잡고 있던 두 손을 풀더니 그에게 얼굴을 기댔다.

"선생님도 우울하시다고요? 아, 저는 그러신 줄 몰랐어요, 짐작도 못 했죠! 원하는 건 뭐든 늘 가지실 수 있다고 생각했는데!"

대로우는 자신의 처지에 대한 이 천진한 묘사를 듣고 너털웃음을 터뜨렸다. 그녀의 동정심에 호소해 자신의 난감한 처지를 개선하는 건 부끄러운 짓이고, 생각하고 싶지 않은 주제를 끄집어내는 것도 짜증스러운 일이었다. 하지만 그녀의 연민에 찬 표정을 보니 경계심이 풀어졌다. 그는 애너의 행동이 서운했고, 그래서 마음이 착잡했는데, 바이너 양이 옆에서 연민이 가득 찬 눈길로 그를 바라보고 있는 것이었다. 그는 머리를 숙여 그녀의 손에 입을 맞추었다.

"미안해요. 정말 미안해요." 대로우가 말했다.

그녀는 일어서며 미소 띤 얼굴로 고개를 저었다. "아, 이틀은 고사하고 잠깐이라도 저를 즐겁게 해주려는 사람은 별로 없었어요! 선생님의 친절은 잊지 않을게요. 기억할 시간은 얼마든지 있을 거예요. 하지만 이제 정말 떠나야 해요. 그분들께 제가 간다고 빨리 전보를 쳐야겠어요."

"간다고요? 그럼 저를 용서하지 않겠다는 뜻인가요?"

"아, 용서해드릴게요. 그게 조금이라도 위안이 되신다면."

"떠나는 걸로 용서를 표한다면 전혀 위안이 안 되죠!"

그녀는 생각에 잠긴 듯 고개를 숙였다. "하지만 여기 있을 수는 없잖아요. 제가 어떻게 여기 있을 수가 있어요?" 그녀는 보이지 않는 감시자에게 말하듯 이렇게 소리쳤다.

"왜 안 된다는 거죠? 소피가 여기 있는 건 아무도 모르고……. 영영 알릴 필요도 없잖아요."

그녀가 고개를 들었고, 한순간 두 사람의 눈길이 오갔다. 그녀는 아이처럼 맑은 눈빛을 지니고 있었다. "아, 그게 문제가 아니에요!" 그녀는 거의 짜증이 난 듯 소리쳤다. "제가 걱정하는 건 사람들이 아니에요. 지금껏 저를 위해 애써준 사람이 아무도 없는데, 제가 왜 사람들 때문에 신경을 써요?"

그는 바이너 양의 솔직함이 그 어느 때보다도 마음에 들었다. "그럼 뭐가 문제죠? 혹시 저 때문은 아니죠?"

"아뇨, 선생님 때문은 아니에요. 선생님은 좋은데, 돈이 문제죠! 제게는 늘 그게 제일 큰 문제예요. 평생 한번도 호사를 누릴 여유가 없었으니까요."

"그것뿐이에요?" 대로우는 그녀의 솔직함에 마음이 놓여 하하 웃었다.

"내 말 좀 들어봐요. 이왕 이렇게 솔직히 얘기하는데, 그 문제라면 나를 좀 믿어주면 안 되겠어요?"

"선생님을 믿으라니, 그게 무슨 말씀이세요? 못 믿을 사람은 선생님이 아니라 바로 저죠." 그녀는 날카롭게 웃었다. "끝내 못 갚을 수도 있거든요!"

그는 그런 소리 말라는 손짓을 해보였다. "돈이 제일 큰 문제일 수도 있지만, 친구들 사이에서는 결코 돈이 전부가 될 수 없죠. 친구 사이라면 너무 먼 미래를 내다보거나 지나치게 많은 걸 따지지 않고 상대방에게서 약간의 도움을 받을 수도 있지 않나요? 문제는 소피가 나를 어떻게 보느냐에 달려 있을 거예요. 그저 소피 자신의 즐거움과 소피가 내게 줄 즐거움을 위해 나랑 며칠 휴가를 즐길 정도로 내가 맘에 든다면, 이 문제는 그만 접어두기로 합시다. 반면에 내가 그만큼 좋지 않다면 아쉽지만 여기서 헤어져야죠."

"아, 그럼 저도 아쉬울 거예요!" 그런데 이쪽을 보는 그녀의 얼굴이 너무도 조그맣고 젊어서 대로우는 잠시 양심의 가책을 느꼈다. 하지만 그는 금세 그녀를 즐겁게 해주고 싶다는 생각에 마음이 들떴다.

"그럼 어떡할 거죠?" 그는 설득하는 눈빛으로 그녀를 내려다보았다. 그는 이제 자신이 가까이 있다는 사실이 그녀에게 어떤 영향을 주는지 확실히 알았기에 별로 말을 가리지 않았고, 그 내용보다는 어조에 신경을 쓰며 말을 이어갔다. "우리 둘 다 헤어지기 싫은데 헤어질 필요가 뭐 있어요? 그래야 할 이유가 있으면 말해봐요. 소피는 원래 자기 생각을 솔직히 말하는 성격이잖아요. 내가 기분 나빠할까 봐 돌려 말할 필요는 없어요."

그녀는 두 물줄기가 교차하는 곳에 뜬 채 금방이라도 이쪽 아니면 저쪽으로 흘러갈 잎사귀처럼 대로우 앞에 서 있었다. 그러고는 다음 순간, 흥분할 때면 으레 그렇듯 소년처럼 고개를 휙 쳐들었다. "제가 생각하는 거요? 제 생각을 알고 싶다고요? 제 생각에는 선생님이 평생 처음으로 제게 호사할 기회를 주셨어요!"

그녀는 뒤로 돌아서더니 바로 옆 의자에 털썩 주저앉아 몸을 앞으로 숙이고 화장대에 얼굴을 묻었다.

그녀가 입고 있는 얇은 여름 원피스 아래 느껴지는 등, 치켜올린 팔,

어깨뼈 사이의 얕은 굴곡이 흙으로 빚은 조각상, 흙으로 거칠게 빚은 우아한 젊은 여성의 이미지를 연상시켰다. 대로우는 그걸 보면서 그녀가 겉으로 보기에는 그렇게 씩씩하고 기발한 '의견'들을 많이 갖고 있지만, 내면을 들여다보면 실은 그렇게 어릴 거라는 생각이 들었다. 바이너 양이 그렇게 갑자기, 그리고 그런 식으로 자기 제안을 받아들일 걸 예상하지 못했던 대로우는 처음에는 약간 당황했지만, 그 솔직함 때문에 일이 더 쉬워졌다고 생각했다. 그녀는 경험이 부족한 사람들이 으레 그렇듯 행동이 어색하고 무슨 일이든 쉽게 결단을 내리지 못했다. 이 모든 걸 보면 그녀는 역시 어린애일 뿐이었다. 그리고 그가 할 수 있는 것, 그가 하려고 마음먹었던 것은 단지 그녀에게 나중에 즐거운 마음으로 되돌아볼 천진한 기쁨을 체험하게 해주는 것이었다.

한순간 대로우는 그녀가 울고 있다고 생각했다. 그런데 다음 순간 그녀가 자리에서 일어서며 기쁜 표정을 감추느라 외면했던 얼굴을 이쪽으로 돌렸다.

두 사람은 즐거운 표정으로 잠시 마주 보고 서 있었다. 이윽고 그녀가 대로우 쪽으로 뛰어오며 두 팔을 내밀었다.

"정말이에요? 정말 그럴 수 있어요? 정말 제게 그런 일이 일어나는 거예요?

대로우는 사실, '소피야말로 그럴 자격이 있지'라고 하고 싶었지만, 그 말이 아주 나쁘게 해석될 여지가 있는지라, 그저 그녀의 손을 맞잡고 그 팔을 굽히거나 당기지 않은 채 그녀를 바라보고 서 있었다. 그 말이 얼마나 감동적이었는지 그녀에게 말해주고 싶었지만, 그 역시 그녀와 같은 감정에 휩싸여 머릿속이 뒤죽박죽이었고, 뭐라고 말하기가 힘들었다.

마침내 대로우는 바이너 양의 손을 놓고 조금 전에 그녀가 그랬듯이 밝게 웃으며 이렇게 말했다. "그 모든 것, 그리고 그 이상을 해줄 테니, 두고 봐요!"

제8장

평소보다 늦은 시간에 겨우 밝아온 새벽부터 하루 온종일 비가 주룩주룩 쏟아졌다. 건물 높은 곳에 위치한 대로우의 창문에도 굵은 빗줄기가 몰아쳐 평소 멀리까지 선명히 보이던 지붕과 굴뚝들은 번들거리는 시커먼 덩어리로 변하고, 방 안 역시 지하 수족관처럼 어렴풋한 빛이 감돌 뿐이었다.

비는 사흘을 줄기차게 내렸다. 그러더니 오늘은 처음의 불규칙함과 망설임이 다 사라지고 아주 본격적으로 쏟아지며 최악의 날씨를 연출하고 있었다. 속도의 변화나 서정적인 강약도 없이, 문단 구분이 없는 페이지의 행들처럼 굵고 빽빽한 잿빛 빗줄기가 유리창을 흘러내리고 있는 것이었다.

조지 대로우는 안락의자를 난로 옆으로 옮겨 놓았다. 그는 조금 전에 살펴본 시간표를 방바닥에 던져버린 뒤, 어정쩡한 체념의 눈길로 마치 자신의 정신 상태를 표상하는 것 같은 거대한 비의 장막을 응시하고 있었다. 이윽고 그는 천천히 방 안을 둘러보았다.

오늘은 그가 서둘러 짐을 푼 지 딱 열흘째 되는 날이었다. 서랍장의 얼룩무늬 대리석 상판에는 빗과 면도날들이 널려 있고, 샹들리에 바로 밑 방 중앙에 놓인 탁자 위에는 신문들이 쌓여 있었다. 벽난로 선반 위에는 담뱃갑과 화장수 병 사이사이에 대여섯 권의 보급판 소설책이 흩어져 있었다. 하지만 그가 여기 묵었음을 보여주는 이런 흔적들은 이 방의 평범하고 진부한 인상에 별 영향을 주지 못했다. 그것들은 이곳을 스쳐가는 수많은 사람들의 일시적인 관계를 위해 임시로 마련된 무대라는 느낌을 주는 이 방의 특징 없는 진부함에는 아무런 영향도 미치지 못했다. 이 방은 그처럼 중성적인 역할을 수행하기 위해 평범한 녹색과 갈색, 아무도 기억하지 못할 카펫과 벽지, 기차역의 짐꾼처럼 특징 없는 의자와 탁자 등으로 정교하게 '꾸며졌다는' 인상 때문에 어딘지 모르게 냉소적, 아니 거의 악질적으로 느껴졌다.

대로우는 시간표를 집어 탁자에 던진 다음 자리에서 일어나 시가를 피워 물고 창가로 갔다. 빗줄기 사이로 기차역 지붕 너머로 보이는 높은 건물에 붙어 있는 시계가 희미하게 보였다. 그는 손목시계를 꺼내 시간을 맞추기 시작했는데, 분침을 너무 빨리 돌리는 바람에 현재 시간을 지나쳐서 처음부터 다시 천천히 감아야 했다. 그런데 이렇게 사소한 실수에도 화가 치밀었다. 시간을 맞춘 대로우는 다시 의자로 돌아가 털썩 앉은 다음 뒤로 깍지 낀 손에 머리를 기댔다. 그런데 얼마 안 가 시가의 불이 꺼졌고, 그는 성냥을 찾아다가 다시 불을 붙인 후 의자에 주저앉았다.

이 방은 대로우의 신경을 건드렸다. 날씨가 좋았던 처음 며칠은 전혀 의식하지 못했거나, 여행자들이 여관이나 호텔에 대해 흔히 그렇듯 어딘지 냉정하고 무관심하게 보아왔는데, 떠나기 전 마지막으로 본다는 생각 때문인지 지금은 이 방이 그의 마음을 완전히 사로잡고 지울 수 없는 더러운 얼룩처럼 그를 물들이고 있는 듯한 느낌이 들었던 것이다. 이 방에 있는 모든 것이 우연히 서로 마음을 털어놓게 된 사람처럼 친근하게 그의 주의를 끌었고, 보는 것마다 일시적인 친밀함을 강요하는 듯했다…….

지금부터 일어날 일 중 유일하게 확실한 것은 이제 대로우의 휴가가 끝났고, 다음 날 아침에는 런던의 사무실에 복귀해야 한다는 것이었다. 앞으로 이십사 시간 이내에 그는 또다시 쉴 새 없이 돌아가는 사회와 정부라는 거대한 기계 속에서 분주하고, 유능하고, 어느 정도는 꼭 필요한 구성원으로서 익히 알고 있는 일들로 가득 찬 일상의 세계로 돌아가 있게 될 것이다. 그 확실한 의무야말로 지금 가장 마음 편하게 생각할 수 있는 사실이었으나, 어찌 된 일인지 도무지 거기에 정신을 집중할 수가 없었다. 그 사실에 대해 생각하려 할 때마다 이 방이 다시 요즘 일어난 일로 그의 주의를 돌려놓곤 했던 것이다. 대로우는 더러운 벽지와 카펫, 검은 대리석으로 된 벽난로 선반, 먼지 낀 종 아래 인형들이 모여 있는 시계, 높은 베개 받침과 갈색 덮개가 있는 침대, 전등 스위치 아래 붙은 투숙객 유의사항 액자, 옆방과 통하는 쪽문 등, 이 방의 모든 것이 말할 수 없이 혐오스럽게 느껴졌다. 그중에서도 옆방으로 통하는 쪽문이 특히 싫었다…….

처음에 그는 별 책임감을 느끼지 않았다. 우선은 편지 일을 잘 무마한 게 다행스러웠고, 모든 게 계획대로 될 거라고 확신했다. 바이너 양과의 관계는 이 싸구려 호텔이나 불가피하게 진부한 결말에도 불구하고 어쩐지 이 세상 밖에 존재하는 미지의 영역에서 전개되는 것처럼 느껴졌다. 대로우는 여태 한번도 그런 일을 겪어보지 못했고, 자신이 그런 사건의 주인공이 될 거라는 상상은 해본 적도 없었지만, 그래도 처음에는 잘 처리하지 못하라는 법도 없어 보였다. 사흘 동안 내린 비가 아니었으면 여전히 그렇게 생각하고 떠났을 수도 있었다. 하지만 비 때문에 모든 게 달라졌다. 비는 모든 걸 바꿔놓았다. 원경(遠景)의 신비와 중간 지점의 매혹을 없애버리고, 전경(前景)의 진부한 사실들을 낱낱이 드러내주었던 것이다. 게다가 이 사건은 생각한다고 해서 더 나아질 것도 없었다. 하지만 어쩔 수 없는 상황 때문에 그는 이 사건의 이모저모를 하나하나 되짚어볼 수밖에 없었던 것이다…….

시가가 또 꺼지자 대로우는 꽁초를 난롯불에 던져버리고 다시 한 대집으러 갈 생각이었지만, 지금은 그럴 기력도 없었기에 눈을 감고 머리를 깍지 낀 손에 기댄 채 빗소리에 귀를 기울였다.

그런데 다른 소리가 들려와 그를 깨웠다. 그것은 복도에서 옆방으로 들어가는 문이 닫히는 소리였다. 그는 가만히 앉아 눈을 감고 있었지만, 다른 광경이 머릿속에 떠올랐다. 바로 옆방의 정확한 모습이었다. 그 방에 있는 모든 것이 이 방 물건들 못지않게 선명히 떠올랐던 것이다. 이어서 방바닥을 밟는 소리가 들렸는데, 대로우는 그 발길이 어디로 향하는지, 어떤 가구들을 비켜 가는지, 어디서 잠깐 쉴지, 어디까지 가는지 알고 있었고, 그 뒤에 들려온 소리는 바로 바이너 양이 젖은 우산을 벽난로 선반의 검은 대리석 기둥에 기대 놓는 소리라는 걸 알 수 있었다. 뒤이어 반대편 벽에 달린 붙박이장의 경첩이 삐걱거리는 소리가 들렸다. 다음에는 침대 옆 서랍장의 맨 위 칸이 쥐 같은 소리를 내며 빽빽하게 열리는 소리가 들려왔다. 나사가 느슨해진 마호가니 거울이 덜걱대는 소리도 들렸다…….

바이너 양이 다시 방을 가로질러 가는 소리가 들렸다. 본인보다 대로우 자신이 그 소리를 훨씬 더 잘 아는 게 묘하게 느껴졌다! 지금 그녀는 두 방 사이의 쪽문을 향해 걸어오고 있었다. 대로우는 눈을 뜨고 그쪽을 바라보았다. 그런데 갑자기 발소리가 그치고 침묵이 흘렀다. 그러더니 다음 순간 조용히 노크하는 소리가 들렸다. 대로우는 그냥 가만히 있었다. 바이너 양은 조심스럽게 손잡이를 돌렸고, 대로우는 또다시 눈을 감았다…….

문이 열리고, 바이너 양이 조심스럽게 다가오는 소리가 들렸다. 대로우는 눈을 감은 채 몸의 긴장을 풀어 잠든 척하고 있었다. 그녀는 잠시 망설이더니 천천히 다가왔고, 그녀의 옷자락이 대로우가 앉은 의자 뒤를 스치는 소리가 들리더니, 따뜻한 두 손이 그의 눈을 가렸다. 그녀의 손에서 지난번 블르바르에서 사준 향수 냄새가 살짝 풍겨왔다……. 대로우가 얼굴을 들자 편지 한 통이 그의 어깨에서 무릎으로 떨어졌다…….

"제가 주무시는 걸 깨웠나요? 죄송해요! 지금 들어오는데 이걸 주더군요."

편지는 대로우가 미처 붙잡기 전에 그의 두 무릎 사이로 미끄러져 방바닥에 떨어졌다. 그는 가만히 앉아 발치에 떨어진 청회색 봉투에 적힌 가늘면서도 강한 필치로 쓰인 주소를 보고 있었다. 이때 바이너 양이 뒤로부터 팔을 내밀어 편지를 집으려 했다.

"아, 제발, 제발 그러지 말아요!" 그는 이렇게 소리치며 몸을 굽혀 그녀의 팔을 붙잡았다. 그녀의 얼굴이 바로 눈앞에 있었다.

"뭘 하지 말라는 거죠?"

"그걸 집어줄 필요가 없다는 거요." 대로우가 더듬거리며 말했다.

그는 몸을 구부리고 팔을 내밀어 편지의 두께와 무게를 통해 안에 몇 장이 들었는지 계산해보려고 했다.

이때 갑자기 바이너 양이 두 손으로 그의 어깨를 잡았고, 그녀의 얼굴이 여전히 바로 위에 있었다. 그렇다면 대로우도 얼굴을 들어 그녀에게 입을 맞춰야 할 것이다…….

그는 몸을 앞으로 숙여 뜯지 않은 편지를 난롯불에 던져버렸다.

제 2권

제9장

10월 오후의 햇살이 지붕이 높은 고가(古家)를 비추고 있었고, 벽돌과 누런 돌담으로 둘러싸인 그 집 마당의 잔디밭은 라임 나무의 그림자와 소리로 가득 차 있었다.

역시 라임 나무 그늘이 드리워진 평평한 진입로가 그 마당 입구에 서 있는 문장(紋章) 붙은 문설주로부터 하얀 대문까지 뻗어 있고, 그 너머 숲 사이로 나 있는 잔디로 덮인 오솔길은 하얀 뭉게구름이 낀 푸른 하늘을 배경으로 청록색으로 흐려지고 있었다.

그 집과 진입로 사이의 잔디밭에 한 숙녀가 서 있었다. 그녀는 양산을 든 채, 집 전면에 난 두 계단이 위에 조각 장식이 달린 번쩍이는 대문 앞에서 만나는 모습, 잔디로 덮인 오솔길이 숲 사이로 사라지는 모습을 둘러보았다. 그녀는 어떤 기대보다는 생각에 잠긴 표정이었고, 누구를 기다리거나 다가오는 소리에 귀를 기울이기보다는 자신을 활짝 열고 이곳의 분위기를 받아들이고 있는 듯했다. 그녀는 뭔가를 면밀히 조사하기보다는, 오랫동안 익히 알고 지낸 이런저런 것들이 어떤 비밀스러운 내적 이유 때문에 갑자기 새로워 보이는 듯, 주변을 둘러보고 있는 것이었다.

사실 리스 부인은 집에서 나와 햇살 가득한 잔디밭으로 걸어 내려오며 바로 그런 느낌을 받았다. 그녀는 여기서 좀 떨어진 숲으로 사냥하러 간 오언 리스를 맞이하러 나온 길이었고, 손에는 그에게 전해줄 편지를 들고 있었다. 하지만 집에서 한 발 내딛는 순간 오언은 까맣게 잊혀지고 전혀 다른 생각이 꼬리에 꼬리를 물고 일어났다.

그녀는 이곳을 너무도 잘 알고 있었다. 아주 오래전 프레이저 리스와 결혼해 무지개 구름에 올라앉은 기분으로 그와 함께 마차를 타고 저 대문을 지나 마당으로 들어서던 그때부터 지금까지 그녀는 지브레의 사계절을 지켜봐왔고, 매년 한 해의 상당 부분을 여기서 지내왔기 때문이다.

그날 자신이 품었던 갖가지 기대는 지금도 생생히 기억할 수 있었다. '프랑스의 고성(古城)'이라는 문구 자체가 젊은 그녀에게는 갖가지 낭만적인 문학적 · 시각적 · 정서적 연상을 불러일으켰고, 포플러 나무로 둘러싸인 중부 프랑스의 초원에 있는 정원 한가운데 자리 잡은 이 고가의 평온한 외양은 처음 본 순간 이 집의 분위기만큼이나 고상하고 품위 있는 삶을 약속하는 것 같았다.

그때 느낀 감정은 지금도 기억이 났지만 이미 사라진 지 오래였고, 이 집 자체도 그녀에게는 편협함과 단조로움의 대명사가 되어버렸다. 세월이 흐르는 동안 이 집에 대한 리스 부인의 혐오감은 좀 줄었지만, 이 집은 처음에 본 아름다운 이미지와 낭만적인 전설을 떠오르게 하는 꿈의 궁전이 결코 아니었고, 자기가 사는 곳에 서서히 적응해가는 사람의 거처, 어디론가 떠났다가 다시 돌아오고, 자신이 해야 할 일과 익숙한 습관들, 읽어온 책들이 있는 곳, 죽을 때까지 당연히 살아야 할 곳, 그것이 지닌 갖가지 결점, 초라함, 불편함을 알면서도 너무도 오랫동안 살아왔기에 이곳을 떠나면 자신의 일부를 잃게 되는 그런 곳이었다.

지금, 가을의 부드러운 풍광에 둘러싸인 이 집을 보며 리스 부인은 자신의 무감각에 다시금 놀라움을 금치 못했다. 내일 아침 저 오솔길을 달려와 처음으로 이 집을 보게 될 옛 친구의 눈으로 주변을 둘러본 그녀는 너무도 오랫동안 보지 못한 이 집의 참모습을 비로소 다시 보는 느낌이었다.

잔디 마당은 고즈넉했지만 실은 조용한 생명으로 가득 차 있었다. 사각 진 주목(朱木) 주변과 햇살이 환한 자갈길 위로 비둘기들이 날고, 지붕의 빛나는 회자(灰紫)색 석판 위로 까마귀들이 획획 오가고, 매일 이 시간이면 강에서 불어오는 미풍에 나무 꼭대기의 잎들이 살랑대고 있었던 것이다.

애너 리스 역시 그런 조용한 활기로 빛나고 있었다. 그녀의 몸 안에 있는 모든 신경, 모든 핏줄 속에, 늘 미래에 대한 두려움에 떠는 인간 정신이 감히 시인하지 못하는 그런 오롯한 기쁨이 깃들어 있었던 것이다. 애너는 강렬하거나 풍부한 감정에 휩싸이는 일이 거의 없었지만, 그런 감정을 두려워해서는 안 된다는 건 익히 알고 있었다. 지금 그녀는 두려움 없이 자신의 감정을 받아들이고 있었고, 깊은 평온함에 젖어 있었다.

그녀가 오언을 찾으러 나온 것도 바로 그런 감정 때문이었다. 그녀는 아들을 만나 조용히 얘기를 나눈 후 집으로 돌아오고 싶었다. 그는 늘 좋은 말동무였고, 그라면 지금 자신이 느끼는 평온함을 깨지 않고 얘기를 나눌 수 있을 것 같았다. 그녀는 여러 가지 이유로 샹텔 부인과 에피가 아직 우쉬에 있어 집 안에 오언과 단둘이 있게 된 것, 그리고 그 오언마저도 아직 안 보이는 게 다행이라고 생각했다. 꼭 어떤 걸 생각하기 위해서가 아니라 자신을 향해 천천히 밀려오는 긴 기쁨의 파도를 하나하나 맛보고 싶어 한동안은 조금 더 혼자 있고 싶었던 것이다.

그녀는 마당을 벗어나 진입로 가장자리에 있는 벤치에 앉은 다음 집의 긴 전면과 건물 한쪽 끝에 있는 예배소의 궁륭형 지붕을 대각선으로 바라보았다. 마당을 둘러싼 담에 난 대문 너머로 공원의 누런 풀밭을 배경으로 꽃밭의 청록색 풀과 조각상들이 보였다. 길가에는 분홍과 심홍색 꽃들이 몇 송이 남아 있었으나, 햇빛 속을 거니는 공작의 활짝 편 꼬리에 이 집이 여름 동안 지녔던 모든 아름다움이 모여 있는 듯했다.

리스 부인은 이 모든 것에 눈뜨게 해준 편지를 손에 쥐고 있었고, 그 봉투의 감각만으로도 입가에 웃음이 감돌았다. 온몸을 전율케 하는 그 느낌은 그녀의 모든 감각을 더 예민하게 해주었다. 그녀는 마치 모든 걸 가리고 있던 얇지만 뚫을 수 없는 베일이 사라진 듯, 이 빛나는 세상을 느끼고, 보고, 숨 쉬게 된 것이었다.

그녀는 바로 그런 베일이 자신을 삶으로부터 격리시켜왔음을 깨달았다. 그것은 뒤에 그려진 장면에 현실감을 주면서도, 결국 그려진 장면에 지나지 않음을 입증해주는 무대 위의 그물천과 비슷했다.

처녀 때는 이런 면에서 자신이 다른 사람들과 다르다는 걸 거의 의식하지 못했다. 부유하고 정연한 서머스 집안사람들은 상례를 벗어난 행동을 부도덕하거나 천박한 걸로 간주했고, 자신의 감정을 솔직히 표현하는 이들을 상대하지 않았다. 애너는 가끔 이 어지러운 세상을 이해하려고 애쓰면서, 왜 자기 주변 사람들은 모두 위대한 시와 기억에 남을 만한 행동의 토대가 되는 열정과 감각들을 무시하는지 의아해 하곤 했다. 자기 부모나 그 부모의 친지들 같은 사람들로만 이루어진 집단에서 자라온 애너는 책에 나오는 멋진 일들이 어떻게 벌어질 수 있는지 상상할 수가 없었다. 그런 일이 자기 주변에서 벌어지면 어머니는 목사와 상의할 것이고, 아버지는 경찰을 불렀을 것이다. 그리고 솔직히 말하면 애너 자신도 그런 상황에서는 그런 예방 조치를 취하는 게 당연하다고 생각했다.

그녀는 서서히 자신의 생활환경에 물들어갔고, 삶 자체는 시인이나 화가들이 만들어내는 아름다운 환상의 캔버스 정도로 간주하면서, 그중 잘 다듬어진 아주 작은 일부를 현실이라고 생각하게 되었던 것이다. 그녀는 그런 환상 속의 사건이나 감정 속에서 많은 시간을 보냈지만, 그것들이 행동으로 옮겨질 수 있다든지, 웨스트 55번가에 사는 아가씨에게 일어날 수 있는 일과 관련이 있다고는 전혀 생각지 못했다.

실제로 그녀는 겉으로는 자기와 똑같이 살아가고 있고, 자신이 지닌 내밀한 아름다움의 세계에 대해서는 짐작도 못 하는 다른 아가씨들이 자신이 모르는 어떤 중요한 비밀을 간직하고 있다는 걸 감지했다. 그들 사이에는 어떤 비밀 결사가 존재하는 듯했고, 애너 자신보다 좀더 깨어 있고, 자신들의 의견은 아닐지라도 욕구에 대해 좀더 확실한 의식을 갖고 있는 듯했다. 애너는 그들이 자기보다 '더 영리하다'고 생각했고, 자신의 무지를 선선히 인정했다. 그리고 마음속으로 자기는 다른 아가씨들이 갖지 못한 아직 써보지 않은 어떤 힘을 갖고 있다는 생각을 하곤 했다.

자기는 그런 힘을 갖고 있다는 생각 때문에 애너는 다른 아가씨들처럼 '즐기지' 못해도 별로 아쉽지 않았다. 하지만 일종의 소외감, 자기도 껴 달라고 하면 다른 아가씨들이 빙글빙글 웃으면서도 절대로 껴주지 않는다는 사실 때문에 애너는 더욱더 자기 속으로 침잠했고, 그래서 다른 엄마들이 그녀를 정말 숙녀답게 얌전한 아가씨라고 추켜세울 정도로 점잖아졌던 것이다.

애너는 언젠가는 사랑이 찾아와 자신을 이런 비현실적인 상태에서 풀어줄 거라고 믿었다. 사랑이라는 위대한 열정이야말로 이 수수께끼를 풀어줄 열쇠 같아 보였던 것이다. 하지만 주변 사람들의 연애를 보면 그녀가 생각하는 사랑과는 거리가 멀었다. 애너가 자기보다 인생에 대해 더 잘 아는 것 같아 늘 부러워했던 두세 명의 친구들은 결국 소위 '낭만적인' 또는 '어리석은' 결혼을 했고, 그중 하나는 부모 몰래 연인과 도피 행각을 벌이는 바람에 한동안 사회적 비난을 면치 못했다. 열정이 실행에 옮겨지고, 환상이 현실로 바뀌면 이런 일이 일어났고, 이 엄청난 일을 저지른 아가씨들은 여전히 이전과 별 차이가 없었다. 그리고 그들이 선택한 남자들은 만찬 때 옆에 앉아 보면 결혼 전이나 똑같이 진부했다.

애너는 물론 자기는 다를 거라 믿었다. 그녀는 언젠가는 웨스트 55번가와 현실을 이어줄 마법의 다리가 나타날 거라 믿었고, 그 실마리를 찾았다고 생각한 적도 한두 번 있었다. 대로우와 만난 사실이 그 첫번째였다. 그녀는 그때 느낀 흥분을 여전히 기억하고 있었다. 하지만 그의 열정은 숲의 고요한 골짜기에 이르거나 옹달샘에 파문을 일으키지 못한 채 나무 꼭대기만 흔들고 가는 바람과 비슷했다. 그는 정말 지적인 데다 매력적이었고, 그와 같이 있으면 가슴이 뛰곤 했다. 그는 피부가 하얗고 키가 컸으며 늘 여유 있게 행동했다. 그리고 그의 마음속에서는 아이러니의 불꽃들이 감정의 그늘 사이를 기분 좋게 누비고 다녔다. 애너는 그가 말하는 내용 못지않게 그의 목소리를 듣는 게 좋았고, 그의 눈길을 느끼는 것 못지않게 그가 하는 말을 듣는 걸 즐겼다. 하지만 그가 그녀와 키스하길 원한 반면, 애너는 책이나 그림에 대해 얘기하고 싶어 했고, 그가 모든 주제에 자신들의 사랑이라는 영원한 주제를 짜 넣는 걸 좋아했다.

그런데 그와 떨어져 있으면 마음이 달라졌다. 그를 지나치게 냉정하게 대한 게 후회스러웠고, 스스로가 점잔만 빼는 바보라고 느껴졌으며, 때로는 한밤중에 거울 앞에 앉아 머리를 다른 모양으로 꾸며보기도 했다. 하지만 그가 다시 나타나면 그녀는 다시 머리를 꼿꼿이 세우고 그를 향해 아이러니의 창과 유식함의 연들을 날려보냈다. 그러는 사이 그녀의 몸은 차갑게 식었다가 달아오르고, 그녀가 정말 하고 싶은 말은 목에 잠겨버리거나 손바닥을 뜨겁게 달구곤 했다.

애너는 가끔 아무리 우둔한 아가씨도 한 남자를 몇 달 동안 만나면 그를 붙잡을 수 있을 거라는 생각은 했지만, 그 한 남자가 조지 대로우라는 생각은 들지 않았다.

그러던 어느 날, 한 만찬 석상에서 애너는 그가 그렇게 멍청한 아가씨들 중 하나, 웨스트 55번가를 송두리째 흔들어놓은 도피 행각의 주인공이었던 아가씨 옆에 앉아 있는 걸 보았다. 그녀는 도피 행각 후에도 여전히 멍청했고, 그녀와 같이 달아났던 안경 낀 뚱뚱한 남자는 아무렇지도 않은 표정으로 건너편에 앉아 거북이 요리를 먹으며 폴로 경기와 투자에 대해 얘기하고 있었다.

그 아가씨는 전과 다름없이 멍청해 보였지만, 몇 분 동안 살펴본 결과 어쩐지 더 눈부시고, 위험하고, 얌전한 아가씨들이나 그들이 결국 결혼하게 될 젊은이들에게 어딘지 모르게 위협적인 존재로 변해 있었다. 애너는 갑자기 소유욕에 휩싸였다. 어떻게든 대로우를 구하고, 자신의 권리를 주장하고 싶었던 것이다. 엄청난 질투심 앞에 자존심도, 얌전함도 무용지물이 되어버렸다. 대로우의 웃음에는 뭔가 새로운 것이 있었고……. 그는 계속 떠들어대고 있었다. 그는 약간 비스듬히 앉아 눈에 미소를 띤 채 애너 자신에게 얘기할 때처럼 낮은 목소리로 속삭이고 있었다. 그런데 어조는 같았으나 눈길은 달랐다. 전에 그가 그런 눈길로 자기를 봤으면 기분 나빴겠지만, 이제 애너는 다른 여자는 그런 눈길을 받을 권리가 없다는 생각에만 사로잡혀 있었다. 그런데 바로 그 아가씨에게 저런 눈길을 주다니! 불과 일 년 전에 바로 건너편에서 멍청하게 거북이 요리를 먹고 있는 뚱뚱한 남자와 달아나는 바보짓을 저지른 저 아가씨를 어떻게 생각하고 저러는 걸까? 로맨스와 열정이 이런 결과를 낳는 거라면 자원 봉사나 수학 공부에 전념하는 게 나을지도 모르지!

그날 밤 애너는 이런저런 생각으로 밤을 하얗게 새웠다. '그녀는 대로우에게 무슨 말을 했을까? 어떻게 하면 그런 말을 배울 수 있을까?' 그러고는 자신의 감정에 충실하면 절로 그런 말을 할 수 있게 될 것이며, 다음번에 그와 단둘이 만나면 사랑한다는 말을 하게 될 거라는 결론을 내렸다. 그런데 다음 날 그가 찾아왔을 때 그녀가 한 말은 겨우, "당신이 키티 메인과 그렇게 가까운 사이인 줄 몰랐네요"였다.

그는 심상한 어조로 그건 자기도 마찬가지라고 대답했다. 애너는 마음이 놓여서, "키티가 확실히 전보다 예뻐졌어요……" 했다.

"아주 재미있는 아가씨야." 대로우는 키티의 다른 매력은 눈치 채지 못한 듯 이렇게 대답했다. 그런데 그 말을 하는 대로우의 눈에 어젯밤에 본 그 눈빛이 어렸다.

애너는 대로우가 아주 멀게 느껴졌고, 모든 희망을 잃은 그녀는 고개를 꼿꼿이 세우고 입을 꼭 다문 채 앉아 있었다. 그리고 어젯밤에 생각했던 사랑이라는 말은 마지막 날갯짓을 하며 환상의 금빛 안개 속으로 사라져버렸다…….

애너가 여전히 이 사건의 아픔과 충격에서 헤어나지 못하고 있을 때 프레이저 리스가 나타났다. 부모님과 이탈리아를 여행할 때 처음 만났는데, 그해 겨울 리스가 뉴욕에 나타난 것이었다. 그는 이탈리아에서도 흥미로운 존재였지만 뉴욕에서는 그야말로 탁월해 보였다. 그는 유럽에서의 생활에 대해 별로 얘기하지 않았지만 가끔 그때 알고 지내던 사람들이나,

자신이 갖고 있던 취미, 활동 등에 대해 얘기하곤 했고, 웨스트 55번가에서 그는 그야말로 낭만적인 과거의 화신처럼 보였다. 그는 서머스 양에게 아름답게 장정된 옛 프랑스 시인들의 시집을 선사했고, 그녀가 안목 있는 사람다운 기쁨을 표하자 점잖게 미소 지으며 말했다. "여기도 예술에 대해 저 같은 생각을 가진 분이 계실 줄은 몰랐는데요" 했다. 그다음에는 놀랍게도 뉴욕의 경매장에서 산, 반쯤 지워진 18세기 파스텔화를 주며, "당신 말고는 이런 것의 가치를 알 만한 사람이 없을 것 같아서요" 했다.

리스는 이런 말만 하고 말았지만, 그녀는 이 말만으로도 그가 애너 자신은 다른 곳에 살 자격이 있다고 생각한다는 걸 분명히 보여준다고 믿었다. 예술과 아름다움으로 가득 찬 세계에 살고, 그런 것들을 삶의 불가결한 요소로 간주하는 남성이 자신에 대해 그런 생각을 갖고 있는 걸 보며 애너는 난생처음 누군가 자신을 이해해주고 있다는 느낌이 들었다. 애너 자신과 같은 가치관을 갖고 있고, 서로 가장 중요하다고 생각하는 문제들에 대해 자신의 의견을 존중해주는 남자가 나타난 것이었다. 애너는 리스 덕분에 자존심을 회복했고, 그래서 그에게는 대로우에게 보이지 않았던 자신의 모습까지 드러내 보였다.

두 사람이 점차 가까워져 서로 더 깊은 속내를 털어놓게 되면서 애너는 리스가 가끔 하는 혁명적인 발언에 기쁨과 놀라움을 감출 수 없었다. 그는, "당신이 정말 인습적인 환경에 살고 있다는 말을 해도 괘념치 않으실지 모르겠네요" 했고, 그녀가 별로 불쾌해 하는 기색이 없자, "물론 저는 앞으로 서머스 양의 친절하신 부모님을 종종 놀래드릴 겁니다. 가끔 두 분을 깜짝 놀라게 해드릴 테니 각오하세요" 했다.

그는 저 유명한 키티 메인 양의 방문을 거절한 일 때문에 서머스 부인을 놀리기까지 했다. 키티는 대로우와 잠깐 사귀다가 지금은 더 악명 높은 또 다른 연애 사건에 휘말려 있었다.

"유럽에서 그런 문제는 남편만이 판단할 수 있습니다. 남편만 괜찮다고 하면……." 애너는 리스의 이런 설명을 들으며 자신은 키티의 행동에 전혀 개의치 않는다는 자기 확신을 얻기 위해 그의 의견을 더욱더 적극적으로 받아들였다.

리스의 혁명적인 견해들은 그의 준수한 외모와 점잖은 행동거지 때문에 더욱 돋보였다. 그는 단춧구멍에 치자꽃을 꽂은, 낭만적인 멜로드라마에 나오는 무정부주의자 같았다. 애너는 그의 말, 인용문, 멋진 어조에 귀를 기울이며 거기서 전통적인 형식은 지키되 그 뒤에 깔린 편견은 극복한 더 자유롭고 세련된 사회를 꿈꾸었다. 그런데 애너가 살고 있는 세계는 형식은 버렸으면서도 편견은 그대로 고수하고 있었다.

삶의 모든 표현 방식을 알고 싶어 하되 그것이 아름다움과 세련된 감정을 통해 발현되기를 바라는 열정적인 아가씨는 리스가 대표하는 그런 사회에서 자신을 더 자유롭게 표현할 수 있을 것 같았다. 공부, 여행, 세상과의 접촉, 세련되고 유식한 이들과의 친교는 삶을 풍요롭게 하고 애너 자신의 인품을 가다듬어줄 것 같았다. 그녀는 금발의 리스가 그 준수한 얼굴을 숙여 차갑고 매끈한 조약돌 같은 입맞춤을 선사할 때만 그가 줄 수 있는 행복의 완벽함을 의심했다.

지금 애너가 바라보고 있는 저 담들이 이 처녀 적의 꿈을 날카롭게 비웃는 듯 보였던 때가 있었다. 결혼 초에 애너는 지브레의 차분한 정연함이 남편의 균형 잡힌 정신을 표상하고 있다고 생각했다. 하지만 좀더 지나고 보니 리스는 파격적인 것들의 공식을 세우는 걸로 만족하고 있었다. 지브레 역시 웨스트 55번가 못지않게 '다른 사람들의 삶'에 관심이 많았던 것이다. 차이가 있다면 그 관심의 영역이 다르다는 것뿐이었다. 리스는 담배 상자를 모을 때처럼 진지하고 끈기 있게 주변 사람들에 대한 소문을 수집했고, 파격과 회의적인 태도에 대한 그의 규칙들은 하나의 교리처럼 절대적인 성격을 띠고 있었다. 심지어 그는 책 수집가들이 '손상된' 초판들을 소중히 여기듯이 자기가 세운 규칙에 몇 가지 예외를 만들고 그걸 자랑하기도 했다. 그는 애너의 부모가 교회에 다니는 걸 가볍게 비웃곤 했지만, 자기 모친의 신앙심을 자랑스럽게 생각했다. 샹텔 부인은 두번째 남편의 신앙을 받아들여 여전히 종교의식을 중시하는 사회의 일원이 되었기 때문이다.

실제로 애너는 우아한 샹텔 부인이 놀랍게도 웨스트 55번가의 이상을 완벽하게 구현하고 있음을 발견했다. 서머스 부인과 샹텔 부인은 신교도와 구교도라는 차이는 있었지만 사회의 예의범절이라는 중차대한 문제에서는 아주 세세한 부분까지 완벽한 의견의 일치를 보았을 것이다. 하지만 리스는 효심만으로는 도저히 설명할 수 없을 정도로 모친의 편견을 존중하고 있었다.

이 수수께끼의 답을 모른 채 그냥 그 자체를 궁금히 여기던 결혼 초기에 애너는 리스에게 왜 그렇게 일관성이 없느냐고 따지곤 했다.

"당신은 지난번에 여기 왔다가 실수로 집 안에 들어왔던 그 재미있는 부인을 방문하면 어머님이 싫어하실 거라고 하는데, 어머님은 그분이 남편과 살고 있다고 하시더라고요. 그런데 우리 엄마가 키티 메인의 방문을 거절했을 때는 당신이……."

그런데 남편의 표정을 본 애너는 더 이상 말을 이을 수 없었다. "여보, 우리 어머니의 편견에 논리적인 원칙을 적용할 수는 없다오."

"하지만 그게 편견이라는 사실을 인정한다면?"

"편견이라고 해서 다 같은 건 아니오. 우리 어머니의 편견은 내 양부에게서 물려받은 것이고, 당신 친정의 꽃병에 든 포푸리만큼이나 이 집에 어울리는 것들이오. 그 편견들은 내가 어떻게든 보존하고 싶은 사회적 전통을 이어가는 데 필요한 것이지. 물론 당신이 처음부터 그 차이를 느낀다든지 그 뉘앙스를 이해할 수는 없겠지. 비르빌 부인의 예를 보지. 당신은 그 여자가 여전히 남편과 같이 살고 있다고 했고, 그건 사실이오. 그 여자가 그냥 파리에서 알았던 사람—특히 파리의 점잖은 집에서 만났던 사람—이라면 당신이 그 여자 집에 놀러 가는 건 문제가 안 되지. 하지만 시골은 달라. 시골에서는 아무리 유식한 사람이라고 해도 아주 편협하거든. 나도 그 점은 인정해. 그리고 지브레에서 우리 집안 사람들이 비르빌 부인을 만나는 건 나쁜 인상을 줄 거야. 당신은 그런 걸 비웃겠지만, 점차 그 중요성을 깨닫게 될 거요. 그리고 그렇게 될 때까지는 어머님의 판단을 따르는 게 좋을 거야. 오래된 사회에 처음 들어온 사람은 당신이 편견이라고 부르는 전통의 편으로 치우치는 게 오히려 안전하거든."

그 뒤로 애너는 남편의 '신념'을 비웃거나 따지고 들지 않게 되었다. 그것들은 그야말로 '신념'이라서 절대 변하지 않았기 때문이다. 그리고 리스가 정말 애너와 같은 생각을 할 때도 있었다. 하지만 그 이유가 너무 달라서 오히려 둘 사이의 거리를 더 절감하게 해주었다. 리스는 인생을 모든 게 정교하게 분류되어 있고, 혹시 그 안에서 길을 잃더라도 소장품의 번호와 자신이 가진 목록을 맞춰보면 되는 박물관 안을 돌아다니는 것 같다고 생각했다. 반면에 애너는 삶이란 엄청나게 크고 어두운 창고 속을 헤매며 가끔 호기심의 빛에 비친 생생히 살아 숨쉬는 아름다움, 또 어떤 때는 비시시 웃고 있는 미라의 얼굴과 마주치게 되는 것과 비슷하다고 생각했던 것이다.

결혼 초에 애너는 이런 당혹스러운 상황 때문에 자신과 현실 사이에 또 다른 베일이 드리워졌다고 생각했다. 당시 그녀는 자신이 늘 원하는 강렬한 기쁨과 고통으로부터 그 어느 때보다 더 멀리 떨어져 있다고 생각했다. 남편의 견해를 거부하면서도 자기도 모르게 그와 같은 삶을 살게 되었던 것이다. 결국 그녀는 삭막한 현실에 맞서 상상 속에서 정열적인 삶을 꿈꾸게 되었고, 전처럼 로맨스와 현실을 딱 구분해놓고, '삶 자체'란 실재하지도, 살아 있지도 않다고 체념하게 되었던 것이다.

딸의 출산은 이런 생각을 싹 지워주었다. 마침내 애너는 삶 자체와 마주치게 되었던 것이다. 하지만 이런 느낌은 얼마 가지 못했다. 리스 집 안에서는 양육이라는 어쩔 수 없는 사실 말고는 모든 게 여전히 비현실적으로 느껴졌다. 딸이 태어났을 때 리스는 본인이 지닌 이상적인 남편이라는 관념에 따라 행동했다. 애너에게도 자상했고, 감동한 척하기도 했지만, 그가 침대에 앉아 '문안' 온 사람들의 명단을 내밀었을 때 애너는 남편과 아이를 건너다보며 세상에 어떻게 이런 남자가 있을 수 있는지 의아해 하지 않을 수 없었다…….

딸만 빼면 그때와 관련된 모든 것이 이상할 정도로 까마득하고 하찮게 느껴졌다. 세월의 흐름 자체만큼이나 느리게 흘러갔던 그 시절이 이제 시간의 절벽을 따라 추락해버린 듯이 느껴졌고, 지금 대로우의 편지를 들고 햇빛 속에 앉아 있자니 애너 리스의 생애 자체가 잠들기 전 읽었음 직한 오래된 책에 나오는 어둡고 그늘진 이야기같이 느껴졌다…….

제10장

숲 속에서 두 개의 갈색 덩어리가 나오는가 싶더니, 잠시 후 오언과 사냥터 관리인의 모습이 보였다. 그들은 푸른 하늘을 배경으로 가끔 지체하고 다시 사라지기도 하면서 천천히 이쪽으로 오고 있었다. 그녀는 가만히 앉아 두 사람이 진입로 입구에 도착해 관리인은 자기 집 쪽으로 꺾어지고 오언은 마당으로 들어서는 걸 지켜보았다.

애너는 미소를 머금은 채 오언을 바라보고 있었다. 그녀는 신혼 초부터 오언을 좋아했지만 에피가 태어난 후에야 그를 잘 알게 되었다. 자기 딸을 면밀히 지켜보다 보니 방학 때마다 지브레에 오는 이 가냘프고 준수한 소년에 대해 자신이 별로 아는 게 없다는 걸 깨달았던 것이다. 그때도 오언은 정신적·육체적으로 자기 아버지의 행동과 정신에 대해 많은 걸 짐작하게 해주었다. 가족들은 오언이 결코 자기 아버지만큼 잘생긴 청년이 되지 못할 거라며 한숨지었지만, 애너는 그늘진 이마와 성미 급하고 천진한 미소가 깃든, 귀엽고 거친 그의 얼굴을 보면서 프레이저 리스의 말끔한 얼굴이 뭔가의 영향을 받아 바뀐다면 어떻게 될지 상상하곤 했다. 그녀는 이러한 외모에서의 비슷함뿐 아니라 오언의 정신에서 남편의 태도가 묘하게 변형되어 나타나는 걸 발견하기도 했다. 화가 나서 문을 쾅 닫고 나간다든지, 책만 붙잡고 하루 종일 뒹군다든지, 혁명에 대해 유치하게 독선적인 이론을 펼친다든지, 가끔 아이답지 않게 뭔가를 비웃는다든지 할 때는 오언이 꼬마 프레이저처럼 보이기도 했다. 그럴 때 보면 늘 벽에 걸린 인형 같았던 프레이저의 생각들이 갑자기 바닥에 내려와 걸어 다니는 것처럼 느껴졌다. 프레이저 리스가 볼 때 오언의 유치한 행동들이 어린 프랑켄슈타인의 장난 같을 때도 있었다. 하지만 애너가 보기에 그것은 자신의 내밀한 반항의 목소리였다. 오언에 대한 애너의 자상함은 자신에 대한 냉정함에 토대를 두고 있었고, 그녀가 오언을 위해 애쓴 것은 어쩌면 모두 자신의 희망을 유지하기 위해서인지도 몰랐다.

오언에게 관심을 갖다 보니 자연히 그의 엄마에 대해 생각하게 되었고, 애너는 가끔 살짝 빠져나가 그녀의 초상화를 바라보기도 했다. 애너가 지브레에 도착한 이후 그 초상화는—한때 유명했던 화가가 그린 '전신상'—유폐된 왕비처럼 점점 더 외진 곳으로 옮겨졌고, 이 일은 그 화가의 주가가 떨어질 때마다 되풀이되었다. 애너는 그 화가의 명성이 높아졌으면 그 초상화는 점점 더 좋은 자리로 옮겨져서 결국 지금 자신의 초상화가 있는 벽난로 선반 위에 걸렸을 거라고 생각하지 않을 수 없었다. 하지만 상황이 그렇지 못했기에 그 초상화는 이리저리 옮겨 다니다가 지금은 아무도 드나들지 않는 어두컴컴한 당구실 벽에 걸려 있었다. 남편의 말은 그 방의 '빛이 더 낫다'는 것이었는데, 블라인드가 늘 내려져 있으니 그렇다고 보기도 힘들었다.

우아한 차림의 리스 부인은 크고 쓸쓸한 화폭 한가운데 앉아 건너편에 놓인 콘솔을 바라보며 오지 않은 손님들을 기다리고 있는 것처럼 보였다.

"손님들은 물론 오지 않았죠! 그들이 결코 오지 않을 거라는 걸 깨닫는 데 얼마나 걸렸나요?" 애너는 리스 부인보다는 자신을 비웃으며 이렇게 소리치곤 했다. 그런데 그 초상화의 얼굴을 더 자세히 보며 그녀가 기다렸을 손님들을 상상하게 된 것은 에피를 낳은 뒤였다.

"그녀의 얼굴을 보면 나 같은 사람들을 기다렸을 것 같진 않아. 하지만 분명히 '가족의 마음에 들게' 그려진 초상의 얼굴을 보고 그런 걸 판단하긴 어렵지. 그렇다면 오언을 이해하기가 더 어려워지는데. 어쨌든 그녀가 기다리던 손님들은 결국 오지 않았고, 그녀는 그것 때문에 죽은 거야. 그녀는 육체적으로 죽기 훨씬 전부터 이미 죽어 있었던 거야. 그건 확실해. 그림 속의 눈을 보면 완전히 죽어 있거든……. 오언조차도 그녀가 그것 때문에 죽는 걸 막지 못한 걸 보면 정말 끔찍이 외로웠을 거야. 그리고 그런 걸 느낀 걸 보면 그녀는 감정, 정말 생생히 살아 움직이는 감정을 지니고 있었을 거야. 그런데 그녀가 평생 볼 것은 벽에 박혀 있는 도금된 콘솔뿐이었던 거지! 그래, 프레이저는 바로 그런 존재야!"

애너는 가능하다면 에피나 오언이 그런 외로움을 느끼지 않게 해주고 싶었고, 혼자서라도 리스 부인의 고독을 달래주고 싶었다. 그녀는 이제 오언, 에피와 셋이서 서로 의지할 수 있었고, 에피 혼자서는 자신을 오언의 엄마가 처했던 운명으로부터 지켜주기 힘들다는 듯이 두 아이를 똑같은 모성애로 감싸 안았다.

그리고 때로는 자기 딸보다 오언이 그 사랑에 더 따뜻하게 반응하는 것처럼 느껴지기도 했다. 물론 에피는 당시 어린애일 뿐이었고, 오언은 처음 만났을 때부터 '이해할 만큼' 성숙해 있었다. 그리고 지금은 분명히 조용하지만 변함없이 그녀를 이해해주었다. 이 이해야말로 두 사람이 서로에게 갖고 있는 감정의 토대를 이루고 있었다. 두 사람 사이에는 한번도 언급되거나 간접적으로라도 얘기되지 않은 것들이 많이 있었지만, 가끔 서로 다투고 의견의 차이를 보이더라도, 서로에 대한 이 이해야말로 결국은 합의에 이르게 하는 무언의 논리였던 것이다…….

애너는 이런 생각을 하면서 이쪽으로 걸어오고 있는 오언을 지켜보았고, 그에게 얘기할 내용을 생각하자 가슴이 뛰었다. 그런데 그는 문까지 와서는 그 자리에 멈춰 섰고, 다음 순간 정원을 가로질러 가려는 듯 옆으로 돌아섰다.

애너가 벌떡 일어나 양산을 흔들었지만 오언은 그녀를 보지 못했다. 그는 사냥터 관리인을 만나 다리를 다친 사냥개를 살펴보러 가려는 참인 것 같았다. 애너는 그를 꼭 만나야 한다는 생각에 양산을 집어던지고 편지를 품에 넣은 다음 치마를 걷어잡고 뛰기 시작했다.

그녀는 날씬하고 몸이 가벼웠으며 걸음걸이 역시 빠르고 유연했지만, 어린 오언을 데리고 뛰어놀던 때 이후로 지금까지 단 일 미터도 뛰어본 적이 없었다. 그리고 지금 자기가 무엇 때문에 뛰고 있는지도 확실치 않았다. 하지만 이 순간 왠지 뛰지 않고는 견딜 수 없었고, 훨훨 나는 것 말고는 어떤 동작도 자신이 느끼는 감정에 어울릴 만큼 활기차지 못한 것 같았다. 그녀는 마음속의 어떤 리듬과 보조를 맞춤으로써 그 낭만적인 열기를 밖으로 표현하고 싶었다. 그녀는 언제나 가볍게 걸었고 땅을 밟는 것 자체가 즐거웠지만, 그 땅이 오늘처럼 부드럽고 탄력 있게 느껴진 적은 없었다. 오늘은 땅 자체가 위로 솟으며 그녀의 발을 영접하는 것 같았고, 가끔 꿈에서 그랬듯이 빛나는 작은 파도 위를 기적적으로 스치고 지나가는 것처럼 느껴졌다. 대기 역시 애너의 몸에 부딪혀 파도처럼 일렁이며 그 물살에 저물어가는 날의 비스듬한 빛살과 진하고 촉촉한 향기가 실려 가는 것 같았다. 그녀는 가쁜 숨을 몰아쉬며 '정말 말도 안 되는 생각을 하고 있군!' 했다. 그러자 몸 속의 피가 '하지만 너무나 멋지잖아!'라고 응답했다. 그녀는 오언을 보고서야 뛰기를 멈추었다. 이윽고 그녀를 본 오언이 이쪽으로 걸어왔다. 애너는 걸음을 멈추고 품 안의 편지를 두 손으로 누른 채 상기된 얼굴로 웃으며 그를 기다렸다.

"내가 미친 건 아니지만 오늘은 공기 중에 뭔가가 있는 것 같지 않니? 너도 느껴지지? 그리고 너와 얘기할 게 있어." 오언이 다가오자 애너는 활짝 웃으며 그의 팔짱을 끼고 이렇게 말했다.

오언도 마주 웃어 보였지만 그 웃음 뒤에서 지난 두 달 동안 그의 아름다운 두 눈 사이에 계속 주름살을 지게 한 어떤 불안의 그늘이 느껴졌다.

"오언, 그런 표정 짓지 마! 보기 싫어!" 애너가 엄하게 말했다.

오언이 웃었다. "에피랑 똑같이 말씀하시네요. 그럼 제가 어떻게 하길 바라세요? 에피나 엄마랑 같이 뛰라고요? 그러면 저는 꼼짝없이 지고 말걸요!" 그는 여전히 미간을 찌푸린 채 이렇게 대답했다.

"어디 가던 길이니?" 애너가 물었다.

"개집에요. 하지만 안 가봐도 괜찮을 거예요. 수의사가 개리를 진찰했는데 아무 문제 없대요. 혹시 하실 말씀이 있으시면……."

"내가 할 말이 있다고 했나? 그냥 널 마중 나온 것뿐이야. 재미있었는지 물어보려고 했지."

그의 표정이 다시 어두워졌다. "재미없었어요. 노력도 안 했고요. 기분이 별로 안 나서 그냥 장하고 숲 속을 돌아다녔어요."

두 사람은 똑같이 걸음이 날렵했고 키도 거의 비슷해서 숨 쉬듯이 쉽게 보조가 맞았다. 애너는 자기랑 키가 비슷한 오언의 얼굴을 돌아보았다.

"하실 말씀이 있다고 하셨는데." 오언이 잠시 후 입을 열었다.

"응, 있어." 애너는 자기도 모르게 걸음을 늦추었고, 둘은 라임 나무 아래 멈춰 선 채 서로 마주 보았다.

"대로우 아저씨가 오시나요?" 오언이 물었다.

애너는 낯을 붉히는 일이 거의 없었지만, 이 질문에는 갑자기 얼굴이 빨갛게 달아올랐다. 그녀는 고개를 꼿꼿이 세웠다.

"응, 오셔. 방금 전에 편지를 받았어. 내일 오신대. 하지만 그건……." 애너는 자신이 실수했음을 깨닫고 다시 말을 이었다. "아니, 맞아, 그게 내가 너랑 얘기하려던 이유지."

"아저씨가 오시기 때문에요?"

"아직 여기 안 오셨기 때문에."

"그럼 아저씨에 대한 얘기네요?"

오언은 거의 오빠같이 지혜로운 미소를 머금은 채 재미있다는 듯 상냥한 표정으로 애너를 바라보았다.

"그분에 대한? 아니, 아니야. 내 말은, 우리 단둘이 여기 있는 건 오늘이 마지막이기 때문에 너랑 얘기를 나누고 싶었다는 뜻이야."

"아, 그렇군요." 이제 그는 사냥 재킷 호주머니에 손을 찌른 채 그 문제에는 별 관심 없다는 듯, 진입로의 물 고인 고랑을 내려다보며 옆에서 어슬렁어슬렁 걷고 있었다.

"오언."

그는 걸음을 멈추고 그녀를 마주 보았다. "엄마, 다 소용없어요."

"뭐가 소용없다는 거야?"

"그 누가 무슨 얘기를 해도 소용없다는 거예요."

그러자 애너는 따지듯 물었다. "내가 '그 누구' 중 한 사람이니?"

오언은 고집을 꺾지 않았다. "흠, 그럼—설사 엄마가 하시는 말씀도요."

"넌 내가 무슨 말을 할 수 있는지, 그리고 무슨 말을 할지 전혀 모르잖아."

"대개는 알지 않아요?"

애너는 그 점은 인정했지만 이렇게 덧붙였다. "그건 그렇지. 하지만 이건 달라. 내 말은……. 오언, 넌 그동안 아주 훌륭하게 처신했어."

그는 또다시 그 특이한 오빠 같은 어조로 껄껄 웃었다.

"훌륭했지, 그리고 그녀도 그랬지."

"아, 엄마도 그녀에게 잘해주셨어요!" 그가 어린애 같은 목소리로 말했다. "전 그 사실을 한시도 잊은 적 없어요. 하지만 전반적으로 보면 그녀 쪽이 더 견디기 쉬웠을 거예요." 그가 이렇게 내뱉었다.

"전반적으로 보면 그랬던 것 같아. 글쎄……." 애너는 웃으며 이렇게 마무리를 지었다. "네가 그녀 못지않게 훌륭히 처신해왔다는 말을 들으니 기분 좋지 않니?"

"엄마 때문에 그런 게 아니라는 건 아시잖아요." 오언이 아무런 적의가 섞여 있지 않은, 부러 명랑한 어조로 대꾸했다.

"하지만 그런 점도 약간은 있지 않았을까? 내가 네 맘을 이해한다는 걸 알고 있었으니 말야."

"그런 척해주셔서 정말 고마웠어요."

그러자 애너가 깔깔 웃었다. "내 말을 안 믿는 거야? 난 할머니 입장도 생각해야 했잖니."

"그래요. 그리고 아빠, 에피, 분개한 지브레 사람들도 생각하셨겠죠!" 오언은 빈정대는 소년 같은 어조를 더 강조하기 위해 잠시 말을 멈추었다. "돌아가신 할아버지도 물론 생각하셨을 테고."

하지만 애너는 이 반격에 별로 신경 쓰지 않고 상냥하게 달래는 어조로 말을 이었다. "맞아, 내가 지브레 사람들의 생각에 지나치게 연연해하는 것처럼 보였겠지. 그랬을지도 몰라. 하지만 내가 너한테 기다려 달라, 할머니가 돌아오실 때까지 아무 말 하지 말라고 한 진짜 이유는 그게 아니야."

오언은 잠시 생각에 잠겼다. "엄마의 진짜 이유는 시간을 벌자는 것 아니었어요?"

"맞아. 하지만 그게 너 말고 누구 때문이었겠니?"

"저요?" 그의 얼굴에 홍조가 떠올랐다. "설마?"

애너는 그의 팔에 손을 얹고 진지한 표정으로 그의 아름다운 눈을 바라보았다.

"할머니가 우쉬에서 돌아오시면 말씀드릴게."

"할머니께 말씀드린다고요?"

"응, 하지만 내게 시간을 준다고 약속해야 해."

"그럼 할머니가 애들레이드 페인터 양을 데려오실 텐데요?"

"아, 물론 그러시겠지!"

페인터 양 얘기가 나오자 두 사람은 재미있다는 듯, 서로 마주 보며 빙글거렸다.

"서두르지 않겠다고 약속해줘야 해. 페인터 양도 준비를 시켜야지." 리스 부인이 말을 이었다.

"준비를 시킨다고요?" 오언이 한 발짝 물러서며 애너를 빤히 바라보았다. "무슨 준비요?"

"할머니를 설득할 준비지! 할머니가 네 결혼을 받아들이시게 만들어야 하잖아. 이 일이 무사히 마무리 될 때까지 내가 널 도와줄 거라는 거 너도 알고 있지?"

그러자 무관심한 척하던 오언의 표정이 달라졌다. 그는 애너의 손을 부여잡았다. "아, 엄마는 정말 최고예요! 전 정말 짐작도 못 했어요."

"나도 알고 있었어." 애너가 눈을 내리깔고 천천히 걷기 시작했다. "난 아직 네가 올바른 결정을 내렸다는 확신은 없어. 하지만 다른 것, 즉 자신이 원하는 걸 꼭 얻는 게 더 중요하다는 생각은 들어. 내 생각이 달라진 건지도 모르지. 아니면 네가 생각을 안 바꾼 게 내게 확신을 주었을 수도 있고. 어쨌든 난 이제 네가 절대로 생각을 안 바꿀 거라는 걸 확신하고 있고, 내가 중요하게 생각하는 건 그것뿐이야."

"아, 그 얘긴 벌써 몇 달 전에 제가 했잖아요. 그 점은 걱정 안 하셔도 돼요! 그런데 왜 전보다 지금 더 확실히 아셨다는 거예요?"

"글쎄, 잘 모르겠어. 사람은 매일 뭔가를 배워가는 거니까."

"지브레에선 안 그래요!" 오언이 깔깔 웃으며 애너에게 반쯤 빈정대는 눈길을 보냈다. "하지만 최근에는 지브레에 별로 안 계셨잖아요. 몇 달씩 떠나 계셨으니까! 제가 모를 줄 아셨죠?"

애너도 마주 웃다가 그 말에 동조하듯 한숨을 내쉬었다.

"가엾은 지브레……."

"텅 비어서 가엾은 지브레! 방마다 사람이 살지만 살아 있는 사람은 없으니……. 물론 할머니는 예외지. 그리고 할머니야말로 이 집의 정수(精髓)시죠!"

마당 끝 대문 앞에 도착한 두 사람은 같은 마음으로 이우는 가을빛에 물든 집의 전면을 바라보았다. "행복을 위해 지어진 집처럼 보이는데……." 애너가 중얼거렸다.

"그래요. 오늘, 오늘!" 오언이 애너의 팔을 당겼다. "아, 엄마, 엄마 덕분에 오늘은 이 집이 그렇게 보여요!" 그는 잠시 멈췄다가 낮은 목소리로 다시 말을 이었다. "이 가엾은 고가가 그렇게 보이도록 애써야 할 것 같지 않아요? 제 말은, 엄마도 그러셔야 한다는 거죠. 우리 한번 이 집이 아주 행복해 하게 만들어보죠. 전 이 집이 깜짝 놀랄 말을 해주고 싶어 죽겠는데, 엄마는 안 그러세요? 이 집에도 전에는 살아 있는 사람들이 있었을 거 아니에요!"

애너는 팔짱을 풀고 집의 전면을 바라보았는데, 집은 쓸쓸한 저녁 햇살 때문인지 몰락을 앞둔 존재가 살려 달라고 애원하는 듯한 인상을 풍겼다.

"정말 아름다운 집이지." 애너가 말했다.

"아름다운 기억을 만들 곳이죠! 나중에 제가 뉴욕에서 법률 공부에 시달릴 때 가끔 꺼내 보며 위안을 삼을 그런 기억들을 만들 곳. 그리고 그때 엄마는……." 오언은 말을 멈추고 뭔가를 묻는 표정으로 미소 지었다.

"자, 말씀해보세요! 우리끼리는 말 안 해도 알잖아요. 엄마가 그렇게 갑자기 정신이 멍해지면서 뭔가를 숨기시면 저는 '돌아오라, 모든 게 탄로 났다'라고 말하고 싶다니까요."

애너도 마주 웃었다. "내가 아는 건 다 말해줬어. 앞으로도 그건 약속하지."

그는 처음으로 어디까지 밀고 나갈지 자신이 없어진 듯 잠시 망설였다. "저는 아저씨에 대해 엄마만큼 모르잖아요."

애너는 이마를 약간 찌푸렸다. "네가 방금 전에 우리 사이엔 말이 필요 없다고 했잖니."

"제가 그런 말을 했나요? 전 엄마의 눈이 그렇게 말한 줄 알았는데……." 오언은 애너의 팔꿈치를 붙잡아 저물어가는 햇살 쪽으로 빙 돌린 다음 그녀의 얼굴을 들여다보았다. "엄마 눈은 정말 솔직해요! 엄마 눈만 보고도 벌써 엄마가 왜 바로 오늘 사람은 지브레에서조차도 자신의 삶을 살아야 한다고 말씀하셨는지 알았다니까요."

제11장

"여기가 남쪽 테라스예요." 애너가 말했다. "강으로 내려가보실래요?"

애너는 자기 목소리가 아주 먼 산꼭대기에서 들려오는 것 같았지만, 다른 한편으로는 자신과 대로우를 둘러싸고 있는 의식의 원 안에 완전히 안겨 있는 것 같기도 했다. 그리고 그 산꼭대기에 있는 자신에게는 방금 한 말이 단조롭고 진부하게 들렸지만, 그 원 안에 있는 자신에게는 한 마디 한 마디가 심장을 갖고 있어 팔딱팔딱 뛰는 것 같기도 했다.

어제 도착한 대로우는 창문 아래 펼쳐진 잔디밭과 정원의 아름답고 감미로운 빛에 이끌려 평소보다 일찍 일어난 참이었다. 애너는 그가 계단을 내려오는 소리, 판석이 깔린 중앙 현관을 지나와 하인에게 그녀가 어디 있는지 묻는 소리를 들었다. 그녀는 집의 한쪽 끝에 있는, 제일 먼저 아침 햇살이 들고 제일 늦게까지 환해서 요즘 자주 가는 갈색 장식판이 달린 거실의 창가에서 어스름한 아침 빛을 받으며 나지막한 도자 화병에 연분홍 제라늄을 꽂고 있는 참이었다. 손가락에 제라늄 잎사귀의 회록색 솜털의 감촉이 느껴졌고, 오래된 조각 마룻바닥에 비쳐든 아침 햇살은 갈색의 강물처럼 아롱대며 빛났다.

제일 먼 곳에 있는 응접실 문간에 흑백 판석을 배경으로 밝은 회색 옷을 입은 대로우의 모습이 보였다. 이윽고 그는 아무도 없는 복도를 따라 앞으로 튀어나온 선반이나 가리개가 빛나는 바닥에 드리운 그림자를 차례로 가로지르며 애너 쪽으로 다가왔다.

그런데 그가 다가오는 걸 보고 있자니 문득 그 문간에서 같은 길을 따라 이쪽으로 오곤 했던 남편의 모습이 떠올랐다. 마르고 꼿꼿한 모습의 프레이저 리스는 고개를 정확히 좌우로 돌리며 의자를 똑바로 놓거나 꽃병을 옮겨 놓으면서 정렬해 있는 병사들을 사열하는 장군처럼 양쪽에 늘어선 가구들 사이로 걸어오곤 했다. 그는 두번째 방 중간쯤에 오면 반드시 걸음을 멈추고 분홍빛이 도는 노란색 대리석 벽난로 선반 위에 걸린 대형 꽃줄 장식 거울에 자신의 모습을 비춰보곤 했다. 워낙 꼼꼼히 차려 입은 옷차림이니 고치거나 바로잡을 게 있었던 적은 없지만, 프레이저 리스는 그 거울 앞을 지날 때마다 반드시 한번씩 들여다보곤 했다.

거울을 보고 나면 그는 다시 잰걸음으로 이쪽으로 다가왔고, 참나무 장식판이 붙은 거실에 도착해 애너에게 인사를 건넬 때까지도 거울 속의 자기 모습을 보고 지었던 흡족한 표정이 얼굴에 남아 있었다…….

이 작은 일상적인 장면은 금방 뇌리에서 사라졌지만, 그 짧은 순간 애너는 의아한 눈길로 자신의 과거와 현재 사이의 거리를 되돌아보았다. 이윽고 현재의 발소리가 다가오자 애너는 제라늄을 내려놓고 대로우와 악수했다…….

"그래요, 같이 강가로 내려가보죠."

두 사람은 아직 별로 할 말이 없었다. 대로우는 어제 오후 늦게 도착했고, 저녁때는 오언도 있었던 데다 각자 생각할 게 많았기 때문이다. 두 사람은 이제 처음으로 단둘이 있게 됐고, 지금은 그걸로 충분했다. 하지만 애너는 둘이 더 친밀한 얘기를 나눌수록 서로에 대해 아는 게 별로 없다는 걸 깨닫게 될 것임을 잘 알고 있었다.

두 사람은 테라스로 나가 계단을 내려간 다음 그 아래 자갈길로 접어들었다. 아침 이슬이 얇게 깔린 잔디밭은 푸르스름한 윤기가 돌았고, 나뭇가지를 따라 에메랄드빛으로 비껴드는 아침 햇살은 오솔길 끝에 울멍줄멍 모여 있기도 하고, 가을 달무리 같은 뿌연 빛으로 들판 위에 어려 있기도 했다.

"정말 좋은 곳이군." 대로우가 말했다.

두 사람은 왼쪽으로 꺾은 뒤 잠시 걸음을 멈추고 집의 긴 분홍빛 전면을 돌아보았는데, 그쪽은 마당 쪽보다 더 소박하고, 친근감 있고, 수수했다. 그쪽의 벽돌에는 아주 긴 세월 동안 시간이 그 잔잔한 자취를 남겨 어떤 곳은 오래된 벨벳의 색채와 결을 갖고 있었고, 여기저기 그 벽을 덮고 있는 금빛 이끼는 거의 퇴색해버린 수예(手藝)의 마지막 잔재처럼 보였다. 집 한쪽 뒤에는 금빛 십자가가 달린 예배소의 둥근 지붕이 보였고, 다른 쪽 끝에는 원통형의 비둘기집이 있었는데, 그 위를 나는 비둘기들이 지붕에 내려앉을 때면 그 윤기 나는 청회색 가슴털이 지붕의 푸른색과 뒤섞이는 듯했다.

"당신이 그동안 살아온 곳이 바로 여기란 말이지."

두 사람은 돌아서서 단풍이 들기 시작한 가로수 길을 걸어갔다. 이끼 낀 길가에는 다리가 이끼로 덮인 벤치들이 놓여 있고, 길 끝에 이르자 둥근 마당 한가운데 샘이 있었는데, 그 검은 수면에는 금빛 무늬가 있는 마노(瑪瑙) 같은 낙엽들이 떠 있었다. 길은 점점 좁아지며 빽빽이 들어찬 담쟁이덩굴 덮인 나무들 사이로 구불구불 펼쳐져 있었고, 잎들이 좀 성긴 나무 꼭대기 사이로는 푸른 하늘이 언뜻언뜻 보였다. 그러더니 어느 순간 갑자기 숲이 끝나고 강가를 따라 펼쳐진 들판이 보였다.

두 사람은 들판을 가로질러 견인로로 내려갔다. 그 담이 굽어 들어간 곳에 계단이 있었는데, 그 계단을 올라가니 입구에 담쟁이덩굴이 우거진 쓰러져가는 정자가 있었다. 애너와 대로우는 정자 안쪽 벽에 붙은 벤치에 앉아 강 건너 절벽의 푸른 풀들과 황갈색 흙, 하얀 집들 위로 선명히 솟아 있는 교회의 탑과 회색 지붕을 보았다. 애너는 그때까지 아무 말 없이 앉아 있었으나 대로우의 존재를 너무도 절실히 의식하고 있었기에 그가 손을 잡아도 전혀 놀라지 않았다. 애너가 이쪽으로 고개를 돌리자 대로우는 빙긋 웃으며 이렇게 말했다. "이제 더 이상 장애가 없겠지."

"장애요?" 애너는 깜짝 놀랐다. "무슨 장애요?"

"지난 5월에 나를 돌려보낸 전보의 어구 생각 안 나? '예기치 못한 장애'였지. 그런데 그때 그 장애의 내용이 뭐였소? 에피의 가정교사를 구하는 거였나?"

"그게 왜 장애였는지 편지에서 자세히 설명했는데."

"그래, 그랬지." 대로우는 애너의 손을 들어 입 맞추었다. "그게 다

아주 오래전의 일 같고, 지금 생각하면 아주 하찮게 느껴져."

애너가 그를 흘깃 보았다. "당신도 그걸 느껴요? 저는 이제 달라졌어요. 우리가 허비한 지난 몇 달을 오늘 하루에 모아 그 일부로 만들고 싶어요."

"내가 보기에는 이미 그렇게 됐어. 당신은 과거로 손을 뻗어 모든 걸 우리가 처음 만났던 때로 돌려놓았어."

애너는 말로 표현하기 힘든 어떤 당혹스러움을 극복하려는 듯 이마를 찌푸렸다. "이상하게 그때도 제가 이해하기 힘든 뭔가가 우리 사이를 가로막고 있었죠."

"아, 그때는 우리 둘 다 이해 못 했지. 그게 다 젊음이라는 축복에 따라오는 대가 아닐까?"

"네, 저도 그때를 돌아보면서 그 생각을 했어요. 하지만 그때도 당신은 저보다는 나았을 거예요. 그리고 이제……."

"이제 우리가 여기 같이 있다는 사실만이 중요하지."

대로우는 그녀를 얼마나 사랑하는지 보여주려는 듯 아주 가볍게 다른 건 전혀 문제되지 않는다고 대답했지만, 애너는 그런 걸 자랑스러워 하지 않았다. 그녀는 자신이 대로우의 충성과 사랑을 원하는 것은 본인의 행복보다 두 사람의 사랑 때문이고, 그가 두 사람의 과거 중 어느 부분을 그렇게 가볍게 대하는 건 그 사랑이 지금 지닌 아름다움을 손상시킨다고 느꼈다. 그녀의 얼굴이 붉게 물들었다.

"당신과 나 사이에서는 모든 게 중요해요."

"물론이지!" 그녀는 다정히 미소 짓는 그가 무심하게 느껴졌다. "그래서 내게는 지금 여기, 이 벤치에 앉아 있는 당신과 내가 전부야."

애너는 그 말의 꼬투리를 잡았다. "제 말도 그거예요. 우리가 지금 여기 있다는 사실은 부정할 수 없다는 거죠."

"부정한다고? 그러고 싶어? 또?"

애너의 가슴이 불규칙하게 뛰었다. 그녀는 간헐적으로, 그리고 망설이면서, 마음속에 있는 뭔가를 말하고 싶었지만, 햇살이 온 세상을 물들이듯 그가 가까이 있다는 사실이 모든 감각을 달구고 있었다. 그러다가 갑자기 그녀는 이 행복이 완벽해지길 원했다.

"'또'라구요? 하지만 지난번에는 당신이……."

그녀는 등잔을 치켜드는 프시케처럼 떨리는 목소리로 이렇게 묻다가 말을 멈추었다. 하지만 그 말없는 의문의 순간 대로우의 표정은 변하지 않았다.

"지난번? 지난봄? 당신이 설명한 대로 이유야 충분했지만, 어쨌든 지난봄에 당신 바로 앞에서 나를 돌려보낸 건 당신이었지!"

애너는 대로우가 세월이 그토록 단호히 처리해버린 문제를 두 사람을 위해 기꺼이 규명하려 하는 걸 보며 마음이 놓였다.

"저는 그 뒤에 바로 편지를 보내 그 이유를 설명하고 당신에게 와 달라고 했어요. 그런데 당신은 끝내 안 오셨어요." 애너가 대답했다.

"그때는 올 수가 없었어. 휴가가 끝났거든."

"편지로 그런 사정을 알려주실 수 있었잖아요."

"당신은 아주 늦게 편지를 보냈지. 난 일주일, 아니 열흘을 기다렸소. 그 편지가 왔을 때는 당신이 답장을 받고 싶은 생각이 별로 없을 거라고 생각했어."

"제 편지를 읽고도 그런 생각을 하셨다고요?"

"그랬지."

애너는 가슴이 철렁했다. "그럼 오늘 왜 여기 계신 거죠?"

그러자 대로우는 의아한 눈길로 그녀를 흘깃 돌아보았다. "그건 아무도 모르지. 그걸 당신이 내게 묻다니!"

"그럼 이해 못 한다는 제 말이 맞았네요."

그러자 대로우는 벌떡 일어서서 그녀 앞에 섰다. 강과 드문드문 나무가 서 있는 절벽이 시야에서 사라졌다. "그건 나도 그래."

"안 돼요. 우리 둘 다 이제 그 말을 다시 할 이유가 없어야 해요." 애너는 진지한 표정으로 대로우를 쳐다보았다. "우리는 서로를 있는 그대로 봐야 해요. 저는 당신이 제가 과거에도 그랬고 지금도 느끼는 불합리한 의심과 걱정까지 포함해서 모든 걸 있는 그대로 봐주면 좋겠어요."

그는 다시 애너 옆에 와 앉았다. "과거의 의심과 걱정은 근거가 있었지. 그건 나도 인정해. 가정교사가 갑자기 떠나 에피가 당신 차지가 되고 시어머님은 편찮으셨으니 날 오라고 하기는 어려웠겠지. 편지를 써서 설명하기도 어려운 상황이었을 거고. 하지만 그런 건 이제 문제가 아냐. 내가 해결하고 싶은 건 현재의 문제야."

애너의 가슴이 또다시 떨렸다. 행복이 너무 가까이, 너무 확실히 다가온 것 같아서 조금 더 당기면 새를 어루만지다가 눌러 죽이는 어린애 꼴이 될 것 같은 느낌이었다. 하지만 행복에 대한 확신이 그녀에게 용기를 주었다. 너무나 오랫동안 그녀의 의심은 비수처럼 날카로웠지만 이제는 마음 편히 갖고 놀 안전하고 아름다운 장난감이 된 것 같았다!

"당신은 오지도 않고, 편지도 보내지 않았어요. 그래서 넉 달을 기다린 끝에 제가 편지를 쓴 거죠."

"그건 아까 설명했고, 지금 나는 여기 와 있잖아."

"그래요." 그녀는 그를 마주 보았다. "하지만 이번 편지에서 저는 6월에 보낸 그전의 편지에서 했던 말을 그대로 반복했어요. 그때 저는 당신이 런던에서 했던 질문에 답할 준비가 되었다고 했고, 그 말은 그 질문에 대한 대답이었던 셈이죠."

"아, 애너, 애너!" 대로우가 속삭였다.

"그런데 당신은 그 편지를 무시해버렸고, 여름 내내 아무런 연락이 없었어요. 지금 제가 부탁드리는 것은 왜 그랬는지 설명해 달라는 거예요."

"그건 아까 말했는데. 그때 나는 슬프고 자존심도 상해서 당신의 진심을 의심했어. 내게는 너무나 중요한 문제였기 때문에 더 자신감이 없었고 또다시 실패할까 봐 겁났어. 그때 당신의 반응을 보며 내가 처참하게 실패했다는 느낌이 들었거든. 그래서 눈 딱 감고 이를 악문 채 등을 돌렸던 거야. 내가 그렇게 소심하게 군 건 단지 그 때문이었어!"

"아, 이유가 그것뿐이라면……!" 그녀는 대로우의 포옹에 몸을 맡겼다. "제가 괴로웠던 건 그 때문이었어요. 저는 지난번 편지를 보낼 때까지 당신에게서 아무 소식도 없었던 이유는 단지 그것 때문이라고 생각했어요. 이제 그 생각이 옳았는지 확인해보고 싶어요."

"내가 뭐라고 해야 확인이 될까?"

"먼저 제 얘기를 들어주세요." 그녀는 몸을 일으켰지만 손은 그대로 두었다. "오언이 파리에서 당신을 봤다고 했어요." 애너가 말했다.

대로우는 그녀의 시선에 차분히 응했다. 햇살이 그의 보기 좋게 그을린 얼굴과 잿빛 눈동자, 훤하고 수려한 이마를 비추고 있었다. 애너는 처음으로 자기 손을 잡고 있는 그의 손에 끼인 꼬아 만든 은반지를 보았다.

"파리에서? 아, 맞다……. 그랬지."

"그애가 파리에서 돌아왔을 때 그 얘기를 하더군요. 극장에서 잠깐 얘기를 나눴다고요. 그래서 내가 당신과의 만남을 미뤘다는 얘기를 하더냐, 내게 전한 말은 없더냐 물었더니, 그런 얘긴 없었다고 하더군요."

"사람들이 북적대는 파리의 극장 로비에서 그런 얘길 할 수 있겠소? 세상에!"

"그런 생각을 한 제가 우스운 거죠! 하지만 오언과 저는 늘 기묘한 남매 같은 관계를 유지해왔죠. 그애는 제가 런던에서 당신과 있는 모습을 보고 우리 사이를 짐작했던 것 같아요. 그래서 파리에서 돌아왔을 때 저를 놀리면서 당신에 대해 궁금증을 갖게 만들려고 했죠. 그래서 제가 호기심을 보이자 당신이 한시바삐 같이 온 아가씨에게 가려고 서두르는 바람에 얘기도 별로 못 했다고 하더군요."

대로우는 여전히 애너의 손을 잡고 있었지만, 목소리가 떨리거나 볼이 붉어지지는 않았다. 그는 정말 흐릿한 기억을 더듬는 눈치였다.

"그래. 그 밖에 또 무슨 얘길 하던가?"

"아, 그 아가씨가 굉장히 예뻤다는 말 밖에는 별로 없었어요. 어떻게 생긴 아가씨냐고 물었더니 당신이 그녀를 특별관람석에 감춰놔서 얼굴은 못 보고 망토 끝자락만 봤는데, 그것만 보고도 그녀가 아름답다는 걸 알 수 있었대요. 그런 것만 보고도 알 수가 있죠……. 오언 말이 그 망토가 분홍색이었다고 한 것 같아요."

대로우는 웃음을 터뜨렸다. "물론 분홍색이었지. 망토는 다 분홍색 아닌가? 그게 당신이 품은 의심의 근거였나?"

"처음에는 아니었어요. 그때는 그냥 웃어넘겼죠. 그런데 나중에 제가 편지를 보냈는데도 당신이 답장을 안 하니까…… 이해가 가죠?" 애너가 호소하듯 물었다.

대로우는 부드러운 눈길로 애너를 바라보았다. "응, 이해할 수 있어."

"우리 사이에서 이 일은 가벼운 게 아니죠. 저는 당신이 제 참모습을 봐주길 바라요. 그 얘기를 처음 들었을 때…… 당신이 거의 이리 오고 계셨을 때, 제가 그런 생각을 했다면…….”

대로우는 그녀의 손을 놓고 일어섰다. “그래, 무슨 말인지 알아.”

“정말이에요?” 애너가 대로우를 바라보았다. “난 바보가 아니에요. 저도 알아요……. 물론 알아요……. 하지만 자기 생각이 아무 의미도 없다는 걸 알 때…… 느껴지는 게 있죠. 당신이 그날 저녁의 일을 설명해주길 바라는 게 아니라, 그냥 제 감정을 다 털어놓고 싶을 뿐이에요. 당신을 다시 만나고서야 제 감정을 알았어요. 전 제가 당신한테 그런 말까지 하게 될 줄 정말 몰랐어요!”

“나도 여기 와서 당신한테서 그런 말을 듣게 될 줄 상상도 못 했어!” 대로우가 돌아서서 바람에 날리는 애너의 스카프 자락에 입을 맞추었다. “하지만 이제 그 말을 들었고, 당신의 감정도 알겠어.” 그가 애너를 내려다보며 미소 지었다.

“안다고요?”

“우리 사이에서 이 일은 가벼운 게 아니라는 거 나도 알아. 이제 궁금한 건 뭐든지 물어봐! 내 부탁은 바로 그거야.”

두 사람은 오랫동안 말없이 마주 보고 있었다. 그녀는 대로우의 눈에 깃든 명랑함이 열정적인 진지함으로 바뀌는 걸 지켜보았다. 그는 허리를 굽혀 그녀에게 입 맞추었고, 애너는 날개 안에 갇힌 듯 앉아 있었다.

제12장

두 사람이 집으로 돌아오는 길에 미래에 대해 얘기한 건 당연한 일이었다.

애너는 미래에 대해 확실한 얘기를 하지 않았다. 그녀는 행복의 불가해한 요소들에 아주 민감했고, 대로우와 나란히 걷는 동안 그녀의 상상력은 그녀와 주변의 사물들 사이에 찬란한 그물을 짰다. 감정이 고조될수록 주변 풍경이 아름다워 보였고, 그녀는 그런 순간은 다시 되풀이될 수 없는 기적처럼 찬찬히 음미하고 받아들여야 한다고 생각했다. 그녀는 두 사람의 미래를 확정짓고 싶어 하는 대로우의 마음을 이해할 수 있었다. 마땅히 그래야 하고, 애너 자신도 꼭 그러고 싶었다. 하지만 결혼 날짜를 잡거나 확실한 결정을 내리자는 대로우의 요구에 명확히 대답하는 건 4월의 은빛 숲을 벗어나는 것만큼이나 어려운 일이었다.

대로우는 외교관으로 근무하는 이 기회를 이용해 어떤 사회 · 경제 문제에 대한 책을 쓰고 싶었고, 그래서 남미 근무를 요청해 발령을 받았다. 애너도 그와 함께 가고 싶었고, 새로운 생각뿐 아니라 풍광을 통해 과거에서 벗어나고 싶었다. 그녀가 직접 책임져야 하는 건 에피의 양육뿐이었고, 곰곰이 생각해보니 그건 남미에 가더라도 잘 처리해나갈 수 있을 것 같았다. 남미에서 자리를 잡을 때까지 우선 에피를 할머니께 맡기고, 대로우가 계속 외국에서 근무해야 한다면 애너 자신이 지브레와 집을 오가며 딸을 돌보면 될 것이었다.

2년 전에 성년이 된 오언은 곧 부친의 유산을 상속 받을 나이가 될 것이고, 그러면 애너의 역할은 그가 잘 지내도록 신경 써주는 걸로 줄어들 것이었다. 그렇다면 대로우의 바람대로 6주 남은 그의 휴가 기간에 결혼식을 올려도 무방할 것이다.

두 사람은 오솔길을 벗어나 햇살 가득한 정원으로 나왔다. 한낮의 햇빛이 주목(朱木)의 각진 적갈색 줄기를 금빛으로 감싸고 있었고, 적갈색, 선황색, 적황색 국화들이 마법의 숲에 핀 꽃들처럼 빛나고 있었다. 정원 가장자리의 화단에는 빨간 베고니아가 포도주 빛으로 불타오르고 있었다. 그리고 이 화려한 풍경과 조화를 이루고 선 집의 차분한 선들이 영롱한 대기 속에 부드럽게 뻗어 있었다.

대로우는 가만히 서 있었다. 애너는 그가 자신과 주변 풍경을 번갈아 보다가 다시 자기 얼굴을 쳐다보는 걸 깨달았다.

"당신 정말 지브레를 떠날 수 있겠소? 서로 이렇게 잘 어울리는데!"

"아, 지브레……." 하지만 애너는 금방 입을 다물었다. 그 무심한 어조 때문에 자신의 과거 전체가 대로우의 손으로 넘어가는 것 같았기 때문이다. 그래서 자기도 모르게 마음을 다잡으며 말했다. "오언이 결혼하면 넘겨줘야죠."

"오언이 결혼하면? 그건 아주 먼 훗날의 얘기 아니오? 그전에 나는 당신이 이 집을 떠나도 아쉽지 않다고 말하는 걸 듣고 싶어."

애너는 망설였다. 그는 왜 쓸쓸했던 과거를 털어놓도록 강요하는 걸까? 일종의 모호한 충성심, 이제 그녀를 해칠 힘을 상실한 존재를 감싸고픈 욕망 때문에 그녀는 이렇게 얼버무렸다. "'그전에'가 없을지도 몰라요. 오언이 곧 결혼하게 될 것 같거든요."

오언이 당분간은 이 일을 비밀로 해 달라고 당부한 바 있기에 이 문제는 거론하고 싶지 않았지만, 대로우의 휴가가 얼마 안 남았으니 빨리 두 사람의 미래를 결정해야 했고, 그러려면 오언의 미래에 대해 최소한 암시라도 해둬야 했다.

"오언이 결혼을 한다고? 그 애는 늘 잠옷 차림의 목신 같은데! 숲의 요정을 찾았겠지? 이 금빛, 푸른빛 숲 속에는 그런 요정이 한 명쯤 남아 있을 법도 해."

"어디서 찾았는지는 아직 말씀드릴 수 없지만, 요정을 찾긴 했어요.

어쨌든 저보다는 그 아가씨가 이 지브레의 숲에 더 어울려요. 그런데 결혼까지는 이런저런 어려움이 남아 있어요."

"글쎄! 그 나이에는 해결하기 힘든 문제도 많지."

애너는 망설이며 대답했다. "어쨌든 오언은 그 문제들을 모두 해결하기로 결심했고, 저는 그 애를 도와주기로 약속했어요."

애너는 잠시 생각에 잠기더니 오언이 고른 상대가 이런저런 이유로 할머니 마음에 안 들 거라고 말했다. "그래서 어머님께 마음의 준비를 시켜드려야 하는데, 제가 그 일을 맡았어요. 제가 전부터 늘 오언을 도와왔기 때문에 지금 제게 거는 기대가 커요."

대로우의 어조에서 짜증의 기미를 느낀 애너는 그가 자신이 결혼을 미룰 핑계를 찾고 있는 양 의심할 수도 있다고 생각했다.

"하지만 오언의 미래가 결정된 뒤에도 그 애를 도와야 한다는 이유로 설마 또 나를 혼자 가라고 하진 않겠지?" 대로우는 애너를 더 바짝 끌어당겼다. "당신은 몰라도 오언은 이해할 거야. 그리고 오언도 나랑 같은 입장이니 그의 자비에 호소해볼 생각이야. 그 애도 자기보다 내가 당신을 더 필요로 한다는 걸 알 것이고, 당신이 그걸 깨닫길 바랄 거야."

"오언은 모든 걸 이해해요. 그건 문제가 안 돼요. 하지만 그 애의 미래는 아직 정해지지 않았어요. 그 애는 결혼하기에는 아직 어리고……. 어머님께선 너무 어리다고 생각하시겠죠. 그 애가 고른 상대 때문에 어머님으로서는 더욱더 그렇게 느끼실 거예요."

"그럼 이 아가씨도 전의 그 사람이랑 비슷한가?"

"아뇨, 그렇진 않아요! 하지만 어머님이 말씀하시는 좋은 상대가 아니고, 제 생각에도 현명한 선택은 아니에요."

"그래도 당신은 이 결혼이 성사되게 노력할 거라면서?"

"그래도 성사되게 돕고 있죠." 애너가 잠시 말을 멈추었다. "당신이 이해해주실지 모르지만, 저는 다른 무엇보다도 오언이나 에피가 설사 그게 실수라 하더라도 언제나 남이 아니라 자신이 생각한 바를 실행에 옮겨보게 해주고 싶어요. 오언의 결혼이 혹 실수라 해도 저는 그 애가 그 대가를 치르면서 뭔가를 배울 거라고 생각해요. 물론 어머님이 이걸 이해하시게 만들 수는 없겠지만, 가끔 엄청난 충동에 사로잡힌다든지, 기운이 펄펄 넘쳤다가 금세 풀이 죽는다든지 하는 그 애의 성격을 볼 때, 지금 그 결혼을 막으면 더 심각한 실수를 범할지도 모른다는 말씀을 드릴 수는 있죠."

"그럼 샹텔 부인이 우쉬에서 돌아오시는 대로 그 얘길 할 건가?"

"가능한 한 빨리 말씀드려야죠. 어머님이 그 아가씨를 아시고 또 좋아하시는 게 유일한 희망인데, 사실을 아시고 나면 그 점이 오히려 일을 더 어렵게 만들 수도 있어요. 나머지 얘기는 어머님께 이 일을 알리고 나서 말씀드릴게요. 아무한테도 얘기 안 하기로 오언과 약속했거든요. 제게 단 며칠만이라도 시간을 주세요. 어머님은 우리 일과 제가 지브레를 곧 떠나야 한다는 사실을 당신 말마따나 아주 '사려 깊게' 이해해주셨지만, 그게 오히려 오언의 처지를 더 어렵게 만들 수도 있어요. 어쨌든 제가 왜 그 애를 돕고 싶어 하는지 이해가 가시죠? 제 행복 때문에 그 애의 행복을 조금이라도 희생해야 한다면, 다른 사람들의 행복을 조금씩 긁어내서 우리의 행복을 이뤄야 한다면, 얼마나 비참해요!" 그녀는 두 손으로 대로우의 팔을 잡았다. "저는 우리의 삶이 유리창마다 불이 켜진 집 같았으면 좋겠어요. 그 집의 지붕에서 굴뚝까지 전부 등을 달고 싶어요!"

애너는 속으로 부르르 떨며 말을 끝맺었다. 대로우에게 현재의 상황을 설명하고 이해를 구하는 동안 그녀는 그런 얘기를 하기에는 시기가 정말 안 좋다는 생각을 했다. 대로우의 입장에서는 그녀의 정교한 논리는 평소의 망설임을 감추기 위한 핑계에 불과할 것 같았다. 지금은 다른 어느 때보다 더 모든 장애를 무시하고 그의 뜻에 따라야 할 때였다. 하지만 당분간은 그의 뜻을 거슬러야만 그에게 보여주고 싶은 자신의 힘을 입증할 수 있었다.

하지만 대로우의 표정에는 그 말에 대한 어떤 반응도 나타나 있지 않았고, 멍한 표정을 보니 그 말을 듣고 있는 것 같지도 않았다. 애너는 이런 때 그가 딴생각을 하고 있다는 게 약간 충격적이었지만, 그 이유를 알고 나니 더없이 기뻤다.

구체적으로 설명하기는 힘들지만 애너는 얼굴을 보지 않고도 그가 자신이 가까이 있다는 사실에 푹 빠져 있고, 자신의 얼굴과 옷을 세세한 부분까지 열심히 관찰하고 있다는 걸 감지했다. 그런 생각을 하자 말이 쏟아져 나왔다. 그녀는 자신의 말이 유창할 뿐 아니라 권위와 확신에 차 있다는 느낌이 들었다. '이이에게는 내가 하는 말의 내용은 중요하지 않아. 내가 그 말을 하고 있다는 걸로 충분한 거지. 설사 내가 바보 같은 말을 해도 좋게 봐줄 거야.' 애너는 그런 생각을 했다. 그녀는 그가 자신이 하는 말의 억양과 몸짓 하나하나, 이마가 너무 높고, 눈이 별로 안 크고, 손이 날씬하긴 하지만 너무 크고, 손가락 끝이 쭉 빠지지 않았다는 등, 그녀의 몸이 지닌 갖가지 특징과 단점들 때문에 자신을 사랑한다는 것, 그는 그런 결점이 있어도, 아니 바로 그런 것들 때문에, 자기를 좋아한다는 것, 그녀가 바라는 모습이 아니라 현재의 모습 그대로를 원한다는 걸 감지했고, 마음속 깊은 곳에서 난생처음으로 행복한 사랑이 주는 안도감과 평안함을 느꼈다.

대문에 도착한 두 사람은 라임 나무 그늘을 따라 집 쪽으로 걸어갔다. 현관문이 활짝 열려 있고, 테라스를 향해 열린 유리창으로 햇살이 들어

흰색과 검은색 무늬가 있는 바닥과 색 바랜 태피스트리 의자, 벽에 붙어 있는 벤치 위에 쌓인 망토와 무릎 덮개 위에 놓인 대로우의 여행용 외투와 모자를 비스듬히 비치고 있었다.

애너 자신의 옷가지 위에 놓인 그의 옷들을 보니 가족 같은 친밀함이 느껴졌다. 하늘에 떠 있던 자신의 행복이 땅으로 내려와 친숙한 물건의 소박한 모습을 취한 것 같았다. 애너는 행복이 마침내 손안에 들어온 느낌이었다.

현관에 들어서자 탁자 위에 놓인 우표 없는 편지가 눈에 띄었다.

"오언이 남긴 거군요! 차로 어딘가 급히 간 것 같아요."

애너는 대로우와 단둘이 점심을 먹을 수 있다는 기쁨에 조용히 가슴이 뛰었다. 그녀는 봉투를 열고 놀란 표정으로 편지를 읽었다.

'엄마, 어제 하신 말씀을 듣고 단 한 시간도 기다릴 수가 없어서 프랑쇠유에 가요. 디종발 급행으로 함께 돌아올게요. 걱정 마세요. 적당한 기회를 보아 말씀드릴 테니까요. 그 점은 저를 믿어주세요. 하지만 더 이상 기다릴 수가 없었어요.'

애너는 천천히 고개를 들었다.

"오언이 어머님을 뵈러 디종에 갔어요. 아, 제가 실수한 거면 어쩌죠?"

"당신이? 오언이 디종에 간 거랑 당신이 무슨 상관이 있는데?"

그녀는 잠시 망설였다. "그저께 제가 처음으로 어떤 일이 있어도 그 애를 도와준다고 말했거든요. 그것 때문에 오언이 이성을 잃고 함부로 행동해서 모든 걸 망치려고 하는 것 같아요. 애초 생각한 대로, 어머님이 마음의 준비가 되실 때까지 그 애한테 아무 말도 말았어야 하는 건데."

애너는 대로우가 자기 얼굴을 보며 모든 걸 간파한 것 같아 얼굴이 붉어졌다. "맞아요, 당신이 오신다는 연락을 받고 오언에게 그런 말을 한 거예요. 그 애도 저처럼 행복해지길 바랐던 거죠……. 그 애를 기다리게 하는 게 매정한 것 같았어요!"

대로우는 그녀의 손을 잡은 채 한 팔로우 어깨를 잠시 감쌌다.

"그 애를 기다리게 하는 건 정말 매정한 일이었을 거요."

두 사람은 나란히 계단 쪽으로 걸어갔다. 이렇게 행복의 안개 속에 감싸여 있자니 오언의 일이 이상하게 멀고 하찮게 느껴졌다. 지금은 그녀의 혈관을 질주하는 이 빛살만이 중요했다. 그녀는 계단에 한 발을 올려놓으며 말했다. "점심때가 다 됐네요. 모자 좀 벗고 올게요……." 대로우는 그 자리에 선 채 계단을 올라가는 애너를 지켜보았다. 하지만 그녀가 사라져도 둘 사이의 거리가 멀어지는 것 같지 않았다. 자신의 생각이 애너를 따라가 사랑에 찬 손으로 그녀를 어루만지는 것 같았기 때문이다.

침실에 들어선 애너는 문을 닫고 가만히 서서 꿈같은 경이감에 찬 표정으로 방 안을 둘러보았다. 지금껏 체험한 그 어떤 감정보다 더 깊고, 풍요롭고, 완벽한 느낌이 마음을 채우고 있었다. 난생처음으로, 머리에서 발끝까지 자신의 모든 부분이, 똑같이 풍부한 감각을 느끼고 있는 것 같았다.

애너는 모자를 벗고 화장대 앞에서 머리를 매만졌다. 이마에 흘러내린 갈색 머리칼이 모자 때문에 납작해져 있었고, 얼굴도 평소보다 창백했으며, 눈 밑에 그늘이 어려 있었다. 그걸 보니 헛되이 보낸 지난 세월이 안타까웠다. 그녀는 혼잣말로 중얼거렸다. "오늘도 이런데, 병이 나거나 근심이 있을 때는 어떻게 보일까?" 애너는 묵직한 머리칼을 손가락으로 쓸어보며 흡족해 하다가 턱을 손으로 고인 채 가만히 앉아 있었다.

'그이가 나를 있는 그대로 봐주면 좋을 텐데.' 그녀는 이런 생각을 했다.

애너가 느끼는 자존심의 저 깊은 곳에는, 자기 머리가 눌리고, 얼굴이 피로로 창백하고, 두꺼운 재킷 때문에 얇은 블라우스 소매가 구겨져 있어도, 한껏 치장했을 때보다 대로우가 자기를 더 좋아하고, 더 가깝게 느끼고, 소중하고 매력적으로 생각할 거라는 믿음이 깔려 있었다. 이를 깨달은 애너는 사랑이라는 찬란한 물결 속에 풍덩 뛰어든 듯, 일종의 광채를 통해 자기 얼굴의 단점들을 전에 없이 자세히 뜯어보았다.

애너는 자신이 느낀 의심과 질투를 그에게 털어놓길 잘했다는 생각이 들었다. 그녀는 사랑에 빠진 남자는 자신이 자기도 모르게 그런 감정을 내보이는 걸 좋아할 것이고, 남자가 자신의 자유를 발휘하기보다는 오히려 구속받기를 원하고, 상대방 여성의 실수와 경솔함이 상대에 대한 그녀의 힘을 강화시켜주는 데 도움이 되는 아주 복된 순간이 있을 거라는 생각을 했다. 그러자 대로우와 얘기할 때 느낀 힘이 열 배나 더 강하게 되살아났다. 그녀는 아주 극단적인 방법으로 그를 시험해보고 싶으면서도, 다른 한편으로는 대로우 앞에서 자신을 낮추어 그의 기분을 비추는 그림자나 메아리가 되고 싶기도 했다. 이런 환상의 세계에 머물고 싶었지만 다른 한편으로는 현실의 세계에 살고 싶기도 했다. 그녀는 대로우가 자기의 힘을 느껴주길 바라면서도 다른 한편으로는 자기가 지닌 무지와 유순함 때문에 자신을 사랑해주기를 바랐다. 애너는 노예나, 여신, 또는 십대의 소녀 같은 느낌이 들었다…….

제13장

그날 저녁 늦게 대로우는 자기 방 난롯가에 놓인 안락의자에 털썩 주저앉았다.

조용히 생각하기에는 아주 좋은 방이었다. 끝머리가 해지고 얇게 닳아버린 러그와 색 바랜 벽걸이, 붉은 갓을 씌운 램프, 어두한 구석, 큼직한 구식 옷장과 벽장의 둥근 윤곽을 환히 비춰주는 난롯불이 있는 이 방이 더욱 아늑하게 느껴졌다. 이 방에 있는 물건은 모두 적당히 낡아 서로 조화를 이루고 있었는데, 대로우는 거기서 어딘지 모르게 프레이저 리스의 솜씨가 느껴졌다. 하지만 애너와의 관계에서 프레이저 리스는 이제 극히 하찮은 문제가 되어버렸기에 그의 존재를 상기시켜주는 이 방을 보아도 그저 재미있다는 느낌이 들 뿐이었다.

지브레에서 보낸 오늘 오후와 저녁은 완벽했다.

애너는 오언이 디종에 간 일 때문에 잠시 근심하는 눈치였지만, 곧 대로우가 생각지도 못했던 열정으로 자신의 행복에 몸을 내맡겼다. 두 사람은 오후 일찍 자동차로 집을 나섰다. 붉은 포도밭들이 드문드문 보이는 차분한 색조의 들판을 지나고, 돌이 깔린 마을길을 덜컹덜컹 달리고, 완만한 비탈길을 올라가 강을 굽어보기도 하고, 저 멀리 보이는 윤곽이 선명한 푸른 언덕들을 향해 연한 금빛의 좁은 산골길을 구불구불 달리기도 했다. 고요한 대기 속에 녹아든 햇살이 모든 걸 감싸고 있었고, 잡초를 태우는 매캐한 냄새가 젖은 뿌리와 낙엽 썩는 냄새에 뒤섞여 있었다. 그런데, 어느 순간 어떤 담을 따라 달리다 보니 폐허가 된 문이 나왔다. 두 사람은 차에서 내려 푹푹 파인 길을 따라 걸어갔고, 마침내 아주 오래된 나무들로 둘러싸인 해자(垓子) 속에 서 있는, 환상적인 목각(木刻)과 굴뚝들로 장식된 폐가 앞에 당도했다. 둘은 나무들 사이로 난 길을 걸어보기도 하고, 갈대와 질경이들 사이에 자리잡은 아주 작은 섬에 세워진 곰팡이 핀 '사랑의 신전'을 발견하기도 하고, 마구간 앞마당에 놓인 벤치에 앉아 저녁노을 속에서 비둘기들이 조각된 벽돌로 지은 비둘기집 위를 선회하는 모습을 지켜보기도 했다. 그러고는 어스름 속으로 차를 몰아 나왔다…….

집에 돌아온 두 사람은 참나무 장식판이 붙은 응접실의 난롯가에 앉아 있었는데, 대로우는 그 진한 나무 빛깔을 배경으로 보이는 애너의 두상이 정말 섬세하다는 생각, 차를 준비하는 그녀의 두 손을 지켜보고 있으면 늘 기분 좋을 거라는 생각에 잠겼다…….

두 사람은 느지막이 저녁을 먹었다. 대로우는 침침한 조명과 꽃으로 꾸며진 식탁 저편에 앉은 애너를 보면서 이브닝드레스를 입은 그녀의 모습을 다시 보는 게 무척 즐거웠고, 그 고고하면서도 수줍은 머리, 그 머리를 감싸고 있는 갈색 머리칼, 봉긋한 가슴 위로 뻗어 있는 소녀처럼 가냘픈 목을 바라보며 그녀의 잔잔한 아름다움에 감동을 받았다. 그녀는 마치 몇 가지 색만으로 그린 섬세한 초상화나, 아롱대는 빛 말고는 아무 무늬도 없는 그리스 도자기 같았다.

저녁 식사 후 두 사람은 테라스에 나가 몽롱한 달빛에 물들어 있는 정원을 내려다보았다. 어슴푸레한 달빛 속에 여기저기 나무들이 뿌연 자태를 드러내고 있고, 테라스 아래 집이 드리우는 그림자의 가장자리에 두건을 쓴 첩자들처럼 서 있는 조각상 사이로 이리저리 뻗어 있는 정원의 어두운 선들이 보였다. 저 멀리 보이는 은빛 풀밭은 안개 낀 강가까지 펼쳐져 있고, 가을 하늘의 별들은 흐릿한 물에 비친 듯 파르르 떨고 있었다.

대로우는 시가를 피워 물고 애너와 함께 판석(板石)이 깔린 테라스를 천천히 거닐었다. 이윽고 그가 한 팔로우 애너를 껴안으며 "추워지기 전에 들어갑시다" 했고, 두 사람은 방으로 들어가 난롯가에 나란히 앉았다.

하지만 불과 몇 분 뒤 애너가, "열한 시도 넘었을 거예요" 하며 자리에서 일어나 엷은 미소를 띤 채 대로우를 내려다보았다. 대로우는 가만히 앉아 애너의 얼굴을 응시하며 '앞으로도 많은 저녁을 같이 보내게 될 거야'라고 생각했다. 마침내 애너가 다가와 그의 얼굴 위로 허리를 굽히며 어깨에 손을 얹고 "잘 자요" 했다.

대로우는 자리에서 일어나 그녀를 껴안았다.

"잘 자." 그는 그렇게 대답하며 그녀를 꼭 껴안았다. 두 사람은 긴 키스로써 서로에게 미래에 대한 약속과 공감을 표했다.

꺼져가는 난롯불을 바라보며 앉아 있는 지금까지도 그 입맞춤의 기억이 생생히 남아 있었지만 그런 육체적 흥분 뒤에서 뭔가가 마음을 어둡게 했다. 어떻게 보면 이 행복은 그가 가진 여러 가지 계획들을 한데 모아주는 일종의 접합점이었다. 대로우는 여성에게서 그렇게 사랑 받는 것은 '모든 걸 달라지게 한다'는 생각을 하고 있었는데, 어떻게 보면 바로 그 말이 그의 이런 상황을 잘 표현하고 있었다. 그는 이제 그동안의 실험들을 모두 끝내고 '어떤 노선을 취해서' 거기에 모든 에너지를 집중함으로써 구체적인 결과를 얻고 싶었다. 그녀와 결혼해서 이삼 년 더 외교관 생활을 하고 나면 두 사람의 진짜 인생이 시작될 것이었다. 대로우 자신은 연구, 여행, 저술 활동으로 시간을 보내고, 그녀는, 글쎄, 최소한 골동품과 격식에 얽매인 지브레에서의 생활에서 벗어나 마음껏 이런저런 일에 몰두함으로써 즐거움을 맛보게 될 것이다.

대로우는 얼마 전부터 변화를 원해왔지만, 지난봄 리스 부인을 만나고는 그 방향이 분명해졌다. 그런 여성이 그의 에너지를 모아주고 자극해준다면 '뭔가 할 수 있다'는 조심스러운 자신감이 생겼던 것이다. 이런 자신감의 배경에는 자기는 이런 기회를 누릴 자격이 있다는 생각이 깔려 있었다. 여태까지의 그의 삶은 대체로 성공적이었다. 별로 특출하지 않은 조건과 재능을 가지고도 상당히 주목 받을 만한 성격을 형성했고, 뛰어난 사람들도 몇 명 사귀었고, 상당수의 흥미로운 일과 몇 가지 아주 어려운 일을 이루어냈으며, 37세인 지금부터 정력적이고 활력 넘치는 노년까지 충분히 시간을 때워줄 학문적 야심을 지니게 되었으니 말이다. 개인적으로도 그의 삶은 평균 이상이었다. 어쩌다 한번씩은 이상적인 수준 이하로 떨어지기도 했지만, 그런 일은 극히 짧고, 지엽적이고, 우발적이었으며, 중요한 일에서는 늘 신중히 처신해왔다.

그는 흡족한 마음으로 자신의 과거를 되돌아보고, 그 모든 걸 더욱 빛나게 해줄 이 결혼에 대해 생각해보았다. 그는 애너 서머스와의 첫 만남을 기억해내고, 그 뒤로 근근이 이어져온 그녀와의 관계를 하나하나 되짚어보았다. 운명이 그렇게 일찍 자신을, 그녀를 소유하는 특별한 행운아로 점찍어준 게 자랑스러웠다. 그가 보기에 애너와 자신은, 흔히 잘못 적용되는 어구를 빌려 표현하자면, 그야말로 서로를 위해 태어난 것 같았다.

그리고 그녀와 함께 있을 때 느껴지는 행복, 즉 그녀의 머리가 기울어진 각도, 이마와 목덜미의 솜털, 그가 말을 할 때 빤히 쳐다보는 그 눈길, 진지하면서도 자유로운 그녀의 걸음걸이와 몸짓을 지켜보며 느껴지는 기쁨은 이런 만족보다도 더 깊은 곳에 자리해 있었다. 관자놀이의 섬세한 혈관들, 눈꺼풀의 갈청색 그늘, 자신에게 꼬옥 안겼을 때 나타나는, 마치 별 두 개의 그림자가 나타났다 사라지는 것 같은 눈빛 등, 대로우는 애너의 얼굴을 세세한 곳까지 떠올려보았다…….

그 별빛은 그녀의 진심에 대한 어떤 의심도 씻어주었을 것이다. 그녀는 암띠다고 할 정도로 내성적이었고, 경박하고 적극적인 사람들은 그녀를 '냉정하다'고 평할 것이다. 그녀는 마치 소유주만 아는 각도에서 바라봐야 보이게 걸려 있는 그림과 같았다. 그런 생각을 하니 그녀의 사랑을 받는다는 게 무척이나 자랑스럽게 느껴져서 남이 보면 미쳤나 싶을 그런 미소가 지어졌다. 그는 애너가 오언과 극장에서 만났던 일에 대해 묻던 순간의 모습을 떠올렸다. 그녀의 말보다도 그 말을 하던 순간의 표정과, 긴장 때문에 볼이 붉어지고, 미간에 주름이 잡히고, 눈을 어디에 둬야 할지 망설이다가 다시 그를 마주 보던 그 표정, 자존심과 열정 사이에서 갈등하던 그녀의 표정을 생각하니 아내로서는 최상의 선택이라는 생각이 들었다! 애너의 그 표정 덕분에 지금의 자기 상황에서는 도저히 용납할 수 없는 기억 때문에 잠시 당황했던 것도 보상을 받는 느낌이었다. 그랬다! 바로 자기 때문에 그녀의 본능과 지성이 갈등하는 모습을 지켜보는 건 무엇을 주어도 아깝지 않은 경험이었다…….

이런 것 이외에 또 다른 점이 대로우를 흡족하게 해주었다. 애너는 어디에 내놓아도 자랑스러울 그런 여자였다. 그녀를 따라 남의 집 응접실에 들어선다든지, 극장 통로를 걸어간다든지, 기차를 타고 내린다든지, 남들에게 '우리 집사람'이라고 말할 수 있으면 정말 좋을 것 같았다. 그는 이런 구체적인 이미지들을 떠올리며 애너야말로 흔히 말하는 '자랑할 만한' 여자이며, 이런 점이 그녀를 사랑하는 데서 오는 본능적이고 유치한 기쁨에 품위와 정당성을 부여해준다고 생각했다.

그는 자리에서 일어서서 천천히 창가로 다가가 별이 총총한 밤하늘을 바라보다가 깊은 만족의 한숨을 내쉬며 안락의자에 털썩 주저앉았다.

그러고는 갑자기 이렇게 중얼거렸다. "아, 어쨌든 이건 지금까지 내게 일어난 일 중 가장 큰 행운이야!"

다음 날은 그날보다도 더 좋았다. 대로우는 자신도 그렇지만 애너도 상대를 더 깊이 이해하게 되었다는 생각이 들었다. 마치 눈부신 햇빛 속에서 거친 파도를 거슬러 헤엄치다가 절벽이 그늘을 드리우고 있는 후미에 당도해 잔잔한 물 위에 뜬 채 저 깊은 물속을 들여다보는 듯한 기분이었다.

두 사람은 산책을 하며 이런저런 얘기를 나누었는데, 대로우는 그녀가 어떤 면에서 자기와 같은 생각과 경험을 했고, 같은 순간에 같은 결론에 도달하는 걸 보며 어린애처럼 즐거웠다.

그는 속으로 미소 지으며, '사람들은 옛날에도 이런 생각을 했겠지. 인간이란 늘 그런 거니까'라고 생각했다.

하지만 두 사람의 사랑에는 그 밖에도 뭔가 특별한 것이 있었다. 대로우는 표면에 존재하는 어찔한 감각의 흥분 밑에 우정이라는 탄탄한 토대가 자리 잡고 있음을 분명히 느낄 수 있었다. 그는 이렇게 특별한 관계가 존재한다는 사실에 놀라움을 금치 못하며, '내가 그녀를 사랑하지 않는다면 이렇게 좋아할 리 없겠지!'라는 결론을 내렸다.

그날 오전에는 디종에 갔던 오언에게서 전보가 왔는데, 오후 네 시에 할머니, 에피와 함께 돌아온다는 내용이었다. 역이 지브레에서 13~16킬로미터 정도 떨어져 있었기 때문에 애너는 식구들을 마중하러 세 시 조금 넘어서 집을 나섰다.

그녀가 출발한 뒤 대로우는 오랜만에 만난 가족들이 남은 오후 시간을 같이 보낼 수 있도록 저녁 늦게 돌아올 심산으로 집을 나섰다. 그러고는 어두워진 뒤로도 한참 더 시골길을 헤매다가 지브레의 마구간 시계가 일곱 시를 칠 때에야 마당으로 통하는 가로수 길을 걸어 들어왔다.

그는 계단을 내려오다가 현관에서 애너를 만났는데, 표정이 차분한 걸로 미루어 오언이 약속을 지켜 그녀가 우려했던 일들이 하나도 일어나지 않았음을 짐작할 수 있었다.

애너는 방금 전에 에피와 가정교사가 저녁을 먹고 있는 공부방에 들렀는데, 딸이 스위스에서 휴가를 보낸 뒤 건강이 훨씬 더 좋아진 듯 보였지만, 오늘은 너무 졸려서 평소처럼 자러 가기 전에 응접실에 내려오지 못할 거라고 했다. 샹텔 부인은 쉬고 있지만 저녁 먹으러 내려올 것이고, 오언은 해거름에 정원 거니는 걸 정말 좋아하기 때문에 정원 어딘가에 있을 거라고 했다…….

대로우는 애너를 따라 자기 몫의 다과가 차려진 갈색 방으로 들어섰다. 그는 다과를 사양했지만, 애너는 잠시 더 머물며 오언이 정말 약속을 지켰고, 샹텔 부인은 곧 닥칠 충격을 전혀 의식하지 못한 채 아주 기분 좋게 집으로 돌아왔다고 했다.

"어머님은 우쉬에 계셨던 한 달 동안 아주 잘 지내신 것 같고, 당신의 갖가지 증상, 서로 잘났다고 우기는 의사들, 호텔의 다른 투숙객들에 대해 많은 말씀을 하셨어요. 거기 계시는 동안 당신 대사 부인이랑 원틀리 부인 등 당신의 런던 친구들을 만나신 모양인데, 저한테 당신에 대해 아주 '좋은 말'을 많이 들었다는 걸 꼭 전해 달라고 하셨어요. 어머님은 당신 할머님이 올버니의 에버라드 집안 출신이라는 사실에 특히 감동하신 것 같고, 언제라도 이 결혼을 허락하실 준비가 되어 계세요. 가엾은 오언이 자기가 처한 처지와 달라서 더 괴로워할 수도 있는데……. 오언이 고른 상대에게는 대사의 추천이나 지체 높은 조상이 없으니까요! 하지만 당신이 도와주실 거죠? 제가 그 애를 도와줄 수 있도록 도와주실 거죠? 나머지 얘기는 내일 해드릴게요. 지금은 빨리 올라가서 에피를 재워야 해요……."

"아, 두고 봐, 꼭 성사되게 도울 테니까!" 대로우는 그녀를 안심시켰다. "우리 둘이 힘을 합하면 반드시 성사될 거야."

그는 미소 띤 얼굴로 현관으로 통하는 침침한 복도를 달려가는 애너를 지켜보았다.

제14장

대로우는 응접실에 들어서며 자기 자신보다도 오언 리스 때문에 거기 앉은 사람들을 더 찬찬히 살폈다.

그는 애너한테서 들은 말 때문에 오언의 연애에 관심이 많아졌기에 곧 닥쳐올 갈등의 주인공이 어떤 여자인지 내심 궁금하기도 했다. 대로우가 보기에 오언의 반항은 애너에게는 리스 집안의 전통에 대한 오랜 투쟁을 상징했고, 그녀가 그토록 열심히 오언을 도우려고 하는 것은 어느 정도는 아들과 동시에 지브레를 벗어나고 싶어서인 것 같았다.

대로우가 들어선 순간, 곧 닥쳐올 투쟁에서 질서와 전통을 대표할 숙녀는 난롯가에 앉아 있었다. 큰 방의 연한 장식판을 배경으로 꽃과 오래된 가구에 둘러싸여 앉아 있는 샹텔 부인은 정물화 속 사물들의 크기를 암시하기 위해 그려 넣은 인물처럼 무기력한 우아함을 지니고 있었다. 대로우는 샹텔 부인이 바로 그것을 자신의 주된 임무로 여기고 있을 거라는 생각을 했다. 즉 그녀는 '분수'를 아주 중시하고, 모든 것에 어느 정도는 비판적인 시각을 지니고 있을 것 같았다.

60세의 샹텔 부인은 한편으로는 젊어 보이면서도 다른 한편으로는 고풍스러운 데가 있었다. 시들었지만 밝은 피부색, 예스러운 코르셋, 높은 허리선에 붙은 장식 띠, 끝으로 갈수록 가늘어지는 팔에 감은 벨벳 띠 때문에 그녀는 1860년대의 명함용 사진을 연상케 했다. 그녀의 목에 흘러내린 고수머리, 가슴의 주름 장식 위에 늘어뜨린 로켓 목걸이를 보고 있으면 시대는 좀 늦지만 양각 장식이 있는 모로코 장정의 『제2 제정기(프랑스의 나폴레옹 3세 치세인 1852~1870년)의 미인들』 같은 책의 끝 부분에 등장하는 인물 같다는 느낌이 들었다.

샹텔 부인은 두 사람의 관계를 알고 있고 반대하지 않는다는 걸 암시하듯, 며느리의 연인을 상냥히 맞아주었다.

대로우는 그녀가 어떤 변화에도 본능적으로 반대하고, 상대방의 주장에 끝까지 반대하다가, 아주 사소한 이유 때문에 갑자기 태도를 바꿔서 새로운 입장을 끝까지 고집하는 그런 사람임을 금세 알아차렸다. 그녀는 자신이 지닌 고리타분한 편견들을 과시하고, 자신이 할머니라는 사실을 줄곧 강조하고, 자기보다 별로 크지도 않은 오언의 어깨를 토닥거리려다 그만두기도 했다.

샹텔 부인은 우쉬에서 만난 사람들에 대해 이런저런 얘기를 늘어놓았는데, 그들 각자의 개성은 전혀 무시하면서도 지명 사전 편집자처럼 아주 세세한 부분에까지 관심을 갖고 있었다. 그녀는 대로우에게 이렇게 말했다. "미국이 많이 변했다는 얘기를 들었어요……. 물론 제가 젊었을 때는 사교계가 있었죠……." 하지만 지금은 기준들이 많이 변했을 테니 다시 돌아가고 싶지는 않다고 했다. "어디든 멋진 사람들은 있어요……. 그리고 사람은 늘 좋은 면을 봐야죠……. 하지만 전통적인 분위기에서 살다 보면 새로운 것에 적응하는 게 힘들어지죠……. 결혼에 대한 그런 끔찍한 태도들을…… 프랑스 친척들에게 설명하기는 정말 힘들어요……. 나 역시 그런 건 이해하지 못하겠더라구요! 하지만 당신은 에버라드 가문이고……. 지난봄 런던에서도 내가 애너에게 말했죠. 당신을 척 보면 그걸 알 수 있다고 말예요……."

그 뒤 샹텔 부인은 우쉬에서 묵었던 호텔의 요리와 서비스에 대해 얘기했다. 그녀는 요리의 세세한 부분까지 자세히 묘사했고, 호텔 종업원들의 태도를 아주 중요하게 생각하는 듯했다. 그런데 그런 것도 전에 비하면 많이 나빠졌다고 했다. "물론 난 잘 모르겠지만, 사람들 말로는 그게 다 미국인들 때문이라고 해요. 어쨌든 내 시중을 든 웨이터도 접시를 탁탁 놓던데……. 그 사람들 중에 무정부주의자가 많다는 말을 들었어요……. 왜 있잖아요, 노동조합에 가입하고 그러는 사람들." 그녀는 경제에 대해 잘 안다는 대로우에게서 이 불길한 소문이 사실인지 확인하고 싶은 눈치였다.

저녁 식사 후 오언 리스는 어두컴컴한 옆방으로 건너가 피아노를 치기 시작했고, 애너도 금방 그 방으로 가는 바람에 대로우는 샹텔 부인과 단둘이 남았다.

부인은 조금 전에 하던 얘기를 계속하며 뜨개질을 했다. 그녀의 이야기는 그녀가 뜨고 있는 큰 편물과 같아서, 가끔 코가 빠져서 무늬가 틀어지는 데도 그것과 무관하게 끝없이 이어졌다.

대로우는 느긋한 마음으로 그녀의 얘기에 귀를 기울였다. 저녁 식사 후의 나른한 심리 상태에서, 마음속에는 아름다운 기억들이 웅성거리고 고택의 아담한 방의 부드러운 색조와 어두운 공간들이 마음을 편안하게 해주는 이 분위기는 샹텔 부인의 얘기와 잘 어울렸다. 대로우는 지브레는 오래 있으면 답답하게 느껴질 수 있지만, 지금 기분으로는 그런 한계 자체가 매력일 수 있다는 생각이 들었다.

대로우는 곧 자기 결혼 얘기를 꺼냈고, 그러면서 전에는 별로 이롭다고 생각지 않던 올버니의 에버라드 가문과의 혈연관계가 얼마나 도움이 될지 가늠해보았다. 스무 살 때 떠나온 조국에 대한 샹텔 부인의 기억은 흐릿하고 텅 빈 배경 속에 한두 개의 윤곽만 또렷이 부각되는, 신화 속의 북

녘에 대한 고대 지리학자들의 지도 같았는데, 그 한두 개 중의 하나가 바로 올버니의 에버라드였던 것이다.

에버라드 가문과의 혈연이 그토록 확고한 발판—두 편이 만나 협상을 할 수 있는 우호적인 땅—을 제공해주었기에, 대로우는 그걸 이용해 애너와의 관계를 설명하고 정당화할 수 있었다. 그건 샹텔 부인으로서는 거부하기 어려운 특별한 조건이었다. 부인은 아들의 안목을 염두에 두고 있는 듯해서, 대로우는 마치 리스 소장품의 일부로 편입되는 걸 심사받고 허락받는 듯한 느낌이 들었다.

샹텔 부인은 또 외교관이 얼마나 괜찮은 직업인지 느끼게 해주었다. 그녀는 이 단조로운 직업을 '전문직'이라고 부르면서, 휴전 협약을 중재하지 않을 때는 공작 부인과 연애하는 것 아니냐는 식의 얘기를 하고 있었다. 그녀는 대로우가 어렸을 때 감상적인 할머니들이 쓰던 '멋진 외교계…… 사회적 이점…… 어디든 드나들 수 있고…… 젊은이를 훈련시키는 데 가장 좋은 직업……' 등의 아주 고색창연한 표현을 쓰면서, 당신 손자도 그렇게 멋진 진로를 선택했으면 오죽 좋았겠냐며 아쉬워했다.

대로우는 이 직업에 대한 자신의 생각이나, 사교적인 이점도 좋지만 사회학적 연구 때문에 몇 년만 하고 그만둘 계획이라는 사실은 일체 숨겼고, 대화는 곧 대로우의 장래 계획으로 넘어갔다.

여기서도 샹텔 부인은 외교관이라는 '전문직'의 가치에 압도된 나머지 애너가 긴 약혼 기간 없이 바로 결혼하는 데 반대하지 않는 듯했다. 대로우가 남미에 '배치'되었다는 사실 때문에 그녀에게는 그가 마치 승산 없는 전투에 나가는 젊은 군인처럼 아주 낭만적인 존재로 비친 것이었다. 그녀는 푹 한숨을 쉬며, "그럴 때 아내는 당연히 남편 옆을 지켜야지요" 했다.

샹텔 부인은 에피의 교육이 고민이었지만, 애너가 당분간은 아이를 자기한테 맡기고 갔댔으니 그 문제도 나중에 생각하면 될 거라고 했다. 그녀는 애처로운 어조로 손녀를 돌볼 책임을 얘기했지만 대로우의 느낌으로는 그 사실 자체의 무게보다 그 말의 어감을 더 즐기는 듯했다.

"에피는 정말 완벽한 아이예요. 그 애가 오언보다 더 우리 아들을 닮았답니다. 그 애는 알면서도 저를 속 썩이는 일은 절대 없을 거예요. 하지만 그렇다고 해도 아이를 기른다는 건 엄청난 책임이 따르는 일이고……. 그렇게 뛰어난 가정교사가 없었다면 엄두도 못 낼 일이지요. 애너한테서 우리 가정교사 얘기 들으셨어요? 작년 내내 하나같이 형편없는 가정교사들 때문에 정말 고생을 많이 했는데, 바로 지금 그런 사람을 구했다는 게 하느님의 섭리처럼 느껴진다니까요. 처음에는 너무 젊은 거 아닌가 걱정했는데, 지금은 아주 믿음이 가요. 사람이 얼마나 영리하고, 재미있고, 숙녀다운지! 교육은 약간 부족한 면이 있어요. 소묘와 노래는 못 가르치더라고요. 하지만 모든 걸 다 바랄 수는 없고……. 게다가 이 아가씨는 이탈리아어도 할 줄 안답니다……."

대로우는 에피 리스가 아빠를 많이 닮은 게 마냥 신통하다는 샹텔 부인의 말을 들으며 기분이 그다지 좋지는 않았으나 최소한 궁금증은 더 커졌다.

대로우는 다음 날 아침 일찍, 테라스 아래 잔디밭에서 오빠와 골프를 치고 있는 에피를 보았다. 그런데 얼핏 봐도 샹텔 부인이 자랑하던 에피와 프레이저 리스와의 유사성은 용모에서 끝났고, 그 사실에 대로우는 안도의 한숨을 내쉬었다. 사실은 그조차도 약간은 불쾌했지만, 프레이저 리스의 밝은 피부색과 준수한 용모가 에피의 경우 어린애다운 천진함을 특히 돋보이게 해주고 있었다. 하지만 리스의 다른 특징들 역시 에피의 용모에 반영되어 있었고, 그것들은 주로 아이의 눈에 나타나 있었다. 에피는 리스 집안 아이답게 아주 점잖게 악수를 하고, '귀엽게' 인사를 했으며, 대로우가 보기에 오언보다 더 순종적이어서 리스 집안의 전통에 더 쉽게 순응할 것 같았다. 하지만 다시 공놀이를 하러 가며 내지른 함성을 보면 엄마의 자유로운 정신도 이어받은 것 같았다.

대로우는 에피의 공부를 하루 쉬게 해 달라고 부탁해서, 애너와 셋이 산책을 나갔다. 애너는 자신과 대로우의 관계를 알리기 전에 딸이 그와 친해지기를 바랐고, 셋은 마구간 시계가 멀리서 점심 시간을 알릴 때까지 산과 들을 돌아다녔다.

털북숭이 테리어와 함께 다니던 에피는 마구간에서 개를 두세 마리 더 데리고 나와 요란한 개 짖는 소리 속에 저만치 앞서 걸어갔고, 애너는 약간 뒤처져 걸으면서 대로우를 돌아보았다.

"그래, 정말 귀여운 애군……. 내가 당신한테 뭘 요구하는지 이제야 알겠어! 하지만 에피는 여기서도 아주 즐겁게 지낼 거야, 안 그래? 그리고 당분간만 그러면 되니까……."

애너는 알겠다는 듯 한숨을 내쉬었다. "아, 에피는 여기서도 잘 지낼 거예요. 워낙 명랑한 아이거든요. 수업 내용을 받아들이듯이 저와의 이별에도 착실히 적응해가면서 '착하게 굴려고' 노력할 거예요……. 어떤 면에서는 그래서 더 걱정이 돼요. 에피는 '착하게 군다'는 게 주변 사람들 마음에 드는 거라고 생각하고, 온힘을 다해 그러려고 노력하거든요! 그러니, 안 좋은 사람을 만났을 경우에는……."

"하지만 지금 당장은 그런 위험이 전혀 없지 않소. 샹텔 부인 말로는 이번에는 드디어 훌륭한 가정교사를 구한 것 같던데……."

애너는 아무 말 없이 대로우에게서 에피에게로 눈길을 돌렸다.

"어쨌든 샹텔 부인이 그렇게 생각한다는 건 다행 아니오?"

"아, 제 생각에도 아주 좋은 사람 같아요."

"에피를 맡기고 떠나도 안심할 만하다는 거요?"

"그래요, 정말 에피에게 딱 맞는 사람이에요. 하지만 물론 사람이란 겪어봐야 아는 거니까……. 또 그 아가씨는 젊어서 언제 떠날지도 모르는 일이니까……." 그러더니 잠시 후 이렇게 말했다. "그래서 당신 의견도 꼭 들어보고 싶어요."

세 사람은 점심시간 직전에야 집에 들어섰다. 애너가 에피의 머리를 매만져주려고 떠난 사이 대로우는 아무도 없는 참나무 장식판이 달린 응접실로 들어갔다. 그 방의 갈색 벽과, 여기저기 놓인 책들, 오래된 도자 꽃병에 꽂힌 꽃 위에 햇살이 기분 좋게 비치고 있었다. 대로우는 갈색 머리의 애너가 금발의 어린 딸을 데리고 계단을 올라가던 모습을 떠올렸다. 그 둘 사이의 대조는 이 집의 여러 사물들 사이에 존재하는 아름다운 조화를 완성하는 조각 같았다. 그는 창가에 선 채 자신의 행복을 음미하며 정원을 내다보았다…….

이윽고 에피가 요란하게 떠들며 대로우의 등 뒤에 길게 펼쳐진 마룻바닥을 뛰어오는 소리가 들렸다.

"저기 계세요, 바로 저기!" 에피가 문지방을 뛰어넘으며 소리쳤다.

대로우는 돌아서서 미소 지으며 에피를 안으려고 몸을 굽혔다. 그런데 에피는 그의 손을 잡고 복도에 서 있는 엄마에게 끌고 가려는 눈치였다.

"여기 계세요!" 에피가 귀엽게 조급한 어조로 소리쳤다.

복도에 서 있던 사람이 앞으로 나왔고, 고개를 쳐든 대로우 앞에 소피 바이너가 서 있었다. 두 사람은 몇 발짝 떨어진 거리에서 말없이 마주보고 서 있었다.

바로 그때 테라스 창에 그림자가 어리더니 오언 리스가 휘파람을 불며 방으로 들어왔다. 거친 사냥복 차림에 운동으로 밝은 얼굴이 상기된 그는 정말 명랑하고 행복해 보였다. 대로우는 한눈에 이 사실을 알 수 있었고, 상기된 그의 볼이 갑자기 진홍빛으로 물든 것도 눈치 챘다. 그 역시 멈칫하며 그 자리에 멈춰 섰고, 세 사람은 아주 잠깐 동안 꼼짝 않고 서 있었다. 이 짧은 순간, 대로우는 오언에게서 소피 바이너의 얼굴로 눈길을 돌렸다. 그리고 지금 누군가가 뭔가를 해야 한다면 그건 바로 자기이며 그것도 지금 즉시 해야 한다는 생각이 들었다. 그는 앞으로 나서며 손을 내밀었다.

"안녕하세요, 바이너 양?"

그러자 바이너 양도 또렷하고 자연스러운 어조로, "안녕하세요?" 했고, 다음 순간 뒤에서 리스 부인의 발소리가 들려왔다.

애너는 명랑한 얼굴로 세 사람을 둘러보며, "오언이 두 사람을 소개했나요? 이분이 에피의 친구 바이너 양이에요" 했지만, 대로우는 긴장한 탓인지 애너 역시 한순간 가만히 있다가 입을 열었다는 인상을 받았다.

그러자 여전히 바이너 양의 손을 잡고 있던 에피가 그게 바로 자기 선생님이라는 걸 과시하듯 그녀에게 더 바짝 다가갔고, 바이너 양은 에피의 머리에 손을 얹었다.

대로우는 애너가 자신을 바라보고 있다는 걸 깨달았다.

"바이너 양은 구면인 것 같은데……. 몇 년 전 런던에서."

"저도 기억나요." 소피 바이너가 조금 전처럼 또렷한 어조로 대답했다.

"잘됐네요! 그럼 우리 다 아는 사이네요. 자, 이제 점심 먹으러 갑시다." 리스 부인이 말했다.

애너가 돌아서자 일행은 깡충대는 에피를 따라 두 개의 긴 응접실을 건너갔다.

제15장

그날 오후 샹텔 부인과 애너는 차 없이는 가기 힘든 친지 댁을 방문할 계획이었다. 오언은 에피가 오전에 공부를 쉰 대신 한두 시간 수업을 받아야 한다며, 대로우에게 좀 떨어진 숲으로 매나 잡으러 가자고 했다.

대로우는 운동을 별로 좋아하지 않았지만, 지금은 이 집에 혼자 남는 걸 피할 수 있다면 어떤 운동이든 좋을 것 같았다.

아래층에 내려와보니 애너는 현관 거울 앞에 서서 모자를 베일로 감고 있다가 대로우의 발소리를 듣고 돌아서서 오랫동안 미소를 지었다.

"당신이 바이너 양을 안다는 거 저는 전혀 몰랐어요." 대로우가 긴 코트를 입혀주는 사이 애너가 말했다.

"다행히 몇 년 전 런던에서 두어 번 본 기억이 나더군. 내가 가끔 가던 집에서 비서 비슷한 일을 하고 있었지."

그는 바이너 양을 무시하는 듯한 이 무심한 표현이 정말 싫었지만, 기나긴 점심 식사 동안 내내 속으로 연습했던 이 말을 일부러 한 것이었다. 그런데 정작 이 말을 내뱉고 보니 정말 그런 것 같아 치가 떨릴 지경이었다. 이런 경우 사람은 지나친 언동을 하기 십상이다……. 하지만 애너는 아무것도 눈치 채지 못한 얼굴이었다.

"정말이에요? 제게 전부 말해주세요. 바이너 양이 어떤 사람 같았는지 다 말해주셔야 해요. 당신이 그 아가씨를 안다니 정말 다행이에요."

"'안다'는 건 무리가 있고, 그냥 계단에서 서로 스치곤 했지."

그런데 바로 그 순간 샹텔 부인과 오언이 나타나자, 애너는 숄을 집어들며, "그럼 나중에 얘기해주세요. 가능한 한 모든 걸 기억해보세요"

했다.

오언과 함께 숲 속을 걸으며 몸을 움직이고 얘기를 하다 보니 바이너양의 일을 어느 정도 잊을 수 있었다. 대로우는 사냥은 별로 좋아하지 않았지만, 평소 뭐든지 눈앞의 일에 집중하는 습관 덕분에 정신이 팔리기도 했고, 덤불 속에서 뭐가 휙 날아간다든지, 흐릿한 갈색과 회색을 배경으로 푸르게 서 있는 나무를 본다든지 하면 또 거기에 몰두하곤 했다. 하지만 이렇게 의식적으로 과장된 감각 뒤로, 그의 내밀한 의식은 요란하게 돌아가는 생각의 바퀴로 다시 돌아가곤 했다. 처음에 그 바퀴는 대로우를 깊은 어둠 속으로 몰고 갔다. 갖가지 감각이 너무 빠르게 몰려들어 서로 분리해 생각하기도 힘들었고, 지금 지나가는 누런 풀숲이 무서운 정글이나 되는 듯, 정말 숨이 막혀 헉헉대거나 물리적인 장애물을 헤쳐 나가려고 애쓰는 듯한 느낌이 들기도 했다…….

엉망으로 뒤엉킨 그의 생각 사이사이로 가끔 오언의 말소리가 들려왔다. 그는 청년의 열의에 찬 고백을 들으며 오언이 지금 자기 얘기를 하고 있고, 아마 애너의 얘기를 들었을 대로우에게 그 결혼 이야기를 하고 있을 거라는 생각이 들었다. 그는 오언이 자기를 좋아한다는 걸 이미 알고 있었고, 그래서 자기도 그를 좋아한다는 걸 가능한 한 빨리 알리고 싶었던 참이었다. 하지만 오언의 말에 주의를 기울이는 것 자체가 무척 힘들었기 때문에 어쩌다 한번씩 아주 불분명하게 응답할 수 있을 뿐이었다.

오언은 자기가 지금 객관적인 눈으로 과거의 생활을 되돌아보고 미래를 설계할 삶의 전환점에 도달했다고 느끼는 것 같았다. 한때 그는 음악가나 작가가 되어 이런저런 예술에 몸 바칠 생각도 했었지만, 이제 실생활에 뛰어들어야 할 삶의 기로에 서 있다고 생각하는 눈치였다.

"저는 할머니가 생각하시는 지브레의 부속물이 되긴 싫어요." 오언은 이렇게 말하고 있었다. "아버지가 담뱃갑을 수집했듯 갖가지 감각을 모으면서 살기는 싫다구요. 지브레는 지금 할머니 소유지만, 저는 나중에 에피가 이 집을 물려받아 자기 뜻대로 처리했으면 좋겠어요. 만약 이 집이 제 소유가 된다면 저를 집어삼키고 말 것 같아요. 이곳을 빠져나가 넓고 험한 세상으로 나가고 싶어요. 그런 세상에서 아름다움을 발견할 수 있다면 그 편이 훨씬 낫죠. 그리고 그렇게 되면 제 적성이 뭔지 절로 나타나겠죠. 저는 꿀통에 빠진 벌처럼 이미 만들어진 것에 정착하지 않고, 제 스스로 아름다움을 만들어내고 싶어요."

대로우는 지금 오언이 이런 견해에 찬성하면서 그쪽으로 나가보라고 격려하는 말을 듣고 싶어 한다는 걸 깨달았다. 하지만 그에 대한 자신의 대답은 본인이 듣기에도 자나치게 간결하고 때로는 엉뚱했으며, 한번은 모호한 얘기를 잡다하게 늘어놓기도 했다. 그는 이 종잡을 수 없는 얘기에 놀란 오언의 표정을 보기 겁나서 감히 그쪽을 보지 못했다. 대로우는 마음속의 번민과 아무렇게나 흘러나오는 자신의 대답을 애써 억누르며, "대체 저는 어떡해야 할까요?" 하는 오언의 질문에 귀를 기울이고 있었다…….

어쨌든 지금으로선 애너보다 먼저 집에 돌아가는 게 제일 화급한 일이었다. 그 이유는 분명치 않았지만, 빨리 거기 가 있어야 된다는 생각이 들었다. 또 어느 순간 갑자기 바이너 양이 자기와 단둘이 얘기하고 싶어 할 거라는 생각이 들었지만, 다시 생각해보니 그걸 제일 두려워할 것 같기도 했다……. 어쨌든 그녀와 얘기를 나눠보든지, 그럴 기회가 올 것에 대비해 준비는 해둬야 할 것 같았다…….

네 시쯤 됐을 때 대로우는 마침내 오언에게 편지를 몇 통 쓸 일이 있는데, 식구들이 돌아오기 전에 그걸 써서 부쳐야 한다고 말한 뒤, 청년과 몰이꾼에게 작별을 고하고 숲을 빠져나왔다. 정원 문간에 당도한 그는 나무들을 지나 풀로 뒤덮인 길을 따라 정원을 비스듬히 가로질러 갔다. 그 길 끝에는 예배소 지붕이 솟아 있었다. 잿빛 안개가 태양을 가리고 있고 고요한 대기가 무겁게 몸을 감싸왔다. 이윽고 젖은 은빛 벽돌로 된 고택의 넓은 전면이 모습을 드러냈고, 그는 또다시 그 차분한 선들과 조용한 면들의 고상함에 감동을 받았다. 그 집을 보자 대로우는 남모르는 두려움과 감정에 휩싸인 자신이 청정(淸淨)한 성소(聖所)로 침입해 들어가는 훍투성이의 떠돌이처럼 느껴졌다…….

대로우는 점차 이 난감한 문제를 천천히, 체계적으로, 차례차례 해결해가야 한다는 걸 깨달았다. 하지만 지금 당장은 모든 게 매우 급박하게 돌아가고 있기 때문에 자기는 그저 그 뾰족한 날을 붙잡으러 달려들다가 다시 나가떨어지고 있다는 느낌이 들었다. 오직 한 가지만이 확실히 손에 잡혔다. 그녀에게 얼마든지 기회를 주고, 그녀가 그런 기회를 포착할 때까지 자기는 기다려야 한다는 것…….

마당에 들어서자 깡충대는 테리어와 에피가 그를 맞았다.

"오빠랑 아저씨를 마중 나온 길이에요. 선생님도 오시려고 했는데, 머리가 아파서 못 오셨어요. 제가 나누기를 잘 못해서 두통이 나신 것 같아요. 정말 안됐죠? 하지만 아저씨는 저랑 같이 가시면 돼요. 유모는 전혀 신경 쓰지 않을 거예요, 그분은 다과를 들러 가시는 게 좋다고 했거든요."

대로우는 웃으며, 자기는 편지를 써야 하고, 이 일은 두통보다 더 힘들어서 나중에 두통을 일으킬 수도 있다는 말로 에피의 제안을 거절했다.

"그럼 오언 방에 가서 쓰세요. 남자들은 언제나 거기서 편지를 쓰거든요."

에피가 테리어를 데리고 사라진 후 대로우는 집으로 들어갔다. 에피의 충고는 그럴듯하게 느껴졌다. 자기가 이런저런 응접실을 돌아다니면 바이너 양이 찾아오기 힘들겠지만, 현관 오른쪽에 있는 작은 서재는 계단에서도 잘 보이고, 거기서 그녀와 얘기를 나눠도 이상해 보이지 않을 것 같았다.

그는 문을 열어둔 채 서재로 들어가 책상 앞에 앉았다. 질서정연하고 하인도 많은 이 집에서 이곳은 이런저런 잡동사니가 다 들어가 있는 유일한 방으로 복잡하면서도 친밀한 느낌을 주었다. 에피의 크로켓 상자와 낚싯대, 오언의 총들과 골프채, 라켓들, 애너의 꽃바구니와 정원에서 쓰는 연장들, 심지어는 샹텔 부인의 수틀과 해묵은 『주간 카톨릭』지까지 있었다. 이른 어스름이 내리고 있었고, 하인이 들고 오는 램프 불빛이 책상 위에 비스듬히 비쳐들었다. 대로우가 종이 한 장을 꺼내 아무렇게나 끼적거리고 있는 사이 하인은 책상 위에 램프를 놓더니 소파 위에 흩어져 있는 신문들을 정리하고 다시 밖으로 나갔다. 대로우는 깍지 낀 손에 머리를 기댔다.

곧이어 또 다른 발소리가 방 입구에서 잠시 망설이더니 서재의 문간을 지나가는 소리가 들렸다. 대로우는 일어서서 아직 불이 켜 있지 않은 현관으로 나갔다. 어스름 속에 모자를 쓰고 겉옷을 걸친 소피 바이너가 현관문 옆에 서 있었다. 대로우를 본 그녀는 빗장을 잡은 채 걸음을 멈추었고, 두 사람은 말없이 마주 보았다.

"에피 못 보셨어요?" 바이너 양이 갑자기 물었다. "선생님 마중 간다고 나갔는데."

"방금 전에 마당에서 만났어요. 오언 찾으러 간다고 하던데."

대로우는 가능한 한 자연스럽게 말하려 했지만, 자기가 듣기에도 '가벼운' 역을 맡은 아마추어 배우 같은 어조로 말하고 있었다.

바이너 양이 말없이 빗장을 당겼고, 대로우는 문이 활짝 열리는 동안 바이너 양을 지켜보고 있다가 이렇게 말했다. "유모랑 같이 가던데, 곧 올 거요."

바이너 양이 여전히 망설이는 기색을 보이자 대로우가 이렇게 덧붙였다. "저 방에서 편지를 쓰던 참인데, 잠깐 들어와 얘기하지 않겠소? 집 안에 아무도 없던데."

마지막 부분은 좀 이상하게 들렸지만, 지금은 말을 골라 할 시간이 없었다. 그녀는 잠시 망설이더니 서재로 들어섰다. 점심 식사 때 창가에 앉은 바이너 양은 약간 여윈 것 말고는 전과 똑같아 보였는데, 지금 불빛에서 보니 얼굴이 놀라울 정도로 창백했다.

'이럴 수가……. 이럴 수가……. 지금 저 아가씨가 대체 무슨 생각을 하고 있을까?' 대로우는 이런 생각에 잠겼다.

"할 얘기가 있으니 앉아봐요." 대로우가 그녀 쪽으로 의자를 내밀며 말했다.

바이너 양은 그 의자를 못 본 건지, 아니면 보고도 일부러 그러는지 다른 의자에 앉았다. 대로우는 다시 자기 의자에 앉은 다음 책상에 팔꿈치를 기댔다. 바이너 양은 책상 저쪽 끝에 앉아 있었다.

"가끔 소식을 준다고 했는데." 대로우는 자기가 어색해 하는 걸 절감하며 어색한 어조로 입을 열었다.

엷은 미소 때문에 바이너 양의 얼굴이 더욱 애처로워 보였다. "제가 그랬나요? 전해드릴 만한 소식이 없었어요. 행복한 나라들처럼…… 제게는 역사가 없었으니까요……."

대로우는 잠시 망설이다가 이렇게 물었다. "여기선 행복한가?"

"행복했었죠." 바이너 양이 과거형에 약간 강조를 두며 대답했다.

"왜 했었다고 말하지? 떠날 작정인가? 어딜 가도 이렇게 좋은 사람들은 만나기 힘들 텐데." 대로우는 자기가 무슨 소리를 하는지도 알기 힘들었지만, 바이너 양의 대답은 말할 수 없이 진지했다.

"그건 선생님께 달렸어요."

"내게?" 대로우는 오언의 서류들로 뒤덮인 책상을 가로질러 그녀를 쳐다보았다. "세상에! 날 어떻게 보길래 그런 말을 하지?"

그녀의 참담한 표정을 보니 대로우는 그렇게 말도 안 되는 질문을 한 자신이 부끄러웠다. 바이너 양은 자리에서 일어나 어둑한 창가에 기대어 섰다. 그러고는 이쪽으로 몸을 돌리며 말했다. "제가 그때 일을 조금이라도 후회한다고는 생각지 마세요!"

대로우는 책상을 짚은 팔꿈치에 힘을 주며 두 손에 얼굴을 묻었다. 이건 생각했던 것보다 더, 훨씬 더 어려웠다. 설득, 편법, 변명, 회피 등, 그동안 생각했던 모든 방법이 일시에 무용지물이 되고, 자신이 못난 사람이라는 사실을 인정할 수밖에 없었다. 그는 고개를 들고 아무렇게나 물었다. "그럼 그때부터 계속 여기 있었던 건가?"

"네, 6월부터요. 나중에 알고 보니 팔로우 씨 부부가 이 자리에 소개해주려고 내내 저를 찾고 있던 참이었어요."

바이너 양은 창을 등지고 이쪽을 향해 서 있었는데, 이 자리에 있는 걸 불편해 하면서도 뭔가 할 말이 있거나, 대로우에게서 무슨 말을 듣고 싶은 눈치였다. 그녀가 그런 기대를 하고 있다고 생각하자 대로우는 무력감에 휩싸였다. 이런 상황에서는 무슨 말을 해도 상대를 모욕하거나 실망시킬 게 뻔했다.

"그럼 연극계로 나가보려던 계획은…… 바로 접은 건가?"

"아, 연극요!" 바이너 양이 짧게 웃었다. "기다릴 시간이 없었어요. 그때 형편으로는 어디든 바로 취직을 해야 했는데, 때마침 이 자리에 오게 됐던 거죠."

대로우는 망설이면서도 말을 이어갔다. "여기서 잘 지낸다니 다행이야……. 정말 다행이야……. 내가 도울 일이 있으면 언제든 얘기해줘……. 연극 일 말인데…… 여기 일이 맘에 안 들면…… 런던에서 연극하는 사람들을 아니까…… 돌아가는 대로 알아봐줄 수 있어……."

그러자 바이너 양이 이쪽으로 오더니 책상에 기대며 아주 작은 소리로 물었다. "그럼 선생님은 제가 떠나길 바라시는 거예요? 맞아요?"

대로우는 신음 소리를 내며 두 팔을 내려뜨렸다. "세상에! 어떻게 그런 생각을 하지? 그때 내가 어떻게든 돕겠다고 하자 소피는 극구 사양했었지……. 그 뒤로 나는 어떻게든, 소피를 돕고 싶었어……."

바이너 양은 가만히 서서 대로우의 말을 끝까지 듣고 있었다. 책상에 기댄 그녀의 깍지 낀 손은 전혀 떨리지 않고 있었다.

"저를 돕고 싶으면…… 여기 있게 해주세요." 그녀는 낮지만 강렬한 어조로 말했다.

뒤이어 정적이 찾아들었고, 잠시 후 진입로 저 끝에서 자동차 경적 소리가 들려왔다. 바이너 양은 창백한 얼굴로 대로우를 쳐다보더니 얼른 방을 뛰쳐나가 계단을 올라갔다. 그는 그녀의 말에 놀란 나머지 가만히 서 있었다. 그렇다면 그녀는 대로우 자신을 엄청나게 두려워하고 있지 않은가! 그런 생각을 하자 자신이 더욱더 형편없는 사람같이 느껴졌다…….

자동차 경적 소리가 더 가까이서 들리자 대로우는 돌아서서 자기 방으로 올라갔다. 다과 들러 오라고 하면 편지 쓸 게 있어서 못 내려간다는 핑계를 대고 혼자서 이 어지러운 마음속을 정리해볼 심산이었다.

방은 램프와 난롯불이 켜져 있어 아주 아늑했다. 방 안의 모든 것이 그저께 저녁 아주 흡족한 명상에 빠지게 했던 평화와 안정의 느낌을 주고 있었다. 난롯불 앞에 놓인 안락의자가 눈에 띄었으나 대로우는 마음이 너무 산란한 나머지 가만히 앉아 있지 못하고 뒷짐을 진 채 고개를 숙이고 방 안을 이리저리 거닐었다.

소피 바이너와의 짧은 대화는 이상한 빛으로 마음속의 어둑한 구석들을 비쳐주었다. 그 아가씨의 절대적인 솔직함과 진지한 정직성이 대로우의 마음을 파고들었다. 그는 전에도 그랬지만 다시 한번, 쓰라린 인생 경험이 그녀의 긍지를 손상시키지 않은 채 거짓된 감상들을 모두 없애주었다는 사실을 상기했다. 다섯 달 전, 파리에서 헤어질 때, 바이너 양은 연극계 진출을 포함해 어떻게든 도와주겠다는 그의 제안들을 조용하지만 단호히 거절했다. 그녀는 이 짧은 관계가 두 사람의 인생에 아름다운 추억 말고는 어떤 자취도 남기지 않기를 바란다는 뜻을 분명히 했다. 하지만 겁에 질린 그녀의 눈으로 볼 때 자신의 운명이 대로우의 손에 달린 듯한 이 상황에 맞닥뜨리자, 그녀는 자기가 찾은 이 자리를 지키고 가능한 한 빨리 대로우가 그녀를 쫓아내고 싶어 하는지 알고 싶은 충동에 사로잡힌 듯했다. 대로우는 그동안 바이너 양이 자기를 피해 다니는 줄 알았지만, 사실 그녀는 그의 일거수일투족을 지켜보며 때를 기다리다가 그런 기회가 오자마자 곧장 '담판을 지으러' 온 것이었다. 그는 이 일을 통해 드러난 바이너 양의 솔직함과 에너지에 놀란 나머지 거기 내포된 자신의 이미지는 생각해볼 겨를도 없었다…….

"안됐어……. 안됐어!" 대로우는 연신 이렇게 중얼거렸고, 그러다 보니 그녀 마음속에 든 자신의 초라한 이미지가 눈앞에 그려졌다.

대로우는 이때 처음으로 두 사람의 짧은 만남 속에서 자신이 수행한 역할에 대한 스스로의 기억이 바이너 양의 그것에 비해 얼마나 불분명한지 깨달았다. 대로우는 그 사건을 생각할 때마다 짜증스러운 자책감에 사로잡혔으나, 그건 부분적으로는 애너를 대하는 자신의 태도에 대해 그가 전부터 갖고 있던 생각 때문이었다. 그 사건 때문에 그는 애너에 대한 자신의 사랑을 배신한 셈이었고, 소피에 대해서는 우연히 자신의 배신행위를 도운 도구 정도로 생각해왔던 것이다. 이런 생각을 하면 자존심이 상했지만, 그녀의 씩씩한 상식은 그런 생각을 하지 않을 수 없게 만들었다. 그가 이런 일에서 비열하게 행동했다면, 그 사실을 처음으로 깨닫게 해준 것은 바로 그녀였다…….

그런데 대로우가 그 사실에 눈을 떴을 때, 눈앞에 펼쳐진 현실은 간단하지 않았다. 생각할수록 끔찍한 상황이었지만, 소피 바이너 양만 보호하면 된다면 문제는 비교적 간단했을 것이다. 그게 물론 제일 중요했지만 다른 문제도 많았다. 대로우는 어려움이 닥칠 때마다 문제의 핵심으로 곧장 뛰어들었지만, 이렇게 난감한 문제는 처음이었고, 그래서 선뜻 용기가 나지 않았다……. 어쨌든 소피 바이너를 보호하는 게 지금으로서는 제일 중요한 문제였고, 그는 자신이 그 의무를 끝까지 지킬 것임을 그녀에게 알린 다음, 다른 의무들과 조화를 이루며 그 약속을 지켜갈 생각이었다…….

제16장

참나무 장식판이 붙은 응접실에 들어가니 리스 부인과 샹텔 부인, 에피가 앉아 있었다. 대로우는 긴 응접실을 지나가면서 다과상에 둘러앉은 세 사람의 아름다운 모습을 보았다. 램프와 난로에서 나온 불빛이 은식기와 도자기, 에피의 금발, 찻주전자 뒤에 놓인 의자에 등을 기댄 애너의 하얀 이마를 비추고 있었다.

대로우가 다가가자 애너는 그대로 앉은 채 평화와 신뢰가 가득한 눈으로 그를 그윽이 바라보았다. 대로우는 그 눈길 덕분에 그지없는 안정감에 휩싸였다. 그건 마치 오랫동안 병석에 누워 있던 환자가 갑자기 얼굴에 햇살이 비춰드는 걸 느낀 것 같은 기분이었다.

샹텔 부인은 신선한 공기에 도취된 나머지 간간이 말을 멈춰가면서 뜨개질하는 사이사이에 그날 외출 때 있었던 일을 얘기해주었다. 에피는 난로 앞에 무릎을 꿇고 앉아 테리어에게 반듯이 서면 설탕을 먹을 수 있다는 걸 가르치려고 애쓰는 중이었다.

대로우는 애너를 보려고 에피 뒤에 놓인 의자에 앉았다. 지금 이 순간 그는 애너의 얼굴을 보고 가끔 그 당당하면서도 수줍은 눈길을 느껴야만 살 수 있을 것 같은 기분이었다.

샹텔 부인은 곧이어 오언의 행방을 물었고 바로 그 순간 부인 뒤에 있는 유리창이 열리더니 오언 자신이 총을 들고 테라스에서 들어왔다. 낙엽과 덩굴 조각이 달라붙은 흙투성이 옷에 밤의 바깥공기 냄새를 풍기며 차가운 냉기로 긴장된 밝고 창백한 얼굴로 불빛 속에 서 있는 오언은 그야말로 숲에서 잘못 나온 목신(牧神) 같았다.

에피는 테리어를 버려두고 오언에게 달려갔다. "오, 오빠, 대체 어디 갔다 온 거야? 유모랑 엄청 찾아 다녔는데, 장에게 물어봐도 어디 갔는지 모른다고 하잖아."

"아무도 내가 가는 데를 모르고, 내가 거길 가서 뭘 보는지 모른다는 게 정말 좋아!" 오언이 에피를 보며 웃었다. "하지만 착하게 굴면 너에게만은 알려주지."

"오, 오빠, 지금 알려줘, 빨리! 지금보다 더 착해질 것 같지는 않거든."

"오빠가 차 마시게 좀 기다려라." 애너가 말했다. 하지만 오언은 그 제안을 거절하고 벽에 총을 기대 놓은 다음 담배를 피워 물고 아까 대로우가 그랬듯이 방 안을 이리저리 걸어다녔다. 에피가 계속 따라다니며 알랑거리자 오언은 낮은 소리로 말도 안 되는 소리를 해대더니 애너 옆에 앉아 차를 따라 마셨다.

"바이너 선생님은 어디 계시니?" 오언이 무릎에 올라앉은 에피에게 물었다. "이 말썽꾸러기를 잡아 묶지 않고 뭘 하고 계신 거지?"

"선생님은 머리가 아프시대. 수업이 끝나자마자 자기 방으로 가면서 차 마시러 못 내려온다고 하셨어."

"아." 오언이 찻잔을 턱 내려놓으며 말했다. 그는 자리에서 일어나 담배를 또 한 대 피워 물고 피아노가 있는 옆방으로 갔다.

어두한 방에서 환상적인 화음에 실린 쓸쓸한 음악이 들려왔다. 그 선율 때문인지 샹텔 부인은 말하는 사이사이 더 오랫동안 입을 다물었고, 에피는 졸린 눈으로 머리를 테리어에게 기댄 채 난로 앞에 드러누웠다. 잠시 후 유모가 들어오자 애너가 자리에서 일어섰다.

"올라가시는 길에 제 방에 들러주세요." 애너가 대로우 옆을 지나며 말했다.

몇 시간 전에 그 말을 들었으면 바로 그 순간 자리에서 벌떡 일어섰을 것이다. 여기 도착한 날 그녀는 이층에 있는, 책으로 둘러싸인 넓은 방을 잠깐 보여준 적이 있었다. 그 방에는 그녀가 아끼는 물건들이 모두 있었고, 활달했던 처녀 때의 자취도 남아 있을 것이었다. 대로우는 그 방을 처음 본 순간부터 꼭 한번 거기서 그녀와 얘기를 나누고 싶었다. 하지만 지금 그는 상텔 부인의 바늘과 오언이 연주하는 음악의 끊일 듯 이어지는 선율에 매료된 듯 가만히 앉아 있었다.

'애너는 바이너 양에 대해 물어볼 거야.' 대로우는 이렇게 중얼거리며 그의 마음속을 온통 흐려놓은 그 가증스러운 얼룩을 다시금 떠올렸다. 그는 벽난로 선반에 놓인 좁다란 시계의 바늘이 반 바퀴를 더 돈 뒤에야 미적거리는 자신을 탓하며 자리에서 일어섰다.

애너는 편지가 수북이 쌓인 책상 너머에서 행복하게 미소 지으며 고개를 들었다. 대로우는 그 얼굴에 입 맞추고 싶어 그녀를 일으켜 세웠다. 애너는 그의 갑작스러운 행동에 놀란 듯, 머리를 뒤로 젖히더니 서서히 시드는 꽃처럼 얼굴을 내밀었다. 대로우는 또다시 마음속의 파도가 밀려오는 걸 느꼈고, 그의 두려움은 모두 그 물결에 씻겨 내려갔다.

애너가 벽난로 옆에 놓인 소파에 앉자 대로우는 그 옆으로 안락의자를 끌어다 놓고 앉았다. 그는 편안한 마음으로 조용한 방 안을 둘러보았다.

"이 방은 정말 당신 같아……. 아니, 바로 당신이야." 그가 다시 그녀를 건너다보며 말했다.

"혼자 있기에 좋은 곳이죠……. 여기서는 다른 사람과 얘기하고 싶었던 적이 없어요."

"그럼 아무 말 맙시다. 침묵이야말로 제일 좋은 대화 방법이니까."

"맞아요, 하지만 그건 나중에 해보기로 하고, 지금은 드릴 말씀이 있어요."

대로우는 의자에 등을 기댔다. "그럼 얘기해봐. 난 듣고 있을 테니."

"아, 아니에요. 당신이 바이너 양을 어떻게 생각하시는지 알고 싶어요."

"바이너 양을?" 그는 가벼운 호기심이 어린 표정을 지어 보였다.

애너는 그가 그렇게 놀라는 게 의외인 듯했다. "떠나기 전에 바이너 양에 대해 자세히 알아두는 게 좋잖아요."

"에피 때문에 그렇다는 건가?"

"물론……. 에피 때문이죠."

"물론이라……. 하지만 모든 면에서 만족하고 있지 않아?"

"겉으로 보기에는 그렇죠. 우리 가족 모두가 그 아가씨를 좋아하니까요. 에피는 바이너 양을 아주 좋아하고, 그 아가씨랑 같이 지내면서 성격도 좋아졌어요. 하지만 그 아가씨의 과거에 대해 아는 게 전혀 없어요. 그래서 당신이 전에 런던에서 그녀를 만났을 때 주변 사람들한테서 들은 얘기를 전부 들려주셨으면 해요."

"아, 그거라면 별 도움이 못 될 것 같은데? 전에도 말했듯이 그 아가씨는 내가 드나들던 집에서 일종의 그림자 같은 존재였거든. 그게 벌써 사오 년 전 일이고……."

"바이너 양이 머릿 부인 댁에 있을 때 말이죠?"

"응. 아주 지독한 여잔데, 나도 가끔 그 집의 요란한 만찬에 참석하곤 했지. 난 아주 오래전에 발을 끊었지만, 내가 거기 드나들 때는 여러 명의 혹사당하는 '일꾼'들이 있어서 모든 게 잘 돌아가게 해주곤 했지. 바이너 양도 그중 하나였고. 그 가엾은 아가씨가 그 집을 벗어나서 정말 다행이야!"

"그럼 거기서 그 아가씨를 잘 알지는 못하셨겠네요?"

"그럴 기회가 없었지. 머릿 부인은 아랫사람이 손님들하고 얘기하는 걸 별로 좋아하지 않았거든."

"특히 그렇게 예쁜 아가씨의 경우엔 더 그랬겠죠?" 대로우가 아무 말 않자 애너가 말을 이었다. "그리고 설사 머릿 부인이 당신에게 무슨 말을 했더라도 그 여자의 의견은 별로 참고가 안 되겠죠?"

"일반적으로 말해 그 여자가 안 좋은 말을 했다면 그건 바이너 양이 그만큼 좋은 사람이라는 걸 입증했겠지." 대로우는 잠시 쉬었다가 다시 이렇게 말했다. "하지만 처음에 소개해준 사람들한테서 이런저런 얘기를 들었을 거 아냐?"

애너가 빙긋 웃었다. "아, 처음에 그 아가씨를 소개해준 건 애들레이드 페인터 양이었어요……." 대로우가 의아해 하는 눈길을 보내자, 애너는 "페인터 양은 매사추세츠 주 사우스 브레인트리 출신의 독신녀로, 30여 년 전에 오빠 병구완을 하러 파리에 왔다가, 언제든 떠날 요량으로 수십 년 동안 응접실 의자의 덮개를 안 걷어내고, 프랑스에 대해 갖가지 불평불만을 늘어놓으면서도 여기 살고 있는 분이에요. 프랑스에 그렇게 오래 살았으면서도 프랑스인들의 신앙이나 관습에 대해 늘 적대적이고, 가톨릭교회를 '붉은 옷의 음녀(淫女)'라고 부르고, 프랑스 사람들의 사생활에 대해 아주 비판적인데도, 어머님은 그분의 경험과 판단력을 아주 높이 사시기 때문에, 집안에 무슨 일이 있을 때마다 그분을 지브레로 초대하시곤 하죠.

그런데 우리 어머님은 재혼하신 이후 여태 시골에서만 사셨기 때문에 다른 미국 친구들과는 모두 연락이 끊긴 상태거든요. 그런 분이 유독 페인터 양과는 그렇게 각별하시니 신기한 일이에요. 어머님이 철저히 프랑스인이 되셨고, 프랑스인들의 습관과 편견을 다 갖고 계시다는 걸 고려하면 이건 더욱더 놀라운 일이죠. 하지만 집에 무슨 문제가 생길 때마다 어머님은 늘 너무도 미국적이고 바로 어제 사우스 브레인트리를 떠나왔거나 아예 그 동네를 가방에 넣어 갖고 온 것 같은 페인터 양을 부르시니……."

대로우가 하하 웃었다. "그럼, 그런 사우스 브레인트리가 보장한 아가씨라면 뭐……." "아, 그런데 그게 아주 간접적이었거든요. 남편의 고모인 샤노이네스 부인이 그토록 침이 마르게 칭찬했던 그루모 양 때문에 우리가 그렇게 고생하고 있던 참에, 어머님이 페인터 양에게 연락을 하셨거든요. 그러자 그분은 바로, '난 처음부터 그렇게 될 줄 알았어요. 제가 전부터 그랬잖아요. 에피에게 필요한 건 그런 고약한 외국 여자가 아니라 착한 미국 아가씨라고.' 하지만 그분도 곧바로 착한 미국 아가씨를 찾아내진 못했어요. 그러다가 라텡구에 살면서 미국 신문에 프랑스 생활에 대한 글을 기고하는 팔로우 씨 부부에게서 바이너 양 얘기를 들으신 거예요. 저는 그냥 점잖은 분들이 소개해준 아가씨를 찾았다는 게 고마웠고, 아직까지는 아무 문제 없었어요. 하지만, 사실 저는 바이너 양에 대해 아는 게 거의 없어요. 그런데 여러 가지 이유로 가능한 한 빨리 그 아가씨에 대해 더 많은 것, 아니, 알아낼 수 있는 건 전부 알고 싶어요."

"에피를 두고 가야 하니 그런 생각을 하는 것도 무리가 아니지. 하지만 당신 자신이 직접 그 아가씨를 겪어보는 게 제일 좋은 방법 아닐까?"

"그렇죠. 그리고 그동안 겪어본 바로는 아주 좋은 사람이라 다른 생각을 해볼 필요도 없을 것 같아요. 하지만 당신이 전에 런던에서 그 아가씨를 본 적이 있다고 하시니까 그 아가씨를 좋아할 좀더 구체적인 이유를 찾아내고 싶었던 거죠."

"글쎄, 나로서는 그 아가씨가 아주 씩씩하고 굉장히 상냥하다는 극히 일반적인 인상 말고는 구체적인 것들은 전혀 모르겠는데."

"그런 인상에 어긋나는 구체적인 증거는 하나도 없단 말이죠?"

"어긋나는? 그런 걸 내가 알 턱이 없지. 그 아가씨에 대해 들은 말이 거의 없어서 말야. 그저 머릿 부인 댁에서 그렇게 오래 견뎌냈다면 정말 씩씩하고 성격도 상당하려니 생각할 뿐이지."

"맞아요, 정말 안됐죠! 바이너 양은 씩씩하기도 하지만, 긍지도 있기 때문에 견뎌내기가 더 힘들었을 거예요." 애너가 자리에서 일어섰다. "당신이 전반적으로 그렇게 좋은 인상을 받았다니 정말 마음이 놓이네요. 당신이 바이너 양을 좋게 봐주시면 정말 좋을 것 같았거든요."

대로우는 빙긋 웃으며 그녀를 껴안았다. "그런 조건이라면 페인터 양도 좋아할 것 같아."

"그럴 필요가 없으면 더 좋겠어요……. 가엾은 페인터 양! 그분은 이 집안에 안 좋은 일이 있을 때만 오시거든요."

"아, 그럼 다른 데서 만나도록 해야겠네." 대로우는 애너를 껴안고 그녀의 이마에 흘러내린 머리칼을 쓸어 넘기며 속으로 이런 생각을 했다 '이것 말고 다른 건 어찌 되든 상관없지.' 그러다가 자기도 모르게 이렇게 말했다. "지금 가야 하나?"

애너는 멍한 어조로 대답했다. "옷 갈아입을 시간이 된 것 같아요." 그러더니 뒤로 한 발 물러서며 대로우의 어깨에 두 손을 얹었다. "내 사랑……. 아, 소중한 내 사랑!"

대로우는 그 말이 애너에게서 처음 들은 사랑의 속삭임이고, 그녀가 그런 말을 하는 건 매우 드문 일이었기 때문에 마치 마술처럼 자기를 지켜줄 것 같았고, 어떤 위험도 그 방패를 뚫고 들어오지 못할 것 같았다.

이때 노크 소리가 들렸고, 두 사람은 포옹을 풀었다. 애너는 머리를 매만졌고, 대로우는 책상에 놓인 에피의 사진을 들여다보았다.

"들어오세요!" 애너가 말했다.

문이 열리더니 소피 바이너가 들어왔다. 하지만 안에 대로우가 있는 걸 보고는 뒤로 물러섰다.

"들어오세요, 바이너 선생님!" 애너가 상냥한 얼굴로 그녀를 보며 말했다.

금세 얼굴이 붉어진 바이너 양은 여전히 문간에서 주춤대고 있었다.

"죄송해요. 에피가 라틴어 문법책을 잃어버렸는데, 혹시 이 방에 있나 하고 와본 거예요. 내일 수업하려면 준비를 해야 하거든요."

"이건가요?" 대로우가 책상에서 책 한 권을 쳐들며 물었다.

"아, 고맙습니다!"

바이너 양은 그가 내민 책을 받아들고 문 쪽으로 물러섰다.

"잠깐만요, 선생님." 애너가 말했다. 바이너 양이 돌아보자 애너는 상냥하게 미소 지으며 덧붙였다. "에피 말로는 두통 때문에 방으로 가셨다고 하던데, 몸이 안 좋으면 내일 수업 준비 때문에 오래 앉아 있지 마세요."

소피의 얼굴이 더 빨개졌다. "제가 원래 라틴어를 잘 못해서 준비를 안 하면 안 돼요. 에피보다 보통 한 페이지 정도 앞서갈 뿐이거든요." 바이너 양은 아이러니한 미소를 띠며 말했다. "방해해서 죄송합니다."

"아니에요." 애너가 말했다. 대로우는 그녀가 바이너 양의 얼굴과 목소리, 자태와 태도가 어딘지 모르게 긴장되어 있고, 동요하고 있다는 걸 눈치 챈 듯, 그녀를 유심히 쳐다보고 있음을 알아차렸다. "정말 피곤해 보여요. 바로 주무세요. 에피는 라틴어 수업이 없으면 더 좋아할걸요?"

"고맙습니다. 하지만 정말 괜찮아요." 소피 바이너가 대답했다. 그녀는 방 안을 휙 둘러보더니 안락의자와 소파가 아주 가까이 놓인 걸 흘깃 보고 돌아서서 밖으로 나갔다.

제 3 권

제17장

그날 저녁 식사 때는 깊은 침묵 속에 샹텔 부인만이 간간이 이런저런 얘기를 하고 있었다. 오언은 어제 피아노 칠 때와 비슷하게 침울하고 멍한 표정이었고, 애너 역시 대로우의 예민한 눈에는 자신의 문제보다는 곧 다가올 소란 때문에 근심에 잠긴 얼굴이었다.

애너는 웃기도 하고, 얘기에 끼어들기도 하고, 깊은 신뢰의 눈길로 대로우를 마주 보기도 했지만, 차분한 외양 뒤에 어딘지 동요된 기미가 엿보였다.

대로우는 그게 자기와 직접 상관없는 이유 때문이라는 걸 알 만큼 침착한 상태이긴 했다. 그는 오언의 결혼 문제가 곧 제기될 것임을 알고 있었고, 오언이 갑자기 침울해진 것도 자신이 이 달라진 분위기의 원인임을 알기 때문인 듯했다. 혹시 그날 오후에 애너가 샹텔 부인에게 오언의 결혼 문제를 얘기했을지도 모른다는 생각이 잠깐 들었지만, 노부인의 평온한 표정을 보면 오언이 그렇게 뚱해 있고 애너가 근심에 잠겨 있는 것은 다른 이유 때문인 것 같았다. 애너가 이 문제에 대해 입장을 바꾸고, 그걸 오언에게 통고했을 수도 있었다. 하지만 오언이 사냥 나갔을 때 줄곧 희희낙락했고, 저녁 먹을 때가 되어서야 집에 돌아왔을 뿐 아니라, 애너와 단둘이 얘기할 틈이 거의 없었다는 걸 고려하면 이 역시 엉뚱한 추측 같았다.

그렇다면 그런 가능성들을 배제할 수는 있지만 답을 찾기는 더욱 어려워진 셈이었다. 이런저런 궁리 끝에 대로우는 아직 잘 알지도 못하고, 애너 말에 따르면 원래 기분이 확확 바뀌는 경향이 있다는 이 청년의 감정에 지나치게 많은 의미를 투사한 것일 수도 있다는 결론을 내렸다. 애너의 근심 어린 표정 역시 내일 샹텔 부인에게 오언의 일을 얘기하려니까 걱정이 되어 그럴 수도 있고, 곧 닥쳐올 이런저런 어려움을 예상해 그런 것일 수도 있었다. 하지만 대로우는 자신이 지금 너무 당황한 나머지 남들의 기분을 정확히 판단하기 어렵다는 것을 알고 있었다. 어찌 보면 지금 다른 사람들이 평소와 달라 보이는 것은 대로우 자신의 어지러운 생각 때문일 수도 있었다.

샹텔 부인과 애너가 물러간 뒤, 오언에게 잘 자라는 인사를 하고 자기 방으로 올라가면서 대로우는 그런 결론을 내렸다. 소피 바이너를 처음 보고 이런저런 생각을 한 이후, 그는 눈앞에 닥친 이 문제 이외에도 해결해야 할 과제가 아주 많다는 것을 의식했다. 그런데 이 눈앞의 문제에서 그나마 다행인 것은, 바이너 양을 안심시키려고 최선을 다했는데 그녀가 그런 대로우의 진심을 믿는 것 같다는 점이었다. 그는 어떠한 후속 사건도 있어서는 안 되는 일을 그런대로 잘 마무리했다고 생각했지만, 바이너 양의 마음을 편안하게 해주는 것은 문제의 작은 일부에 불과하고, 나머지는 서로 양립하기 힘든 의무들을 조화시켜야만 해결할 수 있는 것들이었다. 그가 제일 먼저 할 일은 바이너 양에게 두 사람의 일을 절대 비밀로 한다는 확신을 주는 거였는데, 그건 에피에 대한 애너의 책임을 온전히 지켜주어야 한다는 또 다른 의무와 조화되기 힘들었다. 두 사람의 일이 우연히 탄로날 염려는 거의 없었다. 바이너 양이나 자기나 그 일을 철저히 숨기지 않으면 너무도 많은 걸 잃을 것이기 때문이다. 대로우를 괴롭히는 것은 더 깊은 원인에서 비롯된 또 다른 문제였다. 대로우는 어떻게든 바이너 양을 돕고 싶었지만, 애너에게 에피를 그녀에게 맡기라고 권하기는 정말 싫었다. 소피에 대한 대로우 자신의 인상이 무척이나 복잡하고 불확실했기 때문에 애너의 딸을 그녀에게 맡기는 게 왠지 모르게 불안했던 것이다. 그런데 지금 그는 어떻게든 보호하고 싶은 여자에게 바로 그러기를 권유해야 하는 입장이었다…….

대로우는 어째야 좋을지 몰라 밤이 깊도록 끙끙댔다. 소피 바이너와의 관계와 그녀에 대한 자신의 생각이 너무 달라 자존심이 상할 정도였다. 이 차이는 파리에서는 모든 걸 쉽게 해주었지만, 이제는 가장 골치 아픈 문제로 떠올랐다. 그는 사실 파리에서나 그 후에나 그녀에 대해 생각해본 적이 거의 없었고, 거기서 둘이 지냈을 때 본 걸 가지고 그녀를 판단해야 하다니 정말 부끄러운 일이었다.

대로우는 적어도 자기 처지에서 볼 때 그녀와의 관계가 정말 보잘것없음을 다시 한번 절감했다. 둘이 파리에 있었던 동안에라도 자신이 그 관계에 더 많은 걸 걸고, 그 후 그녀와의 이별을 좀더 슬퍼했더라면 좋았을 거라는 생각이 들었다. 하지만 실제로 그는 그 사건에 대해 생각해본 적이 거의 없었고, 그래서 이렇게 후환이 크다는 생각도 들었다. 어쨌든 이 문제에 대해 아무리 생각해보아도, 자기가 애너와 결혼해서 새 임지로 떠날 때, 바이너 양을 지브레에 남겨두지 말고 뭔가 다른 살길을 찾아주는 게 애너에 대한 도리이고, 그래야 자기 마음도 편해질 것 같았다.

그날 밤에는 별다른 해결책을 찾지 못했지만, 시간이 별로 없다는 사실만은 확실해졌다. 지금 상황에서 제일 시급한 것은 바이너 양과 좀더 차분히 얘기를 나눠보는 건데, 될 수 있는 한 빨리 그럴 기회를 만들어야 할 것 같았다.

대로우는 에피가 매일 수업 받기 전 정원에서 한참 뛰어논다는 사실을 발견하고, 바이너 양도 같이 있을 거란 생각에 다음 날 아침 테라스를 거쳐 정원으로 내려가 오솔길로 접어들었다.

대기는 고요하고 어슴푸레했다. 희부연 햇살은 회색 거즈 사이사이에 박힌 금실처럼 반짝였고, 너도밤나무 가로수 길은 점점 좁아지다가 하늘과 숲이 맞닿은 저 끝에서 희푸르게 흐려 있었다. 평소 낯익었던 것들이 모두 아름다운 광채를 띠며 윤곽이 흐려지는 그런 날인 모양이었다.

그러나 바로 다음 순간 개 짖는 소리가 요란하게 울리고, 에피가 긴 오솔길을 앞장서서 달려오는 모습이 보였다. 그 뒤로 바이너 양이 자신과 애너가 처음 강가로 내려갈 때 잠시 쉬었던 샘 옆에 앉아 있었다.

바이너 양은 대로우가 다가오는 걸 보더니 이쪽으로 오면서 거의 명랑한 어조로 인사에 답했다. 그녀는 마음의 안정을 되찾은 듯 보였는데, 얼마나 걱정이 됐으면 그렇게까지 얼굴이 달라졌는지, 놀라울 정도였다. 지브레에 온 후 처음으로 대로우는 파리에서 그토록 매력적으로 보였던 그녀의 아름다운 옆모습을 보았는데, 지금은 그게 모두 그림 속의 이미지로 보일 뿐이었다.

"좀 앉을까?" 에피가 저쪽으로 달려가자 대로우가 바이너 양에게 말했다.

그러자 그녀는 눈길을 돌렸다. "시간이 별로 없어요. 아홉 시 반에 수업이 시작되거든요."

"이제 겨우 십 분인데 뭐. 강가 쪽으로 좀 걷지."

바이너 양은 앞에 펼쳐진 긴 오솔길을 내다보더니 다시 집 쪽을 돌아보았다. 그러더니 얼굴을 확 붉히며 대답했다. "정 그러시다면." 하지만 강가 쪽이 아니라 나무들 사이로 비스듬히 난 좁은 길로 접어들었다.

대로우는 그녀의 모습과 어조가 그렇게 바뀐 게 놀랍기도 하고 한편으로는 약간 염려스럽기도 했다. 그녀는 어딘지 모르게 그의 도움이나 인내를 호소하는 듯했다. 그런데 자기가 그렇게 일부러 찾아온 게 일말의 오해를 낳을지도 모른다는 생각이 들어 얼른 사실을 털어놓기로 했다.

"어제 얘기를 못 끝내서 이렇게 찾으러 나온 거야. 앞으로 어떻게 할지, 어떤 계획이 있는지 좀더 알고 싶어. 연극계로 나간다는 계획을 그렇게 완전히 포기한 이유도 궁금하고."

바이너 양의 얼굴이 불신으로 굳어지는 것 같았다. "우선 먹고살아야 했으니까요." 그녀는 아무렇지도 않게 대답했다.

"소피가 여기 있기를 원한다는 건 충분히 이해하겠어……. 당분간은 말야." 그는 금빛으로 물든 오솔길을 내다보았다. "여긴 정말 좋은 곳이고, 이보다 나은 자리도 없을 거야. 하지만 다른 길을 완전히 포기한 이유가 궁금하더군."

바이너 양은 잠시 망설이더니 이렇게 대답했다. "전보다는 많이 안정된 편이죠."

"머릿 부인 댁에 있을 때보다 마음이 편안해진 건 당연하지. 하지만 소피가 언제까지 가정교사로 일할 것 같진 않은데."

"그럼 선생님은 제가 앞으로 정확히 어떤 일을 할 것 같으세요? 전에는 제게 연극계로 나가지 말라고 하셨는데." 바이너 양은 두 사람이 아끼는 제삼자의 운명을 논의하듯 차분한 어조로 이렇게 대답했다.

대로우는 잠시 생각에 잠겼다. "내가 그런 말을 했다면 그건 소피가 그쪽으로 나가게 해준다는 내 제안을 너무 완강히 거절했기 때문이었을 거야."

그러자 바이너 양이 그 자리에 멈춰 서며 대로우를 쳐다보았다. "그럼 이제 거절하지 않을 것 같아요?"

대로우는 얼굴이 화끈거리는 느낌이었다. 그는 그녀의 태도를 이해할 수 없었고, 그녀가 일부러 그러는 건지 알 수도 없었다. 그리고 어조가 그렇게 변한 건 꼭 기분이 바뀐 탓만은 아닌 것 같았다. 그녀에 대해 판단을 내릴 근거가 너무도 빈약하다는 사실이 다시금 부끄럽게 느껴졌다. '그녀를 조금이라도 좋아했더라면 지금 자존심을 건드리지 않을 수 있을 텐데.' 그녀에 대해 그렇게 무심했던 건 모두 자기가 둔하고 천박한 탓이라는 생각이 들었다. 하지만 확실한 목적이 있으니 여기서 멈출 수도 없는 노릇이었다.

"어쨌든 내 얘길 좀 들어봐요. 그 이후로 우리 둘 다 그 이유를 생각해볼 시간이 있었을 테니 말이오." 대로우는 여기서 말을 멈추고 '그 후'라는 말에 매달렸다. 어떤 말을 쓰든 파리에서의 일이 되살아나는 걸 피할 순 없었다.

바이너 양은 고개를 숙인 채 옆에서 걷고 있었다. "그럼 그 제안을 또 다시 하시는 건가요?"

"그렇지! 만약 소피가……."

바이너 양이 그만 하라는 듯 손을 쳐들었다. "정말 고마운 일이지만…… 저는 선생님이 친구로서 그런 말씀을 하신다고 생각하는데……. 여기서 이렇게 잘 있는 걸 보시고, 왜 제가 실제로 일자리도 없이 곤란한 지경에 처해 있던 그때보다 더 제 미래를 걱정하시는지 이해가 안 가요."

"그때보다 더 걱정하는 건 아니지!"

"어쨌든 선생님이 조금이라도 그러신다면 그건 그때와는 다른 이유 때문이겠지요." 바이너 양은 전에도 그랬듯이 가끔 엄청나게 예리해지는 직관을 발휘하며 이렇게 말했다. "그 이유는 둘 중 하나일 수밖에 없을 텐데, 정말 저를 도와줘야 한다고 생각하시기 때문이거나, 아니면 무슨 이유에서든 리스 부인께 저에 대해 아는 것을 털어놓아야 한다고 생각하시기 때문이겠죠."

대로우는 그 자리에 가만히 서 있었다. 그 순간 뒤에서 에피의 목소리가 들렸고, 대로우는 바이너 양이 적어도 마음 한구석으로 망을 보고 있었던 사람만이 할 수 있을 만큼 빨리 고개를 돌리는 걸 보았다.

에피가 대로우 옆을 휙 지나갔고, 대로우는 아이를 따라 걷기 시작했다.

"리스 부인에 대한 부분은 대답할 가치가 없고, 소피를 도와야 한다고 생각한다는 것은, 상당히 모호한 것을 어떤 말로 표현하느냐에 따라 많은 게 달라질 것 같아. 내가 소피를 돕고 싶어 하는 건 사실이지만, 그게…… 전에 소피가 내게 잘해줬기 때문이 아니라, 그냥 소피에 대해 관심이 있어서거든. 우리는 친구니까 내게는 소피를 위해 애써줄 권리가 있다고 말하면 어떨까?"

바이너 양은 멈칫멈칫 몇 발짝 걷더니 그 자리에 멈춰 섰다. 대로우는 그녀의 얼굴이 하얗게 질리고 눈 주위에 검은 그늘이 드리운 것을 눈치챘다.

"리스 부인을 안 지 오래되셨나 봐요?" 바이너 양이 갑자기 이렇게 물었다.

대로우는 다가오는 위험을 감지하며 걸음을 멈추었다. "그렇지……. 오래됐지."

"부인 말로는 두 분이 아주 친한 친구라고 하시던데."

"그래, 절친한 친구지." 대로우가 대답했다.

"그럼 부인께 저는 에피를 맡길 만한 사람이 못 된다고 말하고 싶으시겠네요." 대로우가 무슨 소리냐고 항의했지만 바이너 양은 못 들은 척하며 말을 이어갔다. "선생님이 그러고 싶어 하실 거라고 생각하는 건 아니에요. 가능하면 안 그러고 싶으시겠죠. 그렇다면 여기보다 다른 데 가면 더 나을 거라고 저를 설득하는 방법도 있죠. 하지만 그 방법이 실패하고, 제가 정말 여기 있을 것처럼 보이면, 리스 부인에게 사실을 밝히는 게 선생님의 도리라고 생각하시겠죠?"

바이너 양은 냉정할 정도로 명확하게 상황을 정리해 보였다.

"제가 봐도, 제가 선생님 입장이라면 그래야 할 것 같아요." 그녀는 짧게 웃으며 이런 말로 끝을 맺었다.

"소피가 이 자리에 적합하지 않더라도 소피 몰래 애너에게 그런 말을 할 수는 없겠지만," 대로우는 잠시 쉬었다가 다시 이렇게 말했다. "소피에게 직접 이 자리가 소피에게 적합하지 않다는 말은 할 수 있겠지."

"그럼 지금 제게 그 말씀을 하시려는 건가요?"

"맞아, 하지만 소피가 생각하는 그런 이유 때문은 아니야."

"그럼 선생님이 생각하시는 이유는 뭔지 말씀해주실래요?"

"연극 일을 완전히 포기하지 말라고 했을 때 대충 암시는 한 것 같은데. 소피는 지금 그 나이에 가정교사라는 힘든 일에 안주하기에는 너무 변화무쌍하고, 재능도 많고, 개인적인 사람이야."

"리스 부인께 그렇게 말씀하셨나요?"

바이너 양은 그 말을 꼬투리 삼으려는 듯 얼른 이렇게 물었다. 대로우는 그녀의 이 순진한 전략이 안쓰럽게 느껴졌다.

"애너에게는 아직 아무 말 안 했어." 그가 이렇게 대답했다.

"아무 말도 안 했다는 게 정확히 무슨 뜻이죠? 어제 제가 부인 방에 갔을 때 둘이 제 얘기를 하고 계셨잖아요."

대로우는 이 날카로운 지적에 얼굴이 화끈거렸다.

"머릿 부인 집에서 한두 번 봤다고만 했어."

"그 뒤에 또 보았다는 말은 안 했고요?"

"그 뒤에 또 보았다는 말은 안 했지……."

"그럼 리스 부인이 그 말을 믿던가요…… 완전히?"

그는 제발 그러지 말라고 애원했고, 바이너 양도 대로우처럼 얼굴이 붉어졌다.

"아, 죄송해요! 그런 걸 여쭤보려던 게 아닌데." 바이너 양이 잠시 망설이더니 얼른 앞뒤를 살피고 난 후 손을 내밀었다. "그렇다면 고맙고……. 선생님도 걱정하지 마세요. 에피의 가정교사 일은 곧 그만둘 생각이니까."

이 말을 들은 대로우는 적이 안심이 되면서도 바이너 양이 그걸 눈치챌까 봐 은근히 걱정이 되어 일부러 그녀의 계획에 정말 관심이 있는 듯한 표정으로 그녀의 손을 잡았다. "그럼 소피도 나와 같은 생각인가? 나랑 장래 계획을 의논해줄 거지?"

바이너 양은 엷은 미소를 띠며 고개를 흔들었다. "연극계로 나가려는 건 아니고, 다른 자리가 생겼어요."

그 말을 들으니 정말 마음이 놓였다. 그녀가 지브레를 떠난다면 대로우 자신의 책임은 거기서 끝나기 때문이다. "그럼 그 일자리에 대해 얘기해줄 거지?"

그녀의 미소가 더 밝아졌다. "나중에 듣게 되실 거예요……. 이제 에피를 찾아서 공부하러 가야 해요."

바이너 양은 몇 발짝 더 걷다가 걸음을 멈추고 이쪽으로 돌아서더니 갑자기 이렇게 말했다. "그동안 선생님께 죄송했어요. 제가 솔직하지 못했거든요."

"솔직하지 못했다고?" 대로우는 다시 그녀의 의중이 궁금해졌다.

"선생님을 못 믿는 척한 거요. 선생님 말씀을 들으면서 제가 마음속으로는 언제나 선생님을 믿어왔다는 걸 다시금 깨달았어요……."

바이너 양의 볼이 빨갛게 달아올랐고, 두 눈은 과거를 되살리고 속내를 호소하는 듯 아주 잠깐 동안 그의 눈길에 매달렸다. 그 순간 대로우도 과거의 일들이 떠올라 마음이 산란해졌고, 두 사람 사이를 가리고 있던 베일이 걷힌 기분이었다.

"에피가 왔네!" 바이너 양이 소리쳤다.

뒤를 돌아보니 에피가 오언의 손을 잡고 걸어오고 있었다.

대로우는 흥분했던 마음을 가라앉히는 와중에도 오언의 출현이 바이너 양에게 어떤 영향을 주는지 금세 감지할 수 있었다. 바이너 양의 얼굴이 아까보다 더 빨개지더니 금세 흰 꽃잎처럼 하얗게 변했다. 하지만 예기치 못한 사태에 당당하게 맞서는 기질은 여전히 살아 있었다. 대로우만큼 그녀를 모르는 사람은 그녀가 그에게서 오언에게로 시선을 옮길 때 그 얼굴에 긴장된 미소가 어리고 눈이 촉촉한 잿빛에서 반짝이는 검은색으로 바뀌었음을 전혀 눈치 채지 못했을 것이다. 하지만 대로우는 바이너 양의 얼굴에 나타난 이런 변화보다 오언의 반응에 더 깊은 인상을 받았다. 에피와 함께 웃고 떠들며 나타났던 오언은 바이너 양을 보자 표정이 싹 달라졌던 것이다.

대로우는 그 변화를 명확히 설명할 수 없었지만, 어쩌면 바로 그 이유 때문에 더더욱 의미심장하게 느껴지기도 했다. 그런데 대체 그 변화는 무엇을 의미하는 걸까? 소피 바이너와 마찬가지로 오언도 감정의 무대라기보다 바로 그 감정의 체현(體現) 같은 얼굴을 갖고 있었다. 오언 역시 흥분했을 때는 특이하게 불규칙한 이목구비가 아주 유연해져서 시냇물에 비친 구름처럼 갖가지 표정을 취했던 것이다. 대로우는 변화무쌍한 그의 표정을 보며 그중 어떤 것이 그의 진심을 드러내고 있는지 궁금했다. 하지만 그가 소피와 대로우가 같이 있는 걸 보고 깜짝 놀랐고, 무척 놀라서 그 의미를 분석할 겨를이 없었다는 건 분명했다.

대로우에게 맨 처음 떠오른 생각은, 오언이 자신과 바이너 양이 우연히 만난 게 아니라는 의심을 한다면, 계모의 약혼자가 그런 시간에 동생의 가정교사와 단둘이 만나고 있는 걸 이상하게 여기리라는 것이었다. 그런 생각을 하자 몹시 불안해진 나머지 대로우는 셋이서 같이 집을 향해 걷기 시작한 순간, '애너를 찾으러 나온 길이었네'라고 말할 뻔했다. 하지만 오언이 정말 그렇게 생각하고 있다면 그런 간단한 말조차도 구차한 변명으로 들릴 것 같아 아무 말 없이 바이너 양 옆에서 걷고 있었다. 그런데 가만히 보니 오언과 바이너 양 역시 아무 말 없이 걷고 있었다. 그렇다면 이 역시 생각해볼 만한 문제였다. 침묵은 말 못지않게 의미심장할 수 있고, 대로우가 느끼기에 지금 세 사람은 복잡한 대화의 거미줄에 뒤엉켜 있었다. 처음에 대로우는 자신의 착잡한 마음속에서 일어나는 일에만 신경을 썼으나, 가만히 보니 오언과 바이너 양 사이에도 번개 같은 속도로 많은 사연이 오가고 있는 듯했다. 하지만 그 내용과 방향은 그로서는 아직 알 길이 없었다…….

제18장

애너 리스는 테라스에서 이들을 지켜보고 있었다.

지금 그녀는 확실한 행복이라는 조용한 산봉우리에 올라선 채, 정원을 가로질러 걸어오는 세 사람을 바라보고 있었다. 부드러운 아침 햇살 속에 자신의 삶을 가득 채워주는 딸과 아들, 약혼자가 다가오고 있는 것이었다. 애너는 공감의 침묵 속에 천천히 걷고 있는 두 남자와, 그들 주변을 신나게 뛰어다니는 에피가 연출하는 행복한 장면을 보며 환하게 미소지었다. 두 사람이 아무 말 않고 있다는 게 이 장면을 더욱 정겹게 해주는 듯했고, 이 순간에는 오언과 대로우가 똑같이 소피 바이너에게 아무 말 않고 있다는 게 전혀 이상해 보이지 않았다.

이 순간 애너는 무척이나 행복해서 찬란한 기쁨의 따뜻한 파도와 한 몸이 되어 일렁이는 기분이었다. 이 행복을 처음 맛보았을 때는 매우 놀랍고 눈부셨지만, 이제는 아침에 깨어날 때마다 그 행복이 계속될 것임을 마음속 깊이 확신하며 거기서 오는 안정감에 익숙해져갔다.

"마치 행복이 내 몸에서 돋아난 날개처럼 나를 날게 해줄 것 같아요." 그날 오전 대로우와 정원을 거닐면서 애너는 이렇게 속삭였다. 그리고 거기 응답하는 대로우의 눈빛을 보자 다시금 그런 느낌이 들었다. 전날 저녁에는 대로우가 뭔가에 정신이 팔린 듯했고, 어딘지 모르게 침울해서, 두 사람의 행복이라는 거대한 금빛 별에 그늘을 드리우는 느낌이었으나, 이제는 그 별이 다시 찬란히 떠올랐고, 정오의 태양처럼 높고 밝게 빛나고 있었다.

그날 오후 애너는 자기 방에서 이런 생각에 잠겨 있었다. 아침 안개가 비로 변하는 바람에 온 식구가 소풍 가려던 계획은 다음으로 미뤄졌다. 에피와 바이너 양은 차로 프랑쇠유에 쇼핑하러 갔고, 애너는 이따가 대로우와 빗속을 거닐기로 약속한 터였다.

점심 식사 후 대로우가 그동안 미뤄둔 편지들을 쓴다며 방으로 올라간 뒤, 애너는 줄곧 두 손을 무릎 위에 맞잡고 약간 고개를 숙인 채 생각에 잠긴 얼굴로 앉아 있었다. 지금까지는 늘 한 시간 한 시간을 뭔가로 채우기 위해 애써왔지만, 이제는 매 순간이 수전노의 돈주머니처럼 순금 같은 행복으로 가득 차는 느낌이었다.

그런데 이때 밖에서 오언의 발소리가 들렸다. 곧이어 노크 소리가 들렸고, 애너는 "들어와!" 하고 대답했다.

홍분으로 창백해진 오언의 얼굴을 본 애너는 놀라움과 양심의 가책을 느끼며, "왜 아직 할머니께 말씀드리지 않았는지 물어보러 왔구나?" 했다.

오언은 어제 이 방 안을 휘 둘러보던 바이너 양과 비슷한 눈길로 주변을 살피더니 빛나는 눈으로 애너를 바라보았다.

"제가 직접 말씀드렸어요." 오언이 말했다.

애너는 믿을 수 없다는 표정으로 벌떡 일어섰다.

"네가? 언제?"

"조금 전에요. 방금 말씀드리고 오는 길이에요."

애너는 약간 짜증스러운 느낌이었다. 결혼이라는 인생 최대의 책임을 빨리 지고 싶다는 청년이 어린애처럼 그렇게 쉽게 충동에 굴복했다는 게 어딘지 모르게 우습게 느껴졌다. 애너는 약간 우습다는 눈길로 아들을 건너다보았다.

"넌 내게 도와 달라고 부탁했고, 난 그러기로 약속했어. 그런데 나한테 한마디 말도 없이 이 일을 터트릴 참이었으면 그렇게 교묘한 전략을 세울 필요도 없었지."

"오, 저한테 그런 식으로 말씀하시지 마세요!" 오언이 거의 화가 난 듯한 어조로 이렇게 소리쳤다.

"그런 식이라니? 어떤 식을 말하는 거지?" 애너는 흥분한 그의 얼굴을 마주 보며 여전히 거의 웃는 어조로 이렇게 말했다. "그건 내가 너한테 할 말 아닐까?"

그러자 오언이 얼굴을 붉히며 갑자기 온순해졌다.

"말씀드리지 않으면 안 될 것 같아서 그런 거예요. 제게 설명할 기회를 주세요……."

애너는 자신이 왜 그리 조급하게 굴었는지 의아해 하며 상냥한 얼굴로 오언을 바라보았다.

"오언! 내가 언제 그런 기회를 주지 않은 적 있니? 그렇기 때문에 내가 먼저 할머니께 말씀드리겠다고 한 것이고…… 그래서 줄곧 적당한 기회를 노려온 건데……."

"적당한 기회요? 저도 그랬어요. 그래서 오늘 말씀드린 거예요."

오언이 다시 언성을 높였고, 흥분할 때는 으레 그렇듯 어조가 날카로워졌다. 애너는 돌아서서 소파에 앉았다. "아, 그건 서로 차지하려고 싸울 특권은 아니잖니! 내 짐을 덜어줘서 고맙다. 앉아서 자세히 얘기해봐."

오언은 어째야 좋을지 모르는 표정으로 그녀 앞에 서 있었다. "앉을 수 없을 것 같아요."

"그럼 이리저리 걷든지. 어쨌든 궁금하니까 빨리 얘기해봐."

그러자 오언은 애너 옆에 있는 안락의자에 털썩 주저앉더니 다리를 쭉 펴고 두 손을 머리 위에 얹은 채 한동안 말없이 늘어져 있었다. 애너는 그의 얼굴을 지켜보며 잠자코 기다렸다.

"물론 생각했던 대로였어요."

"펄펄 뛰시더란 말이지?"

"아버지, 지브레, 할아버지, 정치와 종교 등등, 동원할 수 있는 모든 무기를 끌어대시던데요. 돌아가신 우리 엄마가 반대하실 거라는 말씀까지 하셨으니까요."

애너는 정말 안타깝다는 듯 한숨을 쉬었다. "그 정도는 예상했던 거 아냐?"

"저도 그런 줄 알았거든요. 그런데 정말 그런 말을 들으니까 너무 웃겨서 그렇다고 말씀드렸어요."

"아, 오언……. 오언!"

"알아요. 제가 바보같이 군 건 알지만, 그래도 어쩔 수 없었어요."

"할머니는 화 많이 나셨겠지? 어떻게든 그걸 막으려고 했던 건데." 애너는 오언의 어깨에 손을 얹었다. "내가 말씀드릴 때까지 기다려줬으면 좋았을 텐데!"

그러자 오언이 몸을 약간 빼 애너의 손을 떨어뜨렸다. "엄마는 이해 못 해요." 오언이 이마를 찡그리며 이렇게 말했다.

"어찌 된 일인지 설명을 들어야 이해가 갈 것 같다. 할머니께 말씀드릴 때가 됐다는 생각이 들었어도 나한테 그러라고 했으면 되잖아. 나도 미룰 만한 이유가 있어서 그래왔던 거지만, 네가 말씀드릴 때가 됐다고 했으면 당연히 그렇게 했을 거야."

오언은 대답을 피하려고 얼른 화제를 바꿨다. "엄마가 기다리신 이유는 뭔데요?"

애너가 곧바로 대답하지 않자 오언은 그녀의 얼굴을 지켜보았다. 애너는 왠지 불안한 느낌이었다.

"상황을 살피고 있었지……. 확신을 갖고 싶었거든."

"뭐에 대해서요?"

애너는 잠시 망설이더니 이렇게 대답했다. "그거야 물론 우리 쪽 입장에 대해서지."

"하지만 지난번, 식구들이 우쉬에서 돌아오기 전 저랑 얘기하실 때는 확신이 섰다고 하셨잖아요."

"아, 오언, 이렇게 복잡한 문제에 대해서는 아무리 강한 확신도 매일, 매 시간, 어느 정도 달라질 수 있는 법이야!"

"제가 알고 싶은 것도 바로 그거예요. 왜 생각이 달라지셨는지 말씀해주세요."

애너는 답답한 듯 손사래를 쳤다. "이제 다 지난 일인데 아무려면 어떠니? 나도 딱히 뭐라고 이유를 대기는 그렇다……."

오언은 자리에서 일어서더니 괴로운 표정으로 애너를 내려다보았다. "하지만 이유를 꼭 말씀해주셔야 해요."

그러자 애너가 왈칵 짜증을 냈다. "네가 선수를 쳐버렸으니 난 어떤 이유도 댈 필요가 없지 않니? 나로서는 그저 널 돕겠다는 마음뿐이었다는 말만 해두지." 애너는 잠시 말을 멈추더니 이렇게 덧붙였다. "그걸 의심했다면 할머니께 말씀드리길 잘한 거야."

"엄마를 의심한 적은 없어요!" 오언이 엄마라는 말에 약간 강조를 두며 이렇게 소리쳤다. "그렇게 보였다면 오해 푸세요. 저도 확실히 설명할 수는 없어요……. 너무 복잡하게 얽혀 있어서, 안 그래요? 그래서 곧바로 할머니께 말씀드리는 게 좋겠다고 생각했던 거예요. 아니면 아무 생각 없이 그냥 바로 털어놓은 건지도 모르고……."

애너도 화해의 눈빛으로 오언을 마주 보았다. "그래, 이제 네가 그렇게 한 이유나 경위는 문제가 아니야. 지금 중요한 건 할머니를 어떻게 설득하느냐 하는 거지. 할머니가 어떻게 하신다고 하던?"

"아, 애들레이드 페인터 양을 부르신다고 했어요."

그 이름을 말하는 오언의 입술에 약간 미소가 어렸고, 두 사람 모두 긴장을 풀고 웃는 얼굴이 되었다.

"그게 우리 모두에게 제일 좋은 방법일 수도 있지." 애너가 말했다.

오언이 어깨를 으쓱했다. "너무 황당하고 모욕적이잖아요. 우리 일에 그 여자를 끌어들이다니!"

"이제 숨기기도 어렵게 됐지, 뭐."

난롯가에 서서 벽난로 선반 위의 작은 장식품들을 이리저리 밀고 있던 오언은 애너의 말에 이쪽으로 돌아섰다.

"아무한테도 말씀 안 하셨죠?"

"응, 하지만 이제 해야 될 것 같아."

애너는 대답을 기다리다가 오언이 아무 말이 없자 다시 말을 이었다. "애들레이드 페인터 양에게 알려야 한다면 대로우 씨에게도 숨길 이유가 없지."

그러자 오언이 들고 있던 작은 조각상을 턱 내려놓았다. "없죠. 이제 모든 사람에게 알리고 싶어요."

애너는 지나치게 흥분해 있는 오언의 말에 빙긋 웃으며 뭔가 놀리는 말을 할 참이었는데, 이때 오언이 이쪽을 보며 이렇게 물었다.

"그럼 아저씨께는 여태 아무 말씀도 안 하신 건가요?"

"우리의, 그분과 나의 계획에 관련된 부분을 빼고는 한마디도 안 했어. 지금까지는 그냥 네가 결혼할 생각이고, 네 결혼을 마무리하고 나서 출국하고 싶다고만 했지."

그 말을 들은 오언의 이마가 달아올랐지만, 점차 안정된 표정이 되면서 이마의 홍조도 사라졌다.

"엄마는 정말 대단해요!" 오언이 소리쳤다.

"너랑 약속했잖아."

"네, 저도 알아요." 오언의 얼굴이 다시 어두워졌다. "아저씨께는 정말 거기까지만 말씀드렸다는 거죠?"

"그래. 그런데 그건 왜 묻니?"

오언은 난처한 듯 잠시 망설였다. "할머니께 제일 먼저 말씀드리기로 우리 둘이 약속했었죠?"

"그랬지, 그리고 실제로 네가 할머니께 제일 먼저 말씀드린 거잖아, 안 그래?"

오언은 다시 돌아서서 장식품들을 만지기 시작했다.

"엄마 말씀을 듣고 아저씨가 뭔가 눈치 채신 건 아닐까요?"

"그럴 리는 없어."

그러자 오언이 다시 이쪽으로 돌아섰다. "왜 그렇게 말씀하세요?"

"어떻게?"

"글쎄요……. 누군가 다른 사람이 얘기를 했다는 것처럼 들리거든요……."

"다른 사람? 누구?" 애너가 자리에서 일어섰다. "오언, 그게 대체 무슨 소리니?"

"아저씨가 뭔가 확실한 걸 안다고 생각하시는지 궁금해서요."

"내가 왜 그런 생각을 해? 넌 그렇게 생각하니?"

"모르겠어요. 알아내야죠."

애너는 오언의 완강한 고집에 웃음을 터뜨렸다. "내가 거짓말을 했는지 알아내려고?" 그런데 그때 복도에서 누가 다가오는 소리가 들렸다. "여기 오셨으니 직접 여쭤보렴."

대로우는 노크를 한 후 들어오라는 애너의 대답에 방으로 들어와 두 사람 사이에 섰다. 잘생긴 그의 얼굴에 어린 밝고 명랑한 표정과 오언의 찡그리고 흥분한 얼굴이 선명한 대조를 이루었다.

대로우가 웃는 얼굴로 애너를 마주 보았다. "내가 너무 일찍 왔나? 아니면 오늘 산책은 그만두는 건가?"

"아니에요, 지금 막 내려가려던 참이에요." 애너는 오언과 대로우를 번갈아 보며 여전히 둘 사이에서 머뭇거렸다. "그런데 나가기 전에 드릴 말씀이 있어요. 오언은 바이너 양과 약혼한 상태예요."

애너는 오언의 궁금증을 의식하고 있었기에 대로우의 얼굴을 유심히 지켜보았다.

비 내리는 오후였지만 그가 창문 바로 앞에 서 있었기 때문에 애너는 그의 표정을 분명히 읽을 수 있었다. 그런데 그가 무척이나 놀라는 눈치였기에 애너는 거봐란 듯이 웃으며 오언을 바라보았다. 그러면서, 오언은 왜 대로우가 이 사실을 이미 알고 있다고 생각했는지, 그게 왜 그렇게 흥분할 만한 일이었는지 궁금해졌다. 어쨌든 대로우는 말할 수 없이 놀란 표정이었으니 오언의 의심은 말끔히 사라졌을 것 같았다. 대로우는 벌써 손을 내밀며 오언 쪽으로 걸어가고 있었고, 애너는 왠지 모르게 마음이 불안해지면서 두 사람이 의례적인 인사를 주고받는 거 아닌가 하는 의심이 들었다. 어쨌든 오언은 차분해진 얼굴로 싱글거리며 대로우와 악수하고 있었다. 애너는 보이지 않는 구름이 던진 그늘에 가려진 듯 마음이 꺼림칙했다…….

이윽고 오언이 나가고 방에는 두 사람만 남았다. 대로우는 창가에 서서 주룩주룩 내리는 빗줄기를 내다보고 있었다.

"오언 얘기 듣고 놀라셨어요?" 애너가 물었다.

"응, 놀랐어."

"바이너 양인 줄은 모르셨죠?"

"그렇게 생각할 이유가 없었지."

"제가 그 아가씨에 대해 그렇게 궁금해 한 이유를 이제 아시겠죠?" 대로우가 아무 말 없자 애너가 말을 이었다. "이제 그 이유를 아셨으니 혹시……."

대로우는 이쪽으로 돌아서서 애너에게 다가갔다. 그의 표정은 약간 짜증스러우면서 진지했다. "그런 게 있을 턱이 있나? 지난번에도 말했지만, 난 바이너 양에 대해 아무 말도 못 들었다니까."

애너는 아무런 대꾸도 하지 않았고, 두 사람은 말없이 마주 보고 서 있었다. 그 순간 애너는 소피 바이너도 오언도 잊은 채, 대로우가 자기 바로 옆에 서 있고, 이 방에는 자기들 둘뿐인데, 처음으로 그가 그런 순간에 손을 잡지도, 키스를 하지도 않고 있다는 생각뿐이었다.

대로우는 망설이는 표정으로 창밖을 내다보았다. "산책하기에는 비가 너무 심한 것 같지 않아?"

애너는 그래도 가자는 말을 기다리는지 아무 말 없었다. "안 가는 게 좋겠어요. 지금 당장 어머님께 가봐야 할 것 같아요. 오언이 어머님께 모든 걸 털어놓은 모양이에요."

"아." 대로우가 어색하게 웃었다. "그래서 아까 누군가가 페인터 양에게 전화를 걸고 계셨군!"

그 말에 두 사람 모두 조용히 웃음을 터뜨렸고, 애너는 문 쪽으로 걸어갔다. 대로우는 문을 열어준 뒤 그녀를 따라 나갔다.

제19장

샹텔 부인 방 앞에서 애너와 헤어진 대로우는 곧장 쏟아지는 빗속으로 걸어 나갔다.

진입로의 낙엽 진 가로수 꼭대기가 바람에 흔들렸고, 빗줄기가 얼굴을 따갑게 때려왔다. 대문을 나선 그는 도로로 나가 비바람 속에서 들판을 거닐었다. 고르게 이랑 진 벌판은 누런 뻘밭으로 변해 있었고, 어제 오언과 총을 쏘았던 적갈색 움막은 거센 바람에 쓸쓸히 흔들리고 있었다.

대로우는 목적지도 없이 걷고 또 걸었다. 그의 마음은 나무 꼭대기처럼 흔들리고 있었다. 애너의 말이 그렇게까지 충격적이진 않았다. 그날 아침, 오언 리스, 바이너 양과 함께 집으로 돌아올 때, 잠깐 그런 생각이 머리를 스쳐갔기 때문이다. 하지만 그건 어디까지나 짐작이었고, 분명한 사실로 밝혀진 지금은 검은 구름이 되어 하늘을 온통 뒤덮고 있었다.

그 사실을 알고 난 뒤에도 대로우 자신의 태도는 크게 달라지지 않았다. 과거를 숨겨야 한다는 건 전과 마찬가지였지만, 자신의 책임이 말할 수 없이 커진 것이 차이라면 차이였다. 이제까지 그가 소피 바이너의 가련한 처지에 대해 느낀 연민에는 엄청난 양심의 가책도 포함되어 있었지만, 이제는 그녀에 대해 어느 정도 괘씸한 생각이 들었다. 대로우는 자신이 다른 사람들보다 편견이 적다고 생각했지만, 출신 성분을 뛰어넘어 출세하려는 여자들에 대해서는 보통 사람들과 마찬가지로 아주 깊은 의심을 품고 있었다. 그를 만났을 때 바이너 양이 그렇게 겁을 낸 것도 무리가 아니었다! 자신은 지금 생각했던 것보다 더 쉽게 그녀에게 해를 끼칠 수 있는 입장에 있는 것이었다…….

그녀를 해치고 싶은 생각은 물론 없었지만, 그녀가 오언 리스와 결혼하는 건 어떻게든 막고 싶었다. 그는 그 이유가 뭔지 알고 싶어 자신의 감정을 하나하나 객관적으로 분석해보려 했지만, 이 본능적인 혐오감은 어떤 논리로 정당화해도 결코 받아들일 수 없는 일종의 맹목적인 충동이었다. 대로우는 꽤 오랫동안 빗속을 걸어다녔지만 마음속은 여전히 혼란스럽기 그지없었고, 그래서 진흙투성이의 누런 시골 마을을 두어 곳 지나간 뒤에 다시 돌아서서 터벅터벅 지브레로 향했다. 그런데 시커먼 진입로로 들어서며 빗선 나뭇가지 사이로 빛나는 불빛들을 보고 있자니 갑자기 자신이 말할 수 없이 무력하게 느껴졌다. 아무리 이런저런 궁리를 하고 애를 써보아도 자기가 할 수 있는 일은 아무것도 없다는 생각이 들었던 것이다…….

대로우는 젖은 코트를 현관에 벗어 두고 이층으로 올라갔다. 그런데 진지한 표정의 한 하녀가 층계참에서 그를 부르더니 조심스러운 말투로 후작 부인 방에 잠시 들러 달라고 부탁하는 것이었다. 대로우는 약간 불안한 마음으로 그 하녀를 따라 두어 시간 전에 애너와 헤어졌던 문 앞으로 갔다. 문이 열리자 대로우는 불이 켜져 있는 큰 방으로 들어섰다. 그런데 방 안에는 아무도 없었고, 대로우는 마음속이 그렇게 복잡했는데도, 이 방이 아주 충실하게 샹텔 부인이 살아온 시대를 반영하고 그녀의 인품을 완결시켜주고 있다고 생각했다. 꼬인 줄로 잡아맨 주름 커튼, 의자의 보라색 비단 커버, 세브르 도자기 화분, 장미목 벽난로 방화막, 레이스 달린 벨벳 테이블보로 덮인 작은 탁자 위의 장식품과 미소 짓는 인형들을 보니 그야말로 1860년대 금발 미인의 방으로는 전혀 손색이 없었다. 대로우는 프레이저 리스가 어머니에 대한 효심 때문에 지브레가 지닌 18세기적 아름다움에 그런 시대착오적인 장식들을 들이도록 놔두었다는 생각이 들었지만, 다시 생각해보니 리스는 바로 그런 걸 지브레의 전통이라고 느꼈을 것 같기도 했다.

샹텔 부인이 내실에서 나오는 바람에 이런 잡다한 생각은 중단되고 말았다. 부인은 벌써 화려한 만찬용 드레스를 입고 있었고, 눈꺼풀이 약간 붉은 것 말고는 흥분한 기색은 전혀 없었다. 하지만 워낙 중대한 문제라고 생각해서인지 엄지와 검지로 레이스 손수건을 쥐고 있었다.

샹텔 부인은 거두절미하고, 에버라드 집안의 이름으로 호소하건대, 자기랑 같이 아래층에 내려가 손자를 구해 달라고 호소했다. 부인은 대로우의 인품이나 스타일, 전통을 보면 그 역시 자신이 지키려는 전통에 뿌리박고 있다는 걸 알 수 있다면서, 자신이 그를 처음부터 그렇게 환영하고 믿은 걸 보면 이런 중차대한 문제에 있어 그 역시 자신과 견해가 같은 것임을 본능적으로 느꼈기 때문임을 알 수 있지 않느냐고 물었다. 자신은 애너의 시어머니이지만 처음부터 애너의 재혼 상대는 대로우 밖에 없다고 생각했고, 이제 그를 거의 오언의 아버지같이 생각하니 부디 그 가엾은 청년을 구해 달라는 것이었다.

"나는 애너가 이 일에 어느 정도 책임이 있다고 보는데, 그렇다고 해서 애너가 나쁘다든지, 맘에 안 든다는 말은 결코 아닙니다. 애너는 현대적이에요……. 이상한 책을 읽거나 흉측한 그림을 좋아하면 그렇게 부른다면서요." 샹텔 부인은 뭔가를 털어놓으려는 듯 이쪽으로 몸을 기울였다. "나 자신도 어느 정도는 그런 분위기에서 살아왔죠. 당신도 알다시피 내 아들은 상당히 혁명적이었거든요. 하지만 그건 어디까지나 지적인 문제였기 때문에 그런 생각을 실천에 옮기진 않았죠. 애너는 그걸 이해 못 했어요. 그래서 오언의 머릿속에서 이 두 가지가 뒤섞이게 만든 거예요……. 책에 나오는 내용과 실제의 행동을 혼동하게 만든 거죠……. 이번 일에서 애너가 오언의 편을 들고 있다는 건 알고 있죠?"

상텔 부인은 한동안 그 문제를 설명하더니, 대로우가 도와줄 부분을 지적했다. "오언은 이 얘기를 듣고 난 뒤 바이너 양에 대한 내 태도가 달라졌다는 이유로 나를 비논리적이고 야속하다고 말하고 있어요. 내 참! 대로우 씨는 몇 년 전부터 그 아가씨를 알았고, 머릿 부인이라는 아주 천박한 여자 집에서 친구인지 비서인지 뭐 그런 걸로 있을 때 몇 번 보기도 했다면서요. 그럼 친구로서, 그리고 우리 중의 한 사람으로서 묻건대, 대로우 씨는 그런 일을 하면서 이리저리 굴러다니고, 온갖 종류의 사람들을 모셔온 아가씨가 우리 오언의 아내가 될 수 있다고 생각하세요? 그 아가씨가 나쁘다는 말은 아닙니다! 난 그 아가씨가 맘에 들었어요! 하지만 그게 이 일과 무슨 상관이 있어요? 난 그 아가씨가 우리 손자와 결혼하게 놔둘 수 없어요. 손자며느릿감을 찾는 거라면 팔로우 씨 부부한테 부탁하지도 않았죠. 애너는 그 점을 이해 못 하는데, 대로우 씨가 그 애에게 이 점을 이해시켜주셔야겠어요."

그러자 대로우는 자기로서는 그럴 능력이 없고, 애너와 결혼하려는 지금의 자기 처지에서는 그런 일에 개입할 수도 없다고 말했다. 그는 이런 경우 사람들이 흔히 동원하는 논리들을 언급하면서, 자기도 부인의 심정은 충분히 이해한다고 말했지만, 오언의 선언에 놀란 상텔 부인은 평소와 달리 아주 예리해졌고, 이 결혼에 반대할 이유를 많이 내놓지는 못했지만, 겁에 질린 동물처럼 날카로운 발톱으로 자신의 논점에 필사적으로 매달리고 있었다.

대로우가 연신 자기로서는 도와드릴 길이 없다고 주장하자, 상텔 부인은 이렇게 말했다. "좋아요, 그렇다면 우리보다 훨씬 전부터 바이너 양을 알고 계셨다니, 다른 사람은 몰라도 최소한 제게는 그 아가씨를 어떻게 생각하는지 솔직하고 공정하게 말씀해주세요."

대로우는, 그녀를 더 오래전에 만난 건 사실이지만 이 댁 가족들만큼 잘 알 기회는 없었고, 애너에게도 말했듯이 이렇다 할 의견을 제시할 처지도 아니라고 대답했다.

샹텔 부인은 잘 알겠다는 듯 깊은 한숨을 내쉬었다. "머릿 부인에 대한 의견만으로도 족해요! 그것조차 숨기시진 않겠죠? 그 밖에 다른 어떤 이상한 사람들하고 지내왔는지 알 수 없지. 다른 사람들 이름을 대보라니까 호크 가족을 얘기하던데……. 따지려 들지 마세요. 사실보다 더 심오한 감정도 있는 거예요……. 그리고 자기 말로도 연극배우가 될까 했었다더군요……." 샹텔 부인이 레이스 손수건 끝을 눈에 갖다 댔다. "난 이 가구들처럼 구식이라오. 대로우 씨는 날 도와줄 거라고 생각했는데……."

그날 밤, 대로우는 자기 방에 들어서면서, 거기 들어올 때마다 그 아늑함을 깨버리는 새로운 걱정거리를 안고 온다는 생각이 들어 쓴웃음을 지었다. 불과 48시간 전, 이 집에 도착해 그 방 창문을 열면서 저 하늘의 별보다 더 많은 희망을 품었는데, 그 이후로 매일 저녁 새로운 문제와 고민이 생겼던 것이다. 그러나 오늘밤만큼 막막하고 참담한 기분으로 새로운 문젯거리를 마주한 적은 없는 것 같았다.

소피 바이너 양이 만찬에 불참했기 때문에 이 새로운 상황에 그녀가 어떻게 대처하고 있는지, 그녀와 오언이 과연 어떤 관계인지 알 길이 없었다. 하지만 한 가지는 분명했다. 바이너 양의 진짜 감정이 무엇이고, 그녀가 이 결혼에 무엇을 걸고 있는지는 몰라도, 그녀가 정말 오언과 결혼하기로 마음먹는다면, 샹텔 부인이 동원할 온갖 책략에 맞설 재주와 끈기를 충분히 갖추고 있다는 사실이었다.

사실 이 결혼을 막을 수 있는 사람은 대로우 자신뿐이었다. 샹텔 부인은 오언을 구할 제일 확실한 방법을 우연히 찾은 것이었다……. 이 결혼을 막는 것이 정말 손자를 구하는 길이라면 말이다! 대로우는 그 점에 대해서는 왈가왈부할 처지가 아니었지만, 할 수만 있다면 이 결혼을 막고 싶다는 생각에는 변함이 없었다.

그러나 그 구체적인 방법은 전혀 떠오르지 않았고, 고뇌에 찬 그의 머릿속에선 모든 길이 다 막힌 것같이 느껴졌다. 대로우는 아주 잠깐이지만 샹텔 부인 말대로 애너가 이 결혼에 반대하도록 유도해볼까 하는 황당한 생각까지 해보았다. 애너가 만약 바이너 양 얘기가 나올 때마다 그가 애써 화제를 딴 데로 돌리고 함구하는 걸 눈치 챘다면, 그녀는 그걸 대로우가 지금까지 밝힌 것보다 그녀에 대해 더 많은 걸 안다고 해석했을 것이고, 그렇다면 그걸 이용해 서서히 애너가 이 결혼에 반대하게 만들 수도 있을 것 같았다. 하지만 그러다가 본심을 들킬 수도 있을 것이다. 자신이 정말 떳떳하다면, '그 아가씨에 대해 아무것도 모르는 것과, 오언의 좋은 배필감이라고 생각하는 척하는 것과는 별개의 문제지'라고 말할 수도 있었다. 하지만 그런 말만 하려 해도 뭔가가 탄로날 수 있었다. 대로우는 애너의 질문이나 자신의 답이 아니라 그 사이사이에 뭔가가 드러날까 두려웠던 것이다. 그는 소피 바이너가 지브레에 돌아온 이후 줄곧 애너가 두 사람 사이에 말할 수 없는 뭔가가 있다고 느끼는 것을 의식하고 있었다……. 그는 내일 일은 그때 또 사정을 봐서 대처하자고 생각하며 잠에 빠져들었다.

다음 날 아침 대로우는 아래층에 내려가다가 리스 부인과 마주쳤다. 애너는 사고를 당한 사냥터지기의 아이를 보기 위해 이미 외출 준비를 마치고 나가는 길이었다. 몸에 꼭 맞는 어두운 색 옷을 입은 그녀는 평소보다 더 꼿꼿하고 날씬해 보였고, 얼굴에는 급히 처리할 일이 있을 때 나타나는 약간의 홍조, 투지가 어려 있어서 강한 턱선과 꽉 올려 빗은 머리와 함께 그녀의 작은 머리를 부조(浮彫)에 등장하는 아마존 여전사의 그것처럼 보이게 했다.

어제 오후 샹텔 부인 방 앞에서 헤어진 후 그녀와 단둘이 만난 건 이때가 처음이었고, 두 사람은 잠깐 다친 아이에 대해 얘기하다가 오언의 결혼 문제로 화제를 돌렸다.

애너는 샹텔 부인과의 '대면'에 대해 웃으며 얘기했는데, 노부인은 불행히도 무슨 예기치 않은 일이 있을 때마다 반드시 그런 (울고 호소하는) '장면'을 연출해야 된다고 생각하는 세대에 속하는 사람이었다. 그녀는 그 대면은 모든 면에서 자신의 예상과 정확히 일치했기 때문에 별로 특별한 점은 없었지만, 대로우와 샹텔 부인의 만남이 어떻게 끝났는지 알고 싶다고 했다.

"어머님 말씀이 당신에게 와 달라고 하셨다더군요. 무슨 일이 있으면 꼭 누군가를 부르시는데, 그 역시 전 세대의 유습이죠. 페인터 양이 오늘 오후에나 도착할 수 있다고 하니까 부를 사람이 당신밖에 없었던 거예요."

그녀는 이 모든 걸 아무렇지도 않게 얘기했지만, 지나치게 긴장해 있는 대로우에게는 그녀의 이 어조가 딱 꼬집어 뭐라 설명하긴 어렵지만 약간 지나치게 느껴졌다. 하지만 그는 자신이 지나치게 긴장하고 있다는 것도 의식하고 있었기에, 다음 순간에는 앞으로 모든 게 특이하고, 의미심장하고, 이상해 보일 것 같다는 생각을 했다.

두 사람은 전날 밤의 폭풍 끝에 내리는 이슬비 속을 급히 걸었고, 그녀가 자신의 우산 밑으로 더 다가서면서 둘의 팔이 스치자, 그는 소피 바이너와 도버의 선착장을 걷던 일을 떠올렸다. 그리고 그녀가 오언의 아내가 되면 앞으로도 계속 만나고, 서로 마음을 털어놓고, 친숙하게 지내야 할 것이고, 그러면 그게 모두 애너를 배신하는 행위가 된다는 생각이 들자 순간 아찔해졌다.

"당신은 뭐라고 하셨어요?" 애너가 묻고 있었다. 대로우는 갑자기 단호한 어조로, "난 샹텔 부인의 심정도 이해할 수 있어" 했다.

그런데 이렇게 말해놓고 보니 속으로 생각할 때보다 훨씬 하찮게 느껴졌고, 애너 역시 전혀 놀라는 기색 없이 이렇게 대답했다. "물론이죠. 어머님이 그렇게 생각하시는 것도 당연해요. 하지만 차차 마음을 돌리시게 해봐야죠." 그녀는 빗물이 뚝뚝 떨어지는 우산 속에서 이쪽을 보며 이렇게 말했다. "그저께 당신이 한 말 생각나죠? '우리 둘이 힘을 합하면 이 결혼 반드시 성사될 거야!' 그랬잖아요. 제가 오언한테 그 말을 했으니까, 이제 어쨌든 우리를 도와주셔야 해요."

그저께라! 불과 사흘 전에 제정신으로 그런 확언을 할 만큼 인생이 단순해 보였다는 건가?

"애너, 이 결혼에 왜 그렇게 매달리는 거지?" 대로우가 갑자기 이렇게 물었다.

애너는 걸음을 멈추고 이쪽을 바라보았다. "왜냐고요? 제가 설명했잖아요. 아니, 당신이 그 이유를 무척 잘 아는 것 같아 설명할 필요도 별로 없었는데?"

"그때는 오언의 상대가 누군지 몰랐어."

이 말을 내뱉고 나자 대로우는 머릿속이 서늘해지는 느낌이었다. 하지만 애너가 이렇게 그의 말을 되받아쳤다.

"어제는 아셨잖아요. 하지만 그때도 당신은 할 얘기가 없다고 하셨는데……."

"바이너 양에 대해서?" 그런데 일단 입 밖에 내놓고 보니 그 이름이 머릿속에서 계속 맴돌았다. "물론 없지. 하지만 그게 내가 그 아가씨를 오언의 배필감으로 좋다고 생각한다는 뜻은 아니지."

애너는 잠시 가만히 있더니 이윽고 이렇게 물었다. "왜 바이너 양이 좋은 배필이 아니라는 거죠?"

"글쎄……. 샹텔 부인의 말씀도 일리가 있잖아."

"그 아가씨가 머릿 부인의 비서였고, 그전에는 호크 집안에서 일했다는 거 말이죠? 오언이랑 제가 듣기로는 어머님이 이 결혼에 반대하시는 이유는 주로 그거라던데?"

"그건 그렇지만, 어쨌든 그 아가씨는 샹텔 부인이 생각했던 배필감이 아닌 거지."

"아, 그게 단지 그런 뜻이라면 저도 이해해요."

저만치 사냥터지기의 오두막이 보이자 애너는 걸음을 재촉했다. 대로우는 말없이 애너를 따라갔다. 그런데 문간에 이르자 그녀가 잠시 멈추라고 손짓을 한 뒤 이렇게 물었다. "정말 그게 다예요?"

"물론이지." 대로우의 귀에 자신이 이렇게 대답하는 소리가 들렸다.

"아, 그렇다면 어머님처럼 에버라드 집안을 걸고 호소할 수는 없지만 끝까지 당신을 설득해봐야죠!" 애너는 가끔 그녀의 얼굴을 봄빛으로 물들이는 행복한 웃음을 머금고 그를 쳐다보았다.

대로우는 빠른 걸음으로 빗방울이 뚝뚝 떨어지는 국화꽃 길을 지나 오두막으로 들어가는 애너를 지켜보았다. 그녀가 들어간 뒤 대로우는 빗속을 이리저리 거닐며 혹시 집에 전해줄 소식이라도 있는지 기다리고 있었다. 그런데 몇 분 후 그녀가 다시 나왔다.

그녀는 아이가 위험한 정도는 아니지만 심하게 다쳤고, 동네 의사가 이미 와서 프랑쇠유의 한 외과 의사에게 필요한 기구들을 준비해 오라고 부탁했다고 말했다. 오언이 차로 그 의사를 데리러 갔지만, 아직은 거기 도착하지 않았기 때문에 필요한 게 있으면 그 의사와 통화할 수 있다는 것이었다. 애너는 동네 의사가 우선 지브레에 있는 소독약이나 반창고라도 가져오라고 했다며, 바이너 양이 구급상자를 둔 곳을 아니까 찾아서 하녀 편에 보내 달라고 했다.

대로우는 그 말을 전하러 급히 가면서 드디어 바이너 양과 얘기할 기회가 왔다는 생각을 했다. 무슨 말을 할지는 모르지만, 어쨌든 지금이야말로 그녀와 얘기를 나눠서 뭔가를 결정할 좋은 기회라는 생각이 들었다. 앞으로는 그녀와 그렇게 단둘이 얘기할 기회가 없을 것 같았다.

그는 바이너 양이 교실에서 에피를 가르치고 있을 줄 알았는데, 하인 말이 아이는 오언과 같이 프랑쇠유에 갔고, 바이너 양은 자기 방에 있다는 것이었다. 대로우는 그에게 바로 가서 오두막에서 온 전갈이 있다고 전해 달라고 했고, 잠시 후 그녀가 계단을 내려오는 소리가 들렸다.

제20장

바이너 양이 다가오는 동안, 대로우는 그녀 역시 그와 같은 생각으로 눈길이 흔들리고 있음을 감지했다. 그는 기계적인 어조로 애너의 말을 전했고, 그녀는 내용도 잘 모르는 말을 따라 하는 어린애처럼 진지한 어조로 그 말을 반복한 뒤 이층으로 올라갔다.

대로우는 그녀가 다시 내려올지 알 수 없지만 다른 한편으로는 반드시 내려올 거라는 생각을 하며 현관에 서 있었다. 이윽고 그녀가 외출복 차림으로 다시 내려왔다. 유리창에는 아직도 빗줄기가 흘러내리고 있었다. 대로우는 달리 할 말도 없어서, "거길 직접 가려고요?" 했다.

"필요한 걸 찾아서 하인 편에 보내긴 했는데, 리스 부인이 제 도움을 필요로 할 수도 있을 것 같아서요."

"직접 오라는 말은 안 하던데." 대로우는 그녀를 붙잡을 방도를 궁리하며 이렇게 말했다. 그러자 바이너 양이 확고한 어조로 "빨리 가야 돼요" 했다.

대로우는 문을 열어준 뒤 우산을 들고 그녀를 따라나섰다. 계단을 내려가는데 바이너 양이 이쪽을 돌아보며 말했다. "코트를 안 입으셨네요."

"안 입어도 괜찮아요."

바이너 양은 우산을 갖고 있지 않았다. 대로우는 자기 우산을 펴서 그녀에게 내밀었다. 그녀는 고맙지만 괜찮다며 이슬비 속을 걸어갔다. 대로우는 그녀에게 우산을 받쳐줄 엄두를 못 낸 채 자기만 우산을 쓰고 뒤를 따라갔다. 두 사람은 아무 말 없이 잰걸음으로 마당을 가로질러 오솔길로 접어들었다. 그 길을 삼분의 일쯤 갔을 때 대로우가 갑자기 이렇게 물었다. "내가 오늘 리스 부인한테서 들은 얘기를 어제 소피가 직접 해줬으면 더 좋았을 것 같지 않아?"

"더 좋았을 거라고요?" 바이너 양이 깜짝 놀란 얼굴로 그 자리에 멈춰 섰다.

"소피의 미래가 이미 결정된 걸 알았으면 내가 그렇게 쓸데없는 제안들을 안 했을 거 아냐."

그녀는 더 느리게 몇 발짝 걸어갔다. "어제는 말씀드릴 수 없었어요. 오늘 얘기할 참이었어요."

"말 안 한 걸 탓하는 게 아니라, 미리 말을 해줬으면 어제 소피가 한 말을 더 믿었을 거란 말이지."

그녀는 어제 한 말 중 어떤 걸 가리키느냐고 묻지 않았고, 대로우가 보기에 그녀는 자신이 헤어질 때 한 말을 그 못지않게 생생히 기억하고 있는 것 같았다.

"그걸 믿는 게 그렇게 중요한가요?" 이윽고 바이너 양이 물었다.

"소피에게는 물론 안 그렇겠지." 대로우는 자기도 모르게 날카로운 어조로 대답했다. 믿기 어려운 일이지만, 대로우는 지금 애초에 그녀와 얘기하러 온 목적은 까맣게 잊고, 그녀의 미래에서 자신의 역할이 그렇게 미미한 것이 무척이나 섭섭했다. 그렇다면 그녀에 대한 자신의 감정은 대체 어떤 것일까? 몇 시간 전만 해도 그녀는 정신적으로나, 육체적으로나 그에게 별 의미 없는 존재였다. 그런데 지금은 내내 잠들어 있던 본능을 일깨우고 있었다…….

그녀가 오두막에 들어간 사이 대로우는 밖에서 기다렸다. 주룩주룩 쏟아지는 빗속에서 대로우는 젖은 몸을 덜덜 떨며 발을 동동거렸다. 한참 기다리자 그녀가 다시 나왔다. 집 안을 들여다보아도 애너는 보이지 않았지만, 그녀가 가까이 있다고 생각하니 기분이 완전히 달라졌다.

소피 말로는 다친 아이는 괜찮지만 애너는 프랑쇠유의 의사가 올 때까지 기다릴 생각이라고 했다. 그런데 나오면서 보니 동네 의사의 구식 마차가 길가에 서 있었다.

"의사 하인한테 태워다 주라고 할까?" 대로우가 물었다. 하지만 소피는, "아뇨, 그냥 걸어갈 거예요" 했다. 그래서 대로우는 그녀와 함께 집 쪽으로 걷기 시작했다. 바이너 양은 그가 오두막에 들어가지 않은 것에 대해 놀라는 기색을 보이지 않았고, 두 사람은 말없이 집을 향해 걸었다. 그녀는 대로우의 우산을 같이 쓰기는 했지만, 거리를 유지하느라 아주 조심하고 있어서 상당히 빨리 걷는데도 단 한 번도 대로우의 몸에 팔이 스치지 않았다. 이걸 깨닫자 대로우는 그녀 몸 안의 피 한 방울 한 방울이 모두 자신이 가까이 있다는 사실에 예민하게 반응하고 있음을 느낄 수 있었다.

"아까 그 말은 소피가 나의 선의를 확실히 알았어야 한다는 뜻이었어." 대로우가 입을 열었다.

바이너 양은 이 말의 진의를 찬찬히 생각해보는 눈치였다. "그러면요?"

"나를 좀더 믿겠지."

"아까 얘기했던 대로, 말씀드릴 수 없는 처지였어요."

"이제 말해도 되니까, 내 얘기 좀 들어주겠어?"

그녀는 잠깐 걸음을 멈추더니, 거의 안 들릴 만큼 작은 소리로 이렇게 말했다. "하실 말씀이 전혀 없을 것 같은데."

"여기선 힘들어. 그리고 집 안에서는 어디서 그 말을 해야 할지 모르겠어." 대로우는 쏟아지는 빗속에서 사방을 둘러보았다. "잠깐 우물집에 들어가지."

진입로 옆, 커다란 나무들 밑에 위에 난간이 달린 작은 돌집이 서 있었다. 아랫부분에는 벽돌로 된 낡은 아치가 있고, 그 아치 아래 우물로 내려가는 계단과 문으로 가는 계단이 나 있었다. 대로우는 그 계단을 올라가 문을 열고 안으로 들어섰다. 작고 둥근 방에는 연하게 바랜 중국 족자가 걸려 있었다. 붉은 타일이 깔린 바닥에, 다리가 불안정하고 쩍쩍 금이 간 옻칠이 된 탁자와, 검은색과 금색으로 칠하고 짚으로 된 밑신개가 달린 의자들이 놓여 있었다.

소피는 말없이 그를 따라왔고, 문을 닫자 그가 말하기를 기다리는 듯 잠자코 서 있었다.

"이제 조용히 얘기할 수 있겠군." 대로우는 그녀를 향해 친구끼리 솔직히 얘기해보자는 식의 미소를 지어 보였다.

그녀는 또다시, "하실 말씀이 전혀 없을 것 같은데" 할 뿐이었다.

어제 그녀의 목소리에 깃들어 있던 그리움 섞인 신뢰는 완전히 사라지고, 지금 그녀는 약간 적의 어린 표정으로 그를 바라보고 있었다. 그렇다면 그녀를 설득하기가 쉽지 않겠지만, 그래도 대로우는 생각대로 밀고 나가기로 결심했다. 그가 자리에 앉자 바이너 양도 기계적으로 그를 따랐다. 탁자 저편에 앉은 그녀는 갈라진 탁자 가장자리에 팔꿈치를 대고 깍지 낀 두 손에 턱을 얹었다. 대로우가 그녀를 건너다보자 그녀 역시 그를 마주 보았다.

"나한테 할 말 없어?" 이윽고 대로우가 이렇게 물었다.

그러자 그녀가 엷은 미소를 지었고, 예전처럼 왼쪽 입술 끝이 약간 치켜 올라갔다.

"제 결혼에 대해서요?"

"소피의 결혼에 대해서."

바이너 양은 여전히 실눈을 뜬 채 그를 바라보고 있었다. "리스 부인이 다 말씀드렸을 텐데요."

"리스 부인은 둘이 결혼하기로 되어 있고, 그래서 기쁘다는 얘기만 했어."

"흠, 그 두 가지가 요점 아니에요?"

"소피에게는 그게 요점인가? 나는……."

"아, 선생님께 그렇다는 말이었는데." 소피가 날카로운 어조로 말했다.

그는 이 말에 얼굴을 붉혔지만 다시 마음을 다잡고 이렇게 말했다. "내게 중요한 건 물론 소피가 자신에게 가장 좋은 길을 택하는 거지."

바이너 양은 눈을 내리깐 채 아무 말 없었다. 이윽고 그녀는 팔을 뻗어 탁자에 놓인 낡은 부채를 집어들었다. 그녀가 상아로 된 부챗살을 만지는 동안 대로우는 두 사람의 짧고 덧없던 연애가 부채의 얇은 비단에 그려진 희미한 선 같다는 생각을 해보았다.

"그럼 선생님은 오언과 약혼한 것이 제게 최선의 길이 아니라고 생각하세요?" 마침내 그녀가 이렇게 물었다.

대로우는 자신이 정확한 절개를 위해 수술 칼의 삽입 위치를 신중히 계산하는 외과 의사 같다는 생각을 하며 한참 동안 입을 다문 채 이 질문에 간략히 대답할 말을 궁리한 다음 이렇게 말했다. "이 결혼이 두 사람에게 최선의 길은 아니라는 생각이 들어."

바이너 양은 이 말에 별 반응을 보이지 않았지만, 홍조의 그림자가 비친 듯 얼굴 전체가 약간 붉어졌다. 그녀는 여전히 눈을 내리깐 채 부채를 보고 있었다.

"누구의 입장에서 말씀하시는 거예요?"

"물론 이 일에 제일 가깝게 연루된 사람들의 입장에서 보는 거지."

"그렇다면 오언의 입장에서 보면 그렇다는 얘기군요? 선생님은 제가 오언의 상대로 부적합하다고 생각하시는 거죠?"

"소피의 입장에서 볼 때 그런 거지. 난 오언이 소피의 남편감으로 적당하다고 생각지 않아."

대로우는 그녀의 얼굴을 응시하며 이렇게 대답했다. 그 얼굴은 조금 전까지도 하얗게 질려 있었지만, 그의 말뜻이 분명해지면서 기묘한 내면의 빛이 그녀의 굳은 얼굴을 밝혀주고 있었다. 그녀는 눈을 약간 들어 그를 건너다보았고, 미소가 그 눈꺼풀에서 떨리는 입술로 퍼져갔다. 대로우는 한순간 그녀의 그런 변화에 당황했지만, 다음 순간 가슴이 덜컥 내려앉았다.

"난 그가 소피의 남편감으로 적당하다고 생각지 않아." 그는 자신이 왜 그런 말을 하는지 이해하려고 애쓰면서 말을 더듬었다.

바이너 양은 아련한 눈길로 비 때문에 춥고 어두운 방 안을 휘 둘러보았다. "그럼 그 이유를 말해주려고 저를 여기 데려오신 건가요?"

그 말을 듣자 이제 남은 시간이 별로 없고, 생각했던 얘기를 지금 바로 털어놓지 않으면 다시는 그럴 기회가 없을 거라는 생각이 들었다.

"내가 보기에 오언이 소피의 남편감으로 적당하지 않은 제일 중요한 이유는 너무 어리고 경험도 없어서 소피를 제대로 돌봐주지 못할 거라는 점이야."

그 말을 들은 바이너 양의 표정이 다시 바뀌며 비극적일 만큼 차갑게 굳었다. 그녀는 안 떨려고 애를 쓰면서 앞만 보고 앉아 있더니, 하얗게 질린 입술로 이렇게 쏘아붙였다. "하지만 저는 지금까지 늘 제 힘으로 살아온걸요!"

"오언은 아직 어린애야." 대로우는 고집스럽게 말을 이었다. "착하고 좋은 사람이지만 일상생활의 갖가지 문제들을 해결하기엔 너무 어리지……. 그런데 삶은 바로 그런 하찮고 시시한 것들로 이루어져 있잖아."

"제가 오언을 위해 그런 문제들을 해결해가면 돼요."

"그러자면 보통 어렵지 않을 텐데."

그러자 바이너 양이 도전하는 듯한 눈빛으로 그를 건너다보았다. "그렇게 말씀하실 때는 뭔가 특별한 이유가 있을 것 같은데."

"사실들을 명확히 파악하고 있는 것뿐이지."

"어떤 사실들을 말씀하시는 거죠?"

대로우는 잠시 망설이다가 이렇게 대답했다. "이 결혼이 어려울 거라는 건 소피가 더 잘 알걸."

"어쨌든 리스 부인은 쉽게 만드셨어요."

"샹텔 부인은 안 그럴걸."

"그걸 선생님이 어떻게 아세요?" 바이너 양이 따지듯 물었다.

대로우는 집안 사정을 얼마나 털어놓아야 할지 몰라 잠시 망설였다. 그런 다음 애너를 개입시키지 않기 위해 이렇게 말했다. "어제 샹텔 부인이 나를 부르셨어."

"선생님을 부르셨다고요? 제 얘기를 하시려고요?" 바이너 양의 이마가 붉어지고 그 아래 두 눈이 검게 불타고 있었다. "무슨 권리로 그러시는지 알고 싶네요. 선생님이 저나, 저와 관계된 일에 무슨 관련이 있다고요?"

대로우는 그녀가 어떤 무서운 의심에 사로잡혀 있는지 즉각 눈치 챘지만, 그 의심이 완전히 근거 없는 건 아니라는 생각에 일말의 부끄러움을 느꼈다. 하지만 그것 때문에 애초의 목적을 포기할 수는 없었다.

"난 리스 부인의 오랜 친구니까 샹텔 부인이 나를 부르실 수도 있는 거지."

그러자 바이너 양이 부채를 내려놓고, 전에 파리에서 그녀의 편지를 일부러 부치지 않았다는 말을 들었을 때처럼 분노와 경멸로 하얗게 질린 얼굴로 그를 노려보더니, 한두 발짝 저쪽으로 걸어가다가 되돌아왔다.

"샹텔 부인이 뭐라고 하시던가요?"

"자기는 이 결혼에 찬성하지 않는다고 하시더군."

"왜 선생님께 그런 말씀을 하신 걸까요?"

대로우는 잠시 망설였다. "그거야……."

"선생님께 리스 부인을 설득해서 이 결혼을 막아 달라고 부탁하려는 거였겠죠?"

대로우가 아무 말 없자 바이너 양이 다시 물었다. "맞죠?"

"맞아."

"하지만 선생님이 그렇게 하지 않으시면…… 전의 그 약속을 지키시면……."

"그 약속?"

"아무 말도……. 정말 아무 말도 안 하신다는 약속……." 그녀의 긴장된 표정이 단어들 사이사이의 침묵에 쓸쓸한 빛을 던지고 있었다.

그녀의 말을 듣고 있자니 그 역겨운 장면이 생생히 떠올랐다. "물론 난 아무 말도 안 할 거야……. 그건 소피도 알잖아……." 대로우는 몸을 숙여 그녀의 손을 감쌌다. "내가 어떤 경우에도 아무 말 안 할 거라는 거 알고 있잖아……."

그러자 바이너 양이 몸을 뒤로 빼며 두 손에 얼굴을 묻었다. 그러더니 의자에 털썩 주저앉아 탁자 위로 팔을 뻗고 그 위에 얼굴을 묻었다. 대로우는 양심의 가책 때문에 아무 말도 못 하고 앉아 한참 동안 바이너 양이 숨을 헐떡이는 소리에 귀를 기울이고 있었다. 이윽고 그녀가 원망의 빛이 말끔히 사라진 얼굴로 그를 건너다보았다.

"선생님이 저를 어떻게 생각하셨는지 다 알아요!"

이 말을 듣자 대로우는 자신이 더욱더 형편없는 인간으로 느껴져서, '불쌍한 아가씨, 정말 안타까운 건 난 너를 생각해본 적이 없다는 거야!'라고 말하고 싶었지만, 실제로는 그저, "소피를 도울 일이면 뭐든지 할게"라는 말을 되풀이했을 뿐이다.

바이너 양은 손가락으로 탁자를 두드리며 말없이 앉아 있었다. 그녀는 그에 대한 의심을 떨쳐버린 듯했으나, 그걸 보니 자신이 그녀를 거의 배신할 뻔했다는 게 더욱더 부끄럽게 느껴졌다. 이때 갑자기 그녀가 이런 질문을 던졌다.

"그럼 선생님은 제가 오언과 결혼할 권리가 없다고 생각하세요?"

"권리? 세상에! 내 말은 그저……."

"선생님이 아는 사람과 결혼하는 건 싫다는 거죠?" 그녀는 이건 질문이 아니라 사실을 냉정하게 밝히는 것뿐이라는 듯, 아주 신중한 어조로 말했다.

이번에는 대로우가 자리에서 일어나 하염없이 창가로 걸어갔다. 그는 변색한 유리창 너머로 갈색의 먼 풍경을 내다보고 서 있다가 탁자로 되돌아왔다.

"내가 무슨 뜻으로 그 말을 했는지 정확히 얘기해주지. 그건 소피가 사랑하지 않는 사람과 결혼하면 불행해질 거라는 뜻이었어."

그는 이 말이 오해를 낳을 수도 있다는 걸 알고 있었지만, 위험한 만큼 효과적일 수도 있었다. 몇 가지 징조에 대한 자신의 판단이 정확하다면—그 대가가 엄청날 수도 있겠지만—과거를 팔아 미래를 살 수도 있을 것 같았다.

그 말을 들은 바이너 양이 깜짝 놀라 고개를 들었다. 그녀는 천천히 얼굴을 쳐들더니 그게 대체 무슨 뜻이냐는 표정으로 그를 마주 보았다. 대로우는 잠시 그녀를 바라보다가 눈길을 떨어뜨리고 기다렸다.

마침내 그녀가 입을 열었다. "선생님이 오해하신 거예요……. 정말 오해하신 거예요."

대로우는 잠시 기다렸다가 이렇게 물었다. "오해라니?"

"그렇게 생각하시는 건 오해란 말이죠. 전 마치 그럴 자격이 있는 사람처럼 행복해요!" 그녀가 갑자기 웃음을 터뜨리며 이렇게 말했다.

그러더니 자리에서 일어나 문 쪽으로 걸어갔다. "이제 만족하신 거죠?" 그녀는 문간에 선 채 생기 넘치는 표정으로 이쪽을 보며 이렇게 물었다.

제21장

문을 열자 진입로에서 오언이 탄 자동차 소리가 들려왔다. 맨 처음 대화도 그 소리 때문에 중단되었는데, 이번에도 두 사람은 그 소리가 들리자 본능적으로 멀찍이 떨어져 섰다. 대로우는 말없이 방 안으로 되돌아갔고, 소피 바이너는 계단을 내려가 혼자 마당 쪽으로 걸어갔다.

점심 식사 때는 의사의 방문과 샹텔 부인의 부재—두통 때문에 참석할 수 없다는 전갈이 있었다—로 대화의 초점이 바뀌었는데, 대로우는 일반적인 대화의 장막 뒤에 숨은 채 생각을 가다듬었고, 다른 사람들 역시 그와 마찬가지로 각자의 입장을 재정리하고 있는 눈치였다. 오언 리스와 소피 바이너의 약혼 사실을 안 뒤 두 사람을 한 자리에서 본 건 이번이 처음이었는데, 두 사람 모두 평소 이상으로 다정하게 행동하지는 않았다. 오언은 바이너 양을 정말 사랑하는 것 같았고, 그녀의 작은 관심에도 감지덕지했다. 하지만 샹텔 부인이 이 결혼에 반대하고 있다는 걸 알고 있어서 그런지, 바이너 양이 유난히 조용한데도 다들 별로 신경 쓰지 않는 눈치였다. 애너도 그것이 걸리는지 소피를 대하는 품이 전보다 덜 상냥하지는 않지만 약간 긴장된 감이 있었다. 대로우는 다른 사람들과 마찬가지로 열심히 일상적인 대화를 나누면서, 좌중을 지배하고 있는 긴장감을 이런 식으로 해석하고 있었다. 하지만 그는 주변 사람들의 심중을 헤아리기가 더욱 어려워지는 느낌이었다. 그는 지금 자신도 고열에 시달리면서 남의 이마를 짚어보는 사람과 비슷한 처지였다.

점심 식사 후 애너가, 의사를 태워다 주러 가는 길인데 에피랑 셋이 가면 어떠냐고 했다. 오언에게 약혼녀와 단둘이 있을 기회를 주려는 심산인 것 같았다. 의사를 내려주고 돌아오는 길에는 에피가 가운데 앉아 있었기 때문에 사사로운 얘기는 할 수 없었다. 대로우는 리스 부인이 딸에게 둘의 관계를 아직 얘기하지 않았다는 걸 눈치 챘다. 오언이 예상보다 일찍 샹텔 부인에게 바이너 양과 약혼한 사실을 터뜨리는 바람에 두 사람의 결혼 문제는 뒷전으로 밀려난 것이었다. 그래서 두 사람은 에피 앞에서는 가까운 친구처럼 행동해야 했다.

오후가 되자 구름이 걷혔고, 세 사람은 좀더 오래 드라이브를 즐기려고 전에 가려다 만 담쟁이덩굴 우거진 폐허에 들렀다. 그래서 결국 해거름에야 정원 문간에 도착했는데, 애너가 오두막에 들러 다친 아이가 어떤지 보고 싶다고 했기에 대로우는 두 사람을 거기 남겨둔 채 혼자 집으로 걸어가기로 했다. 애너는 그가 기다리지 않고 혼자 간다고 하자 약간 놀라는 눈치였지만, 대로우는 마음이 무척 산란했기 때문에 어떻게든 몸을 움직이고 싶은 그런 상태였다. 지금 그는 지쳐 쓰러질 때까지 걷고 싶었다. 마음을 감싸줄 어둠이 내릴 때까지 몇 시간이고 비바람 속을 걷다가 아주 피곤하고 지친 상태로 돌아오고 싶었던 것이다. 하지만 그렇게 도망칠 핑계가 없었고, 이런 때 그렇게 오래 집을 비우면 애너의 의심을 살 수도 있었다.

집으로 걸어가는 동안 애너가 가까이 있다는 생각을 하자 기분이 달라졌다. 마음속에 애너의 모습이 더 선명히 떠오르면서 그가 느끼고 있는 당혹감을 아침 안개처럼 물리쳐주는 것 같았던 것이다. 이 순간, 그녀가 어디 있든 간에 그는 그녀의 마음속에 안전히 간수되어 있을 것이고, 그 생각을 하자 다른 사실들은 모두 그림자처럼 물러가버렸다. 두 사람은 서로 사랑하고 있었고, 이 사랑은 태양처럼 밝고 거대하게 두 사람 위에 떠 있었다. 몇 분만 있으면 그녀를 만나게 될 것이고, 그녀의 눈을 보면 마음이 가라앉을 것 같았다. 그리고 그 뒤에는 저녁 식사 전 한 시간 동안 그녀의 방에 단둘이 머물며, 난롯가에 앉아 조용히 움직이는 그녀를 지켜보고, 그녀가 머리를 숙일 때 머리칼의 푸른빛이 보라색으로 변하는 걸 볼 수 있을 것이다.

그런데 그가 마당에 들어서는 순간 마차 한 대가 대문을 빠져나가고 있었고, 현관에 들어가 보니 아주 당당한 체구의 여성이 비옷과 모자 차림으로 짐 한가운데 버티고 선 채 방금 문을 열어준 하인에게 아주 복잡하지만 명확한 지시를 내리고 있었다. 대로우가 들어선 뒤에도 그녀는 작고 연한 눈으로 그를 한번 쳐다본 뒤 여전히 순수한 보스턴 억양으로 발음되는 유창한 프랑스어로 하인에게 가방들의 행방을 지시하고 있었다. 덕분에 대로우는 흰머리 아래 자리 잡은 각진 얼굴에서 넓은 치맛자락 아래 삐죽 나와 있는 뭉뚝한 장화 코까지, 뚱뚱하고 못생긴 그녀의 모습을 꼼꼼히 살필 수 있었다.

그녀는 관광객의 눈길을 받는 유적처럼 정말 아무렇지도 않게 그의 관찰을 참아주고 있더니, 짐을 둘 곳을 다 정해주고 나자 갑자기 대로우 쪽으로 돌아서서 머리에서 발끝까지 훽 살핀 뒤 아주 예리한 말투로 이렇게 물었다. "장화가 그게 뭐요?"

그리고 그가 뭐라고 대꾸하기도 전에 그녀는 치미는 화를 억누르는 듯한 어조로 이렇게 덧붙였다. "미국 사람들은 프랑스가 반년 이상 물에 잠겨 있다는 사실을 깨닫기 전에는 늘 부적절한 옷차림으로 건강을 해칠 위험을 감수하고 다닌다니까. 당신은 보스턴 커먼 공원을 거니는 기분으로 이 고약한 진흙창을 헤매고 다니셨겠지?"

대로우는 웃으며 자기도 프랑스의 습한 날씨에 대해 잘 알고 있고, 거기에 잘 대처해왔다고 설명했지만, 그 여자는 경멸하듯 코웃음을 치며 이렇게 말했다. "당신 같은 젊은이들은 다 똑같아……." 그러더니 그를 다시 한번 날카롭게 살핀 뒤 이렇게 덧붙였다. "댁이 조지 대로우 씨? 전에 마운트 버논 가의 턴스톨이라는 사람과 결혼한 댁 어머님의 사촌을 알았는데. 난 애들레이드 페인터라우. 요즘 보스턴에 가본 적 있수? 아니라고. 그거 유감이구먼. 커먼웰스 가 한쪽 끝에 새 집이 몇 채 들어섰다길래 그 얘길 좀 듣고 싶었는데. 난 거길 삼십 년이나 못 가봤다우."

페인터 양의 도착은 며칠이나 계속된 텁텁한 날씨 끝에 불어온 북풍 같은 효과가 있었다. 대로우가 차를 마시러 내려가 보니 벌써 분위기가 달라져 있었다. 샹텔 부인은 여전히 이층에서 안 내려왔지만, 대로우가 보기에는 그녀의 닫힌 커튼과 잠긴 문 뒤로도 이 힘찬 기운이 스며들어갔을 것 같았다.

애너는 여느 때처럼 다과상 앞에 앉아 있었고, 곧이어 바이너 양도 에피를 데리고 들어왔다. 오언도 평소처럼 다른 사람들에게서 좀 떨어진 곳에 앉아, 적과 몰래 내통했으리라는 인상을 풍기는 미소를 지으며 페인터 양의 엄청난 동작들과 그에 못지않은 엄청난 발언들을 면밀히 관찰하고 있었다. 바이너 양과 오언은 주변 사람들이 의식할 정도로 서로를 피하고 있었는데, 이건 페인터 양을 여기 오게 한 그 긴장의 자연스러운 결과인 듯했다.

소피 바이너는 샹텔 부인이 인정한 만큼만 이 상황을 의식한 것처럼 처신하고 있었지만, 페인터 양은 그녀를 자기 옆자리에 불러 앉힘으로써 이 상황을 이해하고 있음을 암시했다.

대로우는 절벽에 새겨진 화강암 조각상처럼 안락의자에 버티고 앉은 페인터 양을 지켜보면서, 마음이 편할 때 같으면 그녀를 연구하고 분류해 보는 것도 참 재미있을 거라고 생각했다. 그녀가 무슨 특별한 말을 하거나, 아주 평범한 말을 의미심장하게 만들어주는 무언의 예지를 보여주는 것은 아니었다. 그녀는 기차가 연착한 것, 국제 정치 무대에 위기가 감돈다는 것, 파리에서 영국 차를 사기 힘들다는 것, 프랑스 하인들이 무례하다는 것을 얘기하며, 그 각각의 흥미나 중요성에 상관없이 똑같이 심각한 어조로 거기에 대한 자신의 견해를 밝히고 있었다. 그녀는 늘 프랑스인들을 '그 사람들'이라고 부름으로써 거리감을 나타냈지만, 많은 프랑스 사람과 아주 절친한 사이였고, 프랑스 사교계 인사들의 가정생활, 경제적 어려움, 개인적인 문제에 대해 소상히 알고 있었다. 하지만 그녀는 이 모순을 전혀 의식하지 못하고 있었고, 명사들과의 친분을 자랑하겠다든지, 그것이 자랑할 만한 사실이라는 생각도 전혀 하지 않고 있는 듯했다. 그녀에게는 자신이 미미나 시몬, 오데트라고 부르는 귀족 여성들이나, 홍차를 훔치거나 ("내가 다행히 직접 우표통에 넣지 않으면") 자기 편지 봉투에서 우표를 몰래 떼어가는 하녀들이나 똑같이 '그 사람들'이었던 것이다. 그녀는 마치 모든 걸 기록하지만 그것들을 분류하거나 명명할 정도로 발전하지는 못한 거대한 기계처럼, 의연한 자세로 세상만사를 견뎌내고 있는 것 같았다.

그러나 이것만 가지고는 페인터 양이 주변 사람들에게 왜 그렇게 영향력이 큰지 설명할 수 없었다. 대로우는 그녀가 얘기하는 걸 지켜보면서 그 해답을 찾아보는 데서 약간의 위안을 느꼈다. 그리고 그 답은 어쩌면 그녀의 무신경, 이기적인 면이 전혀 없기에 냉정하지도, 경멸적이지도 않은 무감각, 좀더 단순한 정신 상태가 지닌 신선함에 있지 않나 하는 생각이 들었다. 지난 며칠간 대로우 자신과 이 집안사람들이 그랬듯이 갖가지 함의와 메아리로 끊임없이 흔들리는 분위기 속에서 살다 보면, 그렇게 많은 게 들어 있음에도 공허하고, 그렇게 공허하면서도 아무런 메아리가 없는 페인터 양의 거대한 진공 같은 정신 속으로 걸어 들어가는 게 아주 편하고 기분 좋게 느껴질 것 같았다.

저녁 식사 전에 애너와 얘기하려던 그의 계획은 그녀가 페인터 양을 샹텔 부인 방으로 모시고 가겠다며 일어서는 바람에 무산되고 말았다. 대로우는 하는 수 없이 자기 방으로 올라갔고, 바이너 양과 오언은 에피의 그림 퍼즐을 맞춰주고 있었다.

샹텔 부인은 좀 창백한 데다 코끝이 붉었지만 페인터 양이 설득을 한 덕분인지 저녁 식사를 하러 내려와서는 손자를 향해 부드럽게 원망하는 듯한 시선을 던졌는데, 오언은 아무것도 눈치 채지 못한 듯 차분한 표정이었고, 바이너 양이 평소처럼 에피와 공부방에서 저녁을 먹느라고 내려오지 않았다는 사실 또한 긴장을 덜어주는 것 같았다.

대로우는 진짜 싸움은 내일이나 벌어질 거라고 생각했고, 그래서 식구들끼리 자유롭게 얘기하라는 뜻에서 다음 날 아침 일찍 산책을 나섰다가 점심때가 다 되어서야 돌아왔다. 그런데 집 앞에 당도해 보니, 애너가 집에서 나오고 있었다. 외출복 차림으로 그를 찾아 나섰던 듯, "어머님께서 잠시 올라오시래요" 했다.

"올라오라고? 지금?"

"그렇게 말씀하셨대요. 뭔가를 부탁하실 모양이던데." 그러더니 웃으면서 이렇게 말했다. "그게 뭐든 간에, 빨리 처리해버리죠, 뭐!"

대로우는 점점 더 마음이 무거워져서 아침에 산책을 가는 대신 첫 기차를 타고 떠났다가 오언의 일이 해결된 다음에 돌아왔으면 좋았을 거라는 생각이 들었다.

"하지만 내가 뭘 할 수 있겠어?" 대로우는 그녀를 따라 현관으로 들어서며 이렇게 물었다.

"모르죠. 하지만 오언도 당신을 아주 믿는 눈치던데……."

"오언! 그 애도 같이 오라고 하셨나?"

"아뇨, 하지만 제가 오언한테 당신도 도와주실 거라고 얘기한 거 아시잖아요."

"샹텔 부인과는 더 이상 할 얘기가 없는데."

"그럼 그 말을 다시 하시면 되죠, 뭐."

하지만 그것으로 이 문제가 해결될 것 같지는 않았고, 대로우는 다시 한번 도망치고 싶은 유혹을 느꼈다. "난 이 일에 끼어들 이유가 전혀 없는데!"

그러자 애너가 원망스러운 눈길로, "제가 관련되어 있다는 사실로 충분하지 않아요?" 했지만, 그 말은 그의 저항감을 더해주었을 뿐이었다.

"난 당신도 이 정도까지 개입할 필요는 없을 것 같아."

그러자 애너가 걸음을 멈추더니, 현관에 다른 사람이 있는지 한 번 휘 둘러보고 나서 이렇게 속삭였다. "저도 잘 모르겠어요. 하지만 그 애들이 행복하지 않다면 우리도 그러면 안 될 것 같아서요."

"아, 정 그렇다면……." 대로우는 연인의 무척이나 사랑스러운 고집에 하는 수 없이 넘어가준다는 식으로 이렇게 대답했다. 지금 도망친다는 건 불가능해 보였고, 일단은 샹텔 부인 방에 올라가보는 수밖에 없었다.

갖가지 골동품과 장식물로 꾸며진 방 안에는 큰 말에 올라탄 기수처럼 자줏빛 안락의자에 본때 없이 앉아 있는 페인터 양이 보였다. 반대편에는 공들여 꾸민 머리 아래 여전히 창백하고 핼쑥한 얼굴을 한 샹텔 부인이 괴로운 심경을 보여주는 예의 그 손수건을 들고 앉아 있었다. 대로우가 들어서자 부인은 애처로운 어조로 인사를 건넨 다음, "대로우 씨, 난 당신이 실은 내 편이라는 생각이 들어요!" 했다.

그렇게 단도직입적인 말을 들으니 아니라는 말을 하기가 더 쉬웠고, 대로우는 다시 한번 자기로서는 왈가왈부할 처지가 아니라는 말을 되풀이했다.

"하지만 애너는 당신이…… 자기 편이라고 하던데!"

그토록 애써 지켜온 균형에 이런 작은 흠집이 난 걸 보자 대로우는 빙긋 웃지 않을 수 없었다. 조신한 애너는 실은 아주 작은 감정에도 쉽게 굴복하는 경향이 있었다. 대로우는 그녀를 도와주기로 약속했지만, 실은 그 내용도 모르고 있는 상태였다.

그는 샹텔 부인의 말에 이렇게 대꾸했다. "혹시라도 제가 할 말이 있다면 바이너 양에게 유리한 쪽으로 작용했으면 좋겠습니다."

"바이너 양에게……. 그래요! 그런데 그럴 만한 증거가 있나요?"

"사실만 가지고 말한다면, 그 아가씨에게 불리한 내용도, 유리한 내용도 없습니다. 지난번에 말씀드렸듯이 저는 그 아가씨가 상냥하다는 것밖에는 달리 아는 게 없으니까요."

"그거면 됐지……. 필요한 건 그것뿐이야!" 페인터 양이 조급한 어조로 말했다. 그녀는 작은 눈으로 샹텔 부인을 보고 있었지만, 대로우를 향해 말하고 있는 듯했다.

"샹텔 부인은 미국 아가씨들이 기록부, 프랑스의 길거리 여자들이 갖고 있는 신상 조사서 같은 걸 갖고 있어야 한다고 생각하는 모양이야. 우리나라에서는 아가씨가 예쁘고 순결하면 되잖아. 아가씨에게 통장이나 방문객 명단을 요구하는 사람은 없지."

샹텔 부인은 애처로운 표정으로 건장한 친구를 건너다보았다. "가족이 있는지 물어볼 수는 있잖아?"

"아니지. 가족이 없다는 이유로 그 아가씨를 나쁘게 볼 거라면 그런 걸 물을 수 없지. 당신 같은 사고방식을 가진 사람한테는 그 아가씨가 고아라는 사실이 오히려 장점이 되어야 해. 그러면 부모를 지브레에 초대할 일은 없잖아."

"애들레이드…… 애들레이드!" 지브레의 여주인이 탄식했다.

"루크레셔 메어리." 페인터 양이 말했다. 대로우는 샹텔 부인의 실제 모습과 전혀 어울리지 않는 이 고풍스러운 이름에 실소를 금할 수 없었다. "내 말에 반박하라고 대로우 씨를 불렀을 텐데, 내가 주장하는 바를 아셔야 반박을 하실 거 아닌가?"

"그럼 자네는 오언이 근본도 모르는 아가씨랑 결혼하는 게 쉽다고 생각하는 거야?"

"아니지. 하지만 그걸 막는 것도 그리 쉽지는 않을걸."

대로우는 이 기민한 대답을 듣고 페인터 양에게 더욱 흥미를 느꼈다. 지금까지는 별로 영리하다고 생각지 않았는데, 이제 보니 그녀의 예리한 눈은 어떤 현실적인 문제의 핵심도 꿰뚫어 볼 수 있을 것 같았다.

샹텔 부인도 그게 어려운 건 사실이라는 듯 한숨을 내쉬었다.

"내가 봐도 바이너 양은 나무랄 데 없는 사람이지만, 흔히 하는 말로 너무 많이 굴러먹었기 때문에 그 과정에서 아주 질 나쁜 사람들과도 사귀었을 것 같다는 거지. 오언이 그 점을 이해할 수 있다면, 그런 걸 보여주는 몇 가지 사실만 확보할 수 있다면 좋을 텐데. 언니가 하나 있다는데, 주소도 모른다는 거야, 글쎄!"

"안다고 해도 자네한테는 알려주고 싶지 않을걸? 자네는 지금 그 언니를 비롯해서 그 아가씨 주변 사람들을 추리소설에서처럼 '추적'해서 모두 질 나쁜 사람으로 몰아붙이겠다는 심산인 모양인데, 내 생각에는 오언이 거기 넘어갈 것 같지 않아. 물론 저 외국의 사상에 오염이 되어 있을 테니 넘어갈 수도 있고, 심지어는 그 아가씨와 헤어지게 만들 수도 있겠지. 하지만 그 애가 바이너 양을 사랑하는 걸 막을 수는 없을 거야. 어젯밤에 두 사람을 보니 알겠더라구. 그 애들을 보고 있자니까, '이거야말로 집에서 구운 빵처럼 달콤하고 견실한 원조 미국식 사랑이구나' 하는 생각이 들더구먼. 그런데 그걸 빼앗고 그 대신 어떤 빵을 주려고? 파리의 독 중 어떤 걸 선택할 생각이야? 최악의 경우를 예방할 수 있다 하더라도……. 그런데 나도 오언을 알아서 하는 말이지만 그러려면 곧바로 누군가 다른 아가씨와 결혼을 시켜야 할 텐데……. 대체 누구를 고르려고? 송사리 정도의 지능과 완숙 계란 정도의 매력을 가진 순진한 프랑스 처녀? 그런 아가씨랑 결혼을 시킬 수는 있겠지만, 첫애가 젖을 떼기도 전에 무슨 일이 생기는 건 불가피할걸?"

"오언을 왜 그렇게 형편없는 애로 보는지 모르겠군!"

"강제로 빼앗긴 연인에게 돌아가는 게 형편없는 짓이란 말야? 어찌 됐든 그게 프랑스인들이 다들 하는 짓 아냐? 물론 그 사람들은 옛 애인에게 돌아갈 정도로 점잖지 못하지. 그런데 내 생각에 오언은 꼭 그럴 것 같아!"

그러자 샹텔 부인이 한편으로는 놀라면서도 다른 한편으로는 의기양양한 표정으로 페인터 양을 바라보았다. "애들레이드, 그 말은 곧 바이너 양이 보통 아가씨가 아니라는 뜻으로 해석될 수 있지 않을까?"

"결혼하고 싶어 안달하는 젊은이들을 떼어놓으면 다른 방법으로 다시 만나게 된다는 말이 그런 뜻이라고? 루크레셔 메어리, 하느님 앞에서 그런 책임을 지려고 나서는 자네가 문제지. 하느님이 자네같이 형편없는 죄인을 통해 메시지만 보내시는 대신, 자네를 붙잡고 직접 말씀하신다면 자네가 그런 책임을 지려 할 리도 없겠지만!"

대로우는 신앙에 대해 이런 공격을 받은 샹텔 부인이 격렬하게 항의

할 줄 알았지만, 부인은 그저 "대로우 씨가 자네를 어떻게 볼지 걱정이네!" 했을 뿐이다.

"대로우 씨도 나만큼 성서를 잘 아실 거야." 페인터 양은 차분한 어조로 이렇게 대답한 뒤, 똑같은 어조와 표정으로 이렇게 말했다. "지젤 드 폼블리의 남편이 자기 부인이 아카숑 공작과 짜고 공작의 약혼녀인 호우머 판드 부인이라는 시카고 여자한테 인조 진주를 팔려 했다고 떠들어댔다는 얘기 자네도 들었지? 그 보석상 말로는 지젤이 판드 부인을 그 가게에 데리고 왔고, 이익의 25퍼센트를 받아 공작에게 넘긴 모양이래. 공작의 어머니는 판드 부인이 아들을 찰까 봐 노심초사인 모양이야! 그런데 지젤이 브랫포드 왝스탭의 손녀라는 걸 고려하면, 그 사람은 마운트 오번에 있는 편이 훨씬 나아!"

제22장

대로우는 그날 오후 늦게서야 애너와 단둘이 얘기할 수 있었다. 마침내 그녀 방에서 둘이 마주앉자 논리적으로는 설명할 수 없는 안도감이 밀려왔다. 그는 모든 사람의 운명이 페인터 양의 손에 달려 있고, 거기 저항할 수는 없으니 그냥 굴복하는 수밖에 없다는 생각이 들었다.

애너도 좀더 분명한 이유로 기분 좋은 눈치였다. 점심 식사 후 시어머니, 페인터 양과 얘기를 나누었는데, 이번에도 페인터 양의 완승으로 끝난 것 같다는 얘기였다.

"그분이 그런 일을 이뤄내시는 건 굳건한 확신 때문인 것 같아요. 그분은 프랑스인을 무척 싫어하시기 때문에 바이너 양을 거의 몰랐어도, 아니면 그 아가씨에 대해 나쁜 얘길 들었어도, 오언을 밀어주셨을 거예요. 그분은 두 사람의 결혼을 유럽의 도덕적 타락에 대한 저항으로 보시는 것 같아요. 제가 오언에게 이 점을 잘 이용하라고 했는데, 정말 그렇게 한 것 같아요."

"당신도 대단한 전략가로구먼! 당신을 보고 있으면 난 외교의 외자도 모르는 것 같아." 대로우는 위태로운 안도감에 휩싸인 채 빙긋 웃었다.

그러자 애너도 웃으며 대답했다. "저는 제 자신의 행복이 걸려 있는 경우에만 외교적 수완을 발휘할 것 같은데!"

"그래서 내가 외교관 생활을 접겠다고 하는 거 아냐." 대로우는 아주 흡족한 마음으로 이렇게 대답했다.

저항도, 우려도 아무 소용없다는 생각이 그를 취하게 했다. 그는 두 사람의 결혼을 막아보려고 백방으로 노력했지만, 이제 옆으로 물러나 사태를 관망하는 수밖에 없었다. 이런 체념 밑에는 소피 바이너에게 해가 될 일은 일체 하지 않았다는 깊은 안도감이 깔려 있었다. 그 생각을 하자 마음이 정말 홀가분했다.

어쨌든 대로우는 다시 한번 애너와 함께 있는 즐거움을 만끽했다. 두 사람은 사흘 만에야 겨우 단둘이 있게 되었고, 그런 상황의 연인들이 흔히 그렇듯이 대로우도 자신이 애너의 매력을 잊고 있었거나 적어도 과소평가 했다는 생각을 했다. 다시 한번 그녀의 눈과 미소가 그의 세계를 묶는 것 같았고, 바다를 떠가는 배 앞의 석양처럼 그 빛이 늘 그와 함께할 것 같았다.

* * *

그 다음 날 일어난 결정적인 사건 덕분에 대로우는 한결 마음을 놓았다. 샹텔 부인이 페인터 양의 엄청난 고집에 굴복해 바이너 양을 자줏빛 비단으로 치장된 자신의 방으로 '소환했다'는 소식이 전해졌던 것이다.

점심 먹으러 내려온 오언의 빛나는 얼굴을 보니 그 소문이 사실인 듯했고, 온 가족이 식사 후 참나무 방으로 커피를 마시러 가자 대로우는 자리를 비켜주기 위해 시가를 물고 테라스로 나갔다. 오언의 일이 해결되었으니 이제 자신의 결혼 문제를 일단락 지을 차례였다. 애너는 샹텔 부인과 오언이 화해하는 대로 결혼 날짜며 기타 자잘한 문제를 모두 결정하겠다고 약속했고, 대로우는 가능한 한 빨리 결혼하고 싶었기에 모든 게 어서 정해졌으면 하는 심정이었다. 애너가 또 다른 핑계를 대며 결혼을 미룰 가능성은 없어 보였다. 그는 그녀가 오랜만에 한데 모인 가족들과 어느 정도 얘기를 나눈 뒤에 나와서 자신을 안심시켜줄 거라는 생각에 흡족한 마음으로 햇빛 속을 이리저리 거닐었다.

하지만 한참 만에 나타난 애너는 오언과 바이너 양 얘기부터 꺼냈다.

"오언을 도와주셔서 정말 고마워요." 애너가 그지없이 행복한 미소를 지으며 말했다.

"누구…… 나?" 대로우가 껄껄 웃었다. "혹시 날 페인터 양과 혼동하는 거 아냐?"

"저를 도와줬다고 하는 편이 낫겠네요." 애너가 다시 말했다. "페인터 양보다 당신이 우리를 훨씬 더 많이 도와주셨어요."

"세상에! 내가 뭘 했길래?"

"어머님한테 당신이 가엾은 바이너 양을 별로 안 좋아한다는 걸 숨겨주셨잖아요."

대로우는 자신의 얼굴이 파랗게 질리는 걸 느낄 수 있었다. "내가 바이너 양을 안 좋아한다고? 왜 그런 생각을 했어?"

"그냥 그런 느낌이 들었어요. 하지만 이제 아무려면 어때요? 그 아가씨를 처음에 너무나 다른 곳에서 보셨기 때문에 좀 의심하신 것도 당연하죠. 하지만 좀더 두고 보면 저만큼 좋아하시게 될 거예요."

"뭐에 대해서든 당신과 다르게 생각하기는 어려울 것 같아."

"흠, 그렇다면…… 우선 제 며느리의 경우부터 시작해볼까요?"

그러자 대로우는 그녀처럼 장난기 어린 어조로 대답했다. "좋아. 하지만 그러려면 당신이 우리 결혼에 대해 나와 같은 생각을 해줘야 해."

"그 문제도 상의하고 싶었어요. 지금 저는 얼마나 홀가분한지 몰라요! 소피가 여기 계속 있을 거라고 생각하니까 에피를 남겨놓고 가는 게 전혀 다르게 느껴지거든요. 그동안 훨씬 더 유식한 가정교사들을 많이 겪어봤지만— 대가를 톡톡히 치르면서 말이죠! — 소피만큼 명랑하고, 친절하고, 인간적인 아가씨는 처음이에요. 당신은 두 사람이 같이 있는 걸 별로 못 보셨겠지만, 바이너 양 앞에서는 에피가 정말 밝아지는데, 제가 바라는 게 바로 그거예요. 구속이 필요한 부분은 어머님이 하실 거고요." 애너는 그러면서 대로우의 두 팔을 감쌌다. "그래요, 이제 당신과 떠날 수 있어요. 하지만, 그보다 먼저, 지금 바로 저랑 같이 에피를 만나러 가주세요. 그 애는 물론 지금껏 무슨 일이 있었는지 전혀 모르고 있는데, 제가 제일 먼저 당신 얘기를 해주고 싶어요."

집 안을 뒤져본 결과 에피는 교실에 있다는 전갈이 왔고, 대로우는 애너를 따라 그곳으로 갔다. 그는 그녀가 그렇게 행복해 하는 걸 본 적이 없었고, 그래서 자기도 덩달아 마음이 가벼워졌다. 날이 밝으면서 한밤중의 악몽이 끝난 것 같아 대로우는 속으로, '이제 끝났어……. 이제 끝났어' 하는 말을 몇 번이고 되풀이했다.

교실 문 앞에 이르자 개 짖는 소리와 함께 에피가 웃으면서 테리어에게 밥 먹으라고 재촉하는 소리가 들렸다.

"테리어에게 밥을 주고 있는 거예요." 애너가 대로우의 손을 잡은 채 속삭였다.

"금붕어 밥도 줘야지!" 다른 목소리가 이렇게 말했다.

대로우는 문 앞에서 걸음을 멈추었다. "아, 지금은 안 되겠어!"

"지금은 안 된다니요?"

"내 말은…… 당신이 먼저 얘기하는 게 좋겠어. 난 아래층에서 기다리고 있을게."

대로우는 애너가 자기 얼굴을 유심히 뜯어보는 걸 느낄 수 있었다. "정 그렇다면, 금방 데리고 내려갈게요."

애너가 문을 열었고, 안으로 들어가면서, "아냐, 소피, 그대로 있어! 두 사람 모두에게 할 얘기가 있거든" 하는 소리가 들렸다.

그 이후로는 줄곧 공허하고 혼란스러운 장면들이 이어졌다. 대로우는 지브레에 와서 실제로 에피 리스를 만나기 전까지는 즐거운 마음으로 그 아이를 품에 안고 처음으로 딸의 입맞춤을 받는 장면을 상상했다. 그는 휴식과 안정, 편안하게 조직된 중년의 삶을 갈망했고, 젊은 시절 실컷 연애도 해보고 방황도 해본 남자가 느끼는 가정적인 감정 때문에, 자기 아이가 될 수도 있었을—아니, 자기 아이였어야 하는—이 아이가 더욱 귀엽게 느껴졌다. 에피는 그에게 애석하게 놓쳐버린 마법의 시간을 돌려주기 위해 첫사랑의 광휘를 끌고 오는 존재처럼 보였다. 하지만 그건 어디까지나 그 혼자만의 생각일 뿐이었다. 그는 에피가 그를 기쁘게 맞아주고, 새로 가족이 된 그를 조건 없이 받아들여주기를 바랐을 뿐이었다. 그녀의 환한 얼굴은, 엄마가 그렇게 행복해 하고, 오언과 할머니도 그렇다면, 이건 우리 가족 모두에게 정말 좋은 일일 거라고 말하는 듯했다. 그런데, 대로우가 입 맞추고 있던 그 발그레한 작은 손가락이 원 안의 작은 흠집, 에피가 그를 가족의 완전한 일원으로 의심 없이 받아들이기 위해 해결해야 할 문제점 하나를 지적했다.

"그런데, 선생님도 아주 기뻐하시겠죠?" 에피가 그의 목을 감고 있던 팔을 약간 풀더니 엄마를 돌아보며 이렇게 물었다.

"그럼, 선생님이 기뻐하시는 거 너도 봤지?" 애너가 빛나는 눈으로 이쪽으로 몸을 기울이며 소리쳤다.

"제가 직접 여쭤봐야겠어요." 에피가 수줍은 표정으로 잠깐 생각한 다음 이렇게 말했다. 대로우가 아이를 내려놓자 애너가 웃으며 말했다. "그래, 애야, 그러렴! 지금 바로 가서 우리가 선생님도 아주 기뻐하시길 바란다고 말씀드리렴."

이후에도 이만큼 강렬하진 않지만 비슷하게 견디기 힘든 장면들이 계속 이어졌다. 대로우는 바로 이런 때 온 식구의 주목을 받는 존재가 되어 있다는 게 정말 힘겹게 느껴졌다. '약혼'해 있다는 것은, 평소에 별로 타인의 관심을 끌지 못하는 이에게도 황당한 상태지만, 엄청난 흥미를 가진 몇 사람의 끊임없는 주목의 대상이 되는 이에게는 정말 견디기 힘든 일이다. 뿐만 아니라 대로우는 다른 커플 덕분에 자신의 약혼이 덜 부각되어야 할 텐데, 오히려 그들이 자기 덕을 보고 있다는 사실도 의식하고 있었다. 샹텔 부인은 오언의 약혼을 허락하고 그 상대를 정식으로 환영하기도 했지만, 대로우에 대한 예우를 통해 은근히 차별을 드러내고 있었다. 페인터 양 역시 오언의 일을 마무리 지은 후에는 대로우에게 관심을 집중하고 있었다. 그 결과 애너와 대로우는 감상적인 호기심의 초점이 되었다.

대로우는 이틀 후면 이곳을 떠날 수 있다는 게 정말 다행스럽게 느껴졌다. 런던을 떠나올 때 대사에게서 열흘 휴가를 얻었는데, 이제 그의 약혼이 결정되고 공표되었기 때문에 더 이상 쉰다는 말을 못 하고 임지에 부임할 때까지 런던에 돌아가 일해야 했다. 그래서 두 사람은 남미행 증기선을 타기 하루나 이틀 전에 파리에서 결혼식을 올리기로 했다. 그리고 애너는 그가 런던으로 돌아간 뒤 파리에 가서 결혼 준비를 하기로 했다.

그날 저녁, 이 두 쌍의 약혼을 기념해 애너와 바이너 양은 함께 만찬에 참석하기로 되어 있었다. 방을 나서던 대로우는 금발에 연분홍 리본을 매고 하얀 레이스 원피스를 입어 마치 데이지꽃처럼 귀여운 에피가 깡충거리며 계단을 내려가는 걸 보았다. 그 뒤를 소피 바이너 양이 따라오고 있었는데, 그녀가 환한 곳으로 나온 순간 대로우는 그녀가 왜 그렇게 갑자기 더 젊고, 발랄하고, 파리에서와 비슷해 보일까 은근히 궁금해졌다. 그러다가 자신이 지브레에 온 이후 그녀가 만찬에 참석한 건 이번이 처음이고, 그래서 이브닝드레스 차림의 그녀를 본 게 오늘이 처음이기 때문이라는 걸 깨달았다. 그녀는 아직 조금만 치장해도 꽃다워 보이는 나이였고, 그래서 싱싱한 목을 약간만 내놓아도 전의 아름다움을 회복할 수 있었던 것이다. 그런데 다시 보니 더 정확한 이유를 알 수 있었다. 대로우는 파리에서의 일들을 자세히 기억하지는 못했지만, 오늘 그 옷은 바로 그녀가 파리에서 매일 저녁 입은 드레스임이 분명했다. 팔과 어깨 부분이 환히 비치는 검은색의 단순한 드레스였는데, 그녀가 전에 그 옷밖에 없다고 털어놓지 않았으면 까맣게 잊어버렸을 바로 그 옷이었다. 대로우는 처음에는, '같은 옷을 입은 걸 보면 자기도 그 일을 잊어버렸나 보군!' 싶어 약간 씁쓸했지만, 다음 순간 그녀가 그 옷을 입은 것은 전과 같은 이유, 즉 그것 밖에는 다른 옷이 없기 때문이라는 걸 깨닫자 양심의 가책이 느껴졌다.

그는 말없이 그녀를 건너다보았고, 그녀 역시 촐랑대는 에피의 머리 위로 한순간 빛나는 눈길을 보내주었다.

"아, 오빠다!" 에피는 이렇게 외치며 오언이 나오고 있는 방문 앞으로 달려갔다. 오언이 동생을 안으려고 몸을 굽힌 순간 소피 바이너가 갑자기 대로우 쪽으로 돌아섰다. "선생님도?" 그녀가 킥 웃으며 말했다. "전 몰랐어요……." 오언이 이쪽으로 오는 사이 그녀는 그에게도 거의 들릴 만한 소리로, "선생님께도 행운을 빕니다!"라고 말했다.

에피가 바이너 양의 도움을 받아가며 화려하게 꾸민 만찬 테이블에 모인 가족들은 일부러 즐거운 척하는 분위기였다. 꽃과 샴페인이 있고, 다들 편안한 척했지만 대화가 자주 끊겼고, 새로운 화제가 없어 잠깐씩 허둥대기도 했다. 페인터 양만이 이런 당혹스러운 분위기에 휩쓸리지 않았고, 마치 잠수구 안에 든 잠수부처럼 주변 분위기를 전혀 의식하지 못하고 있었다. 대로우의 긴장된 눈에는 오언의 떠들썩한 농담도 어딘지 모르게 불안을 감추기 위한 몸짓으로 보였다. 하지만 저녁 식사 후 피아노 앞에 앉은 오언은 정말 신바람이 났는지 경쾌한 음악으로 방 안을 가득 채웠다.

대로우는 거대한 페인터 양 뒤에 놓인 소파에 앉아 시가를 문 채 음악을 들으며 이 사람 저 사람을 바라보았다. 벽난로 옆 안락의자에 앉은 샹텔 부인은 니오베 같은 자세로 어린 손녀를 끌어안고 있었고, 애너는 그녀의 가장 깊은 본질을 보여주는 듯한 발랄하면서도 진지한 표정을 하고 있었다. 방 안을 이리저리 거닐던 바이너 양은 리스 부인 뒤, 피아노 옆에 놓인 의자에 앉아 얼굴을 뒤로 젖힌 채 프랑세 극장에서 연극을 볼 때처럼 열중한 표정으로 오언을 지켜보고 있었다. 같은 옷에 같은 자세를 취하고 있는 바이너 양을 보자 대로우는 자신이 두 사건을 동시에 경험하는 듯한 기묘한 느낌에 빠졌다. 그는 이런 느낌을 떨쳐버리기 위해 애너 쪽으로 시선을 돌렸다. 하지만 그가 앉은 위치에서는 두 사람의 얼굴을 동시에 볼 수밖에 없었고, 그래서 또다시 조금 전과 같은 묘한 느낌에 빠져들고 말았다. 그런데 오언이 갑자기 요란한 불협화음을 치더니 벌떡 일어섰다.

"저렇게 아름다운 달이 있는데 제가 피아노를 치면 뭐 해요?"

커튼을 걷은 유리창 뒤에 낮게 뜬 금빛 보름달이 거울에 비친 잘 익은 과일처럼 둥실 떠 있었다.

"맞아. 밖에 나가서 듣죠." 애너가 대답했다. 오언이 유리창을 열자 별이 총총한 하늘 한 자락이 커튼처럼 방 안으로 불려든 듯했다. 그리고 이때 밀려든 공기는 알싸한 기운을 담고 있었다. 애너는 에피에게 현관에 가서 덮개들을 가져오라고 했다.

이때 대로우가 "당신 것도 가져오지" 하며 문 쪽으로 갔다. 그러자 소피 바이너가 에피 뒤를 따라가며, "모두에게 돌아갈 만큼 가져올게요" 했다.

오언도 그 뒤를 따랐고, 잠시 후 세 사람이 덮개를 가져오자 모두들 테라스로 나갔다. 안개 사이로 깊고 푸른 밤하늘이 보였다. 달빛이 나무의 가장자리를 은빛으로 뿌옇게 물들이고, 정원에 늘어선 조각상들은 검은 그늘을 배경으로 더욱 하얗게 빛나고 있었다.

애너와 대로우는 에피의 손을 잡고 테라스의 한쪽 구석으로 걸어갔다. 저 아래, 두 정원 사이로는 강 상류 쪽 들판까지 펼쳐진 잔디밭이 희미하게 보였다. 세 사람은 하늘의 생생한 아름다움 아래 깃든 평화에 휩싸인 채 한동안 말없이 서 있었다. 그런데 세 사람이 돌아선 순간, 대로우는 계단을 따라 정원으로 내려갔던 오언과 소피 바이너가 집 쪽으로 걸어오는 걸 보았다. 그리고 소피가 잠깐 주목(朱木)의 선명한 그림자 사이, 달빛 속에 멈춰 섰을 때, 대로우는 연한 색의 긴 망토를 입은 그녀를 보면서, 파리에서 처음 저녁 먹으러 나갔던 날의 모습을 떠올렸다. 잠시 후, 테라스에 모였던 가족들이 모두 응접실로 돌아갔을 때, 페인터 양과 샹텔 부인은 이제 그만 자야겠다며 이층으로 올라갔다.

평소보다 늦게까지 어른들과 지내도록 허락받은 에피는 올라가기 전에 벌금 놀이 같은 뭔가 신나는 게임을 하자고 오빠를 졸라댔지만, 소피가 가정교사로서의 모습을 되찾아, 이제 그만 자러 가자고 말했다. 그러고는 에피와 함께 들어가기 전에 모두에게 잘 자라는 인사를 건넸다. 그런데 애너는 그녀가 내민 손을 무시하고 두 팔을 내밀었다.

"잘 자요." 애너가 열띤 어조로 이렇게 말하며 바이너 양을 끌어당겨 입 맞추었다.

제 4 권

제23장

다음 날은 대로우가 지브레에서 지내는 마지막 날이었는데, 오후와 저녁 시간은 온 가족과 같이 해야 할 것 같아 애너에게 오전에 만나 앞으로의 계획을 점검해보자고 부탁해두었다. 두 사람은 열 시에 갈색 방에서 만난 뒤 강 쪽으로 걸어가, 정원 벽에 붙여 지은 작은 정자에서 앞으로의 일을 상의할 계획이었다.

대로우가 지브레에 온 지 딱 일주일이 된 오늘, 애너는 그가 처음 도착한 날 오후에 같이 갔던 장소에 다시 가보고 싶었던 것이다. 사물들의 매력, 어떤 감정을 일으키는 것들의 색채와 촉감에 예민한 애너는 자신이 처음으로 행복을 느꼈던 곳에서 그의 음성을 듣고 그의 눈길을 받고 싶었다.

그 행복은 그동안 그녀의 존재 구석구석에 스며들었고, 처음 며칠 동안 수줍은 애정에서 내밀한 포용으로 변모하는 동안 점차 넓고 깊어져 이제 더욱더 아름답게 흐르고 있었다. 지금 애너는 자신이 대로우를 어떻게, 그리고 왜 사랑하는지 알고 있다고 생각했고, 자신의 하늘 전체가 그 사랑의 깊고 잔잔한 물결에 비쳐 있다고 느꼈다.

다음 날 이른 아침, 애너는 자기 방에서 딸이 가져온 편지들을 훑어보고 있었다. 그 사이 에피는 늘 뭔가 흥미로운 게 있는 이 방을 이리저리 둘러보고 있었다. 그러다가 그 전날 애너가 책상 위에 올려놓은 대로우의 사진 앞에 딱 멈춰 섰다.

애너는 약간 볼을 붉히며 두 팔을 내밀었다. "에피, 그 아저씨 좋지?"

"네, 엄마. 정말 좋아요." 엄마 품에 안긴 에피는 몸을 뒤로 젖히며 맑은 눈동자를 들어 이렇게 대답했다. "할머니랑 오언도 그렇고……. 선생님도 그러신 것 같아요." 에피가 한순간 진지하게 생각한 뒤 이렇게 덧붙였다.

"그러면 좋겠어." 애너가 웃으며 대답했다. 그녀는 '선생님이 그렇게 말씀하셨어?'라고 묻고 싶은 충동을 억눌렀다. 그녀는 왜 그런 질문이 떠올랐는지 궁금했으나, 그 말을 입 밖에 내지 않은 게 다행스럽게 느껴졌다. 딸의 호기심을 이용해 그런 모호한 부분을 밝혀내는 건 질색이었다. 그리고 이제 오언의 결혼이 확정되었으니 대로우가 바이너 양의 어떤 면을 싫어한다 해도 어쩔 수 없는 일이었다.

이때 누군가가 문을 두드렸고, 애너는 얼른 시계를 쳐다보았다.

"유모가 왔네."

"선생님 노크 소리예요." 에피가 문을 열려고 펄쩍 뛰어내리며 말했고, 문을 열자 정말 바이너 양이 서 있었다.

"들어와요." 애너가 웃는 얼굴로 말했다. 그런데 바이너 양의 얼굴이 아주 핼쑥했다.

"에피를 잠시 유모에게 맡기면 안 될까요?" 바이너 양이 물었다. "드릴 말씀이 있어요."

"물론이죠. 어제는 에피가 놀았으니 오늘은 선생님이 쉬실 차례예요.

나가봐, 에피." 애너가 허리를 굽혀 딸에게 입 맞추며 말했다.

문이 닫히자 애너는 얘기해보라는 표정으로 소피 바이너를 바라보았다. "와줘서 정말 고마워요. 우리 둘이 얘기해야 할 게 아주 많거든요."

지난 며칠은 이런저런 일로 너무 번잡해서 오언의 결혼 문제와 샹텔 부인의 반대를 극복하기 위한 방안 이외에는 바이너 양과 다른 얘기를 할 기회가 거의 없었다. 애너는 오언에게 모든 문제가 해결되기 전까지는 소피 바이너 양을 비롯한 그 누구에게도 자신의 계획을 발설하지 말도록 부탁했었다. 그녀는 처음부터 자신의 확실한 행복이 젊은 두 사람의 의심이나 두려움에 영향을 주는 걸 막고 싶었던 것이다.

그녀는 소파에 앉으며 대로우의 의자를 가리켰다. "이리 와서 내 옆에 앉아요. 선생님과 단둘이 얘기하고 싶었어요. 할 말이 너무 많아서 무슨 얘기부터 해야 할지 모르겠어요."

애너는 두 손으로 소파의 팔걸이를 잡은 채 웃는 눈으로 소피를 마주보며 몸을 앞으로 숙였다. 그런데 바이너 양이 오늘 유난히 파리해 보이는 것은 얼굴에 엷게 바른 분 때문인 것 같기도 했다. 그걸 알고 나니 기분이 정말 안 좋아졌다. 애너는 지금껏 바이너 양이 화장한 걸 본 적이 없었고, 자신은 고리타분한 편견을 갖고 있지 않다고 생각했지만, 딸의 가정교사가 얼굴에 분을 바르는 건 원치 않는다는 걸 깨달았던 것이다. 그런데 다음 순간, 자기 앞에 앉아 있는 이 아가씨는 이제 딸의 가정교사가 아니라 자신의 며느리가 될 사람이라는 사실을 깨달았고, 그러자 바이너 양이 이런 특이한 방식으로 자신의 해방을 자축하고 있고, 이제 오언 리스의 부인으로서 화려하게 단장한 얼굴로 세상을 마주하고 싶은 건지도 모른다는 생각이 들었다. 하지만 이 역시 상당히 불쾌하게 느껴져서 애너는 잠시 말없이 바이너 양을 건너다보았다. 그러다가 다음 순간, 바이너 양은 울어서 붉어진 얼굴을 감추기 위해 분을 발랐다는 사실을 깨달았다.

애너는 몸을 앞으로 더 숙이며 물었다. "세상에, 대체 무슨 일이에요?" 애너는 바이너 양의 핼쑥한 얼굴이 달아오르는 걸 보며 얼른 말을 이었다. "아무 걱정 말고 얘기해봐요. 난 선생님이 나를 오언만큼 믿어주면 좋겠어요. 그리고 어머님이 가끔 무심하게 구셔도 신경 쓰지 말아요."

애너는 거의 호소하는 듯한 어조로 진지하게 말했다. 사실 그녀는 오언에 대한 사랑, 에피에 대한 우려, 그리고 바이너 양 자신의 훌륭함 등, 여러 가지 이유로 바이너 양의 마음을 사고 싶었다. 애너는 가난이나 의지력 때문에 자신이 한번도 시도해본 적 없는 투쟁에 뛰어든 여성들에 대해 낭만적이면서도 거의 경의에 찬 감정을 느꼈다. 심지어 어떤 때는 그런 상황에 처해 보지 못한 자신을 은근히 탓하며 자신에게는 와주지 않은 위험과 고난을 한번쯤 상대해봐야 한다는 생각도 했다. 이 순간, 너무도 작고, 마르고, 얼핏 봐도 약하고 불행한 바이너 양을 보면서 애너는 또다시 자신이 겉으로는 부유하고 노숙하지만 실은 아는 것도, 체험해본 것도 별로 없다는 생각이 들었다. 바이너 양의 자태나 표정 때문에 그런 느낌을 받은 건 아니었지만, 그녀를 보고 있자니 처녀 적 친구들, 자기는 모르는 어떤 비밀을 알고 있는 듯했던 아가씨들이 생각났다. 그랬다, 소피 바이너도 그들과 같은 표정을 하고 있었다. 어딘지 모르게 위험해 보이던 키티 메인의 표정과 비슷한……. 애너는 마음속으로 빙긋 웃으며 그동안 잊고 있던 옛 경쟁자의 모습을 지워버렸다. 하지만 마음속 깊은 곳에서 그때의 아픔이 되살아났고, 오언의 약혼녀가 잠깐이라도 그토록 판이하게 다른 여자의 모습을 떠오르게 했다는 게 유감스럽게 느껴졌다…….

애너는 바이너 양의 손을 잡았다. "오언이 얼마나 행복한지 보시면 어머님도 기뻐하실 거예요. 그것 때문이라면 고민할 필요 없어요. 오언과…… 미래를 믿어요."

소피 바이너는 알아차리기 힘들 정도로 약했지만 그 가냘픈 몸 전체로 이 말에 저항하며 애너에게서 두 손을 뺐다.

"그것 때문에 뵈러 온 거예요……. 미래."

"물론이지! 우리 둘 다 계획이 아주 많으니 서로 잘 맞춰봐야지. 우선 선생님 계획부터 들어보죠."

바이너 양은 두 손으로 의자의 팔걸이를 잡고 애너의 눈길을 피해 눈을 내리깐 채 잠시 망설이더니, 이렇게 말했다. "저는 아무런 계획도 세우고 싶지 않아요……. 아직은……."

"아무런 계획도 세우고 싶지 않다니?"

"네……. 그냥 떠나고 싶어요……. 팔로우 씨 부부가 와 있어도 좋다고 했거든요……." 그녀는 점점 더 또렷해지는 목소리로 이렇게 말하더니 마침내 고개를 들며 덧붙였다. "괜찮으시다면 오늘 떠났으면 해요."

애너는 놀라지 않을 수 없었다.

"지브레를 오늘 떠난다고요?" 애너는 잠깐 생각에 잠겼다. "결혼식 때까지 친지 댁에 가 있고 싶다는 거죠? 이해는 가지만 오늘 당장 떠날 필요는 없지 않아요? 의논할 게 아주 많은데. 선생님도 알다시피 저 역시 곧 떠나잖아요."

"네, 알아요." 바이너 양은 애써 차분한 어조로 대답했다. "하지만 며칠 기다리면서 혼자 생각 좀 해보고 싶어서요."

바이너 양이 그렇게 갑자기 지브레를 떠나고 싶은 이유를 밝히고 싶어 하지 않는 건 분명했지만, 흥분한 얼굴과 떨리는 목소리로 볼 때 결혼식 전에 옛 친구 집에서 며칠 쉬고 싶다는 자연스러운 바람보다는 훨씬 더 급박한 어떤 동기가 있는 것 같았다. 그런데 샹텔 부인 얘기에 아무런 반응이 없었던 걸 보면 오언과 잠깐 다투었을 것 같기도 했다. 그렇다면 함부로 끼어들어 일을 악화시킬 수도 있었다.

"정말 오늘 떠나야 한다면 물론 말리지 않을게요. 오언한테는 이미 얘기했겠죠?"

"아뇨, 아직……."

애너는 깜짝 놀란 얼굴로 그녀를 바라보았다. "아직 얘기하지 않았단 말이에요?"

"여기 와서 먼저 말씀드리고 싶었어요. 에피 때문에 그래야 할 것 같아서요."

"오, 에피!" 애너의 미소가 조금 전의 우려를 씻어냈다. "오언은 선생님께 동생보다 자기를 먼저 고려해 달라고 요구할 권리가 있어요……. 물론 선생님이 원하는 대로 하셔야 하지만." 애너가 잠시 생각한 뒤 이렇게 덧붙였다.

"아, 고맙습니다." 소피가 이렇게 중얼거리며 자리에서 일어섰다.

애너도 바이너 양의 마음을 열 한마디를 생각해내려고 애쓰며 따라 일어났다. "그럼 지금 바로 오언한테 얘기할 거죠?" 마침내 애너가 이렇게 물었다.

바이너 양은 어쩌면 좋을지 망설이는 표정으로 애너 앞에 말없이 서 있었다. 바로 이때 가벼운 노크 소리가 들리더니 오언 리스가 들어왔다.

애너는 오언의 표정이 밝은지 얼른 확인해보았는데, 그는 정말 행복한 미소로 그녀의 인사에 답하더니 돌아서서 바이너 양의 손에 입 맞추었다. 바이너 양이 흥분한 이유를 오언은 전혀 모르고 있다는 사실을 깨닫자 애너는 내심 경악을 금치 못했다.

"대로우 씨가 찾고 계세요." 오언이 말했다. "같이 산책 가기로 한 거

잊지 말라고 전해 달라시던데."

그녀는 시계를 쳐다보았다. "금방 갈게." 애너는 그 자리에 선 채 또다시 바이너 양을 건너다보았지만, 그녀는 그저 착잡한 눈길로 뭔가를 호소하고 있을 뿐이었다. "오언한테 빨리 얘기하는 게 좋을 것 같은데요."

오언도 바이너 양을 바라보았다. "나한테? 왜, 무슨 일이 있었나요?"

애너는 이 긴장된 순간을 벗어나기 위해 억지로 웃었다. "그렇게 놀라지 마! 소피가 팔로우 씨 댁에 가서 며칠 묵고 온대."

오언의 얼굴이 밝아졌다. "곧 도망칠 줄 알았어요." 그가 애너를 건너다보았다. "엄마가 가능한 한 오래 여기 묶어두세요!"

이때 바이너 양이 끼어들었다. "리스 부인은 이미 가라고 하셨어."

"벌써? 언제 가는데?"

"오늘." 소피가 애너를 보며 낮은 목소리로 대답했다.

"오늘? 대체 왜 오늘 가야 해?" 오언이 당황한 표정으로 붉으락푸르락해져 한두 발짝 물러났다. 그는 바이너 양을 유심히 뜯어보고 있었다. "무슨 일이 있었군." 오언은 애너를 보며 물었다. "무슨 일이 있었는지 엄마는 들으셨겠죠?"

애너는 갑작스럽고 격렬한 그의 호소에 깜짝 놀랐다. 겉으로는 안정되어 보였지만 마음속으로는 뭔가를 단단히 걱정하고 있었던 눈치였던 것이다.

"친구 집에 가고 싶다는 말만 했어. 이해할 만한 일이지."

오언은 애써 흥분을 가라앉히고 있었다. "물론이죠……. 이해할 수 있어요." 그러더니 소피에게 물었다. "그런데 왜 나한테는 말 안 했어? 왜 엄마한테 먼저 얘기한 거지?"

그러자 애너가 차분한 미소를 지으며 대답했다. "그것도 이해할 만해.

에피 때문에 내게 먼저 얘기한 거래."

오언은 잠시 생각에 잠겼다. "그래, 좋아. 그것도 엄마 말씀대로 이해할 만하다고 치지. 그리고 물론 뭐든지 하고 싶은 대로 해야죠." 그는 여전히 바이너 양을 바라보고 있었다. 그러더니 갑자기 말했다. "내일 파리로 만나러 갈게."

"아, 안 돼……. 안 돼!" 바이너 양이 소리쳤다.

그러자 오언이 애너에게 말했다. "이래도 아무 일도 없었다고요?"

오언이 그렇게 흥분한 걸 보며 애너도 왠지 마음이 불안해졌다. 자신이 마치 어두운 방 안에서 안 보이는 사람들에게 쫓기고 있는 존재처럼 느껴졌다.

"선생님이 너한테 얘기하고 싶은 게 있으면 말해주시겠지. 난 그만 내려갈 테니까 둘이 얘기 나눠."

그런데 바이너 양이 애너를 쫓아 나왔다. "저는 얘기할 게 없어요. 그런 게 있을 리 없잖아요? 그냥 조용히 있고 싶다고 말씀드렸잖아요." 그녀의 눈길이 애너를 붙잡는 듯했다.

이때 오언이 끼어들었다. "그래서 나더러 내일 오면 안 된다는 거야?"

"내일은 안 돼!"

"그럼 언제 갈 수 있지?"

"나중에……. 좀 지난 후에……. 며칠 후……."

"며칠 후?"

"오언!" 애너가 말했다. 하지만 그는 애너의 존재를 벌써 잊은 듯 끈질기게 물었다. "우리의 약혼이 발표된 오늘 굳이 떠나겠다면 언제 만날 수 있는지 얘기를 해주는 게 맞지 않아?"

소피는 두 사람을 번갈아 보더니 지친 듯 눈길을 떨어뜨렸다. "조용히 있고 싶다는데 내일 오겠다면 어떡해?"

"내가 가는 게 왜 부담스러운데? 내일이 아니면 언제 가야 할지 말해주고 떠나라는 거지."

"오언, 난 네가 이해가 안 돼!" 애너가 말했다.

"이렇게, 아무 말도, 예고도 없이 떠난다는데, 왜 그러는지, 꼭 올 건지 묻는 게 이해가 안 간다고요? 저는 그저 언제 절 만나줄지 묻고 있을 뿐이잖아요."

애너는 두 사람 사이에 꼿꼿이 선 채 떨고 있는 소피 바이너를 향해 돌아섰다.

"그것도 이해할 만하지."

"편지 쓸게……. 편지할게." 바이너 양이 말했다.

"무슨 말을 쓸 건데?" 오언이 격렬한 어조로 물었다.

"오언, 너 정말 왜 그러니?" 애너가 소리쳤다.

그러자 오언이 애너 쪽으로 돌아섰다. "저는 그저 무슨 뜻인지 묻고 있을 뿐이에요. 약혼을 깨겠다는 말을 쓰려는 속셈이라고요. 그러려고 가겠다는 거 아냐?"

그러자 오언처럼 불안해진 애너는 입술을 앙다물고 얼굴 전체가 저항의 표정으로 굳어진 채 가만히 서 있는 소피를 바라보았다.

"어서 대답해봐요……. 오언에게 말해야 해요."

"기다려 달라는 것뿐인데……."

"그래, 하지만 얼마나 기다려야 할지 말을 안 하고 있잖아요!" 오언이 소리쳤다.

두 사람은 본능적으로 애너에게 얘기를 하고 있었고, 그들 못지않게 당황한 그녀는 이들의 줄다리기를 지켜보며 엄청난 충격에 빠졌다. 그녀는 바이너 양의 불가해한 눈과 오언의 흥분한 표정을 번갈아 본 다음 이렇게 말했다. "두 사람 사이에 분명히 내가 모르는 뭔가가 있는데 내가 뭘 할 수 있겠니?"

"아, 그게 우리 둘 사이의 일이면 얼마나 좋겠어요! 우리, 아니 소피 밖에 있는 뭔가가 저에게서 그녀를 빼앗아가는 게 안 보이세요?" 오언이 다시 애너 쪽으로 돌아섰다.

애너가 오언에게서 바이너 양 쪽으로 돌아섰다. "정말 약혼을 깨고 싶은 거예요? 그렇다면 빨리 오언한테 얘기해야죠."

그러자 오언이 껄껄 웃었다. "내가 그 이유를 말할까 봐 감히 그렇게 못 할걸요!"

소피가 무슨 말인가 하려 했지만 다시 입을 다물었다.

"너랑 결혼할 생각이 없다면 그 이유를 말 못 할 것도 없잖니?"

"소피는 제가 아니라—엄마가 아실까 봐 두려운 거예요!"

"내가 알까 봐?"

오언이 다시 웃음을 터뜨렸고, 애너는 그런 그를 보며 갑자기 화가 치밀었다.

"오언, 그게 무슨 소린지 설명해봐!"

그러자 그가 한순간 애너를 빤히 바라보더니 이렇게 대답했다. "대로우 씨한테 물어보세요!"

"오언…… 오언!" 소피 바이너가 중얼거렸다.

제24장

애너는 두 사람을 번갈아 보며 서 있었다. 바이너 양은 오언의 대답에 놀라긴 했지만 어느 정도 예상했던 눈치였고, 애너는 그걸 보자 어두운 두려움의 벌판에 한 줄기 빛이 비치는 느낌이 들었다.

애너는 그걸 오언이 대로우가 이 결혼에 반대한 이유를 알아냈거나, 최소한 소피 바이너가 그 이유를 알고 있고 그게 탄로날까 봐 걱정하고 있다는 뜻으로 해석했다. 자신이 우려해온 일이 사실로 드러나자 애너는 초조한 나머지 몸이 부르르 떨렸다. 한순간 그녀는, '이건 다 나랑 상관없는 일이야. 그러니 이제 날 개입시키려 하지 마……'라고 소리치고 싶은 충동을 느꼈다. 하지만 마음속의 두려움 때문에 차마 그 말을 입 밖에 낼 수 없었다.

소피 바이너가 먼저 입을 열었다.

"그럼 저는 이만 가볼게요." 바이너 양은 문 쪽으로 몇 발짝 걸으며 이렇게 중얼거렸다.

그녀의 어조 때문에 애너는 자신이 이 일에서 어떤 처지인지 기억했다. "이 얘길 계속해봤자 아무 소용없다는 거 나도 알고 있어요. 하지만 대로우 씨의 이름이 거론되었으니 하는 말인데, 그분이 이 결혼에 반대한다고 생각했다면 그건 오해예요. 오언이 그런 뜻으로 방금 전 그 말을 했다면 그건 잘못 생각한 거예요."

애너는 이 말을 하는 자기 목소리가 가슴속의 속삭임을 가라앉혀주길 바라듯 일부러 신중하고 예리한 어조로 이렇게 말했다.

소피는 뭔가 중얼거리며 문 쪽으로 몇 발짝 걸었지만 문을 나서기 전에 오언이 그 앞을 가로막았다.

"저는 그런 뜻으로 말한 게 아니에요." 오언이 여전히 바이너 양을 지켜보며 애너에게 이렇게 말했다. "대로우 씨가 우리 결혼을 반대한다는 뜻이 아니라, 그분이 여기 온 후 소피의 태도가 변했다는 뜻이었어요!"

그는 애써 차분한 어조로 이렇게 말했지만 입술이 하얗게 질려 있었고, 손이 떨리는 걸 감추기 위해 문 손잡이를 꽉 움켜쥐고 있었다.

애너는 두려움과 함께 화가 치밀어 올랐다. "오언, 말도 안 되는 소리 하지 마! 왜 내가 네 얘길 듣고 있는지 모르겠다. 소피가 왜 대로우 씨를 싫어하겠니? 그리고 설사 그렇다 하더라도, 그것 때문에 약혼을 깰 필요는 없지 않겠니?"

"그분을 싫어한다는 뜻이 아니에요! 그분을 좋아한다는 뜻도 아니지만, 저는 두 사람이 단둘이 있을 때 무슨 말을 주고받는지 모르겠어요."

"단둘이 있을 때?" 애너의 눈이 휘둥그레졌다. 오언은 미친 사람 같았고, 그런 극단적인 행동은 세 사람 모두에게 정말 충격적인 일이었다. 그는 애너의 표정을 보지 않고 말을 이어갔다.

"그래요……. 우쉬에서 돌아온 날은 서재에서, 그 다음 날은 아침 일찍 정원에서, 그리고 엄마가 의사와 오두막에 가셨을 때는 우물집에서……. 둘이 무슨 말을 하는지는 몰라도 틈만 나면 그랬고, 남들이 안 본다고 생각할 때마다 얘기를 나누더라고요."

애너는 오언의 입을 막고 싶었지만, 아무 말도 할 수 없었다. 그동안 느껴온 혼란스러운 두려움들이 갑자기 확실한 형태를 취하고 나타난 것 같았다. '뭔가' 있었다……. 그래, '뭔가'가 있었다……. 대로우의 침묵과 회피는 애너 자신의 두려움이 빚어낸 환상이 아니었던 것이다.

하지만 다음 순간 애너의 자존심이 고개를 들었다. 그녀는 오언에게

버럭 화를 냈다.

"네가 대체 무슨 소릴 하는 건지 잘 모르겠지만, 우린 그렇게 터무니없고 나나 선생님에게 너무나 모욕적인 얘기를 더 이상 듣고 있을 수 없다."

오언은 이 말에 어느 정도 흥분을 억눌렀지만, 그렇다고 하려던 말을 포기하지는 않을 눈치였다. 그는 아까보다는 조용하지만 더욱더 명확한 어조로 이렇게 말했다.

"틀림없는 사실이 어떻게 터무니없고, 모욕적일 수 있어요? 그게 다 무엇을 뜻하는지는 엄마뿐 아니라 저도 전혀 몰라요. 잠깐만 계시면 좀더 차분히 말씀드리도록 해볼게요. 제 말은, 여기서 대로우 씨를 만난 이후 소피가 완전히 달라졌다는 거예요. 그리고 그런 변화를 눈치 챈 이상, 제가 그 이유를 찾으려고 노력하는 건 당연한 일 아닌가요?"

애너도 애써 차분한 어조로 대답했다. "하지만 그렇게 무모하게 그 이유를 찾아냈다고 생각한 것은 잘못이지. 넌 소피와 대로우 씨가 여기서 만나기 전에는 서로 거의 모르는 사이였다는 걸 잊고 있는 것 같아."

"그게 사실이라면, 두 사람이 그렇게 자주 단둘이 얘기를 나눈다는 게 더 이상하지 않아요?"

"오언, 오언……." 바이너 양이 한숨을 내쉬었다.

그는 창백한 얼굴로 바이너 양을 바라보았다. "봐서는 안 될 것을 보고 들었는데, 그런 생각을 안 할 수 있겠어? 제발 이유를 대봐, 내가 납득할 수 있는 이유를! 소피가 돌아온 다음 날, 내가 늦게 정원을 통해 돌아오는데, 서재의 커튼이 열려 있고, 소피가 대로우 씨와 단둘이 있는 걸 본 게 내 탓이야?"

애너가 답답하다는 듯 웃었다. "한 지붕 아래 있는 사람들이 얘기 좀 한다고 그게 무슨 잘못이니?"

"둘이 얘기를 안 하고 있었다는 게 문제죠……."

"얘기를 안 해? 네가 그걸 어떻게 아니? 정원에서는 아무 소리도 못 듣는 게 당연하지!"

"그래요, 하지만 볼 수는 있죠. 그 사람은 제 책상에 앉아 두 손에 얼굴을 묻고 있었고, 소피는 얼굴을 돌린 채 창가에 서 있었거든요……."

오언은 소피 바이너가 뭐라고 변명하길 바라는 듯 잠깐 기다렸지만 그녀는 말없이 가만히 서 있었다.

"그게 처음이었어요." 오언이 말을 이었다. "두번째는 그 다음 날 아침 정원에서였는데, 두 사람이 거기서 만나는 건 있을 수 있죠. 소피를 따라나갔던 에피가 저를 찾으러 왔는데, 소피와 대로우가 강으로 가는 길에 있다더군요. 그래서 조금 가니까 저 앞에 두 사람이 보였는데, 처음에는 우리를 못 봤어요. 둘이 마주 보고 서 있었기 때문이죠. 그런데 이번에도 서로 아무 말 않고 있더라고요. 두 사람은 한참 지나서야 우리가 오는 걸 알아차렸는데, 그사이 내내 한마디도 안 하고 서로 보고만 있는 거예요. 그때부터 저도 이상하다는 생각이 들어서 두 사람을 감시했죠."

"아, 오언!"

"그런데 역시 생각했던 대로였어요. 어제, 엄마랑 의사 선생님을 오두막에 모셔다 드리는 길인데, 소피가 우물집에서 나오는 거예요. 저는 소피가 비를 피하려고 그리 들어간 줄 알고, 엄마를 내려드린 다음 걸어서 그쪽으로 갔어요. 하지만 소피는 이미 사라진 뒤였어요. 지름길을 따라 옆문으로 집으로 들어왔었겠지요. 제가 왜 우물집으로 갔는지 모르겠는데—그런 걸 염탐이라고 할 수도 있겠지만—어쨌든 이층에 올라가 보니까 아무도 없더군요. 하지만 벽 옆에 있던 의자 두 개가 탁자 쪽에 놓여 있고, 그 위에 있던 부채는 바닥에 떨어져 있었어요."

그러자 애너는 거봐라는 듯이 대꾸했다. "그래? 소피가 비를 그으러 들어갔다가 부채도 떨어뜨리고 의자도 옮긴 거겠지."

"의자가 두 개였다고 했잖아요……."

"두 개? 정말 확실한 증거로군……. 그런데 그게 무엇의 증거지?"

"대로우가 거기 함께 있었다는 증거죠. 창밖을 내다보니 대로우가 저쪽으로 걸어가고 있었어요. 제가 우물집으로 들어가는 순간 모퉁이를 돌아갔었던 것 같아요."

또다시 침묵이 흘렀다. 그사이 애너는 뭐라고 해야 할지 막막해서도 그랬지만, 소피 바이너가 뭐라고 하나 들어보려고 잠자코 있었다. 하지만 소피가 가만히 있자 그녀는 이렇게 물었다.

"난 이 문제에 대해 전혀 할 말이 없지만, 선생님은 할 말이 있겠죠?"

그러자 소피가 고개를 들었는데 금세 얼굴이 빨갛게 물들어 있었다. "저 역시 할 말 없어요……. 오언이 실성한 것 같다는 말 밖에는."

바이너양은 지난번 얘기했을 때보다 좀더 냉정을 되찾은 듯, 약간 노기 서린 또렷한 어조로 이렇게 말했다.

애너는 오언을 바라보았다. 그는 파랗게 질린 얼굴로 힘없이 손잡이를 놓았다. "그럼 그게 다야? 아무런 이유도 제시하지 않겠다 이거지?"

"리스 부인 집에서 리스 부인의 친구와 얘기하는 데 무슨 이유가 필요해?"

오언은 그 대꾸를 무시한 채 그녀를 노려볼 뿐이었다.

"그럼 이유는 안 묻기로 하지. 단, 대로우와의 얘기가 여길 갑자기 떠나는 것과 무관하다는 것만 확인해줘."

그러자 바이너 양은 대답을 생각한다기보다 과연 오언에게 그럴 권리가 있는지 따져보는 듯한 표정을 지었다. "확인해주지. 그럼 난 이만 갈게."

그런데 바이너 양이 돌아서는 순간 애너가 말했다. "선생님, 얘기를 해줘야 할 것 같아요."

소피는 엷게 웃으며 허리를 폈다. "누구한테요?"

"오언에게."

그러자 바이너 양의 표정이 굳어졌다. "더 이상 할 말 없는데요."

애너는 오언을 보며 뒤로 물러섰다. 그는 방 안으로 들어와 애원하는 듯한 표정으로 소피에게 다가갔다. 하지만 바로 이때 노크 소리가 들렸다. 세 사람은 얼른 입을 다물었다. 이윽고 애너가 말했다. "들어오세요!"

대로우가 방으로 들어왔다. 그는 세 사람이 같이 있는 걸 보더니 재빨리 그들의 표정을 훑어본 뒤 미소를 지으며 애너에게 물었다.

"나갈 준비 됐는지 보러 왔는데, 바쁘면 먼저 내려갈게."

대로우의 얼굴을 보고, 목소리를 듣고, 그의 존재를 느끼자 애너는 충격이 좀 누그러지는 것 같았다. 오언 옆에 서 있는 그는 너무도 강하고, 세련되고, 노련해 보여서, 청년의 요란한 비난은 모두 어린애의 투정같이 느껴졌다. 애너는 조금 전까지만 해도 그가 올까 봐 두려웠는데, 이제 그가 여기 와 있다는 게 다행스럽게 느껴졌다.

애너는 결단을 내렸다. "들어와서 오언이 말하는 것 좀 들어보세요."

바이너 양이 뭐라고 중얼거렸지만 애너는 못 들은 척했다. 뭔가가 밝혀질 것 같은 느낌이 들었던 것이다. 평소에 그녀는 자신이 다른 사람의 동기를 간파하고 비밀스러운 신호를 알아챌 통찰력이 없음을 탄식하곤 했지만, 지금은 어떤 신비로운 영감에 사로잡힌 느낌이었다. 그녀는 소피 바이너에게 말했다. "이 황당한 문제를 얼른 해결해버리는 게 두 사람 모두에게 좋을 것 같아요." 그리고 이번에는 대로우에게 말했다. "왜 그런지는 모르지만 오언은 바이너 양이 당신 때문에 약혼을 깨고 싶어 한다고 생각하고 있어요."

애너는 대로우와 소피에게 이 말을 받아들일 시간을 주고, 거기에 어떤 반응을 보이는지 충분히 살펴볼 시간을 갖기 위해 일부러 아주 느리고 신중한 어조로 이렇게 말했다. 그녀는 속으로 이런 생각을 했다. '정말 아무 일도 없다면 서로 마주 볼 것이고, 뭔가 있다면 그러지 않을 거야.' 그리고 말을 마치는 순간 그녀는 자신의 인생 전체가 눈에 모여 있는 것같이 느껴졌다.

소피는 뭐라고 반박하려다가 고개를 숙이고 가만히 서 있었다. 대로우는 심각한 얼굴로 오언 리스에게서 애너 쪽으로 시선을 옮기더니 이렇게 물었다. "바이너 양이 약혼을 깼나?"

한순간 침묵이 흐른 뒤 바이너 양이 대답했다. "네!"

그러자 오언이 작은 신음 소리를 내더니 밖으로 나갔다. 바이너 양은 그가 나간 줄도 모르는 듯 그 자리에 가만히 서 있었다. 자기가 한 말을 더 설명할 생각도 없는 듯했다. 그러더니 애너가 말릴 틈도 없이 나가버렸다.

"대체 무슨 일이 있었던 거야?" 대로우가 물었다. 하지만 애너는 그와 소피 바이너가 서로 마주 보지 않았다는 사실에 가슴이 철렁할 뿐이었다.

제25장

애너는 방 한가운데 선 채 문을 바라보고 있었다. 대로우는 여전히 무슨 일이냐는 표정으로 그녀를 보고 있었다. 애너는 얼른 숨을 들이쉬며, '제발 가까이 오지 않았으면 좋겠는데!' 하고 생각했다.

애너는 자신이 갑자기 겉으로 보기에 극히 자연스러운 눈길이나 행동에 숨어 있는 내밀한 의미를 읽을 능력을 부여받아 대로우의 다정한 몸짓 하나하나에서 뭔가 냉정한 계산속을 읽어낼 수 있을 것 같았다.

대로우는 조금 전과 같은 표정으로 잠깐 더 그녀를 바라보더니, 돌아서서 평소처럼 벽난로 선반 옆에 가 섰다. 애너는 안도의 한숨을 내쉬었다.

"무슨 일인지 말해줄 거지?" 대로우가 물었다.

"저도 모르니 말씀드릴 수 없어요. 바이너 양이 아까 그 말을 하기 전에는 약혼을 깰 심산인 줄도 몰랐어요. 제가 아는 거라곤 그 아가씨가 조금 전에 제게 와서 오늘 지브레를 떠나고 싶다고 말했다는 것과, 여기 와서 처음 그 말을 들은 오언이 그녀가 여길 떠나는 이유는 자기를 차버리고 싶어서라고 말했다는 것뿐이에요."

"정말 확실히 파혼한 거야?" 애너는 찌푸렸던 그의 이마가 펴진 걸 눈치 챘다.

"제가 어떻게 알아요? 당신은 아실 것 같은데."

"내가?" 애너는 그의 얼굴이 다시 어두워질 거라고 생각했지만 대로우는 여전히 차분한 표정이었다.

"아까 말씀드렸듯이 오언은 어떤 알 수 없는 이유로 당신이 소피에게 영향을 주어 자기를 미워하게 했다고 생각하고 있어요."

대로우는 여전히 의아한 표정이었다. "정말 알 수 없는 이유로군! 내가 바이너 양을 거의 모른다는 건 오언도 알고 있잖아. 그런데 왜 그렇게 황당한 생각을 하지?"

"그것도 모르겠어요."

"뭔가 이유를 댔을 것 아냐?"

"아뇨, 당신이 왜 그랬는지 모른다고 했어요. 오언은 그저 소피가 지브레에 돌아온 뒤 완전히 달라졌고, 그 아가씨가 정원이랑 우물집 같은 데서 당신과 단둘이 친밀하게, 아니, 거의 비밀스럽게 얘기하는 걸 몇 번 봤다고 했어요. 그래서 당신이 그 아가씨로 하여금 자기를 싫어하게 만들었다는 결론에 이른 거죠."

"내가? 어떻게?"

"그건 말 안 했어요."

대로우는 애너가 한 말을 따져보는 눈치였지만 전혀 당황하지 않고 여전히 차분한 표정이었다. "그럼 바이너 양은 뭐래?"

"이 집에 사는 동안 내 친구들하고 얘기하는 건 극히 자연스러운 일 아니냐고만 했어요."

"그건 그렇지!"

그녀는 얼굴이 달아오르는 걸 느끼며 이렇게 말했다. "그렇죠……. 하지만 분명 뭔가가 있어요……."

"뭔가가 있다니?"

"갑자기 약혼을 깬 이유요. 소피가 그 이유를 밝히지 않으면 오언은 계속 황당한 상상을 할 거예요."

"다른 어조로 물었으면 틀림없이 알려줬을 거야."

"오언의 어조를 변명할 생각은 없어요……. 하지만 그 아가씨도 약혼 전부터 그걸 알고 있었어요. 오언이 성미도 급하고 제멋대로라는 건 소피도 알고 있어요."

"글쎄, 오언의 버릇을 고쳐놓으려는 속셈 아닐까? 그건 정말 좋은 일이잖아. 그렇게 이해하면 되지."

"당신이 파혼의 원인이라고 오해하도록 내버려두라고요?"

그러자 대로우는 평소처럼 씩 웃으며 대답했다. "아, 그거야……. 오언이 뭐라고 생각하면 어때! 하지만 어쨌든 그 애를 좀 내버려둬."

"내버려두라고요?" 애너가 놀라 물었다.

"더 이상 상관하지 말라는 거지. 두 사람을 위해서 할 만큼 했잖아. 둘이 맺어지지 못하면 그건 그 사람들 일이지. 이제 더 이상 개입할 이유가 없잖아?"

애너는 눈이 더 휘둥그레졌다. "그거야…… 물론 당신에 대한 오해를 풀기 위해서죠!"

"오언이 나에 대해 뭐라고 하든 난 상관없어! 사랑에 빠진 청년은 그런 상황에서 상대가 자기에게 싫증이 났다는 자존심 상하는 사실을 회피하기 위해 어떤 이유라도 갖다 붙일 거야."

"당신은 오언을 잘 몰라요. 그 애는 모든 걸 깊이 받아들이고, 그 영향이 오래가요. 지난번 실연에서 벗어나는 데도 아주 오래 걸렸어요. 오언처럼 낭만적이고 감정적인 애는 추억만 갖고는 살 수 없어요. 그 애는 소피를 정말 사랑하고, 소피도 그 애를 좋아하는 눈치였어요. 소피의 마음이 바뀌었다면 그건 갑자기 일어난 일이에요. 두 사람이 이렇게 화가 난 상태로 말도 없이 헤어지면 오언의 고통이 무척 클 거예요……. 영혼 자체가 상처 입을 거라고요. 하지만 그건 당신 말대로 두 사람의 일이에요. 제가 걱정하는 것은 오언이 그 싸움의 원인을 당신이라고 생각하는 거예요. 오언은 제 친아들이나 마찬가지예요……. 제가 처음 여기 왔을 때 그 애 모습을 보셨으면 당신도 이해하실 거예요. 우리는 벽을 두드려서로 말을 주고받는 두 죄수 같았고, 오언이나 저나 그걸 늘 기억하고 있어요. 오언이 소피와 헤어지든 말든, 당신이 관련이 있다고 생각하게 놔둘 수는 없어요."

애너는 호소하는 눈빛으로 대로우를 쳐다보았지만, 그는 있지도 않은 문제를 토론해야 한다면 참아줄 수밖에 없지 않느냐는 표정이었다.

"당신이 원하면 뭐든 하겠지만 아직은 그게 뭔지 모르겠어." 대로우가 말했다.

그는 아무것도 아닌 일을 갖고 왜 그러냐는 표정으로 웃었고, 자존심이 상한 애너는 이렇게 말했다. "당신과 소피가 서로 거의 모르는 사이라는 걸 오언도 아는데, 둘이 같이 있을 때 무슨 얘길 하는지 그 애가 궁금해 하는 것도 이해할 만하지 않아요?"

이성보다 더 깊은 어떤 본능이 자신의 보물을 지키려고 일어선 듯, 애너는 어떤 예감으로 몸이 떨렸다. 하지만 대로우는 그저 실소를 금할 수 없다는 표정이었다.

"글쎄……. 당신이 말해줄 수도 있었잖아?"

"제가요?" 얼굴이 빨개진 애너가 더듬거리며 물었다.

"내가 처음 여기 왔을 때 부탁했던 걸 다들 잊은 모양인데, 그때 당신이 샹텔 부인의 허락을 얻도록 도와 달라며, 오언에게도 내가 그러기로 약속했다고 말했다고 했잖아. 그리고 지금 생각난 건데, 무엇보다도 오언이 나를 좋아하게 만드는 게 우리 둘 다를 위해 중요하다고 했었지. 그래서 나는 이 상황을 가능한 한 정확히 파악하려고 했고, 그러기 위해서 바이너 양에 대해 더 자세히 알아보려 했던 거야. 물론 그녀와 단둘이 얘기한 적 있어……. 기회 닿는 대로 그렇게 했지. 당신이 오언의 결혼을 돕는 게 좋은 일인지 판단하기 위해 난 나름대로 최선을 다해왔어."

애너는 그가 말하는 내용과, 그의 눈빛과 음성에 담긴 진실성을 떼어서 생각하려고 애쓰면서 점점 더 마음이 놓이는 느낌이었다.

"알아요……. 알겠어요." 애너가 중얼거렸다.

"내가 오언에게 이 말을 하면 오해만 키우고, 두 사람 사이를 더 갈라

놓을 거라는 점도 알아줘. 그 애가 괜찮은 상대를 골랐는지 알아보려고 그랬다면 나를 어떻게 보겠어? 그 아가씨가 설명할 필요가 없다고 한 걸 내가 나서서 설명할 필요는 없잖아. 그 아가씨가 설명을 거부하는 것은 오언이 말도 안 되는 소리를 했기 때문일 거야. 그렇다면 나도 말할 수 없지."

"그래요, 맞아요! 알겠어요." 애너가 말했다. "하지만 오언에게 뭘 설명해 달라는 건 아니에요."

"당신이 원하는 게 뭔지 아직 얘기 안 했잖아."

애너는 그걸 원하는 이유를 말하기 어려운 듯 잠시 망설이다가 입을 열었다. "소피를 만나주세요."

대로우는 그게 무슨 소리냐는 듯 웃음을 터뜨렸다. "그 결과가 어땠는지 애너도 알잖아!"

애너가 얼른 고개를 들었다. "최소한 그 아가씨를 더 싫어하거나, 전보다 형편없다고 생각하시게 되지는 않았잖아요?"

대로우가 약간 얼굴을 찌푸리는 것 같았다. "그 얘기를 왜 또 꺼내지?"

"확실히 알고 싶어서요……. 오언에게 그 정도는 해줘야죠. 바이너 양이 정확히 어떤 사람 같아요?"

"말했잖아……. 좋은 사람 같아."

"당신은 아직도 소피가 오언을 사랑한다고 보세요?"

"그걸 알아낼 만큼 길게 얘기해보지는 못했어."

"하지만 지금도 오언이 그 아가씨랑 결혼하지 못할 이유가 없다고 생각하세요?"

대로우는 또다시 짜증을 냈다. "그 아가씨가 파혼하려는 이유를 모르는데 그걸 어찌 알겠어?"

"바로 그걸 알아봐주세요."

"나한테 얘기할 리가 없잖아?"

"왜냐하면, 소피가 오언에게 어떤 불만을 갖고 있든 간에, 그 애가 제가 이 싸움과 관련되어 있다고 생각하는 건 원치 않을 거예요. 하지만 오언이 당신이 이 일과 관련이 없다는 확신을 갖게 될 때까지는 그렇게 생각할 거라는 걸 소피도 알아야 해요."

대로우가 벽난로 선반에 얹고 있던 팔을 내리고 초조한 듯 두어 발짝 걷더니 애너 앞에 와 섰다.

"당신이 직접 얘기하면 되잖아?"

"그럴 수 없는 이유를 아시잖아요?"

대로우가 그녀를 유심히 바라보았다. 애너는 말을 계속했다. "오언이 당신을 질투한다는 거 짐작하셨겠죠."

"나를 질투한다고?" 햇빛에 그을린 그의 피부 아래 홍조가 떠올랐다.

"그것 때문에 제정신이 아니에요……. 그게 아니면 무엇 때문에 이렇게 엉뚱한 짓을 하겠어요? 소피가 저를 질투하게 놔둘 수도 없고요! 그렇게 생각하게 만드는 것 말고는 온갖 수단을 다 써봤는데, 우리한테는 아무 말 하고 싶지 않은가 봐요. 이제 당신이 소피를 설득해보는 수밖에 달리 방법이 없어요. 계속 아무 말 안 하면 어떤 결과가 올지 소피가 알게 해주셔야 해요."

대로우는 그건 말도 안 되는 소리라며 거절했다. "어떻게 그런 황당한 말을 하지? 어쨌든 그런 이유 때문에 그 아가씨를 설득할 순 없어!"

애너는 대로우의 팔에 손을 얹었다. "그럼 오언이 제 아들이나 마찬가지고, 두 사람이 헤어지면 제가 무척 괴로울 거라는 사실 때문에라도 그 아가씨를 설득해주세요. 소피는 오언을 잘 아니까…… 이해할 거예요. 원하면 무슨 말이든, 무슨 행동이든 해도 좋지만, 제발 아무 말 없이 떠나서 우리 둘 사이에 그걸 남기지는 말아 달라고 전해주세요!"

그녀는 한 발짝 물러나 그 어느 때보다 깊이 그의 눈을 들여다보려고 얼굴을 쳐들었다. 하지만 그 눈에 담긴 표정을 읽기도 전에 대로우가 그녀의 두 손에 입 맞추느라 고개를 숙였다.

"소피를 만나주실 거죠, 네?" 애너가 애원했고, 대로우는 "당신이 원하는 건 뭐든지 할게"라고 대답했다.

제26장

대로우는 애너의 방에서 혼자 바이너 양을 기다리고 있었다. 얘기할 내용을 고려할 때 이 방보다 더 싫은 장소는 없었지만, 그가 그녀를 찾으러 나가는 것보다는 이리 부르는 게 자연스러울 거라는 애너의 말에 따를 수밖에 없었다. 대로우가 곤혹스러운 심정으로 방 안을 이리저리 거니는 동안, 어떤 냉혹한 손이 이 조용한 방을 좋아하게 만들었던 모든 낭만적인 연상들을 찢어발기는 듯한 느낌이 들었다. 바로 이 방에서 그는 행복을 뼛속 깊이 들이마셨고, 그 넘치는 강의 원천에 입을 맞추었던 것이다. 하지만 지금 그 원천은 오염되었고, 이제 다시는 그 맑은 물을 맛볼 수 없을 터였다.

그는 너무 괴로운 나머지 한순간 실제로 몸이 아픈 것 같은 느낌이 들었지만, 다가오는 고난에 맞서 마음을 다잡았다. 앞으로 어떤 일이 일어날지 전혀 짐작할 수 없었지만, 처음에 느낀 본능적인 두려움을 이겨내고 나니 가능한 한 빨리 소피 바이너를 만나야 할 것 같았다. 애너의 부탁 때문에 그녀와 얘기하는 것처럼 행동한 것은 사실이 아니었다. 실제로 그는 이런 구실을 찾기 위해 안간힘을 쓰고 있었다. 그리고 어쩐 일인지 이 하찮은 위선이 더 심각한 거짓보다 더 무겁게 마음을 내리눌렀다.

마침내 뒤에서 발소리가 들리더니 소피 바이너가 들어왔다. 그녀는 대로우를 보더니 문간에 멈춰 선 채 뒤로 한 발짝 물러서는 것 같았다.

"리스 부인이 불러서 왔는데요."

"리스 부인이 부른 건 사실이야. 그 사람도 곧 올 텐데, 그 전에 나더러 소피를 만나 보라고 했어."

대로우는 아주 상냥한 어조로 이렇게 말했고, 그 태도는 결코 꾸민 게 아니었다. 그는 바이너 양의 변모에 엄청난 충격을 받았다. 대로우를 본 그녀는 미소를 지어 보였지만, 그건 마치 죽은 사람의 얼굴에 갖다 댄 촛불처럼 그녀의 핼쑥한 얼굴을 약간 밝혀주었을 뿐이다.

아무런 대답이 없자 대로우는 다시 말을 이었다. "조금 전에 그런 얘기를 들었으니 내가 소피를 만나고 싶어 하는 것도 이해할 수 있겠지?"

그러자 바이너 양이 손을 내저으며 이렇게 말했다. "오언이 무슨 헛소리를 했든 저는 아무 책임 없어요!"

"물론이지……." 그는 여기서 입을 다물었고, 두 사람은 서로 마주 보고 서 있었다. 이윽고 그녀는 대로우의 뇌리에 각인되어 있는 모습 그대로 손을 들어 늘어진 머리카락을 뒤로 넘기더니 주위를 휘 둘러보고는 바로 옆에 있는 의자에 털썩 주저앉았다.

"선생님이 원하신 대로 됐네요." 그녀가 말했다.

"내가 원한 대로라니, 그게 무슨 말이지?"

"제 약혼이 깨졌잖아요……. 아까 제가 하는 말 들으셨죠."

"왜 내가 그걸 원했다고 생각하는 거지? 난 처음부터 소피에게 조언을 해주고, 힘 닿는 대로 돕고 싶었을 뿐이야…….”

“그렇게 하셨잖아요.” 바이너 양이 말했다. “선생님 덕분에 오언과 결혼하지 않는 게 좋다는 걸 깨닫게 됐어요.”

대로우는 절망에 찬 소리로 웃었다. “난 소피를 보면서 그 반대로 생각했는데!”

“그러셨어요?” 그녀의 미소가 피어올랐다. “선생님이 제게 그걸 깨닫게 해주시고…… 경고해주시기 전까지는……. 저도 정말 그렇게 믿었어요.”

“경고해줬다고?”

“사랑하지 않는 남자와 결혼하면 불행할 거라는 걸 깨닫게 해주신 거죠.”

“오언을 사랑하지 않나?”

바이너 양이 아무 말 없자, 대로우는 방 저쪽 끝으로 걸어갔다. 그는 책상 앞에 선 채, 잘생긴 얼굴에 말쑥하게 차려 입고, 아무리 곤란한 상황도 능히 처리할 수 있다는 자신감에 차 있는 신사처럼 보이는 사진 속의 자신을 보며 말할 수 없이 참담한 느낌에 사로잡혔다. 이윽고 그는 바이너 양 쪽으로 돌아서며, “이제서야 그런 말을 한다는 게 오언에게 좀 가혹하다고 생각지 않아?” 하고 물었다.

바이너 양은 잠시 생각해보더니 이렇게 대답했다. “깨닫자마자 바로 얘기한 거예요.”

“오언과 결혼할 수 없다는 걸 깨달았다는 건가?”

“그와 결혼해 여기서 살 수 없다는 걸 깨달은 거죠.” 바이너 양은 벽들이 자기 얘기를 대신해주기를 바라는 듯 방 안을 휘 둘러보았다.

대로우는 당혹스러운 마음으로 그녀의 얼굴을 건너다봤고, 마침내 두

사람은 참담한 심정으로 오랫동안 서로를 응시했다

"그래요……." 바이너 양이 이렇게 말하고 자리에서 일어섰다.

아래층에서 개를 부르는 에피의 휘파람 소리가 들리고, 애너가 테라스에서 딸을 부르는 소리가 들렸다.

"보세요……. 예컨대, 저런 것……." 소피 바이너가 말했다.

이윽고 대로우가 말했다. "갈 사람은 바로 나야!"

바이너 양의 파리한 얼굴에 엷은 미소가 번졌다. "이제 와서…… 그게 무슨 소용이 있어요?"

대로우가 손에 얼굴을 묻었다. "세상에!" 그는 신음하듯 말했다. "이렇게 될 줄 정말 몰랐어!"

"알 수가 없었죠. 우리 둘 다 알 길이 없었어요." 바이너 양은 이 문제를 객관적으로 따져보는 것 같았다. "제가 아니라 선생님이 이런 입장에 처하실 수도 있었죠."

대로우는 산란한 마음에 또다시 방 안을 이리저리 거닐다가 바이너 양 옆에 놓인 의자에 주저앉았다. 어떤 비웃는 손이 그의 입에서 할 말을 가로채버리는 것 같았다. 지금 그녀에게 무슨 말을 하든 모두 우둔하거나, 잔인하거나, 비열해 보일 게 뻔했다…….

마침내 대로우가 입을 열었다. "최소한 노력해볼 수는 있잖아?"

그러자 바이너 양의 눈빛이 진지해졌다. "선생님을 잊으려는 노력이요?"

대로우의 얼굴이 이마까지 붉어졌다. "내 말은, 오언에게 좀더 시간을 주고 기회를 줘보라는 거지. 그 애는 소피를 정말 사랑하고 있고, 모든 게 소피 손에 달려 있어. 애너는 처음부터 그걸 알고 있었기 때문에……."

"제가 그를 행복하게 해줄 수 있을 거라고 생각했다는 거죠? 지금도 그렇게 생각할까요?"

"지금도……? 지금은 아니겠지. 하지만 나중에는 그럴 수도 있잖아. 시간은 소피가 생각하는 것보다 빨리 모든 걸 변화시키고…… 지워버리지……. 가는 건 좋지만 오언에게 희망을 줄 수는 있잖아……. 나도 떠나……. 우리도 떠나……." 그는 우리라는 말에 당황한 기색을 감추지 못했다……. "몇 주 후에 떠나서 아마 오래 있다 돌아올 거야. 지금 소피가 생각하는 일들은 영원히 안 일어날지도 몰라. 우리 네 사람이 여기서 다시 모이는 일은 아주 오랫동안 없을 거라는 말이지."

바이너 양은 무릎 위에 포개놓은 손을 내려다보며 아무 말 없이 끝까지 귀를 기울였다. 그러더니 마침내 이렇게 말했다. "제 생각 속에서 선생님은 늘 여기 계실 거예요." "그런 말 하지 마……. 아, 그러지 마. 모든 게 달라지게 되어 있어……. 사람도 변하고……. 두고 보면 알 거야!"

"선생님은 모르셔서 그래요. 저는 아무것도 변하지 않으면 좋겠어요. 모든 게 잊혀지지도, 지워지지도 않았으면 좋겠어요. 처음에는 저도 그러길 바랐지만, 그건 어리석은 오산이었어요. 선생님을 다시 본 순간 그걸 깨달았어요……. 저는 선생님이 생각하시는 그런 식으로 여기 같이 있는 걸 두려워하는 게 아니라, 여기든 어디든 오언과 같이 있는 게 두려워요." 그녀가 자리에서 일어나 애달프게 웃어 보였다. "저는 선생님을 저 혼자서만 간직하고 싶어요."

대로우는 자신의 실수를 용서해 달라고 하려 했지만 그런 말을 해봤자 아무 소용도 없을 것 같아 입을 다물었다. "소피…… 소피!" 그렇게 말해봤지만 부질없는 노릇이었다.

그러다 어느 순간 갑자기 자신이 처해 있는 현실이 눈에 들어왔고, 대로우는 얼른 자리에서 일어났다. "어쨌든 난 떠날 생각이야……. 영원히." 대로우가 말했다. "소피가 그걸 알아줬으면 좋겠어. 아, 걱정 마……. 이유는 적당히 둘러댈 테니까. 하지만 내가 떠나야 한다는 건 확실해."

그러자 바이너 양이 깜짝 놀라 소리쳤다. "떠나신다고요? 선생님이? 그러면 모든 게 밝혀질 것이고…… 모두가 불행해질 거예요."

대로우는 아무 말도 할 수 없었고, 바이너 양은 다시 차분한 어조로 말을 이었다. "떠나시는 게 무슨 소용이 있어요. 혹시 저한테 무슨 도움이 될 거라고 생각하시는 거예요?" 바이너 양은 생각에 잠긴 듯 아련한 표정으로 대로우를 건너다보았다. "저에 대한 선생님의 감정이 어땠는지 궁금해요. 그걸 전혀 몰랐다는 게 이상하지만……. 그런 감정에 대해서는 잘 알 수가 없는 것이겠지요. 갈증 날 때 물을 마시는 것과 비슷한 건가요? 저는 제가 온통 선생님 손안에 들어 있는 것처럼 느끼곤 했어요……."

대로우는 부끄러운 마음에 고개를 숙였으나 바이너 양은 거의 기쁨에 넘친 어조로 말을 이었다. "제가 후회한다고는 생각지 마세요! 충분히 그럴 만한 가치가 있었어요. 처음에 그 대가가 너무 크다고 생각한 게 실수였지요. 그래서 그때는 그 일을 일종의 장난으로 넘겨버리려 했고, 그냥 하나의 '모험'이었다고 생각하곤 했죠. 전 언제나 모험을 원했고 선생님이 그 기회를 주셨기에 그 일에 대해 선생님과 마찬가지로 '게임을 했고,' 제 쪽에서 더 손해본 것도 없다고 생각했어요. 그런데 선생님을 다시 뵈었을 때, 제가 그보다 더 큰 것을 걸었지만 그래서 더 큰 것, 엄청나게 많은 것을 얻었다는 걸 깨달았어요! 저는 그동안 우리 둘 사이에 많은 장애물을 놓으려고 애써왔지만, 이제는 그걸 모두 치워버리고 싶어요. 그동안 선생님을 잊으려 노력했지만, 이제는 영원히 기억하고 싶어요. 선생님의 목소리를 안 들으려고 애써왔지만, 이제는 다른 누구의 목소리도 듣고 싶지 않아요. 저는 선택을 했고…… 그걸로 됐어요. 저는 선생님을 사랑했었고, 이제 영원히 간직할 거예요." 그녀의 얼굴도 눈 못지않게 빛나고 있었다. "바로 여기에 숨겨놓을 거예요." 그녀는 가슴에 손을 얹으며 이렇게 말했다.

바이너 양이 나간 뒤, 대로우는 가만히 앉아 그녀와 있었던 일들을 되새겨보았다. 지금까지 그 일은 저녁 해가 떨군 장미꽃잎 같은 조각구름처럼, 의식의 가장자리에 희미한 연분홍 흔적으로 남아 있었지만, 이제는 커다랗게 밀려오는 먹구름으로 변했고, 그는 그 안을 꿰뚫어 보려고 애쓰고 있었다. 하지만 바이너 양이 사용한 어떤 어구나 몸짓, 억양이 상기시켜준 몇 가지 사실을 제외하면 분명히 기억나는 게 별로 없었다.

그녀는 '저에 대한 선생님의 감정이 어땠는지 궁금해요'라고 했는데, 대로우 역시 지금 그걸 생각하고 있었다……. 그는 그녀와의 관계에 있어, 행여 잠깐이라도 위험한 열정에 휩쓸리지 않도록 노력했던 걸 분명히 기억하고 있었다. 그 점에서 그의 행동은 전혀 흠잡을 데가 없었다.

바이너 양은 아주 독특하고 매력적인 아가씨였고, 그는 그런 그녀에게 며칠 간 순수한 기쁨을 선사하고 싶었다. 영리하고 노련한 그녀는 그의 이런 마음을 잘 이해하고 부담스럽게 망설이거나 오해하는 일 없이 거기 따라주었다. 그가 받은 첫인상은 그랬고, 그 후에 그녀가 취한 행동을 보면 그 생각이 옳았던 것 같았다. 그녀는 애초에 그가 기대했던 대로 편하고 활달한 친구였다. 그렇다면 그 후에 스스로 정했던 한계를 넘어서고자 한 것은 대로우 자신이었을까? 자존심에 상처를 입었던 그가 거기서 벗어나기 위해 그녀의 따뜻한 온정에 더 깊이 파고들었던 걸까? 정확히 기억할 수는 없지만 자신이 그런 욕망을 느꼈던 것 같기도 했다……. 하지만 처음 며칠은 정말 성공적이었다. 그녀는 마냥 즐거운 듯했고, 대로우 역시 그걸 보며 흐뭇하기 그지없었다. 그런데 아주 서서히— 지금 생각해 보니 그랬던 것 같았다— 둘의 관계가 모호해졌다. 그녀가 사람들에 대해 가볍게 재잘대는 것 말고는 달리 할 말이 없다고 생각해서였을까, 그녀의 웃음이 무척이나 감미로웠기 때문일까, 아니면 어느 날 말리의 숲에서 뻐꾸기 소리가 들리자 모자를 벗고 고개를 그쪽으로 기울였던 그녀의 행동이 귀여워서였을까, 갑자기 돌아보면 그녀가 늘 자기를 몰래 보고 있었기 때문이었을까, 아니면 이것들이 모두 이런저런 정도로 복합적으로 작용해서, 말만으로는 그들이 서로에게 주고 있는 즐거움의 높이와 깊이를 충분히 표현할 수 없음을 깨닫게 된 어느 순간, 자연스럽게 입맞춤으로 이어졌던 것일까.

어쨌든 그 일은 두 사람의 모험이 파국을 맞을 뻔한 바로 그 순간에 일어났다. 그때 두 사람은 그녀의 놀라운 기억들이 모두 신선함을 잃고, 그녀의 미래가 충분히 토의되고, 연극계 진출 전망이 상세히 검토되고, 머릿 부인과 벌였던 언쟁의 아주 작은 부분까지 상세히 논의되어, 그녀 쪽에서도 더 이상 할 말이 없고, 대로우도 그녀의 얘기에 흥미를 못 느끼는 그런 지점에 도달해 있었다. 그런데 바로 그때 바이너 양이 그가 불행해 보인다며 그 이유를 말해 달라고 조르는 치명적인 실수를 범했던 것이다…….

입맞춤은 맥 빠지는 대화와 불리한 비교에서 그녀를 구해냈고, 다음 순간 대로우는 앞으로는 어떤 일이 있어도 그녀와 있는 시간이 지루할리 없다고 생각했다. 그녀는 감정이 온통 피 속에 깃들어 있어서 그걸 말로 표현하면 어눌하거나 감상적이라는 느낌을 주는 그런 원초적인 인간들 중의 하나였다. 그래서 두 사람의 입술이 닿은 순간 그녀는 본연의 자리를 되찾았고, 대로우는 무심히 껴안은 나무에서 요정이 뛰쳐나와 안긴 듯한 느낌에 휩싸였다…….

더 이상 그녀의 얘기를 안 들어도 된다는 사실이 그녀의 매력을 높여주었다. 그녀는 여전히 이런저런 얘기를 했지만, 그는 그 내용에는 별로 신경 쓰지 않고 그냥 그녀의 목소리를 자기 생각의 저변을 흐르는 음악 소리 정도로 간주했다. 그녀는 시 한 줄 쓸 재능이 없었지만, 다른 사람을 시인으로 만드는 능력이 있었고, 흥분한 상태에서는 그 둘을 구별하기가 쉽지 않았다…….

나무 그늘 아래 누운 대로우에게 그녀는 여름 숲에 깃든 아름다운 정적이나, 그의 감각을 채우고 상처받은 자존심을 달래주는 막연한 행복감의 일부로 느껴졌다. 지금까지 그가 그녀에게서 기대한 것은 손이나 입술의 감촉, 그리고 그가 지빠귀새의 노래가 샘처럼 솟아나고 여름 바람에 나뭇잎이 살랑거리는 여름날 나무 그늘에 누워 있을 때, 나뭇가지와 그의 얼굴에 얹힌 모자 챙 사이에 앉아, 떠도는 행복의 실마리들을 모아 달라는 것뿐이었다…….

대로우는 그날 나뭇잎 사이로 말꼬리구름이 떠오르는 걸 보고 "내일 비가 오겠군" 하면서, 갑자기 대기가 더 따뜻하고 그녀 머리에 내리쬐는 햇살이 더 다사롭게 느껴지던 걸 기억했다……. 그날 말꼬리구름이 안 보였으면 둘 사이에 다른 일이 안 벌어졌을 수도 있었다. 하지만 구름은 비를 불러왔고, 다음 날 아침 대로우는 창밖으로 보이는 차가운 잿빛 풍경을 내다보고 서 있었다. 두 사람은 그날 센 강을 따라 안델리와 루엥까지 가볼 셈이었는데, 비 때문에 갑자기 할 일이 없어지자 둘 다 상당히 당혹스러운 느낌이었다. 물론 루브르나 뤽상브르에 갈 수도 있었지만, 미술관에 가면 그녀는 늘 최악의 그림들을 치켜세우거나 금방 지루해 했기 때문에 또다시 그런 일을 겪고 싶지 않았다. 그래서 두 사람은 특별히 갈 데도 없이 차가운 빗속을 거닐었고, 한산한 팔레 로얄을 헤매다가, 손님이 거의 없는 식당에서 구조의 희망을 버린 난파선의 선원 같은 표정을 한 늙은 웨이터의 시중을 받으며 약간 침울하게 식사를 했다……. 대로우는 지금 그 웨이터의 얼굴이 기억나는 게 신기하게 느껴졌다…….

그날 비만 안 왔으면 아무 일도 없었을지 모른다. 하지만 지금 와서 그런 생각을 해봤자 무슨 소용 있으랴? 대로우는 더 화급한 문제들을 생각하려고 애써봤지만, 이상하게도 그날 있었던 일들이 매우 선명하게 떠올라 다른 생각을 할 겨를이 없었다. 그는 내키지 않는 심정으로 그날 블르바르에서 지겨운 영화를 보고 오랫동안 빗속을 걸어 호텔로 돌아오던 일을 기억했다. 영화관에서 나왔을 때도 여전히 비가 오고 있었는데, 바이너 양은 택시가 싫다고 하더니 물이 뚝뚝 떨어지는 쇼윈도의 차양 밑을 거닐기도 하고, 바람 찬 골목을 기웃거리기도 하더니, 호텔에 거의 다 오자 도로 나가서 바티뇰 극장에서 공연 중인 극을 보러 가는 게 어떠냐고 물었다. 하지만 대로우는 약간 짜증 섞인 어조로 싫다고 했다. 둘은 그때 처음으로 짜증이 나 있는 상태였고, 그래서 상대가 어떤 제안을 해도 거절하고 싶은 심정이었다. 대로우는 발도 젖었고, 걷기에 지치기도 했고, 극장 안의 텁텁한 공기에도 싫증이 난 상태였기 때문에, 방에 돌아가 편지를 써야 한다고 둘러댔다. 결국 두 사람은 호텔 쪽으로 발길을 되돌렸다…….

제27장

대로우는 애너의 노크 소리를 듣고서야 정신이 들었지만, 일어서는 것, 그녀를 마주하기 위해 얼굴 표정을 가다듬는 것 자체가 힘겹게 느껴졌다. 하지만 '어떻게 할지 결정해야 돼'라는 생각을 하자 소용돌이치는 수면 위로 조금 솟아오른 느낌이었다.

그는 애너의 가벼워진 발소리를 들으며 뭔가 뜻밖의 반가운 일이 일어났음을 직감했다.

"바이너 양이 저를 보러 왔었어요. 테라스에 앉아서 오랜 시간 얘기를 나눴는데, 그 아가씨가 모든 걸 설명하는 걸 듣고 있자니 마치 처음 만난 사람처럼 느껴졌어요!"

애너의 목소리가 무척이나 부드럽고 감동에 싸인 것 같아 대로우는 조금 마음이 놓였다.

"설명했다고?"

"여러 사람이 그렇게 뜯어보고 했으니 짜증이 날 법도 하지요. 아, 당신이 그랬다는 건 아니고요! 어머님의 반대, 애들레이드 페인터 양의 방문, 그런 걸 말하는 거죠. 소피 말이 자기는 페인터 양 덕에 결혼하는 건 싫다는 거예요……. 자기가 오언을 그렇게 대하고, 그렇게 엉뚱한 상상을 하게 만든 건 사람들이 자기를 갖고 그렇게 쑥덕거리고 뜯어보는 통에 짜증이 났었기 때문인 것 같대요……. 저는 소피의 그런 심정을 충분히 이해할 수 있고, 한동안 다른 데 가 있는 게 좋겠다는 말에도 찬성이에요. 소피 말을 들으니 제가 정말 둔하고 무심했다는 걸 알겠어요!"

"당신이?"

"네. 제가 소피를 마치 일단 보고 마음에 들거나 집 안의 다른 물건들과 어울리면 사라고 배달되어 오는 상품처럼 다루었다는 생각이 들더라고요." 그러더니 갑자기 열띤 어조로 덧붙였다. "소피가 저로 하여금 그런 걸 느끼게 해주는 게 참 좋아요!"

애너는 대로우가 맞장구를 치거나 다른 질문을 던져주기를 기다리는 눈치였다. "그럼 완전히 깨진 건 아니겠군?"

"그렇기를 바라요……. 그 어느 때보다 더 간절히! 소피와 헤어진 다음에 오언과도 얘기해봤는데, 그 애도 무슨 확실한 약속이 없어도 보내줄 필요가 있다는 데 동의하더군요. 소피는 지금 흥분한 상태니까……. 마음이 가라앉도록 해줘야죠……."

애너는 다시 대로우의 반응을 기다렸고, 그는 이렇게 말했다. "그렇게 얘기하면 오언도 알아듣겠지, 뭐."

"소피도 돕겠다고 했어요……. 가기 전에 오언을 만나주겠대요. 애들레이드 페인터 양이 프랑쇠유에 가서 한 시발 급행을 타는데, 소피도 같이 간대요. 페인터 양은 이런 내용을 전혀 모르기 때문에 그냥 팔로우 씨 부부가 오라고 해서 간다고만 한대요."

대로우가 알겠다는 듯 고개를 끄덕이자 애너는 말을 이었다. "오언은 어머님이나 페인터 양이 이번 일을 조금이라도 눈치 채실까 봐 걱정하고 있어요. 소피를 보호하고 싶으면 오언도 조심하겠지요. 이제 좀 정신이 나는지, 그렇게 함부로 말한 걸 후회하고 있더라고요. 저한테 죄송하다고 전해 달래요. 본인도 직접 사과하러 올 거예요."

대로우가 그럴 필요 없다는 손짓을 해보였다. "아, 그거라면…… 더 이상 얘기할 필요도 없는 일이야."

"더 이상 생각할 필요도 없고요?" 애너의 얼굴이 밝아졌다. "그 일에 대해 더 이상 생각하지 않겠다고 약속해줘요……. 오언을 너그럽게 봐주세요!"

이제는 애너를 보며 미소 짓는 것이 전처럼 어렵지는 않았다. "왜 오언을 너그럽게 봐주라고 하지?"

애너는 잠시 눈길을 돌리고 망설이더니 빙긋 웃으며 이렇게 대답했다. "제게도 그래주시길 바라서 그런 거겠죠."

"당신에게도?"

"왜냐하면 저는 하찮은 일로 괴로워하는 심정을 그 애보다 더 잘 아니까요."

그녀의 말을 듣고 있자니 점차 긴장이 풀렸다. 그토록 진지하면서도 한없이 달콤한 그녀의 눈빛에 풍덩 뛰어들면 자신의 참담한 처지에서 벗어날 수 있을 것 같았다. 그러자 마음이 아주 편안해져서 애너가 무슨 말을 하는지, 거기 뭐라고 대답해야 할지 잘 몰랐지만, 그녀의 말이 언제까지고 부드러운 손길처럼 그의 괴로운 뇌리를 어루만져준다면 다른 건 아무래도 좋을 것 같았다.

애너가 말을 이었다. "무서운 악몽에서 깨어나 조용한 제 방에서 이제 더 이상 그 꿈을 두려워할 필요 없다는 걸 알면서 그 내용을 찬찬히 되돌아보는 행복을 아세요? 그게 바로 지금 제가 하고 있는 일이에요. 오언을 이해하는 것도 그 때문이죠……." 애너가 그의 팔을 잡았다. "저도 악몽을 꾸었으니까요!"

대로우는 그제야 애너의 말뜻을 알아듣고 이렇게 물었다. "당신이?"

"용서해주세요! 제가 다 말씀드릴게요! 그걸 알면 오언을 이해하실 수 있을 거예요……. 아주 사소한 일들…… 아주 작은 것들이었지만…… 신경을 쓰다 보니 그런 것들이 자꾸 보이더군요. 당신이 소피 얘기를 계속 피한다든지…… 전에는 늘 밝고 상냥하던 소피가 당신만 나타나면 태도가 굳어버린다든지 등등……."

애너가 자신을 쳐다보며 웃자 대로우는 그녀의 손을 잡으며 물었다. "이제 이해가 가?"

"아, 이해할 수 있어요. 물론 이해해요. 당신이 저를 비웃고, 저와 함께 웃어주면 좋겠어요. 그보다 더 황당한 다른 일들도 있었으니까요……. 바로 어젯밤 테라스에서도…… 소피의 분홍 망토……."

"분홍 망토?" 대로우는 정색을 하며 이렇게 물었고, 그걸 본 애너는 얼굴을 붉혔다.

"그 망토 생각 안 나세요? 오언이 파리의 그 극장에서 당신이랑 같이 있는 걸 본 아가씨의 분홍 망토? 그래요……. 그래요……. 그런 상상을 하다니 저도 이상한 사람이죠! 이제 그런 생각을 했던 저 자신을 비웃을 수 있어서 다행이에요! 하지만 제가 아주 질투 많은 여자가 될 거라는 사실…… 말도 안 되게 질투 많은 여자가 될 거라는 사실…… 미리 알아두시는 게 좋을걸요……."

대로우는 잡고 있던 애너의 손을 놓았고, 그녀는 그의 목을 껴안은 채 드물게 애교스러운 태도로 그의 품에 안겼다.

"왜 그런지는 모르지만, 그렇게 바보 같은 생각을 했었다는 게 지금은 더 행복하게 느껴지네요!"

그녀는 입을 벌린 채 소리 없이 웃었고, 뺨에 비친 속눈썹의 그늘이 흔들렸다. 대로우는 고뇌의 안개를 통해 그녀를 보았고, 그녀가 지닌 모든 아름다움이 컵처럼 자기 입술에 다가오는 걸 보았다. 하지만 그가 그 컵을 향해 입술을 내미는 순간 어둠이 두 사람 사이를 가로막았고, 그녀는 갑자기 팔을 풀고 뒤로 물러났다.

"그럼 그때 같이 있었던 아가씨가 소피였나요?" 애너가 소리쳤다. 대로우가 마주 보자 그녀는 이렇게 말했다. "아니라고 하지 마세요! 가서 당신 눈을 거울에 비춰보세요!"

대로우는 할 말을 잊은 채 그대로 서 있었다. 애너가 말을 이었다.

"아니라고 하지 마세요……. 아, 제발 아니라고 하지 말아요! 당신이 아니라고 하면 제가 더 이상 상상할 게 없어지잖아요. 아주 작은 일까지도 모두 뭔가를 의미한다는 거 아시잖아요? 오언은 그걸 알고 있고…… 조금 전에 또다시 그걸 느꼈어요! 소피가 태도를 바꿨고 그 애를 만나주기로 했다고 말했더니, '그것도 대로우 씨가 시킨 일인가요?' 하더군요."

대로우는 말없이 애너의 말을 듣고 있었다. 애너에게 얼굴을 보이지 않은 채 이런저런 말로 상황을 둘러댄다면 위기를 모면할 수도 있을 것 같았다. 하지만 그는 그녀가 시킨 대로 거울을 안 보아도 지금 자신의 표정이 어떤지 알고 있었다. 그는 불로 새긴 듯한 조금 전의 기억을 마음에서 지울 수 없듯이, 얼굴에 나타난 표정을 애너에게 숨길 수 없다는 사실을 알고 있었다. 소피 바이너의 사랑과, 그 사랑 때문에 그녀가 취한 행동이 대로우 앞에 버티고 선 채 그의 눈을 응시하며 그의 얼굴에 영향을 주고 있었던 것이다.

애너는 다시 빠르고 열띤 어조로 뭔가를 말하고 있었고, 그 목소리에 담긴 고뇌는 대로우의 영혼을 쥐어짜는 듯했다. "이제 말해보세요, 말씀하셔야 해요! 난 당신이 소피에게 불리한 말을 하는 걸 원치 않지만, 제 질문에 대답하는 것보다 가만히 계시는 게 그 아가씨에게는 더 불리하게 작용할 거예요. 당신이 아무 말도 안 하시면 제가 소피에 대해 아주 나쁜 상상만 하게 될 거 아니에요……. 소피가 이 자리에 있었으면 저랑 같은 생각일 거예요. 저로 하여금 소피를 미워하게 하는 것, 그 아가씨가 당신과 짜고 저를 속였다고 생각하게 하는 것보다 더 나쁜 일이 어디 있겠어요?"

"아, 그건 아냐!" 대로우는 자기도 모르게 이렇게 말했다. "그래, 파리에서 만났어." 대로우는 잠시 후 이렇게 말했다. "하지만 소피는 그 일을 감추고 싶어 할 이유가 있었어."

애너의 얼굴이 파랗게 질렸다. "그날 밤 극장에 같이 있었던 아가씨가 소피였어요?"

"딱 한 번 같이 극장에 갔어."

"그런데 왜 그 말을 못 하게 했을까요?"

"나를 만났다는 걸 알리고 싶지 않다더군."

"대체 그 이유가 뭐죠?"

"소피는 머릿 부인과 싸운 뒤 갑자기 파리에 갔는데, 팔로우 씨 부부가 그 사실을 알까 봐 걱정하고 있었어. 얼마 전에 우연히 그 아가씨와 마주쳤는데, 자기를 봤다는 말을 하지 말라고 부탁하더군."

"머릿 부인과 싸운 것 때문에요? 소피가 뭘 잘못했었나요?"

"아, 그건 아냐. 소피가 잘못한 건 전혀 없었어. 하지만 팔로우 씨 부부 소개로 그 자리를 구했기 때문에, 그 집을 갑자기 나오게 된 거랄지 머릿 부인이 자기를 함부로 대한 걸 그 사람들이 알까 봐 걱정했던 거지. 소피는 그때 아주 곤란한 처지였어……. 그달 월급도 못 받고 나왔다는 거야. 그래서 팔로우 씨 부부가 그런 사실을 알면 무척 속상해 할까 봐, 좀 시간을 두고 그 소식을 알리려 했던 거지."

대로우는 마치 남의 말을 듣듯이 자신의 목소리에 귀를 기울였고, 스스로 듣기에도 그럴듯한 설명이라고 생각했다. 그리고 그 말을 듣고 있는 애너의 표정도 좀 밝아지는 것 같았다. 얘기를 다 듣고 난 애너는 더 이상의 설명이 없는지 잠시 기다리더니 이렇게 말했다. "하지만 팔로우 씨 부부는 그때 일을 다 알고 있었어요. 바이너 양을 소개받을 때 저도 들었는걸요."

대로우는 애너가 교묘하게 쳐놓은 덫에 걸린 듯 얼굴이 붉어졌다. "지금은 알겠지. 하지만 그때는 몰랐어…….”

“그렇다고 그게 당신을 만났었던 걸 계속 숨길 이유는 못 되잖아요.”

“내가 생각할 수 있는 이유는 그것뿐인데.”

“그럼 제가 가서 소피한테 직접 물어보죠.” 애너가 돌아서서 문 쪽으로 몇 발짝 걸어갔다.

“애너!” 대로우가 그녀를 쫓아가다가 얼른 걸음을 멈추었다. “그러지 마!”

“왜요?”

“당신답지 않아……. 너그럽지 못한 일이야…….”

애너는 창백한 얼굴로 대로우 앞에 꼿꼿이 서 있었다. 하지만 그녀의 굳은 표정 뒤에는 의심과 슬픔이 일렁이고 있었다.

“저는 매정하게 굴고 싶지도 않고, 그 아가씨의 비밀을 캐내고 싶지도 않아요. 하지만 이 일을 이대로 놔둘 수는 없잖아요. 제가 가서 물어보는 편이 낫지 않을까요? 소피도 이해할 거예요……. 왜 그랬는지 설명해줄 거예요. 뭐 대단한 비밀이 있겠어요? 팔로우 씨 부부한테는 충격이겠지만 제게는 아무렇지도 않은 그런 일일 거예요…….” 애너가 말을 멈추고 대로우의 눈을 마주 보았다. “무슨 연애 사건 아니에요? 어떤 남자랑 극장에 갔다가 당신과 마주쳤고, 그래서 그걸 숨겨 달라고 부탁한 거죠? 기계처럼 이집 저집을 떠돌아야 하는 저 가엾은 아가씨들…… 정말 안쓰러워요!”

“안쓰럽다면 왜 그냥 가게 놔두지 않는 거지?”

그러자 애너가 대로우를 빤히 바라보았다. “가게 놔두라고요, 영영? 소피를 위해 할 수 있는 말이 그것뿐이에요?”

“그냥 두고 지켜봐. 그 아가씨와 오언 사이의 일이잖아.”

“그리고 나와 당신…… 에피의 일이기도 하죠. 게다가 둘이 결혼하면

내 아이를 그 아가씨에게 맡기고 가야 하는데, 어떻게 그냥 두고 봐요? 이건 우리 모두와 관계된 일이에요."

대로우는 신음 소리를 내며 돌아섰다. "아, 그냥 가게 놔둬……. 놔둬."

"그럼 정말 무슨 일이 있었군요……. 뭔가 아주 나쁜 일이? 그때 누군가…… 사귀는 사람과 같이 있었던 건가요?" 그녀는 뭔가 다른 생각에 사로잡힌 듯 잠시 말을 멈추었다. "정말 그렇다면……." 애너는 간곡히 호소했다. "그렇다면 물론 제가 알아야 하고, 당신도 이제 와서 함구할 수도 없는 거 아네요? 당신이 그랬다는 말은 안 할게요……. 아무도 모르게 할게요. 하지만 저는 반드시 사실을 알아야 하고, 당신이 말해주는 게 소피에게도 좋을 거예요."

대로우는 잠시 기다렸다가 천천히 대답했다. "당신은 지금 당치도 않은 상상을 하고 있어. 그날 극장에서 소피와 있었던 남자는 바로 나야."

"당신이라고요?" 애너는 한순간 전율하더니 얼른 정신을 차리고, 마치 상처는 입었지만 아직 고통을 느끼지 못한 동물처럼 경직된 자세로 똑바로 서서 대로우에게 물었다. "그런데 왜 두 사람 다 그걸 숨겨온 거죠?"

"내가 그러려고 했던 건 아냐." 대로우는 얼른 머리를 굴렸다. "바이너 양이 오언의 오해를 살까 봐 그러자고 한 거지……."

"하지만 그렇다고 해서 당신이 자기를 거의 모르고…… 몇 년 동안 만난 적도 없다고 내게 말하게 할 필요는 없었죠." 애너는 잠시 말을 멈추었고, 얼굴과 이마가 붉게 달아올랐다. "소피에게 설사 다른 이유가 있었더라도, 당신이 그 아가씨의 부탁을 들어준 이유는 딱 하나뿐이에요……."

두 사람 사이에 침묵이 흘렀고, 방 안에 갑자기 다른 사람들의 목소리가 웅성대는 느낌이 들었다. 창밖을 내다보는 대로우의 눈에 이틀 전에 불었던 폭풍우에 보리수 잎이 거의 다 떨어져버린 게 보였다. 애너는 벽난로 쪽으로 걸어가 그 선반에 팔꿈치를 기댄 채 두 손에 얼굴을 묻고 있었다. 대로우는 그렇게 서 있는 애너를 보며, 손등에 퍼져 있는 푸른 혈관들, 귀에 비친 머리칼의 따스한 그림자, 새의 날개처럼 황갈색이 섞인 연한 검은색의 머리카락 등, 평소에 좋아했던 그녀의 이런저런 모습을 다시 한번 선명히 떠올렸다.

이윽고 애너가 얼굴을 쳐들고 이렇게 말했다. "절 보지 말고 떠나라고 할 거예요."

대로우가 잠자코 있자 그녀는 이쪽으로 돌아서며 말했다. "그게 소피가 떠나는 이유겠죠? 사랑하는 당신을 포기하고 싶지 않아서?"

대로우는 말없이 기다렸다. 부인해봤자 아무 소용 없을 게 뻔했고, 그게 설사 진상이 드러나는 걸 지연시켜줄 수 있을지 몰라도 더 이상 그러고 싶지 않았다. 다른 게 어떻게 되든 이 소중한 시간을 더럽히는 일은 하고 싶지 않았기 때문이다.

"소피는 날 포기했어." 마침내 대로우가 이렇게 말했다.

제28장

대로우가 나간 뒤 애너는 그 자리에 그대로 선 채 이렇게 중얼거렸다. "그 사람 말을 믿어야 돼. 믿어야만 해."

조금 전 그의 목을 껴안을 때만 해도 그녀는 더할 수 없이 안전하다는 느낌에 사로잡혀 있었다. 모든 의심이 사라지고, 그녀의 사랑은 다시 한번 어떤 생각이나 감정도 자유롭게 거할 수 있는 맑은 거처로 변해 있었다. 하지만 다시 얼굴을 들어 대로우의 눈을 보았을 때, 그녀는 그의 영혼의 폐허를 보는 듯한 느낌이 들었다. 그렇게밖에는 달리 표현할 길이 없었다. 자신과 대로우는 같은 것의 서로 다른 면을 보고 있었는데, 자기가 보는 쪽은 빛과 생명이 넘치고, 반대쪽은 무덤이 즐비한 묘지 같았다…….

이제는 누가 먼저 말을 했고, 무슨 말을 했는지조차 기억나지 않았다. 조금 전만 해도 자기는 방의 다른 쪽에 서 있었던 것처럼 느껴졌다. "소피가 떠나는 건 당신 때문이에요!"라고 소리치고, 그의 얼굴에서 그 말이 맞다는 걸 확인했을 때, 대로우가 방의 저쪽 끝에 서 있었는데도 갑자기 방이 아주 작아지면서 그가 바로 옆에 있는 것처럼 느껴졌다.

그렇다면 그게 바로 그의, 아니 그들의 비밀이었다. 대로우는 파리에서 그녀를 만났고, 곤경에 처한 그녀를 도와줬으며—돈을 빌려주었을 거라는 게 애너의 짐작이었다—그녀는 그런 그를 사랑하게 되었으리라. 그리고 그를 다시 만나자 갑자기 사랑에 압도되어 그런 행동을 한 것이겠지. 애너는 소파에 주저앉아 이런 사실들을 다시 생각해보았다.

그때 소피는 겁에 질리고, 돈도 떨어지고, 머릿 부인과 있었던 일에 분개하였으며, (그 여자의 성격을 아는지라) 어떤 일이 또 닥칠지 모르는, 정말 힘겨운 상황이었고, 이런 상태에서 그녀를 만난 대로우는 그녀가 안쓰럽게 느껴져서 충고도 해주고, 친절히 대해주었을 것이다. 이런 상황에서 소피는 자연스럽게, 아니 불가피하게 그와 사랑에 빠졌을 것이다. 그게 애너가 지금까지 알아낸 사실, 아니 최소한 그 일의 외적인 측면이었고, 그 비밀스러운 내면에는 아직 파고들 엄두를 낼 수 없었다.

"그 사람 말을 믿어야 돼……. 믿어야만 해……." 애너는 이 말을 주문처럼 되뇌었다. 그가 소피의 초라한 비밀을 끝까지 지켜주려 한 것은 자연스러운 일이었다. 그 아가씨에 대한 대로우의 연민, 고통스러운 질투보다 더 깊고 본능적인 감정이 느껴지기도 했다. 애너는 자신의 행복이라는 안전막에 싸여 있기에 동정의 손을 내밀 의향도 있었다. 하지만 오언은? 이 일에서 오언은 어떤 역할을 할 수 있을까? 애너는 누구보다도 오언을 책임질 의무가 있었고, 자신이 우연히 발견한 그 일의 내용은 물론—주로!—그 결과로부터 그를 보호해야 했다. 그래, 소피는 떠나야 했다……. 그것만은 분명했고, 대로우 자신도 처음부터 그걸 알고 있었다. 그 생각을 하자 가당치 않은 너그러움을 느끼는 척했던 자신이 말할 수 없이 역겨워졌다…….

그런데 애너가 이런 생각들을 정리하려는 순간, 갑자기 노크 소리가 들리더니, 오언이 조금 전과는 다른 목소리, 기쁜 소식을 얼른 전하고 싶은 듯한 어조로 "엄마!" 하고 부르는 소리가 들렸다. 애너는 자기 얼굴이 어떤 상태인지 보려고 얼른 거울 쪽으로 돌아섰지만, 표정을 가다듬기도 전에 오언이 그녀를 아이처럼 꽉 껴안았다.

"이제 됐어요! 다 잘 해결됐어요! 그리고 이건 모두 엄마 덕분이에요. 앞으로 엄마가 시키시는 건 뭐든지 할게요. 소피랑 얘기를 끝냈고, 이제 엄마한테 가보라고 해서 왔어요. 어떤 벌이든 달게 받을게요." 그러더니 즐겁게 웃으며 애너를 풀어주었다. "다음 주까지 벌을 받은 다음에 만나러 오래요. 그리고 소피 말로는 이게 모두 엄마 덕분이라던데!"

"내 덕분이라고?" 애너는 그가 느끼는 기쁨의 소용돌이에 사로잡힌 채 간신히 이렇게 물었다.

"네, 소피한테 그렇게 차분하고 친절하게 대해주셨고, 제가 얼마나 바보 멍청이인지 바로 알아차리셨죠!" 애너는 가까스로 웃어 보였다. 오언은 아무런 의심 없이 환한 웃음으로 그 미소에 답했다. "그건 누가 봐도 금방 알 수 있었을 거예요. 현미경 없이도 금방 볼 수 있었을 테니까. 하지만 엄마는 언제나 그렇듯이 이 일도 너무도 멋지고 현명하게 처리하셨어요. 요즘 제가 완전히 미쳐 있었어요. 엄마나 소피나 그런 저를 완전히 버릴 수도 있었는데! 그런데 이렇게…… 모든 게 다 잘됐어요!"

애너는 미소를 머금은 채, 그 미소 뒤에 숨은 비밀을 티끌만치도 들키지 않게 조심하면서, 한 발짝 뒤로 물러섰다. 지금 이 순간이야말로 다른 어느 때보다 더 멋지고 현명하게 처신할 때였다.

"잘됐다, 정말 잘됐어. 네가 나를 늘 그렇게 생각해주면 좋을 텐데……." 애너는 허둥대며 이렇게 말했고, 끊어졌다고 생각했던 인연을 자기가 다시 맺어주었다는 생각에 기가 막혔다. 그런데 가만히 살펴보니 오언이 입 밖에 내기는 곤란하지만 꼭 하고 싶은 말이 있는 눈치였다. 이윽고 그가 애너의 두 손을 잡아 확 끌어당기더니 이마를 장난스럽게 찡그리며 말했다. "대로우 씨가 저를 바보 멍청이라고 불러도 말리지 마세요!"

그 말을 듣자 애너는 지금 자기가 처한 위험, 아무리 괴로워도 오언에게 절대로 알리면 안 될 비밀을 간직하고 있다는 사실을 기억했다.

"아, 그이가 꼭 내 명령이 떨어져야 행동하는 건 아니란다!" 이 말이 생각보다는 쉽게 나왔다.

"이미 저를 바보 멍청이라고 부르셨단 말이죠?" 오언이 말할 수 없이 즐겁게 웃으며 말했다. "그렇다면 대로우 씨한테 사과하러 갈 필요는 없고, 이제 일 보러 갈 차례네요……." 오언이 말을 그치고 시계를 보았다……. "소피가 한 시간 후에 떠나는 건 엄마도 아시죠? 벌써 애들레이드 페인터 양하고 간단한 점심을 먹고 있을 거예요. 작별 인사 하러 내려오실 거죠?"

"그래……. 물론이지."

사실 애너는 오언의 얘기를 들으면서 소피 바이너가 떠나기 전에 그녀를 꼭 만나봐야겠다는 생각을 하고 있었다. 하지만 그건 정말 내키지 않는 일이었다. 지금의 복잡한 심경을 정리할 때까지는 그 아가씨를 보고 싶지 않았다. 하지만 약 한 시간 전에 소피와 헤어진 뒤, 새로운 일이 벌어진 게 분명했다. 소피 바이너는 오언과 완전히 헤어진다는 생각을 바꿔서 그들 앞에 하나의 위협적이고 모호한 존재로 되돌아왔고, 애너는 어떻게든 그것에 저항하고 싶다는 생각에 사로잡혔다.

이윽고 오언이 애너의 팔을 잡았다. "같이 가실 거죠?"

"응……. 응……. 금방 갈게."

"왜 그러세요? 표정이 정말 이상하세요."

"이상하다니?"

"글쎄요, 겁에 질리거나…… 놀란 것 같은 표정인데." 오언의 얼굴을 보니 자신이 지금 어떤 표정을 짓고 있는지 짐작할 수 있었다.

"그래? 그럴 만도 하지! 너 때문에 아침 내내 한바탕 난리를 치렀잖아."

하지만 오언은 물러서지 않았다. "이제 걱정거리가 다 사라졌는데 조금 전보다 오히려 더 충격을 받은 표정이시니까 그렇죠. 아까 제가 간 뒤에 또 무슨 일이 있었던 거죠?"

오언은 그녀를 그렇게 흥분시킨 원인을 찾으려는 듯 방 안을 둘러보았고, 애너는 그가 뭔가 발견할까 봐 두려운 마음에 얼른, "그냥 피곤해서 그래. 소피 좀 이리 올라오라고 해줄래?" 했다.

소피 바이너를 기다리는 동안 애너는 그녀가 나타나면 무슨 말을 할지 곰곰이 생각해보았지만, 그럴수록 자신에게는 이렇게 모호한 문제를 해결할 만한 능력이 없다는 생각이 그 어느 때보다 강하게 들었다. 그녀는 그런 걸 판단하는 데 도움이 될 만한 경험도 해본 적이 없었고, 자기 생각보다 모호하고 불확실한 것은 본능적으로 경멸하는 성격 때문에 다른 이들의 복잡하고 모순된 감정은 이해할 수가 없었던 것이다. 애너는 "알아내야만 해……"라고 중얼거렸지만, 그러기 위해 동원해야 하는 수단은 도저히 용인할 수가 없었다.

소피 바이너는 오언이 나간 지 불과 몇 분 후에 들어왔다. 외출복 차림에 작은 핸드백을 들고 있었고, 여전히 핼쑥할 정도로 창백했지만, 놀랍게도 얼굴에는 어떤 빛이 어려 있었다. 아니면 애너 자신이 새로운 눈으로 그녀를 보고 있는 것 같기도 했다. 에피의 가정교사나 오언의 약혼녀가 아니라, 모든 여성이 연인에 대해 생각할 때 그 배경에 숨어 있는 미지의 위험을 상징하는 존재로서 그녀를 보고 있기 때문일 수도 있었다. 어쨌든 애너는 갑작스러운 거리감과 함께 소피에게서 전에 보지 못한 새로운 매력과 위험을 감지했다. 그처럼 원초적이고 본능적인 느낌이 든 건 한순간에 불과했지만, 애너는 그 때문에 처음 깨닫게 된 자기 마음속의 암흑을 부끄럽게 느꼈다…….

애너는 소피에게 자기 옆 소파에 앉으라고 손짓했다. "조용히 작별인사를 하고 싶어서 올라오라고 했어요." 애너는 입술이 떨렸지만 애써 자연스럽고 다정한 어조로 이렇게 말했다.

소피는 아무 말 없이 희미하게 웃어 보일 뿐이었다. 당황한 애너는 이렇게 말했다. "그럼 약혼을 깨지 않기로 한 건가요?"

소피 바이너가 놀란 표정으로 고개를 들었다. 두 사람의 결혼을 그렇게 바라던 리스 부인이 갑자기 그렇게 묻다니, 이상하게 들렸을 게 뻔했다. "부인께서 바라시던 일 아닌가요?"

"내가 바라던 일이라고요?" 애너의 심장이 두근거렸다. "물론 나는 오언이 잘되기만 바라죠. 내게는 그게 제일 중요하다는 것 선생님도 이해해주시겠죠."

소피가 차분한 눈길로 그녀를 건너다보았다. "부인께서는 그것만 중시하신다고 생각했어요."

소피가 그처럼 퉁명스럽게 응수하는 걸 듣자 마음속에 숨어 있던 적개심이 살아났다. 애너는 스스로도 놀랄 만큼 냉정한 어조로 이렇게 말했다. "맞아요." 그녀는 평생 그런 말투로 남을 상대해본 적이 없었다. 애너는 자기도 모르는 사이에 이름이 바뀌어버린 걸 깨달은 사람처럼 두려움에 사로잡혔다……. 애너는 소피의 놀란 표정을 지켜보며 말을 이었다. "갑자기 그런 소식을 들으니 나로서는 놀랄 수밖에 없었지요. 아까 얘기했을 때는 결정을 번복하지 않을 것 같았는데……."

"맞아요."

"그런데 지금은?" 애너는 대답을 기다렸지만 바이너 양은 아무 말도 하지 않았다. 애너는 소피의 비웃는 듯한 짧은 말투와 문제를 자신에게 떠넘기려고 작정하고 온 듯한 태도를 이해할 수 없었다. 그녀는 불화와 불신으로 가득 찬 대화의 분위기를 바꿔보고 싶은 마음에, 호소하는 듯한 눈빛으로 소피를 쳐다보았다.

"솔직하게 얘기해보는 게 낫지 않아요? 왜 생각이 바뀌었는지 궁금하네요. 그건 선생님도 이해하시겠죠. 내가 오언과 갑자기 헤어지지 말아달라고 부탁한 건 오언뿐 아니라 선생님을 위해서였어요. 두 사람 사이의 문제들을 차분히 생각해볼 시간을 드리고 싶었던 거죠. 선생님이 이 문제를 시간을 두고 생각하겠다는 건 최종적인 결론을 쉽게 내리지 않을 거라는 것, 오언을 함부로 대하지 않을 거라는 걸 보여주는 듯했어요. 하지만 마음을 바꾸셨다니 선생님 스스로 고려해보셨을 질문을 제기할 수밖에 없네요. 오언과 결혼하면 안 될 이유가 있나요?"

애너는 숨이 차서 말을 멈추고 소피의 빨갛게 달아오른 얼굴을 건너다보았다. "이유? 이유라니 무슨 말씀이세요?"

애너는 진지한 표정으로 계속 그녀를 바라보았다. "누군가 다른 사람을 사랑하는 건가요?"

소피는 놀라움과 안도감이 뒤섞인 표정을 짓더니 곧바로 묘한 책망의 눈빛으로 애너를 마주 보았다. "아, 조금만 더 기다리시지!" 소피가 말했다.

"기다리라고?"

"제가 이 집을 떠날 때까지. 아실 수도 있었을 텐데……. 짐작하실 수 있었을 텐데……." 소피가 다시 애너에게 눈길을 돌렸다. "조금만 더 희망을 가지게 해서 오언이 아무것도 모르게 하고 싶었는데. 물론 저는 그와 결혼할 수 없어요."

애너는 이 솔직한 대답에 무척 놀라 어안이 벙벙했다. 그녀 역시 덜덜 떨고 있었는데, 그것은 화가 났다기보다는 혼란스러운 연민 때문이었다. 하지만 이 감정은 그보다 더 냉정하고 불분명한 다른 감정들과 뒤섞여 있어서 뭐라 표현할 길이 없었고, 두 사람은 말없이 서로 마주 보았다.

"그만 가볼게요." 마침내 소피가 고개를 숙이며 이렇게 말했다.

그러자 애너는 지금까지 자기가 한 말이 후회스러웠다. 소피는 매우 젊고, 약하고, 쓸쓸해 보였다! 그리고 그 마음속에 어떤 생각이 깃들어 있을지 상상하니 도저히 이대로 보낼 수 없을 것 같았다.

"다른 사람한테서 얘길 들은 건 아니에요……. 내가……."

소피가 애너를 바라보았다. "대로우 씨가 아무 말도 안 하셨다고요? 물론 그렇겠죠. 그분이 얘기했다고 생각할 줄 아셨나요? 부인께서 알아내신 거겠죠. 저도 그렇게 될 줄 알았어요. 제가 부인 입장이었다면 훨씬 일찍 눈치 챘을 거예요."

소피는 상대를 비웃지도, 뭔가를 강조하지도 않는 단순한 어조로 이렇게 말했지만, 애너는 폐부를 찔린 느낌이었다. 그랬다, 소피라면 자기와 달리 뭔가를 짐작하고 동기를 꿰뚫어 보았을 것 같았다! 애너는 조숙한 그 혜안이 서글프도록 부러울 지경이었다.

"미안해요……. 미안해요……." 애너가 중얼거렸다.

"어쩔 수 없죠. 이제 가봐야겠어요. 에피에게 작별 인사를 해야 하거든요."

"아……." 에피의 엄마는 이렇게 외쳤다. "이렇게…… 가시면 안 돼요! 이러면 제가 너무 나쁜 사람이 돼요. 선생님을 몰아내는 것처럼 되면 안 되죠……." 애너의 마음속에 깃든 혼란스러운 연민으로부터 이런 말이 쏟아져나왔다.

"아무도 절 몰아내지 않았어요. 제가 어쩔 수 없이 가는 거죠." 소피가 이렇게 대답하는 소리가 들렸다.

두 사람 사이에 또다시 침묵이 흘렀다. 그사이 애너의 가슴속에는 연민과 의심, 두려움이 들끓고 있었다. 이윽고 그녀가 소피를 바라보며 입을 열었다. "지금은 떠나야 하겠지만, 나중에…… 모든 일이 정리되고 나면…… 선생님이 오언과 결혼하지 못할 이유가 없다면……." 애너가 잠시 말을 가다듬었다……. "혹시라도 나 때문에……."

"부인 때문에?" 소피의 얼굴이 붉게 달아오르더니 다시 창백해졌다. 그녀는 뭔가 할 말이 있는 눈치였지만, 결국 아무 말도 하지 않았다.

"그래요! 조금 전에 내가 오언만 생각한다고 한 건 사실이 아니에요. 미안해요……. 그리고 소피의 처지가 정말 안타까워요! 지금까지 정말 어렵게 살아온 것, 알아요. 내 생활은 이렇게 유복했는데……. 행복한 사람이 제일 잘 이해한다잖아요!" 애너는 소피에게 다가가 그녀의 손을 잡고 떠듬떠듬 자신의 마음을 털어놓았다. "지금은 앞으로 뭘 어떻게 해야 할지 암담하겠지만…… 물론 선생님이 제일 잘 아시겠지만…… 선생님은 아직 젊고…… 그 나이에는 모든 게 지나가는 법이니까…… 오언과 결혼하지 못할 이유…… 절대로 결혼해서는 안 될 이유가 있다면 모를까, 그렇지 않다면…… 저는 오언이 희망을 버리지 않도록 해주고 싶어요. 그렇게 도와주고 싶어요……."

애너는 이렇게 호소하며 소피의 손을 꽉 부여잡았지만, 그녀는 멍한 표정이었다. 돌처럼 굳어버린 그 얼굴을 보자 애너는 왈칵 겁이 났다. '내 행복 때문에 소피가 다치는 걸 원치 않는 걸 보면 난 못된 사람이야.' 애너는 이런 생각을 하며 소피에게 말했다. "오언과 결혼하지 못할 이유는 없는 거죠……."

소피는 아무 말 없이 서 있더니, 부러진 나뭇가지처럼 갑자기 푹 주저앉으며 자기 손을 붙잡고 있는 애너의 두 손에 입을 대고 흐느끼기 시작했다. 애너의 손길이 그동안 고여 있던 깊은 고통의 샘을 건드리기라도 한 듯, 그녀는 한참 동안 소리 없이 흐느껴 울었다. 이윽고 애너가 두려움과 감동에 휩싸인 채 허리를 굽혀 그녀를 달래고는 일어서서 몇 발짝 걸었다.

"그럼, 이대로…… 영영…… 가겠다는 건가요?" 애너가 소피 쪽으로 가다가 걸음을 멈추었고, 소피 역시 그녀의 눈길을 피하며 멈춰 섰다.

"아……." 애너가 이렇게 소리치며 두 손에 얼굴을 묻었다.

소피는 방을 가로질러 가더니 문간에 멈추어 섰다. 그러더니 이렇게 대답했다. "제가 원하고 선택한 일이었어요. 그분은 제게 잘해주셨어요……. 그렇게 잘해준 사람은 아무도 없었어요!" 이윽고 그녀가 손잡이를 돌리고 나가는 소리가 들렸다.

제29장

소피가 나간 뒤 애너는 제일 먼저, '대로우 역시 몇 시간 후면 떠난다……. 떠나기 전에 볼 필요는 없겠지' 하는 생각을 했다. 그 순간 애너에게는 그의 얼굴을 보고 그의 목소리를 듣는 것보다 견디기 힘든 일은 없을 것 같았다. 하지만 다음 순간, 당장 그를 만나 맹세든, 부인이든, 변명이든, 어쨌든 가슴속에 가득 찬 고뇌를 비워줄 무슨 말이든 듣고 싶다는 욕망이 솟구쳤다.

조금 전에 오언에게 피곤하다고 말했으니, 애들레이드 페인터 양과 소피 바이너를 태우고 갈 차가 도착했을 때 내려가지 않거나, 샹텔 부인에게 점심 식사 때 안 내려간다고 해도 크게 문제될 건 없을 터였다. 그래서 애너는 하녀에게 이런 내용을 전하라고 지시한 후, 소파에 앉아 자기 앞의 어둠을 응시했다…….

그녀에게는 불행한 과거가 있었고, 이제 예전의 고통들이 굶주린 유령들처럼 새로운 아픔 주변에 몰려들었다. 그녀는 처녀 시절의 실망, 실패로 끝난 결혼 생활, 그 뒤에 헛되이 보낸 세월들을 기억했지만, 그것들은 어디까지나 삶을 거부하거나 미룬 데서 오는 소극적인 슬픔들이었다. 그 희미한 그림자는 이 불타는 고문대에 묶인 자신과는 전혀 무관해 보였다. 전에도 고통은 있었지만, 언제나 맑은 정신으로 서글픈 사색에 잠겨 이겨낸 세월이었다. 그러나 이제 그녀는 상처 입은 짐승처럼, 이 끔찍한 고통이 끝나기만을 본능적으로 갈망하며, 맹목적이고 격렬하게 괴로워하고 있었다…….

하녀가 문을 두드리는 소리가 들렸으나 애너는 두 손에 얼굴을 묻은 채 대답하지 않았다. 노크 소리는 계속되었고, 애너는 습관대로 고개를 들고 표정을 고친 다음 하녀가 가져온 쪽지를 받아들었다. 대로우의 쪽지였는데, '만날 수 있을까?'라고 적혀 있었다. 애너는 자신이 듣기에도 약하고 공허한 목소리로, "대로우 씨께 올라오시라고 전해"라고 말했다.

하녀는 그 전에 머리를 좀 빗겨드리겠다고 했지만, 애너는 괜찮다고 했다. 하지만 문이 닫히자 애너는 본능적인 자존심에 끌려 자리에서 일어나 벽난로 선반 위에 걸린 거울에 자신의 얼굴을 비쳐보며 머리를 쓸어 넘겼다. 눈이 붉고, 얼굴이 피곤하고 야윈 걸 빼고는 평소와 다름없는 모습을 보며, 그녀는 이런 순간에는 자신의 몸이 마치 조각이나 그림처럼, 안에서 몸부림치는 자아와는 별개의 존재처럼 보인다는 생각에 잠겼다.

조금 전에 내려갔던 하녀가 문을 열자 대로우가 문간에 서 있었다. 그는 애너의 지시를 기다리는 듯 그 자리에 멈춰 섰다. 극도로 창백하긴 했지만 부끄럽거나 자신 없는 기색은 전혀 없는 그의 얼굴을 보며 애너는 '저 사람도 나만큼이나 자존심이 강하구나' 싶어 탄복을 금치 못했다.

이윽고 애너가 입을 열었다. "저한테 할 얘기가 있으시다고요?"

"물론이지." 대로우가 침착한 어조로 대답했다.

"그럴 필요 없어요. 아무 소용 없을 테니까. 저는 모든 걸 알고 있으니 무슨 말씀을 하셔도 도움이 안 될 거예요."

애너가 이렇게 단도직입적으로 나오자 대로우의 낯빛이 더 창백해졌다. 그녀를 응시하고 있는 그의 눈빛은 고통으로 가득 차 있었다.

"내 말은 들어보지도 않고 그렇게 결정한 거야?"

"그렇게라뇨?"

"더 이상 할 얘기가 없다고?" 대로우는 잠시 그녀의 대답을 기다리더니 다시 말을 이었다. "난 '모든 것'이라는 게 무슨 뜻인지도 모르는데."

"아, 그 밖에 뭐가 있을 수 있어요? 알 만큼 아니까 내버려두세요. 소피에게 아니라고 말해 달라고 했지만, 그러지 못하더군요……. 우리가 할 얘기가 뭐가 있어요?" 애너가 울음을 터뜨렸다. 고통 때문에 맹목적으로 울부짖는 짐승 같은 고뇌가 다시 밀려왔다.

대로우는 차분한 눈빛으로 고개를 꼿꼿이 쳐들고 있었다. "당신이 바라는 대로 해야겠지. 하지만 이렇게 겁을 내는 건 당신답지 않아."

"겁을 낸다고요?"

"모든 걸 얘기하고 사실을 직시할 용기가 없다는 거지."

"그럴 사람은 당신이지, 제가 아니에요!"

"난 그저 당신이 사실을 들어주기를 바랄 뿐이야." 대로우가 다시 말을 멈추었다. "바이너 양이 뭐라고 했는지 말해줄 수 있어?"

"아, 그녀는 정말 관대해요……. 더할 수 없이!" 고통이 경련처럼 그녀를 휘어잡았다. 애너는 갑자기 소피가 그를 얼마나 사랑했으면 그렇게 관대할 수 있을까, 두 사람 사이에 얼마나 많은 기억이 존재할까 하는 생각에 사로잡혔다!

"아, 가세요, 제발 가주세요. 너무 끔찍해요! 제가 당신을 볼 이유가 없잖아요?" 애너가 두 손으로 눈을 가리며 떠듬떠듬 말했다.

애너는 두 손에 얼굴을 묻은 채, 몇 시간 전에 소피 바이너가 그랬듯이, 대로우가 문 쪽으로 걸어가 문을 여닫고 나가기를 기다렸다. 하지만 대로우는 아무 말 없이, 잠자코 기다리고 있었다. 애너는 격렬한 반감에 사로잡혔다. 그가 거기 있다는 것은 그녀의 슬픔과 자존심에 대한 모독이었다. 대로우가 꼭 그 말을 듣고야 나가려고 하는 게 이상했다!

"내가 여길 떠나주면 좋겠어?" 마침내 대로우가 이렇게 물었다. 애너가 가만히 있자 그는 이렇게 덧붙였다. "나는 물론 당신 뜻대로 하겠지만,

이번에 가면 다시 만날 수 없는 건가?"

그의 목소리는 결연했다. 대로우 역시 애너 못지않게 당당했다!

애너가 자신 없는 목소리로 대답했다. "다 부질없다는 거 아시잖아요."

"당신은 지금 말도 들어보지 않고 나를 내쫓고 있어……."

"말을 안 들어보다니요? 두 사람 얘기를 모두 들어줬잖아요!"

"그 얘기나 다른 어떤 얘기도 잊어버릴 수 있지만, 오언만은 생각해 줬으면 해."

"오언?"

"그래, 어떻게든 오언이 이 일을 모르게 해야지……."

애너는 두 손을 떨군 채 놀란 표정으로 그를 건너다보았다. 그러고 보니 정말 오랫동안 오언을 잊고 있었던 것 같았다!

대로우가 말을 이었다. "당신이 지금 나를 보내면……."

이때 애너가 말했다. "아, 그렇군요……." 두 사람 사이에 긴 침묵이 흘렀다. 이윽고 애너가 아주 낮은 목소리로 말했다. "어느 누구도 저만큼 고통 받게 하고 싶지 않아요……."

"오언은 내가 내일 떠난다고 알고 있어." 대로우가 말했다. "그런데 갑자기 계획이 바뀌면 이상하게 생각할 수도 있지……."

아, 애너는 대로우의 말뜻을 알아들었다. 그러고 보면 주변의 모든 사람이 이 일의 영향을 받고 있었다! 이것이 그와의 마지막 만남이고, 그가 일단 이 방을 나간 뒤에는, 그의 얼굴, 음성, 그리고 그에게서 흘러나오는 모든 보이지 않는 것들이 그녀의 마음을 흔들어놓으리라는 두려움이 없을 때는, 슬픔을 억누르고 차분히 그를 마주할 수 있을 것 같았다. 하지만 그와 힘을 합쳐 오언을 보호하고, 그 애를 위해 둘이 행복한 척해 보여야 한다고 생각하자 기운이 빠졌다. 앞으로 이십사 시간을 그와 가까운 척하면서 사는 건 그 없이 평생을 사는 것보다 더 어려울 것 같았다. 갑자기 힘이 빠진 애너는 소파에 푹 주저앉아, 행복으로 빛나는 얼굴을 숨기곤 했던 쿠션에 얼굴을 묻고 흐느꼈다.

"애너……." 대로우가 바로 옆에서 속삭이는 소리가 들렸다. "조용히 얘기 좀 해보자. 그렇게 두려워하는 건 우리답지 않아."

그가 애정 어린 표현을 썼으면 기분 나빴을 텐데, 용기를 내라는 말을 들으니 좀 기운이 났다.

"변명할 생각은 없어." 대로우가 말했다. "결코 좋은 일이 아니었으니까. 하지만 난 최소한 당신이 사실을 사실대로 봐주었으면 해. 무엇보다도, 당신이 바이너 양에 대해 오해하지 않았으면 해……."

애너는 피가 이마로 솟구치는 느낌이었다. 그녀는 고개를 들고 대로우를 쳐다보았다. "그 아가씨가 얘기한 것 말고 제가 알아야 할 게 더 있나요? 그 아가씨 이름을 다시는 듣고 싶지 않아요!"

"당신이 소피에 대해 그렇게 느끼기 때문에 자비의 이름으로 사실을 있는 그대로 들어 달라고 부탁하는 거요. 당신이 모든 걸 엉뚱하게 해석하고 있을 수 있으니까."

"그녀를 싫어하지 않는다고 말씀드렸잖아요. 전 그녀에 대해 아무 생각도 하고 싶지 않아요!"

"그건 당신이 두려워하고 있기 때문이야."

"두려워해요?"

"맞아. 당신은 늘 두려움이나 위선 없이 인생과 인간의 문제를 있는 그대로 보고 싶다고 했었지. 그런데 그것들이 항상 보기 좋은 건 아니지." 대로우는 잠시 쉬었다가 다시 말을 이었다. "내 자신을 위해서 이런 말 하는 건 아니야. 내 잘못을 변명할 생각은 추호도 없고, 내 자신에 대해서는 한마디도 하고 싶지 않아. 설사 그런 말을 해도 당신은 이해하지 못하겠지. 나 자신도 그 일을 이해할 수 없으니까. 당신은 나를 냉정하게 판단할 권리가 있어. 하지만 바이너 양은 너그럽게 봐줘……."

애너가 부르르 떨며 자리에서 일어났다. "당신이나 실컷 너그럽게 봐주세요!"

"그래, 당신이 날 내치겠다는 건 충분히 이해했어. 하지만 내가 소피를 위해 뭘 해도 당신이 이해하는 것의 반도 도움이 안 될 거야."

"뭘 해도? 결혼해주면 되잖아요!"

그러자 대로우의 표정이 굳어졌다. "소피에게 그보다 나쁜 일은 없을 거야!"

"소피가 기대하고…… 믿은 게 바로 그거였을 텐데요?" 대로우는 아무 말 없었다. 애너가 다시 따지듯 물었다. "대체 어떻게 된 여자예요? 당신은 대체 어떤 사람이고요? 어떻게 그런 일이! 여기 오다가……. 제게 오다가……." 애너는 목이 메어 말을 잇지 못했다.

"그래, 말 잘 했어." 대로우가 퉁명스럽게 대답했다. 애너가 그를 빤히 건너다보았다.

"난 당신이 몇 번이나 미룬 끝에 잡은 날짜에 맞추어 당신을 만나러 오는 길이었어. 그런데 당신은 마지막 순간에 또 아무 설명도 없이 몇 마디 말로 약속을 취소했지. 난 당신이 전후 사정을 설명하는 편지를 보내올 것 같아 계속 기다렸지만 그 편지는 끝내 오지 않았어. 이건 변명이 아니라 어디까지나 당신의 이해를 구하느라 얘기하는 거야. 난 자존심도 상하고, 화도 나고, 어째야 좋을지 막막했어. 당신이 날 포기했다는 생각도 들었어. 그런데 그때 갑자기 내 도움을 필요로 하는 가엾은 아가씨를 만난 거지. 정말이지 그 일은 그렇게 시작됐던 거야. 그 뒤에 일어난 일은,

그런 일들이 흔히 그렇듯이, 순간의 실수…… 일종의 미친 짓에 불과했어. 그 뒤로는 한 번도 못 만났어…….”

애너는 냉정한 표정으로 그를 보고 있었다. “그 말만 들어도 그 아가씨가 어떤 여자인지 가히 짐작이 가네요!”

“그래, 인습적인 기준으로 보면 그렇지. 하지만 당신은 절대로 인습적인 판단을 안 한다고 주장해왔잖아.”

“인습적인 기준? 그런 여자를…….” 애너는 거의 육체적인 혐오감에 사로잡혀 잠시 입을 다물었다. 그리고 다음 순간 이렇게 말했다. “저는 처음부터 그 여자가 그런 사람이라는 걸 알고 있었어요!”

“처음부터?”

“아주 처음부터는 아니지만……. 당신이 도착하신 뒤에는…….”

“소피는 그런 여자가 아냐.”

“그럼 새로운 이론에 따라 행동한 건가요? 저 끔찍한 여자들이 연단에서 고래고래 외쳐대는 그 이론들에 따라서?”

“아, 난 소피가 어떤 이론을 갖고 있다고 생각지 않아…….”

“그럼 그렇게 둘러댈 수도 없겠네요?”

“소피는 외롭고, 불행하고…… 당신 같은 여자들은 상상할 수도 없는 참담하고 굴욕적인 상황에 있었어. 그녀가 가진 것이라곤 주위 사람들의 무관심과 불친절로 일관된 과거, 불안한 미래뿐이었지. 그래서 내가 안쓰러워하는 걸 보고 감복했던 거지. 어떻게 보면 지나치게 감동 받았다고 할까. 그게 얼마나 위험한 일인지 깨달았어야 하는데, 난 그러지 못했어. 내 행동은 변명할 여지가 없지.”

애너는 괴로운 나머지 아무 말도 못 하고 듣기만 했다. 그의 한 마디 한 마디가 자신들의 과거를 산산이 부수는 듯했다. 그런 짓을 저지르고도 그렇게 밝은 표정과 티 없는 양심으로 자기에게 올 수 있었다니, 그저 놀라울 뿐이었다! 대로우가 자기를 속이려고 그렇게 행동했다면 끔찍한 일이었다. 하지만 그 사건을 까맣게 잊었다면 그건 더욱 무서운 일이었다. 애너는 아무 말도 듣고 싶지 않았고, 아무것도 보고 싶지 않았다. 그런 일이 벌어질 수 있는 세상이 있다는 걸 시사하는 소리나 광경은 어떤 것도 대하고 싶지 않았다. 하지만 그와 동시에 더 많은 걸 알고, 이해하고, 사람들에게 그토록 중요한 체험인 이런 일에 대해 조금 더 알아보고 싶다는 욕망이 샘솟기도 했다. '순간의 실수, 일종의 미친 짓'이란 대체 무슨 뜻일까? 사람들은 어떤 경위로 그런 모험을 감행하게 될까? 그리고 그런 일을 겪고도 어떻게 그렇게 아무렇지도 않은 걸까? 애너는 남녀가 갑자기 친밀해지면서 타락에 빠지는 광경을 상상하고, 자신의 마음이 영원히 더럽혀진 듯한 느낌을 받았다…….

그리고 이런 상황에서 그토록 침착하고, 유능하고, 유창하게 떠들어 댈 수 있는 대로우가 그저 놀랍기만 했다. 남자들은 이런 설명을 해야 할 기회가 많고, 그래서 정해진 공식을 읊어대는 것일 수도 있었다……. 그런 생각을 하자 심신이 납처럼 무거워지면서, 오히려 불같은 고통이 스러지고, 만사가 어떻게 되든 상관없는 무미건조하고 썰렁한 세계에 들어선 느낌이 들었다. 애너는 한동안 아무것도 느낄 수 없었다.

그녀는 대로우가 대답을 기다리고 있다는 걸 알고 그가 한 말을 이해하려고 애썼지만, 머릿속이 흐려진 거울처럼 멍했다. 마침내 그녀가 입을 열었다. "무슨 말씀을 하셨는지 통 이해할 수가 없네요."

"그래, 이해할 수 없겠지." 대로우가 갑자기 언짢은 어조로 말했다. 그런데 막상 그의 입에서 그런 말이 나오니 애너는 기가 막힐 뿐이었다.

"그런 일이라면…… 이해하고 싶지 않아요."

그러자 대로우가 거의 모진 어조로, "두려워하지 마……. 당신은 절대로……"하고 대답했다. 그리고 한순간 두 사람은 적들처럼 상대를 노려보았다. 애너는 그의 매정한 말에 목이 메어왔다.

"제가 감정이 없다고요……. 냉정하다고요?"

"아니, 당신은 아주 고결하고…… 섬세해서…… 그런 일들과는 거리가 멀지."

하지만 대로우는 맘에 있던 말을 해봤자 아무 소용 없다고 생각했는지 다시 입을 다물었고, 두 사람은 다시 서로를 노려보았다. 하지만 이번에는 적이 아니라 서로의 언어에서 배웠던 몇 마디를 잊어버린 외국인들 같았다.

이윽고 대로우가 입을 열었다. "내가 내일까지 여기 있는 게 여러 가지로 좋지만, 당신을 방해할 이유는 없어. 우리 단둘이 만날 필요는 없다는 거지. 난 다만 당신의 뜻을 알고 싶을 뿐이야." 그는 사업 얘기를 마무리하는 사람처럼 아주 차분한 어조로 이렇게 말했다.

애너가 그를 건너다보았다. "제 뜻이라고요?"

"오언에 대해서 말야……."

그러자 애너가 얼른 소리쳤다. "둘이 다시는 못 만나게 해야 해요!"

"그럴 가능성은 별로 없어. 내 말은 오언이 이 일을 눈치 채지 못하게 하려면 당신이 조심해야 한다는 거야……."

애너는 차분한 어조로 대답했다. "그 애는 절대 모르게 해야 해요." 그러자 잠시 침묵이 흐른 뒤 대로우가 이렇게 말했다. "그럼 이걸로 작별이군."

그 순간 애너는 지금까지의 대화가 모두 이 결론으로 치닫고 있었다는 사실을 비로소 깨달았고, 그러자 화가 나고 섭섭했던 마음이 가라앉고 그가 지금 자기 앞에 서 있고, 손을 뻗으면 만질 수도 있다는 것, 그리고 한 순간이 지나면 그가 서 있던 곳은 텅 빌 거라는 사실만이 마음속을 가득 채웠다.

그녀는 자신이 한없이 약해진 것 같았고, 그에게 제발 가지 말아 달라고 애원하며 그 품에 뛰어들어 그가 초래한 이 끔찍한 고통에서 벗어나 숨어버리고 싶은 충동을 느꼈다. 그런데 그런 상상을 하자 또 다른 생각이 떠올랐다. '난 그녀가 뭘 체험했는지 결코 알 수 없을 거야…….' 그러고는 자존심 때문에 또다시 고통의 가장자리로 내던져졌다.

"잘 가요." 애너는 대로우가 자기 얼굴을 볼까 봐 조심하며 이렇게 말했다. 그러고는 그가 문으로 걸어 나가는 동안 고개를 쳐든 채 꼼짝 않고 서 있었다.

제 5 권

제30장

사흘 뒤, 애너 리스는 마티뇽 가에 있는 페인터 양의 응접실에 앉아 있었다.

그날 아침 서둘러 집을 나선 그녀는 오후 한 시에 파리에 도착했고, 그로부터 약 십 분 후에는 페인터 양의 집에 들어서고 있었다. 팔에 냅킨을 건 페인터 양의 늙고 작은 하인은 그녀를 가로막으려 했지만, 애너는 그를 제치고 곧바로 식당으로 들어가 차가운 양고기와 레몬 주스로 이루어진 특이한 점심을 먹고 있는 주인— 페인터 양은 어떤 동물처럼 몰래 음식을 먹는 버릇이 있었는데—앞에 나타났다. 애너는 페인터 양의 당황한 표정을 싹 무시한 채 자신이 찾아온 이유를 털어놓았고, 언제라도 외출할 수 있게 차려입고 있던 페인터 양은 곧바로 집을 나섰다. 애너는 가구에 늘 덮개가 덮여 있고 내닫이창이 내려져 있으며, 불기라고는 전혀 없는 황량한 방에 혼자 남겨졌다.

애너는 이 어둑하고 쓸쓸한 방에서 거의 두 시간을 기다렸다. 지금 그녀에게는 그런 어두움과 쓸쓸함이 오히려 편안하게 느껴졌고, 페인터 양이 어떤 대답을 가져올지 빨리 알고 싶긴 했지만, 조금 더 혼자 있고 싶기도 했다. 흰 덮개가 덮인 의자에 앉아 불 꺼진 벽난로를 바라보면서 애너는 처음으로 마음속의 어두움과 혼란을 뚫고 어떤 길을 찾아낸 느낌이었다. 하지만 그 길은 얼마 못 가 막히고 말았고, 그걸 찾으려는 그녀의 시도 또한 병을 앓고 난 사람이 다시 삶의 실마리를 찾듯이 아주 약하고 간헐적이었다. 애너는 낫기보다 죽는 편이 훨씬 더 쉬운 병을 아주 오래 앓은 기분이었다. 지브레에서 그녀는 일종의 무기력함, 가끔 엄청난 고통이 스치고 지나가는 영혼의 죽음 같은 상태에 빠져 있었는데, 나른하든 아프든 간에 자신의 살아 있는 자아와는 아주 멀리 떨어져 있는 느낌이었다.

그러고는, 바로 그날 아침, 오언이 아무 말 없이 파리로 떠났다는 걸 알고 나서야 그런 몽롱한 상태에서 벗어나 활동을 재개할 수 있었던 것이다. 오언의 파리행이 무엇을 의미하고, 거기서 어떤 결과가 빚어질지 생각하니 애너 자신이 이 집안에서 떠맡고 있는 책임이 느껴졌고, 그래서 오언을 따라가기로 결정하고 거기 필요한 준비를 하는 동안, 그녀의 마음이 다시 살아나 아직 열에 들뜬 상태이긴 했지만 간헐적으로나마 평소와 같이 활동하기 시작했다. 기차에서는 파리에서 어떤 일이 기다리고 있을지 몰라서 이런저런 무서운 상상만 계속했지만, 어떤 일에도 동요하지 않는 페인터 양의 얼굴을 보니 마음이 좀 가라앉았다. 그리고 그녀를 기다리는 동안 애너는 다시 자신의 일로 관심을 돌렸다.

겉으로 드러난 행동만 갖고 본다면 자신은 애초의 결심에 충실했다고 할 수 있었다. 대로우가 떠날 때까지 이십사 시간 동안 그녀는 전혀 속내를 드러내지 않고 차분한 표정으로 평소 해오던 일들을 처리하고, 일부러 그를 피한다는 인상을 주지 않도록 노력도 했다. 그러고는 몇 시간을 닫힌 덧문 뒤에 앉아 있다가 그가 칼레행 급행열차를 타기 위해 파리행 기차를 타러 떠나는 소리를 들었다.

대로우가 그 기차를 탄다는 것, 그가 자기를 두고 그렇게 멀리 떠난다는 것을 생각하자 어제 일어난 일이 어쩔 수 없는 현실로 느껴졌다. 그는 이제 갔고, 다시는 돌아오지 않을 것이다. 그리고 막 시작될 거라고 생각했던 자신의 삶은 이제 끝나버린 것이다. 처음에 애너는 이 일이 이렇게 끝날 수밖에 없다고 생각했다. 가을 새벽에 이 집을 떠난 그 남자는 자기가 사랑해온 그 사람이 아니었고, 모든 면에서 그녀와 생각이 다른 낯선 사람일 뿐이었다. 그가 대로우의 얼굴과 음성을 갖고 있다는 건 정말 끔찍한 일이었고, 같은 지붕 아래 있는 동안은 그의 동작이나 눈빛 하나에도 마음이 흔들리곤 했다. 그건 분명히 자신의 감성이 외양에 지나치게 예민한 탓이었기에, 애너는 자기가 그렇게 감각의 노예가 되는 게 두렵기까지 했다. 하루 이틀 전만 해도 애너는 도의심이야말로 자신의 가장 중요한 성품이라고 생각했었다. 그녀가 남들의 인습을 비웃는다면 그건 그들이 그 문제를 진지한 게 아니라 가볍게 생각했기 때문이었다. 그래서 이 세상에는 절대로 용서할 수 없는 행위들이 있고, 자신은 늘 신용과 공정함을 추구한다고 생각했던 것이다.

그녀는 일단 대로우가 이 집을 떠나서 그를 보거나 그의 음성을 들을 위험이 없어지면 이 도의심이 자신을 지켜줄 거라고 생각했다. 대로우의 참모습과 자신이 그에 대해 지녔던 이미지를 분리해서 생각할 수 있다고 믿었던 것이다. 그녀는 심지어 나쁜 기억을 모두 잊고 자신이 사랑했던 대로우를 추억하게 될 날이 올 거라는 생각까지 했었다. 그런데 이 둘은 실은 하나였던 것이다. 애너가 열렬히 사랑했던 대로우는 자신을 속였던 그 자와 같은 사람이었고, 그렇다면 이 둘을 모두 몰아내야 했다. 그렇게 되면 애너 자신은 아무런 추억도 없이 슬픔의 사막에 남겨질 것이다…….

미래가 그렇게 공허한 반면, 현재는 번잡하기 이를 데 없었다. 한 가지 충격이 이렇게 많은 부작용을 낳은 적은 없던 것 같았고, 오언의 처지를 생각하자 애너 자신의 일은 더 이상 문제가 아니었다. 오언은 뭐가 두려워서, 그리고 무엇을 찾아 그렇게 갑자기 파리로 간 걸까? 그리고 왜 자기에게 한마디 말도 없이 떠난 걸까? 소피 바이너가 떠났을 때, 오언은 그녀가 부를 때까지 기다리기로 했었고, 뭔가 새로운 걱정거리가 생기지 않았다면 그런 약속을 함부로 깨고 그녀의 허락도 없이 찾아갈 사람이 아니었다. 애너는 오언이 소피 바이너가 파리에서 자기를 만나주기로 했다는 소식을 듣고 자기 방으로 뛰어올라왔을 때, 순식간에 자신의 근심 어린 표정을 읽어내던 일을 떠올렸다. 나쁜 일이 있다는 걸 그렇게 금세 알아차린 걸 보면 오언은 평소에도 뭔가를 의심했음에 틀림없고, 그렇다면 자기나 대로우뿐 아니라 오언도 진심을 숨기고 있었다는 결론이 나왔다. 솔직하고 자존심 강한 애너에게는 그들 모두가 상대의 동정을 살피는 적들처럼 살고 있었다는 게 정말 치욕스럽게 느껴졌다. 그녀는 단조롭고 편협했지만 당당하고 진솔하게 살던 날들이 정말 그리워졌다.

그녀는 자신이 두려워하는 게 뭔지, 그걸 어떻게 피할지 전혀 모르는 상태로 파리행 기차에 올랐다. 오언이 바이너 양을 만날 생각으로 파리에 왔다면—그것 말고 다른 이유가 뭐 있겠는가?—두 사람은 이미 만났을 것이고, 이제 와서 말려봤자 아무 소용 없을 것이다. 어쩌면 오언은 파리에 온 게 아니라 애너 몰래 지브레를 떠나 런던에 가서 대로우를 만나 진상을 밝히려는 심산일 수도 있었다. 하지만 이 역시도 별로 가능성이 없어 보였다. 자신과 대로우는 끝까지 너무도 그럴듯하게 친밀함을 가장했기 때문에 설사 오언이 뭔가를 의심했더라도 그걸 행동으로 옮길 가능성은 별로 없었다. 오언이 뭔가를 알아내고자 했으면 소피를 만나 따질 것 같았다. 애너가 소피 바이너를 찾기 위해 페인터 양을 내보낸 건 바로 그런 이유 때문이었다.

온갖 생각으로 머릿속이 복잡했던 애너는 아무것도 모르는 애들레이드 양의 덤덤한 얼굴을 보며 어느 정도 마음이 가라앉는 느낌이었다. 페인터 양은 이쪽에서 얘기한 것 이상은 절대로 짐작하지 못했지만, 주어진 정보의 범위 내에서는 기가 막힌 해결책을 제시하는 사람이었다! 그녀는 주인의 발치에 사냥감을 갖다 놓는 순간 그것에 대해 관심을 잃는 잘 훈련된 사냥개 같았다. 애너는 도착하자마자 그녀에게 오언의 방문이 그와 소피 바이너 사이에 새로운 오해를 초래할 수 있다는 점을 설명했다. 자신은 그 오해를 막기 위해 뒤따라왔는데, 직접 소피를 만날 필요는 없으니 대신 찾아가 오언의 소재만 알아봐 달라고 했다. 페인터 양은 이 간단한 설명만 듣고 집을 나섰는데, 워낙 하는 일이 많은 사람이라서 소피를 만나본 뒤, 방금 보스턴에서 돌아온 친구를 찾아보고, 또 다른 친구에게 샹젤리제에 있는 미국 청과상에서 산 크렌베리와 복숭아 조림을 갖다 주고 온다는 것이었다.

시간이 흐를수록 애너는 극도의 긴장과 엄청난 정신적 노력에 따르는 후유증을 느끼기 시작했다. 자기로서는 정말 대단한 용기를 발휘한 것 같았고, 페인터 양이 어떤 소식을 가져오든지 간에 뭔가를 새로 결정해야 한다는 생각을 하니 그녀가 돌아오는 게 두려웠다. 오언을 찾으면 무슨 말을 해야 할까? 어떻게 해서든 그 애에게는 숨기고 싶은 한 가지를 드러내지 않고 그와 얘기를 할 수 있을까? '그녀에게 삶을 주라.' 이 말이 자신을 비웃고 있는 것 같았다. 그건 철천지원수에게도 주고 싶지 않은 선물이었다. 그래서 애너는 자신이 지금 겪고 있는 고통을 소피 바이너에게도 주고 싶지 않았다…….

애너는 마음을 가라앉히고 소피의 모습을 다시 한번 찬찬히 떠올려보았다. 왠지 그녀를 회상하는 데 익숙해져야 할 것 같은 기분이 들었다. 인생이 그런 거라면 빨리 그것에 적응하는 게 좋을 테니까……. 하지만, 인생은 그런 게 아닐 것 같았다. 이번에 그녀가 겪은 일은 끔찍한 사고일 뿐이었다. 애너는 이번 일을 일반화시켜 자기가 믿어온 고결한 가치들을 의심하고, 운명이 그녀에게서 앗아간 것을 비하시키는 데서 위안을 얻는 짓은 하고 싶지 않았다. 세상에는 자신이 꿈꿔온 그런 사랑이 정말 있었고, 애너는 앞으로도 그런 사랑이 존재한다는 것과 자신이 그걸 받을 자격이 있다는 걸 믿고 싶었다. 그녀가 겪은 일은 해괴하고, 치사하고, 참담했지만, 그녀 자신은 결코 그렇지 않았고, 앞으로도 결코 운명의 노리개는 되지 않을 작정이었다…….

대로우에 대해서는 아직 차분히 생각할 여유가 없었다. 하지만 그녀는 '차차 그렇게 되겠지'라고 반복해서 생각했다. 지금도 그녀는 자신의 고통 때문에 그의 참모습을 왜곡하지 않으려 노력했다. 애너는 가능한 한 빨리 그의 전체를 사랑하기 전, 자기가 좋아했던 그의 이런저런 면들을 기억해봐야겠다고 생각했다. 성인들이 고안해낸 어떤 '영적 훈련'도 이보다 괴로울 수는 없었지만, 그 고통 자체가 매력적으로 느껴졌던 것이다. 그녀는 새로운 고통을 통해 완전히 녹초가 되고 싶었다…….

제31장

애너는 페인터 양이 문 따는 소리에 화들짝 깨어났다. 그녀는 아직도 매 순간 새로운 고통이 닥칠까 봐 벌벌 떠는 상태였던 것이다.

잠시 침묵이 흐르더니 현관에서 얘기하는 소리가 들리고, 페인터 양의 힘찬 노크 소리가 들렸다.

페인터 양이 들어오자 애너는 얼른 일어섰다. "오언을 찾았어요?"

"소피를 찾았어."

"오언은요? 그 애를 봤대요? 같이 오셨어요?"

"소피를 데리고 왔어. 현관에 있는데, 애너를 만나고 싶대."

"여기서…… 지금요?" 애너는 말을 잇지 못했다.

"나랑 같이 왔어." 페인터 양은 아주 차분한 어조로 말을 이었다. "택시 기사가 건방지게 굴길래 번호를 따왔지." 그녀는 아주 튼튼해 보이는 그물 핸드백을 뒤졌다.

"아, 전 못 만나요……." 애너는 자기도 모르게 이렇게 말했지만, 그녀를 안 만난다고 하면 페인터 양이 더 캐물을까 봐 얼른 마음을 다잡았다.

"애너가 너무 피곤해서 못 만나줄지도 모른다며 나한테 먼저 가서 물어보라고 하더군."

애너는 얼른 숨을 들이쉬었다. 뭔가 더 중요한 일이 일어나지 않았으면 소피 바이너가 이렇게 나올 리 없을 것 같았다. "들어오라고 해주세요." 애너가 말했다.

문간에 서 있던 페인터 양은 돌아서며 자기는 그 운전기사를 고발하러 지금 즉시 경찰서에 갈 참이라며 밖으로 나갔다. 곧이어 소피 바이너가 들어왔다.

바이너 양은 정말 오고 싶지 않은데 뭔가 할 얘기가 있어서 온 표정이었고, 그걸 본 애너는 소심한 자신이 부끄럽게 느껴졌다. 두 사람은 말로 하기에는 생각이 너무 복잡하다는 듯 잠시 말없이 서로 마주 보았다. 이윽고 애너가 애써 상냥한 어조로 이렇게 말했다. "페인터 양 얘기로는 오언이 어디 있는지 안다면서요?"

"네, 그래서 뵙자고 했어요." 소피가 긴장도, 망설임도 없는 간결한 어조로 이렇게 대답했다.

"오언이 약속하기로는……." 애너가 말했다.

"그렇게 약속했었죠. 하지만 그 사람은 약속을 어겼어요. 그래서 부인께 말씀드려야 할 것 같았어요."

"고마워요." 애너가 조심스럽게 말을 이었다. "그 애는 오늘 아침 말도 없이 지브레를 떠났어요. 그래서 걱정이 돼서 따라온 거예요……."

애너는 다시 중간에 입을 다물었고, 소피가 이렇게 물었다. "오언이 눈치 챘을까 봐 걱정되셨다는 거죠? 그건 맞아요……."

"그게 무슨 소리죠? 뭘 눈치 챘다는 거죠?"

"자기가 모르는 뭔가를 부인께선 알고 계신다는 거죠. 부인께서 저를 가게 놔둔 데는 뭔가 이유가 있다고 생각하고 있어요."

"아……." 애너가 신음 소리를 냈다. 더 큰 고통을 원했는데 지금 그 소원이 이뤄진 것이다. "오언이 그렇게 말하던가요?" 애너가 떨리는 소리로 물었다.

"제가 안 만난다고 해서 직접 듣지는 못했어요. 팔로우 씨 부인을 시켜 그를 돌려보냈거든요. 그런데 나중에 편지를 썼더라고요."

"아, 가엾은 것!" 애너가 탄식했다. 자기도 말할 수 없이 괴로웠지만 오언이 겪고 있는 고통도 상상이 갔던 것이다.

"오언을 만날 수 있게 허락해주세요." 소피가 이상하게 활기찬 어조로 말을 이었다. "부인의 허락 없이는 만나지 않을 거니까요."

"오언을 만난다고요?" 애너가 놀란 가슴을 진정하려 애쓰며 이렇게 물었다. "그게 무슨 소용이 있어요? 그 애한테 무슨 애길 하려고요?"

"사실대로 말하려고 해요." 소피 바이너가 말했다.

두 사람은 서로 마주 보았고, 애너의 이마가 붉게 달아올랐다. "이해가 안 가네요." 애너가 말했다.

소피는 잠시 기다리더니 낮은 목소리로 이렇게 말했다. "저를 필요 이상으로 나쁘게 생각할까 봐 그러는 거죠……."

"필요 이상으로?"

"네……. 지금 부인께서 생각하시는 그런 일들을 상상할까 봐서요……. 정확히 어떤 일이 있었는지 알려주고 나서…… 작별을 고하고 싶어요."

애너는 너무도 놀라고 혼란스러운 나머지 뭐라고 해야 할지 막막했지만, 한편으로는 가슴이 뭉클해졌다.

"그러면 더 충격을 받지 않을까요?"

"사실을 알면요? 어쨌든 부인과 대로우 씨에게는 더 좋을 거예요."

그의 이름이 나오자 애너가 얼른 고개를 들었다. "난 오언만 생각하면 돼요!"

그러자 바이너 양이 놀란 얼굴로 물었다. "설마…… 대로우 씨를 포기하시겠다는 건가요?"

애너는 입술을 악물었다. "그 얘기는 할 필요 없을 것 같은데."

"아, 알아요! 제가 말주변이 없어서 그래요. 부인께선 적당한 말을 골라 쓸 줄 아시는데. 제 말투가 부인 마음에 안 드는 걸 아니까……. 더 실수를 하게 되네요. 지난번에 아무 말 못한 것도 그 때문이었어요……. 설명을 드렸어야 하는 건데. 하지만 이제 부인이 싫어하셔도 설명을 드려야 해요!" 바이너 양이 한 발 다가섰고, 가냘픈 몸이 호소하듯 앞으로 숙여졌다. "제 말씀을 들어주세요! 부인이 하신 말씀은 정말 끔찍했어요.

그분에 대해 어떻게 그런 식으로 말씀하실 수 있어요? 그분이 부인을 잃을까 봐 떠나온 거, 부인은 모르셨어요?"

애너는 차가운 눈길로 바이너 양을 건너다보았다. "지금 대로우 씨 얘길 하는 건가요? 선생님이 가고 오는 게 우리 관계에 영향을 미친다고 생각하다니, 이해가 안 가네요."

"저 때문에…… 그분을 버리셨단 말씀이세요? 아, 어떻게 그러실 수가 있어요? 그분을 정말 사랑한다면 그러실 수 없어요! 하지만," 바이너 양이 갑자기 이렇게 덧붙였다. "부인은 그분을 사랑하실 거예요. 안 그러면 저를 더 가엾게 봐주시겠죠!"

"나도 선생님이 안됐다고 생각해요." 애너는 심장을 조이던 쇠줄이 조금 느슨해짐을 느끼며 이렇게 대답했다.

"그렇다면 제발 제 말을 들어주세요. 이해하려고 노력해주세요. 그 일은 부인이 상상하시는 거랑 전혀 달라요."

"난 선생님에 대해 이렇다 저렇다 한 적 없는데."

"제가 문제가 아니에요. 그분은 부인을 사랑하세요!"

"오언 얘기를 하러 온 거 아니에요?"

소피 바이너는 그 말은 싹 무시해버렸다. "그분은 다른 누구도 사랑한 적이 없어요. 그 며칠 동안에도…… 그분이 저를 사랑하신 적 없다는 거…… 전부터 알고 있었어요."

"제발 그만둬요!" 애너가 말했다.

"제가 이렇게 많은 말을 하다니, 이상하다고 생각하시겠죠. 염치도 없고, 부끄러운 줄도 모르는 사람이라고 생각하실 거예요. 그건 사실이지만…… 부인께서 생각하시는 그런 이유 때문은 아니에요! 그분을 사랑한 건 부끄럽지 않아요. 부인께 그 말씀을 드리는 것도 마찬가지고요. 그것이 저와…… 그분의 행동을 정당화해주죠. 아, 어떻게 해서 그 일이 벌어졌는지 말씀드릴게요! 그분은 저를 안쓰럽게 생각하셨고, 제가 호감을 가졌다는 걸 눈치 채셨어요. 하지만 그 이상은 결코 아니었어요. 저는 그분이 다른 사람을 사랑하고 있고, 그 시간이 끝나면 모든 게 끝날 거라는 사실도 알고 있었어요. 그분은 제가 딴생각을 품게 할 말은 한마디도 하시지 않았어요……. 전 난생처음으로 행복을 누려보고 싶었고…… 그 일이 그분께 어떤 피해를 끼칠지는 상상도 못 했어요!"

애너는 무슨 말을 해야 할지 막막했다. 소피가 뭔가를 애절하게 호소하고 있다는 것 말고는 정확히 무슨 말을 하는지 알 수 없었지만, 애너 자신이 평생 한번도 체험하지 못한 엄청난 열정을 목도하고 있는 건 분명했다.

"나도 선생님이 안됐다고 생각하고 있어요." 애너는 이렇게 말한 뒤 잠시 입을 다물었다. "하지만 왜 나한테 이런 얘기를 하는 거죠?" 그러고는 한참 뒤 다시 이렇게 말했다. "왜 오언이 선생님을 사랑하게 놔둔 거죠?"

"그 말씀은 맞아요. 제가 잘못했어요. 적어도 그 뒤에 벌어진 일을 보면 그랬어요. 그런 일이 없었으면 오언을 행복하게 해줄 수 있었을 거예요. 다들 제게 정말 잘해주셨고, 그래서 저도 그 댁에서 같이 살고 싶었어요! 제가 감히 그럴 권리가 있다고 생각했다는 걸 아시면 더 괘씸해 하시겠지요……. 하지만 이제 그런 건 중요하지 않아요. 부인이 원치 않으시면 저는 오언을 안 만날 거예요. 오언에게 모든 걸 얘기하려 했지만, 부인께서 더 잘 이해해주실 것 같았어요. 대신 부인께서 오언을 도와주셔야 해요. 이 일 때문에 상처를 많이 받을 거예요……."

애너가 몸을 부르르 떨었다. "아, 알아요! 어떻게 하면 되죠?"

"지금 바로 지브레로 돌아가세요……. 지금 당장! 부인이 자기를 따라왔다는 걸 알면 안 돼요." 소피가 맞쥔 손을 쳐들었다. "그리고 대로우

씨를 부르세요……. 도로 오라고 하세요. 그래야만 오언이 믿을 거예요. 저는 나중에 적당히 둘러댈게요……. 그건 걱정 마세요! 하지만 두 분 사이에 아무 문제도 없다는 것을 보여주셔야 해요."

애너는 그녀의 말에 압도된 채 꼼짝 않고 서 있었다. 바이너 양의 열정이 바람처럼 자신을 휩쓸고 지나간 느낌이었다.

"이렇게 빌어도 안 들어주실 건가요? 언젠가는 부인도 아시게 될 거예요!" 소피가 눈물 가득한 눈으로 그녀를 보며 호소했다.

그 눈을 보며 애너는 목이 메어왔고, 심장을 동여맨 끈이 조금 더 느슨해지는 느낌이었다. 그녀는 뭐라고 대답을 하고 싶었지만, 아무 말도 할 수 없었다. 마음속이 온통 시커멓게 요동치고 있었기 때문이다. 그녀는 말없이 바이너 양을 건너다보았다.

"선생님 말을 믿어요." 애너는 갑자기 그렇게 말하고 돌아서서 방을 나왔다.

제32장

애너는 페인터 양의 집을 나와 자기 아파트로 갔다. 그 집을 관리하는 하녀는 그녀가 온다는 걸 알고 있었기에 방 두어 개를 정리하고 침실에 불도 피워놓은 참이었다. 애너는 아무것도 필요 없다고 말한 뒤 침실로 들어가버렸다. 너무 춥고 어지러워서 모자와 망토를 벗고는 벽난로 앞에 꿇어앉아 불에 손을 녹였다.

소피 바이너의 충고를 따를 경우 최소한 한 가지 이점은 있었다. 오언을 뒤따라온 건 분명 어리석은 짓이었고, 제일 먼저 할 일은 그 애보다 먼저 지브레로 돌아가는 것이었다. 하지만 오늘 저녁에는 완행열차밖에 없었고, 그걸 타면 자정에야 프랑쇠유에 도착할 것이다. 그러면 샹텔 부인이 이상하게 여길 것이고, 끝도 없는 설명을 늘어놓아야 할 것이다. 애초에 에피의 가정교사를 찾는다는 구실로 파리에 왔으니 내일 아침 기차를 타는 게 자연스러울 것 같았다. 오언의 성격으로 봐서 다시 소피를 찾아갈 것이고, 안 만나주면 또다시 편지를 보내고 답장을 기다릴 것이다. 그렇다면 오언은 빨라야 내일 저녁에나 지브레에 돌아올 것이다.

당장 떠날 필요가 없다는 걸 깨닫는 순간 갑자기 피로가 밀려왔다. 하녀가 차를 가져오겠다고 했지만, 누군가 옆에 있는 게 싫어서 놔두라고 했다. 오늘 하루 종일 먹은 것이라고는 역의 구내식당에서 산 샌드위치가 전부였다. 애너는 일어날 기운도 없어서 벽난로 옆에 있는 안락의자를 끌어다 그 쿠션에 머리를 기댔다. 벽난로에 몸을 녹이자 무거웠던 마음이 풀리면서 몽롱하게 편안한 기분이 들었다. 애너는 자신이 지브레의 자기 방에 앉아 있고, 지금 기대고 있는 의자에 대로우가 앉아 있는 것 같이 느껴졌다. 그가 두 팔로 어깨를 껴안고 그녀의 머리를 뒤로 젖혀 눈을 들여다보며, '이 머리 모양이 제일 맘에 드는군' 하는 것 같았다…….

벽난로에서 장작 하나가 굴러 떨어졌고, 애너는 깜짝 놀라 정신을 차렸다. 그녀는 행복에 젖은 채 미소 지으며 깨어났으나, 자기가 어디 있는지 깨닫는 순간 환상에서 깨어났다. 그녀는 두 손에 얼굴을 묻고 흑흑 느껴 울었다.

창밖에 어둠이 내리고 있었다. 애너는 뻣뻣이 굳은 몸을 일으켜 짐을 푼 다음 소지품들을 화장대에 늘어놓았다. 그녀는 불을 켜지 않은 어둑한 방 안에서 더듬더듬 필요한 물건들을 찾으며, 자기가 모든 사람, 특히 자신에게서 아득히 멀리 떨어져 있다는 느낌에 사로잡혔다. 자신의 의식이

다른 사람의 몸에 옮아갔고, 그 사람이 무슨 생각을 하고 무슨 짓을 하든 아무 관심도 없는 것처럼 느껴졌던 것이다…….

이때 갑자기 따르릉 소리가 들렸고, 애너는 떨리는 가슴으로 방 한가운데 가만히 서 있었다. 화장실에 있는 전화기가 울리고 있었다. 애들레이드 페인터 양의 전화 같았다. 아니면 오언이 자기가 파리에 온 걸 알아버린 걸까? 그 생각을 하자 왈칵 겁이 나서 애너는 어두운 방 안을 허둥지둥 가로질러 전화기 쪽으로 달려갔다. 수화기를 들자 대로우가 자기 이름을 부르고 있었다.

"지금 좀 만날 수 있을까? 파리에 와 있는데……. 안 올 수가 없었어. 페인터 양한테서 여기 와 있다는 말을 들었어."

애너는 덜덜 떨기 시작했고, 대로우가 목소리를 듣고 그걸 눈치 챌까 봐 걱정이었다. 그에게 뭐라고 대답했는지 기억이 안 났지만, 저쪽에서 "안 들리는데" 하는 소리가 들렸다. 그녀는 "알았어요!" 하고는 수화기를 내려놓았다가 다시 집어들었다. 하지만 전화는 끊긴 뒤였다. 애너는 대로우가 "알았어요!"라는 말을 들었는지 궁금해졌다.

애너는 의자에 앉아 귀를 기울였다. 왜 그를 만나겠다고 했을까? 그가 오면 무슨 얘기를 하지? 그렇게 앉아 있는 동안 가끔 대로우가 꿈속에서처럼 바로 옆에 있는 것같이 느껴졌고, 애너는 눈을 감고 그의 품에 안겨 있는 듯한 환상에 빠졌다. 그러다가 제정신이 들면 으스스 한기가 느껴졌다. 오랜 시간이 흐른 뒤, 애너는 "그 사람은 안 올 거야"라고 중얼거렸다.

그런데 바로 그 순간 초인종이 울렸고, 애너는 오싹한 한기에 부르르 떨며 자리에서 일어섰다. '와봤자 아무 소용 없다는 걸 모르는 걸까?' 애너는 이런 생각을 하며 하녀에게 그를 못 만난다는 전갈을 보냈다.

문을 열자 대로우가 응접실에 서 있었다. 방 안은 썰렁했고, 벽에 달린 전등에서 나오는 싸늘한 빛이 덮개로 덮인 가구와 커튼을 가린 흰 천을 비추고 있었다. 대로우는 창백하고 긴장된 얼굴이었고, 피곤한지 미간을 찌푸리고 있었다. 그런 모습을 보자 그가 사흘 동안에 지브레에서 런던에 갔다가 다시 파리에 돌아왔다는 사실이 떠올랐다. 애너는 그동안 자기가 겪었던 그 엄청난 일들이 겨우 사흘 동안에 일어났다는 사실이 놀랍기만 했다!

"고마워!" 그는 방에 들어서는 애너에게 이렇게 말했다.

"그러는 게 나을 것 같아서……." 애너가 대답했다.

대로우가 다가와 그녀를 껴안았다. 애너는 벗어나려고 애써봤지만, 대로우는 오랫동안 찾고 있던 사람을 만난 듯 가쁜 숨을 몰아쉬며, 그녀 쪽으로 몸을 숙이는 대신 자기 쪽으로 그녀를 끌어당겨 꽉 껴안았다. 너무 꽉 안겨 있어서 애너는 마치 그 숨소리가 자신의 가슴에서 나오는 것 같다는 느낌이 들었고, 결국 고개를 쳐들고 그의 얼굴을 자기 쪽으로 당겼다.

이윽고 애너는 그의 품을 벗어나 방 저쪽 끝에 있는 소파에 가 앉았다. 덮개를 씌운 두 장의 창문 커튼 사이에 걸린 거울에 그녀의 구겨진 여행복과 흐트러진 머리, 창백하게 바랜 얼굴이 보였다.

간신히 목소리를 되찾은 그녀는 대로우에게 어떻게 휴가를 얻었냐고 물었다. 그는 어렵사리 얻어낸 휴가라고 대답했지만 그녀의 말을 듣고 있는 것 같지는 않았다.

"어떻게든 애너를 만나야 할 것 같았어." 대로우가 그녀에게 더 바짝 다가앉으며 말했다.

"그래요, 오언을 생각해야죠."

"아, 오언!"

애너는 오언이 오해를 풀 수 있도록 대로우를 지브레로 돌아오게 해 달라고 한 소피 바이너의 부탁을 떠올렸다. 그건 물론 말도 안 되는 소리였다. 설사 애너 자신이 그런 일을 벌일 만큼 비인간적인 용기를 낼 수 있다 해도, 대로우에게 그런 속임수에 동참해 달라고 부탁할 수는 없는 노릇이었다. 그런 생각을 하자 무슨 수를 써도 이미 무너져버린 자신의 세계를 다시 일으켜 세울 수는 없을 거라는 생각이 들었다. 그랬다, 어떤 노력도 다 허사일 수밖에 없었다. 그렇다면 그와 같이 있는 시간은 매 순간 말할 수 없이 괴로울 뿐이었다…….

"난 오언이 아니라 내 얘길 하러 왔어." 대로우의 목소리가 들려왔다. "며칠 전 당신이 떠나라고 했을 때는 그럴 수밖에 없다고 생각했어. 하지만 우리가 이렇게 헤어질 수는 없어. 이 정도 일로 당신을 잃을 수는 없어."

"이 정도 일?"

"그렇지. 헤어지려면 이보다는 더 심각한 이유, 근본적인 불화가 있어야 해. 이번 일은…… 물론 심각하긴 하지만 헤어질 이유는 못 돼. 당신이 그 점을 이해하고 인정할 용기를 내주었으면 좋겠어."

"그 점을 이해할 수 있다면 용기도 나겠죠."

"맞아, 용기라는 말은 맞지 않군. 당신에겐 용기가 있어. 내가 여기 온 것도 그 때문이지."

"하지만 이해는 할 수 없어." 애너가 서글픈 어조로 말을 이었다. "그러니 다 소용없는 일이에요, 안 그래요? 그리고 잔인하기도 하고……." 대로우가 뭔가 말을 하려 했지만 애너가 다시 말을 이었다. "전 절대로 이해할 수 없을 거예요……. 영원히!"

대로우는 그녀를 건너다보았다. "언젠가는 이해할 거야. 당신은 모든 걸 느껴봤으니까…….”

“이건 모두 무감각의 소치라고 생각했는데…….”

“내가 무감각해서 일어난 일이라는 말이지?” 대로우가 결연한 표정으로 그녀를 바라보았다. “그래, 부끄럽게도 사실이야……. 내 말은, 당신이 좀더 나이가 들면 우리 인간이 얼마나 형편없는 존재인지 알게 될 거라는 뜻이지. 어떤 때는 눈이 멀기도 하고, 어떤 때는 어떤 광기에 사로잡히기도 하니까……. 그러다가 눈이 다시 보이고 제정신을 차리면 자기도 모르게 부숴버린 소중한 것들을 한 조각 한 조각, 조금씩 조금씩, 다시 만들어야지. 인생은 끊임없이 부서진 것들을 되붙이는 과정 같기도 해.”

애너가 그를 휙 올려다보았다. “제 생각도 그래요. 당신이…….”

대로우가 그만두라는 손짓을 하며 자리에서 일어섰다. “그 말은 하지 마! 사람들은 그렇게 인생을 내던지지 않아. 당신이 나를 거부하는 건 좋지만, 내 인생은 내 것이니까 최선을 다해 살아야지.”

“최선을 다해 사는 것……. 제가 보기엔 그게 바로 그 방법이에요! 다른 사람의 삶을 망쳐놓고도 최선의 삶을 살 수 있나요?”

대로우는 신음 소리를 내며 다시 의자에 앉았다. “나도 모르겠어! 그때는 그게 극히 가벼운 일, 표면에 국한된 일 같았고, 그래서 아무 생각없이 그런 일에 빠져든 거지. 이제는 내가 얼마나 무서운 일을 저질렀는지 나도 당신만큼 잘 알겠어. 내가 저지른 잘못의 깊이를 알 것 같아. 하지만 그게 당신이 생각하는 것처럼 나쁜 일은 아냐.”

그러자 애너가 나지막하게 말했다. “난 절대로 이해 못 할 거예요. 하지만 그 아가씨는 당신을 사랑하는 것 같아요…….”

“그게 내 실수였어. 난 그걸 알아채지 못했고, 그래서 도망치지도 않았던 거야. 당신은 절대로 이해 못 할 거라고 하지만, 이해 못 할 것도 없잖아? 사람들 사이의 정을 이해 못 하는 게 무슨 자랑인가? 당신이 이런 일에 대해 좀더 안다면 내 설명을 들어도 그렇게 불쾌해 하거나 우리를 비난하지 않을 거야."

"난 당신을 비난하지 않아요." 그녀는 서로 모순되는 충동들 때문에 현기증이 날 지경이었고, 이렇게 소리치고 싶었다. '저도 이해해요. 당신이 여기 온 순간부터 다 이해할 수 있었어요!' 지금 그녀의 마음속에서는 대로우에 대한 낭만적인 감정들과, 그와는 전혀 다른 욕망이 들어차 있어서 몸과 마음이 서로 전쟁을 벌이는 것 같았기 때문이다. 그녀는 어떤 책에서 읽은 내용이 떠올랐다. 로마 시대에는 노예들에게 별도의 옷을 입히지 않았는데, 그 이유는 그들에게 보통 사람과 다른 옷을 입히면 자신들의 수와 힘을 알아차릴 위험이 있었기 때문이었다. 애너는 그동안 아무 말 없이 자기 마음속의 어두운 통로를 은밀히 오가던 본능적인 욕망들이 이제 서로를 알아보고 반역의 함성을 지르고 있다는 느낌에 사로잡혔다.

"아, 저도 뭐가 옳은지 모르겠어요!" 애너가 소리쳤다. "그 아가씨가 당신을 사랑한다는 걸 몰랐다고 하시지만, 이제 아시잖아요. 그러면 부서진 조각들을 되붙일 수 있잖아요?"

"다른 여자를 사랑하는데 그 아가씨와 결혼하는 게 정말 부서진 조각들을 되붙이는 일이라고 생각해?"

"아, 저도 모르겠어요……. 모르겠어요……." 애너는 자신의 나약함이 싫어서 그의 논리에 더욱 완강히 맞서고 있었다.

"당신도 알고 있어! 우리는 쓸데없는 희생이 얼마나 무서운 건지 얘기하곤 했었잖아. 그녀와 결혼하는 건 속죄가 아니야……." 그러더니 그는 갑자기 이렇게 말했다. "지금 당신한테 이런 말을 해야 하는 것 자체가 속죄지."

애너는 아무 말도 할 수 없었다.

이때 초인종 소리가 조용한 집 안에 요란하게 울려 퍼졌고, 애너는 벌떡 일어서며 "오언이에요!" 하고 소리쳤다

"오언이 파리에 있나?"

애너는 낮은 소리로 재빨리 소피 바이너에게서 들은 내용을 얘기해주었다.

"내가 자리를 피해줄까?" 대로우가 물었다.

"네……. 아니오……." 그녀는 그를 내보내야 할 것 같아 식당 문을 열다가 돌아서며 말했다. "애들레이드일 수도 있어요."

이때 바깥쪽 문이 열리는 소리가 들리고 다음 순간 오언이 방으로 들어섰다. 창백한 얼굴에 흥분한 눈빛이었는데, 대로우를 보자 깜짝 놀라는 눈치였다. 그러더니 가볍게 인사를 하고는 일부러 명랑한 표정을 지으며 애너에게 다가갔다.

"깜찍한 분 같으니! 페인터 양을 만났는데, 엄마가 갑자기, 몰래 파리에 오셨다고 하더라고요." 오언은 긴장되고, 의아하고, 극도로 초조한 표정으로 애너와 대로우 사이에 서 있었다.

"대로우 씨를 만나러 온 거야." 애너가 대답했다. "휴가가 연장되어서 나와 같이 지브레로 돌아가실 거거든."

애너는 자기도 모르게 이렇게 말했지만, 그 말을 하는 동안에 엄청난 해방감이 느껴졌다.

그러자 극도로 긴장해 있던 오언이 놀란 얼굴로 대로우를 건너다보았다.

"운이 좋아서……. 아내의 병 때문에 결근하던 직원이……. 그래서 바로 돌아왔지." 대로우가 차분한 어조로 설명하는 소리가 들렸다. 침착한 그를 보자 애너도 마음이 가라앉았다. 그녀는 웃음 띤 얼굴로 오언에

게 말했다.

"내일 아침에 모두 같이 돌아가자." 그녀는 오언에게 다가가 팔짱을 끼었다.

제33장

오언은 애너와 같이 지브레로 돌아가지 않았다. 같이 돌아가자는 말에 그는 하루나 이틀 더 파리에 있겠다고 대답했다.

애너는 다음 날 아침 첫차로 혼자 떠났고, 대로우는 오후 차로 가기로 했다. 전날 저녁, 오언이 떠난 뒤 대로우는 애너가 무슨 말이든 하길 기다리다가 그녀가 아무 말 없자 정말 같이 지브레로 돌아가주기를 바라느냐고 물었다. 애너가 말없이 고개를 끄덕이자 대로우가 이렇게 덧붙였다. "오언을 위해 얼마든지 노력할 용의는 있지만, 그 애 때문에 지브레까지 갔다가 다시 쫓겨나고 싶지는 않아."

"아니에요……. 안 그럴 거예요."

그가 이쪽으로 걸어와 자신을 건너다보자 애너도 그에게 다가갔다. 그의 품에 안기자 모든 두려움이 눈 녹듯 사라지는 느낌이었다. 그건 지금까지 한번도 느껴보지 못한 새로운 감정이었다. 어떤 내밀한 치욕과 원한이 섞여 있는 듯 혼란스럽고 어지럽지만, 다른 한편으로는 더 깊고 풍요롭고 매혹적인 느낌이 들었던 것이다. 그녀는 고개를 젖히고 눈을 감은 채 그의 입맞춤을 받으며 다시는 그를 포기할 수 없다고 생각했다.

하지만 다음 날 아침 그녀는 대로우에게 생각할 시간이 필요하니 자기 먼저 지브레로 돌아가겠다고 했다. 그녀는 여태까지 일어난 일은 불가피했고, 자신과 대로우는 맺어질 수밖에 없으며, 과거의 잘못 때문에 둘이 헤어지는 건 있을 수 없는 일이라는 대로우의 말에 공감했다. 전과 달라진 게 있다면 그에 대한 열정이 더 강해졌다는 것뿐이었다. 그녀는 왠지 초조하고, 그가 눈에 안 보이면 불안하고, 평소에 갖고 있는 자아상과 달리 자기가 불완전하다는 생각, 대로우에게 한껏 기대고 싶다는 생각에 빠졌다.

그녀가 혼자 있고 싶었던 것은 어느 정도는 바로 이 새로운 감정 때문이었다. 정신적으로 늘 혼자였던 애너는 아침의 냉수욕처럼 이런 자기 점검의 시간이 늘 필요했다.

지브레로 돌아가는 동안 그녀는 자신의 새로운 결심과 고통에서 벗어난 갑작스러운 해방에 비추어 지금까지의 일을 되돌아보았다. 자신이 어떤 불의 공격을 받고 까맣게 그을린 모습으로 덜덜 떨고 있지만 품에는 마법의 주문을 껴안고 있는 것 같았다. 소피 바이너가 "언젠가는 아시게 될 거예요!"라고 했고, 대로우 역시 그 말을 했는데, 애너가 생각하기에 그 말은 자신이 스스로의 마음속에 깃든 갖가지 복잡한 감정과 암흑을 이해하면 남들을 판단할 때 좀더 관대해질 거라는 뜻인 것 같았다. 그런데 이제는 애너도 알 것 같았다……. 지금껏 전혀 몰랐던 나약함과 힘, 이성과 욕망 사이의 심각한 갈등과 더 차원 높은 조화를 이제 알게 된 것이다…….

그녀는 초조한 마음으로 오언을 생각했다. 하지만 그가 겪을 고통이 최소한 자기 때문에 생긴 건 아니라는 생각이 들었다. 그 애는 자기가 흔히 보는 평범한 이유들 때문에 소피 바이너와 헤어지는 거라고 생각할 것이고, 그녀를 잃을 수밖에 없겠지만 최소한 나쁜 기억은 남지 않을 것이다. 애너는 자신이 이 끔찍한 고통에서 오언을 보호하기 위해 대로우와 했던 약속을 지킨다는 생각은 한순간도 하지 않았다. 자신이 스스로에게 가장 소중한 것을 지키고 싶은 저항할 수 없는 충동 때문에 그런 결정을 내린 것이고, 그때 오언이 나타난 것은 그런 결정을 내린 구실은 됐을망정 결코 원인은 아니었다고 생각했던 것이다. 하지만 그 결정 때문에 오언의 고통을 덜 수 있다고 생각하니 더 용기가 나는 듯했다. 애너는 늘 보아온 별이 그 친숙한 빛으로 어떤 새 길을 비춰주고 있는 듯한 느낌이 들었다.

이런 생각의 저변에는 소피 바이너에 대한 절대적인 신뢰가 깔려 있었다. 애너는 소피에 대해 반감과 믿음의 감정을 동시에 느꼈다. 자기와 전혀 다르다고 생각하고 싶은 사람이 자신과 비슷한 충동을 갖고 있다고 생각한다는 건 어딘지 자존심 상하는 일이었다. 그런데 과연 어떤 게 소피의 참모습일까? 그녀는 무서운 게 전혀 없는 사람 같으면서도 말할 수 없이 섬세했다. 대로우에게 자신을 바치고도 아주 뻔뻔한 꽃뱀처럼 아무렇지도 않게 오언 리스에게 그 사실을 감쪽같이 속였다. 하지만 한쪽을 돕기 위해 다른 쪽을 버려야 했을 때는 그걸 즉시 실행에 옮겼다.

애너는 소피의 삶을 상상해보고, 그녀가 어떤 경험과 깨달음을 통해 그런 사람이 되었는지 그려보았다. 하지만 자신의 삶이 그와 많이 달랐기에 도저히 짐작이 안 가는 부분이 많았다. 지금 생각해보니 리스와의 결혼 생활은 엄격한 자제와 질서로 특징지어지는, 단조로운 일상의 연속이었다. 그런데 그건 바로 자기가 지나치게 무심했기 때문은 아니었을까? 자신이 남편의 과거를 상상해본 적도 없고, 그가 집에 없을 때 어디서 무슨 일을 하는지 생각해본 적도 없다는 사실이 놀랍게 느껴졌다. 누가 그녀에게 남편이 옆에 없을 때 무슨 생각을 할 것 같으냐고 물으면 지체 없이 담배 상자에 대해 생각할 거라고 대답했을 것이다. 남편이 자기가 전혀 모르는 열정이나 흥미, 관심사를 갖고 있으리라는 생각은 해본 적도 없었다. 그런데 그는 담배 상자를 팔거나, 전시회에 가거나, 거래상이나 수집가를 만난다는 명목으로 상당히 규칙적으로 파리에 가곤 했다. 그녀는 깔끔하게 단장한 남편이 꼿꼿한 자세로 조용한 골목을 조심스럽게 걸어가 어떤 문간으로 들어서는 모습을 상상해보았다. 지금 생각하면 자신은 남편에게 너무 차갑게 대했던 것 같았다. 그러니 그가 다른 데서 위안을 찾았다 해도 극히 자연스러운 일이었을 것이다. 남자들은 다 그럴 텐데, 남편은 어수룩한 자기를 얼마나 우습게 여겼을까?

그런데 지금 자기가 프레이저 리스를 그런 바람둥이로 상상하는 것은 결국 대로우의 행동을 정당화하려는 시도일 뿐이라는 생각이 든 애너는 퍼뜩 정신을 차렸다. 그녀가 남자들은 '다 그렇다'고 생각한 것은 대로우가 '그랬기' 때문이었던 것이다. 애너는 자기 같은 여자들이 도저히 버릴 수 없는 것을 포기하지 않으려면 그런 사실을 받아들여야 한다는 생각을 하며 자신의 결정을 합리화하고 있었던 것이다. 그러다 갑자기 자신의 무지와, 그 무지를 깨려는 어리석은 시도가 몹시 싫어졌다. 왜 대로우에게서 사실을 캐내려고 애썼던 걸까? 자기만 가만히 있었으면 모든 게 그대로 묻히고 말았을 텐데. 소피 바이너는 약혼을 깼을 것이고, 오언은 세계 여행을 떠났을 것이고, 애너 자신의 꿈은 깨어지지 않았을 것이다. 하지만 애너는 진실이 드러날 때까지 끊임없이 파헤치고, 고집하고, 힐문했다. 그녀는 바로 엉뚱한 데서 용기를 발휘했다가 뒤늦게 그걸 깨닫는 저 불운한 여자들 중 하나였던 것이다……. 애너는 자신이 마음속에서 그런 식의 자화상을 그리고 있다는 게 놀라울 뿐이었다. 그녀는 악마에 사로잡힌 듯한 느낌이 들어 아무 생각도 하지 않으려고 애썼고, 아무 걱정 없는 무지의 상태로 돌아가고 싶어졌다. 바로 그 순간 대로우가 지브레에 돌아오는 걸 막을 수 있다면 그럴 수도 있었을 것이다…….

하지만 대로우는 지브레에 도착했고, 그를 보는 순간 마음속의 혼란이 사라지고 자신감과 용기가 되살아났다. 그는 저녁나절에 도착했는데, 애너는 직접 차를 몰고 프랑쇠유까지 그를 마중 나갔다. 애너는 최근에야 얻게 된 직관을 통해 대로우가 옆에 있어야만 자신이 정상을 되찾을 수 있다는 걸 깨달았기에, 한시바삐 그를 만나고 싶었다. 차가 시내를 벗어나 간선 도로에 들어서자 대로우는 그녀의 손에 입을 맞추었고, 그녀는 그에게 몸을 기대며 둘 사이에 전류가 다시 통하는 걸 느꼈다. 그녀는 대로우가 아무 말도 하지 않고 그녀에게도 말을 시키지 않는 것이 고마웠다. '이 이는 절대로 실수하지 않아……. 늘 어떻게 처신해야 할지 알지.' 애너는 속으로 그런 생각을 했다. 하지만 다음 순간, 그가 그렇게 요령 있게 처신하는 것은 그런 상황에 자주 처해보았기 때문이라는 생각이 들어 깜짝 놀랐다. 그의 요령이 일종의 전문 지식이라는 생각이 들자 말할 수 없이 역겨워졌고, 애너는 자기도 모르게 몸을 사렸다. 하지만 그는 그녀를 자기 쪽으로 다시 당기지 않았고, 애너는 이 역시 계산된 행동이라는 생각을 했다. 그녀는 참담한 기분으로 대로우 옆에 가만히 앉아 지금부터는 늘 그의 표정과 행동을 이런 식으로 해석하게 될지도 모른다는 생각을 했다. 두 사람은 차가 진입로의 어두운 가로수 길로 접어들어 그 끝에 지브레의 불빛이 보일 때까지 아무 말 하지 않았다. 이윽고 대로우가 그녀의 손에 손을 얹으며, "나도 알아……" 하자 애너는 비로소 마음이 풀렸고, '이 사람도 나만큼 괴로워하고 있어'라는 생각이 들었다. 그러자 그 순간 두 사람 사이에 자리 잡고 있던 무서운 과거가 일종의 벽이 되어 두 사람을 각자 슬퍼하게 만드는 대신, 더 가깝게 밀착시켜주는 것 같았다.

대로우와 함께 지브레로 돌아오는 건 정말 기분 좋은 일이었고, 이 오래된 저택의 부드러운 고요 속으로 들어서자 무서운 악몽에서 깨어나 마음을 가라앉혀주는 친숙하고 호의적인 것들 사이로 돌아오는 느낌이 들었다. 그렇게 오랫동안 아주 까다로운 취향으로 고른 물건들로 가득 찬 이 조용한 방들이 그런 비극적인 불화의 무대가 되었다는 게 믿어지지 않았고, 문을 닫자 그 불화의 기억들은 모두 바깥의 어둠 속으로 사라지는 듯했다.

다과가 차려진 참나무 방에 들어서자 샹텔 부인과 에피가 내려와 있었다. 대로우를 본 에피는 응접실을 가로질러 달려가 그의 어깨에 올라타고 의기양양한 얼굴로 돌아왔다. 애너는 미소 띤 얼굴로 두 사람을 지켜보았다. 에피는 아주 상냥한 아이였지만 그런 식의 친절에는 아주 인색했기 때문에, 애너는 지금까지 오언이 지배하던 서클에 대로우도 합류하게 되었다는 인상을 받았다.

대로우는 차를 마시면서 샹텔 부인에게 갑자기 런던에서 지브레로 돌아오게 된 경위를 설명했다. 자기가 갈 자리에 있던 동료가 부인의 병 때문에 거기 더 있게 되었고, 대로우가 프랑스에 가고 싶어 하는 이유를 잘 아는 대사가 바로 지브레로 돌아가 그 직원 부인의 병이 나을 때까지 기다리라고 했다는 것, 그리고 자기는 그 소식을 듣자마자 그 동료에게 전보도 치지 않고 첫 기차로 돌아왔다는 내용이었다. 대로우는 에피에게서 찻잔을 받아 들고, 그녀가 건네준 빵을 먹고, 가끔 허리를 굽혀 졸고 있는 강아지를 어루만지기도 하면서 평소처럼 조용한 목소리로 아주 자연스럽고 유창하게 이야기하고 있었다. 애너는 그의 설명에 귀를 기울이면서 그게 모두 사실인지 궁금해졌다.

그건 물론 말도 안 되는 질문이었다. 그로서는 지브레에 돌아온 이유를 거짓으로 꾸며댈 이유가 전혀 없었으니, 지금 하고 있는 말이 모두 사실일 가능성이 아주 높았다. 그런데 지금 그는 소피 바이너에 대한 애너의 날카로운 질문에 대답할 때와 똑같은 표정과 어조로 말하고 있었고, 애너는 앞으로 그의 얘기를 들을 때는 늘 그 진실성을 의심하게 될 것 같아 오싹해졌다. 그녀는 한동안 이런 의심이 사랑의 원천 자체를 더럽힐 거라는 생각을 했지만, 결국은 다른 쪽으로 마음을 고쳐먹었다. '시간이 흘러서 내가 온전히 저 사람 것이 되면 서로 아주 가까이 있을 테니 그런 의심이 싹틀 여지도 없겠지.' 하지만 어쨌든 지금은 이런저런 의심이 마음속에 자리 잡고 있어, 때로는 수그러들기도 하고, 때로는 괴로울 정도로 날카로워지기도 했다. 이때 유모가 에피를 데리러 왔고, 아이는 할머니에게 입을 맞추더니 대로우의 무릎에 올라가 자기를 침대까지 안고 가 달라고 했다. 애너는 웃는 얼굴로 그러지 말라고 하면서 마음속으로 '내가 이런 식으로 의심하는 남자를 에피의 아버지로 맞아들일 수 있을까?' 하는 생각이 들어 씁쓸한 심정이었다.

런던에서 대로우를 만난 이후, 그녀가 그와의 결혼을 그렇게 미루고 망설인 것은 주로 에피에 대한 엄마로서의 책임감 때문이었다. 그를 향한 애너 자신의 감정은 아주 분명했기 때문에, 에피에 대한 걱정만 아니었다면 그때 바로 그와 결혼했을 것이다. 하지만 그를 다시 만나기 전까지는 재혼을 고려해본 적이 없었고, 정말 그럴 기회가 주어지자 딸과 꾸려가려던 삶이 송두리째 흐트러질 것 같은 느낌이 들었던 것이다. 그리고 이건 자기 혼자 해결해야 할 문제 같아서 대로우에게는 아무 말도 하지 않았던 것이다. 따라서 그가 에피의 아빠가 될 자질이 있는지 여부는 문제가 아니었고, 그에 대한 사랑 때문에 딸에게 소홀해질지도 모른다는 우려도 전혀 없었다. 애너가 보기에 사랑은 어떤 정해진 양이 있는 게 아니라 늘 새로워지는 보물 같은 것이었기 때문이다. 그 당시 애너가 고민했던 것은 에피에게 줄 시간을 빼앗고 딸과의 관계를 조금이라도 소원하게 만들 새로운 관심사나 일을 가질 권리가 자신에게 있는지 하는 의문 때문이었다.

그때 애너는 대로우와의 결혼이 불가피한 만큼, 자신에게 그런 권리가 있다고 생각했었다. 하지만 지금 새로운 문제가 대두되었다. 딸을 기르기 위해 이 나이에 수녀같이 갇혀 살 필요는 물론 없었다. 하지만 완전히 믿을 수 없는 남자와 결혼하는 건 또 다른 문제였다…….

제34장

다음 날 아침 애너는 아주 홀가분한 기분으로 깨어났다. 사흘 전, 지브레에서 아침을 맞았을 때는 자신의 삶 전체가 온통 어둠 속으로 추락해버린 것 같았다. 이제 또다시 대로우가 같은 지붕 아래 머물고 있었고, 그가 가까이 있다는 사실만으로도 밀려드는 공포를 물리치기에 충분했다. 지금 생각해보니 어젯밤 자기가 걱정했던 것들이 아주 하찮게 느껴졌다. 그것들은 모두 삶 자체를 직면하지 못하고, 자신의 내면을 들여다본 적 없기에 인간의 마음속에 존재하는 신비와 모순을 알지 못했던, 소심했던 지난날의 일들 같았다. 대로우는 "당신은 모든 걸 느끼도록 만들어진 사람이야"라고 했는데, 느끼는 건 분명 판단하는 것보다 훨씬 나았다.

아래층에 내려와보니 대로우는 벌써 참나무 방에서 에피, 샹텔 부인과 얘기를 나누고 있었고, 그의 존재가 주는 안도감은 두 사람 사이의 일에 대해 얘기할 필요가 없다는 사실에서 오는 편안함과 뒤섞였다. 하지만 그 일은 분명히 존재했고, 두 사람은 눈길이 마주칠 때마다 그 사실을 의식하지 않을 수 없었다. 애너는 그 문제를 더 구체적으로 맞닥뜨리는 게 겁나서 가능한 한 에피를 곁에 두려 했고, 유모가 아이를 데려간 후에는 샹텔 부인을 따라 자줏빛 방으로 올라갔다. 하지만 샹텔 부인과의 대화에서도 애너로서는 아직 아무런 구체적인 계획도 세울 수 없는 사안들이 거론되었다. 결혼식 날짜를 언제로 할 것인지, 런던과 리스본 중 어느 한 곳에서 배를 탈 경우 각각 어떤 이점이 있는지, 임지에서 살 만한 집을 얻을 수 있을지, 그리고 이 문제들에 대해 얘기를 마친 뒤에는 다시 오언의 결혼과 관련한 비슷한 문제들이 화제에 올랐다.

소피 바이너가 떠난 진짜 이유를 전혀 모르는 샹텔 부인은 신부가 결혼 전에 친지 집에 가 있으면서 이런저런 준비를 하는 건 '아주 적절한' 일이라고 했다. 샹텔 부인은 바이너 양의 이 행동이 아주 마음에 들어서 처음으로 오언의 결혼에 대해 얘기하고 있었고, 모든 일을 사회적 · 가정적 의미로 해석하는 그녀의 버릇 때문에 애너 역시 같은 식의 얘기를 할 수밖에 없었다. 얼마 후 대로우가 들어왔을 때 애너는 이제 다른 얘기를 할 수 있을 것 같아 안심했지만, 샹텔 부인은 그를 보더니 금방 두 사람의 결혼 얘기로 되돌아갔고, 그가 차분하고 명료한 어조로 거기 응수하는 걸 보면서 애너는 다시 한번 소름이 끼쳤다. 그런 차분함은 무관심에서 오는 걸까, 위선에서 오는 걸까? 애너는 줄곧 이 문제를 생각하고 있었고, 두 가지 답이 똑같이 두려웠다.

그녀는 아무 일도 없었던 것처럼 애초의 계획대로 대로우와 결혼하고 과거사가 두 사람의 관계에 아무런 영향도 미치지 않도록 살아갈 심산이었다. 하지만 돌이킬 수 없는 그 일에 대해 그 정도로 냉정해지려면 둘이 함께 모든 걸 재검토해보아야 할 것 같았다. 그리고 일단 그런 생각을 하자 한시바삐 대로우를 만나 그 얘기를 해보고 싶어서 에피에게 오후에 데리고 외출하겠다고 약속했던 게 후회되었다. 하지만 그 약속을 취소할 적당한 구실이 없었기에 애너는 대로우와 함께 에피를 데리고 차로 근처의 유명한 성을 향해 출발했다. 이 소풍 동안 애너는 대로우의 행동을 지켜보면서 에피의 존재가 그에게도 그렇게 부담스러운지 궁금했다. 유적을 둘러보는 동안 대로우는 줄곧 아주 상냥하고 곰살갑게 행동했으며, 아무도 지켜보지 않을 때만 표정이 심각해지고 응답하는 속도도 느려졌다.

그 성에서 돌아오다가 집에 도착하기 삼사 킬로미터 전에, 애너는 차에서 내려 지브레의 공원을 둘러싸고 있는 숲을 가로질러 가자고 제안했다. 대로우도 그러자고 했기 때문에 두 사람은 에피를 차로 보내고 바랜 태피스트리처럼 평평하지만, 갈색과 황토색 사이에 가끔 선명한 녹색이 빛나는 프랑스의 조용한 숲 속을 걷기 시작했다. 숲의 영롱한 잿빛 공기 때문에 바래가는 수풀의 색상이 더욱 선명해 보였고, 먼 곳의 풍경이 부드럽게 녹아들고 있었다. 애너는 그렇게 조용한 곳에서라면 쉽게 얘기를 나눌 수 있을 거라고 생각했다. 하지만 막상 대로우 옆에 서서 발소리까지 먹어버리는 깊은 갈색 이끼 위를 걷다 보니 도저히 입이 떨어지지 않았다. 그녀는 대로우의 존재가 주는 조용한 기쁨을 깨기 싫었기 때문에, 그가 방금 방문했던 성에 대해 얘기하기 시작하자 묻는 말에만 대답한 뒤 다시 그의 얘기에 귀를 기울였다……. 그랬다, 그녀는 도저히 그 얘길 꺼낼 수 없었고, 애초에 무슨 말을 하려고 했는지도 기억나지 않았다…….

그날, 그 다음 날도 사정은 마찬가지였다. 그가 눈앞에 없을 때면 그에게 물어보고 부탁할 말들을 수없이 궁리했고, 각각의 주장에 대해 아주 명료한 논리를 세워보았다. 하지만 그와 단둘이 남게 되면 금세 이성보다 깊고, 수줍음보다 미묘한 뭔가가 심신을 나른하게 만들었고, 말을 하고자 하는 욕망은 어렴풋한 동요로 변해버렸고, 희미한 신체적 고통 같은 그 동요를 통해 그의 얼굴과 음성, 손길이 느껴졌다. 하지만 이런 나른함 사이사이에 저항하고 싶은 강렬한 충동이 샘솟았고, 그녀는 또다시 그에게 할 말을 준비하곤 했다.

애너는 자기 마음속에서 요동치고 있는 이런 고민을 대로우가 틀림없이 감지했을 것 같아서 이 긴장을 풀어줄 무슨 말인가를 해주길 기다렸다. 하지만 그녀는 대로우가 말은 별 소용없다고 생각하고 있음을 금세 알아차렸고, 그래서 아무 일도 없었던 것처럼 행동하겠다는 애초의 생각을 고수하기로 했다. 그녀는 다시 한번 대로우의 무심함이 원망스러웠고, 그의 과거를 상상하며 괴로워했다……. 전에도 그에게 그런 일이 있었을까? 만일 그가 '어리석음과 광기의 순간'이라고 묘사했던 바이너 양과의 일이 그의 인생에서 유일한 그런 유의 사건이었다면, 그녀도 이해할 수 있을 것 같았고, 적어도 이해하려고 노력해볼 수 있을 것 같았다(왜냐하면 애너의 생각은 끊임없이 그 사건으로 되돌아갔기 때문이다). 하지만 그의 인생에 그 일 말고도 비슷한 사건이 많았다면 애너 자신의 과거 전체가 더럽혀질 것이다…….

에피는 바이너 양이 떠난 뒤 새 가정교사가 올 때까지 아래층에서 저녁을 먹기로 되어 있었다. 대로우가 온 날 저녁 애너는 유모가 거실 문간에서 에피를 부른 뒤에도 오랫동안 딸을 옆에 데리고 있었다. 이윽고 에피가 자러 가자 애너는 카드놀이를 제안했고, 게임이 흐지부지 끝난 뒤에는 대로우에게 잘 자라는 인사를 하고 샹텔 부인을 따라 이층으로 올라갔다. 하지만 샹텔 부인은 늘 일찍 자리에 들었고, 이튿날 밤에는 둘이 오붓한 시간을 보내라는 식의 말을 남기며 평소보다 더 일찍 올라가버렸다.

애너는 가만히 앉아 복도를 따라가다가 이윽고 사라지는 샹텔 부인의 작고 절도 있는 발소리에 귀를 기울였다. 대로우는 아까 부러진 샹텔 부인의 수틀을 고쳐보겠다며 램프가 놓인 탁자 옆으로 다가앉았다. 애너는 고개를 숙인 채 이마를 찡그리고 앉아 부서진 조각들을 맞추려 애쓰는 대로우를 지켜보았다. 정말 평온한 얼굴로 이 하찮은 일에 몰두하는 그를 보고 있자니 이 조용한 방에 달콤한 친밀감과 감미로운 습관이 가득 차 오는 것 같았다. 하지만 다음 순간 자기 옆에 남편처럼 앉아 있는 이 남자가 마음속으로 무슨 생각을 하는지 자신이 전혀 모른다는 사실을 깨달았다. 등의 불빛이 그의 하얀 이마, 건강하게 그을린 볼, 살이 없고 볕에 그을린 손을 비추고 있었다. 그의 손을 보고 있자니 마치 자기 몸에 그 손이 닿아 있는 듯한 느낌이 들었고, 애너는 속으로 '그 여자도 지금 나처럼 이렇게 저 사람을 지켜보았을 것이고, 저 사람을 내가 아는 것보다 더 깊이 알았을 것이다……. 어쩌면 저 사람은 지금 그 일을 기억하고 있을 수도 있지. 아니면 내가 이 사람이 오기 전의 일을 깡그리 잊었듯이 그 일을 모두 잊어버렸는지도 모르지……'라는 생각을 했다.

대로우는 부질없이 누군가를 그리워하거나 뭔가를 오랫동안 기억하는 사람이 아니라, 젊고, 활동적이고, 힘과 정력이 넘치는 사람으로 보였다. 애너는 자신이 무엇으로 그를 사로잡고 만족시킬 수 있을지 궁금했다. 지금 그는 분명히 그녀를 사랑하고 있었다. 하지만 어떻게 하면 그를 붙잡아둘 수 있을까? 두 사람은 나이 차가 거의 없었기 때문에 지금도 그녀는 자기가 대로우보다 더 늙었다는 느낌을 갖고 있었다. 아직은 차이가 뚜렷하지 않았고, 겉으로는 비슷해 보였다. 하지만 애너 자신이 병이 나거나 불행해지면 차이가 드러날 것이다. 애너는 '저 사람은 별로 예민하지 않으니까 늙지도 않을 거야. 그리고 저 사람이 안 늙기 때문에 내가 더 늙어 보일 거야……'라는 생각이 들어 정말 씁쓸했다.

그리고 자기가 매력을 잃는다면 과연 어떤 일이 벌어질 것인가? 그는 말로 한 맹세를 믿는 성격일까, 아니면 무언의 헌신에 담긴 더 깊은 경건함을 믿는 사람일까? 그는 이런 문제에 대해 어떤 생각과 믿음을 갖고 있을까? 하지만 그의 생각이나 믿음에 대해 알아봤자 무슨 소용이 있겠는가? 그는 지금 분명히 자신을 사랑하고 있고 언제까지나 그럴 작정일 것이다. 설사 나중에 그녀를 사랑하지 않게 되더라도 의리 때문에 감히 배신하지 못할 거라고 생각하고 있을 것이다. 애너는 미래에 대한 그의 생각보다는, 중요한 순간에 무엇이 그를 어떤 행동으로 이끌거나 그로부터 막아줄지 알고 싶었다. 교태로는 그런 일을 막을 수 없을 것 같고, 자기에게 그런 교태가 있을 것 같지도 않았다! 설사 어떤 자비로운 마법사가 그럴 능력을 준다고 해도 그런 선물은 거부할 것 같았다. 그녀는 교태로 남자를 구슬려 사랑을 얻고 싶지는 않았다…….

대로우는 수틀을 치우더니 방을 가로질러 와 그녀 옆에 앉았다. 뭔가 긴히 할 말이 있는 눈치였다.

"하루 이틀 안에 런던으로 돌아오라는 연락이 올 거야." 그가 입을 열었다.

애너가 잠자코 있자 그는 다시 말을 이었다. "내가 떠나기 전에 당신을 데리러 올 날짜를 얘기해줄 거지?"

지브레에 돌아온 이후 대로우가 결혼 날짜를 거론한 것은 이번이 처음이었다. 애너는 대답 대신 이렇게 말했다. "당신한테 말씀드릴 게 있어요. 지난번 파리에서 바이너 양을 만났어요."

대로우는 무척 놀라 얼굴이 붉어졌다.

"당신이 만나자고 한 거야?"

"아뇨. 그 아가씨가 애들레이드한테서 제가 파리에 왔다는 말을 듣고 찾아왔던 거예요. 당신과 결혼하라고 말하러 왔더군요. 당신이 알고 계셔야 할 것 같아서."

대로우가 자리에서 일어섰다. "말해줘서 고마워." 대로우는 애써 침착한 어조로 이렇게 말했다. 그녀는 그를 지켜보았다.

"그 말만 하던가?" 대로우가 잠시 후 이렇게 물었다.

"그것도 대단한 거 아니에요?"

"그 부탁은 전에 나한테도 했었어." 그런데 목소리만 들어도 그가 그 말에 얼마나 감동을 받았는지 알 수 있었다. 애너는 질투심에 사로잡혔다.

"아, 그건 당신을 위해 그런 거죠!" 대로우가 아무 말 않자 애너는 다시 이렇게 덧붙였다. "정말 너그러운 사람이죠……. 우리가 그 얘길 못할 이유도 없잖아요?"

그녀는 고개를 숙이고 있었지만, 내리깐 눈꺼풀을 통해 그의 복잡한 표정이 보이는 듯했다.

"그 얘기를 피한 적은 없는데."

"그럼 그녀에 대해 얘기해보죠. 당신과 그 아가씨 얘기를 해보면 더 잘 알 수 있을 것 같아요……."

애너는 갑자기 혼란에 빠져 입을 다물었다. 그러자 대로우가 물었다. "더 잘 알고 싶은 게 뭔데?"

대로우의 이마가 붉어졌다. 자기 혼자 생각하기도 힘든 일을 어떻게 그에게 말할 수 있을까? 사실 애너는 모든 걸 알고 싶었다. 그의 비밀을 그야말로 샅샅이 알고 싶었던 것이다. 하지만 지난 일에 대한 질투로 소피 바이너를 더럽히거나, 대로우로 하여금 자기 변호를 위해 그녀를 깎아내리고 싶은 유혹에 빠지게 할 수도 없었다. 바이너 양은 정말 너그럽게 처신했고, 그에 어울리는 보답을 하려면 아무런 조건 없이 대로우를 넘겨받는 수밖에 없었다…….

애너는 고개를 들고 그를 쳐다보았다. "저는 그저 그 아가씨의 이름을 말해보고 싶었을 뿐이에요. 우리가 그 이름을 그렇게 겁낼 필요는 없으니까요. 제가 정말 그 이름을 그렇게 두려워한다면 당신을 포기해야죠."

그러자 대로우가 허리를 굽혀 그녀를 안았다. "아, 이제 포기 못 할걸!"

그녀는 말없이 그의 품에 안겨 있었지만, 전과 같은 두려움이 또다시 둘 사이에 끼어들었다. 이윽고 애너가 이렇게 소리쳤다. "이렇게 두려운데 어떻게 해요?"

제35장

그 두려움은 다음 날 아침에도 여전히 두 사람 사이에 버티고 있었고, 애너는 점점 더 커지고 있는 무기력함을 떨치고 빨리 대로우에게 결혼할 수 없다고 말하기로 작정했다.

애너는 사랑에 대한 환멸 때문에 밤새 눈물지으며 자신의 과거를 돌아보았고, 그 결과 그런 결론에 이른 것이다. 평생 단 한 번 체험한 사랑이 정말 서글프게 깨어져 값싸고 초라한 모습으로 눈앞에 펼쳐져 있었다. 그녀는 오랜 세월 동안 감정적으로는 단조로웠을망정 생각은 활발하게 할 수 있었던 자신의 방을 둘러보며, 갖가지 치사한 의심과 용납하기 어려운 타협과 양보로 위축된 채 살아야 할 미래의 자기 모습을 상상해보았다. 그 순간 애너는 자기보다 소피 바이너가 더 나은 선택을 했고, 때로는 뭔가를 소유하고 황폐해지는 것보다 그걸 포기하는 쪽이 나을 수도 있다는 생각을 했다.

강력한 본능이 그녀의 이런 노력에 반기를 들었다. 현재가 확실히 내 것인데 과거나 미래가 무슨 문제인가, 다른 여자가 절대로 안 갖겠다고 하는 걸 내주는 건 미친 짓 아닌가 하는 생각이 들었고, 자기가 그 사람을 포기하면 소피 바이너가 아니라, 그 아가씨가 지금과 비슷한 계제에 그랬듯이 우연히 그를 만난 여자가 차지하고 말 거라는 생각도 들었다……. 하지만 자신이 대로우에 대해 그런 생각을 할 수 있다는 걸 깨닫자 생각이 얼른 다른 쪽으로 쏠렸다. 자신이 삶과 사랑에 대해 점차 그런 태도를 갖게 될 걸 상상하고, 에피가 그런 엄마의 영향 아래 자랄 생각을 하니 무척이나 굴욕적이어서 그녀는 손으로 눈을 가리고 말았다…….

온 가족이 점심을 먹고 있는데 대로우에게 런던으로 돌아오라는 기별이 왔다. 애너는 그가 건네준 전보를 읽어보았다. 신병 치료차 독일로 가는 대사가 내일 저녁 때 파리에 들르는데, 대로우에게 런던으로 가기 전에 거기서 자기를 만나 달라는 내용이었다. 애너는 결정적인 순간이 다가왔다는 게 몹시 부담스러워서 점심을 먹자마자 테라스를 거쳐 정원으로 내려갔다. 날씨는 흐렸지만 공기는 다사로웠고, 낙엽 썩는 냄새가 무겁게 깔려 있었다. 애너는 하릴없이 이리저리 걷다가 낙엽 진 나무 아래로 대로우와 처음 강가로 내려갈 때 걸었던 길을 걸었다. 대로우는 자신이 혼자 있고 싶어 하는 이유를 아니까 굳이 따라올 것 같지 않았다. 애너는 가끔, 자기는 그의 마음을 전혀 모르는데, 그는 자신의 마음을 훤히 들여다보고 있다는 생각이 들어 더더욱 쓸쓸해지곤 했다…….

한 시간 넘게 거닐다 집에 돌아오니 대로우는 오언의 서재 책상에 앉아 있었다. 그녀를 본 대로우는 자리에 앉은 채 몸을 돌려 그녀를 바라보았다. 둘의 눈길이 마주쳤고, 애너는 맑고 웃음 띤 그의 눈을 건너다보았다. 그는 옆에 종이 뭉치를 놓고 업무상의 편지들을 쓰고 있는 듯했다. 애너는 대로우가 그렇게 맘 편히 일에 열중할 수 있다는 사실에 놀라면서도, 그렇게 초연할 수 있다는 건 그가 그만큼 우월하기 때문이라는 생각이 들어 씁쓸했다. 그녀는 문지방을 넘어 그에게 다가갔다. 그런데 그때 갑자기 어두운 가을날 추운 바깥에 선 채, 등 밝힌 책상을 가운데 두고 서로 마주 보고 있는 대로우와 소피 바이너를 지켜보던 오언의 모습이 떠올랐다……. 그 영상이 너무 생생해 애너는 한 대 얻어맞은 듯 숨이 턱 막혔고, 그래서 힘없이 책 더미 옆의 소파에 푹 주저앉았다. 그리고 바로 그 순간 모든 게 끝났다는 걸 깨달았다. 그녀는 '그가 말을 걸면 이 말을 해야지……' 하고 생각했다.

대로우는 펜을 내려놓더니 한동안 말없이 그녀를 바라보았다. 그러고는 일어서서 방문을 닫았다.

"내일은 일찍 떠나야 해." 대로우가 애너 옆에 앉으며 진지하면서도 약간 서글픈 어조로 말했다. '이 사람은 내가 지금 무슨 생각을 하는지 알고 있어.' 그런 생각을 하자 조금 전보다는 덜 외롭게 느껴졌다. 그리고 엄격하면서도 부드러운 그의 표정을 보자 처음으로 그가 겪은 고통을 짐작할 수 있었다.

그를 포기해야 하는 건 분명했지만, 그걸 말로 할 수는 없었다. 그래서 애너는 자리에서 일어서며 말했다. "편지 쓰시게 저는 나가 있을게요." 대로우는 말리지 않고, 그저 "조금 있다가 같이 산책하러 내려올 거지?" 했다. 그 말을 듣는 순간 애너는 그와 함께 강가로 걸어가 마지막으로 그 작은 정자에서 그의 옆에 앉아 있는, 슬픈 호사를 즐기고 싶다는 생각이 들었다. '거기에서라면 그 말을 하기가 더 쉬울 수도 있지' 싶기도 했다.

그런데 애너는 산책을 마치고 집으로 돌아올 때까지도 그 말을 꺼내지 못했다. 그가 떠나기 전에 그 말을 해야 한다는 생각 때문에 애너는 부자연스러울 정도로 차분하게 행동했고, 그와 같이 있는 이 시간이 서글픈 기쁨으로 가득 찬 듯 느껴졌다. 하지만 두 사람은 그들의 얼굴을 상기시키고 있는 이 문제를 애써 피한 채 계속 다른 얘기만 했고, 애너는 두 사람이 심적으로 서로 가장 멀리 있는 바로 이 순간 정신적으로는 가장 가까이 있다는 느낌을 받았다. 두 사람은 그동안 사랑의 빛에 취한 나머지 한때 그녀의 정신을 밝혀주던 생각의 교류에서 오는 빛을 잊고 있었던 것이다. 그녀는 대로우가 자신의 세계를 넓혀주고, 생각의 차원을 높여주곤 했음을 기억하며, 자신이 전보다 더 왜소해진 생각 속에 혼자 남겨졌다는 사실 때문에 더더욱 쓸쓸해졌다.

애너는 대로우 없는 삶이 얼마나 황량할지 처음으로 실감했다. 그녀는 이런저런 일상사를 처리하는 자신의 모습을 상상해보았지만, 그런 일들을 가볍고 활기 있게 만들어주던 것들이 이제 모두 무의미하고 무미건조하게 느껴졌다. 다른 엄마들처럼 에피를 기르는 일에 몰두해볼 수도 있겠지만, 그 여자들은 적어도 행복한 기억들로부터 어떤 힘을 얻고 있을 것 같았다. 하지만 애너 자신에게는 아무것도 없었고, 쓸쓸했던 청춘 시절은 아직도 그 보상을 요구하고 있었다.

그녀는 만찬 드레스를 입으며 '그와 마지막 저녁을 보내고, 자러 가기 전에 그 말을 해야겠다'고 결심했다.

그 일을 저녁 식사 뒤로 미루는 것도 괜찮을 것 같았다. 애너는 그동안의 경험으로 대로우가 쓸데없는 말이나 무익한 토론을 아주 싫어한다는 걸 알고 있었다. 그는 지브레에 돌아온 뒤 애너가 무슨 생각을 하는지 충분히 의식하고 있었을 텐데도, 막상 그녀가 그런 말을 꺼내면 화제를 돌리곤 했다. 그래서 그녀는 더 이상 할 말이 없는 듯 행동하는 대로우의 노선을 답습해왔고, 이제 정말 마지막 순간이 온 것이다…….

저녁 식사 후 샹텔 부인이 여느 때와 같은 시간에 자러 가려고 일어섰을 때, 마침내 그 마지막 순간이 온 것 같았다. 샹텔 부인은 아침에 다시 볼 것 같지 않으니 잘 다녀오라며, 대로우에게 빨리 돌아오라고 말했다. 애너에게는 그 말이 운명의 소리처럼 들렸다.

그날은 종일 차가운 비가 내렸기 때문에, 저녁 식사 후에는 더 따뜻하고 아늑한 참나무 방으로 자리를 옮기고, 추운 느낌을 주는 다른 응접실들이 보이지 않게 문도 닫은 상태였다. 강에서 올라오는 가을바람이 상실과 이별의 소리로 집을 휩싸고 있었고, 애너는 그들을 감싸고 있는 침묵을 깨는 게 두려운 듯 말없이 앉아 있었다. 호젓함, 벽난로 불빛, 부드러운 색채의 벽걸이들과 희미하게 보이는 그림들이 이루는 조화 때문에 두 사람은 아늑한 분위기에 휩싸였고, 애너는 마음속 깊은 곳에서 아직 사라지지 않은 행복의 나직한 울림을 들을 수 있었다. 자신이 간직해온 꿈의 가장 찬란한 조각들이 모두 모여 있는 듯한 이 마지막 순간에 그에게 헤어지자고 말할 수 있다고 생각한 게 오산이었다.

제36장

대로우는 문을 닫은 후에도 그 자리에 그대로 서 있었다. 애너는 그가 자기를 보고 있다는 걸 감지했지만, 쓸데없는 말이나 행동을 피하고 싶어 가만히 앉아 있었다. 그녀는 대로우로 하여금 마지막으로 그녀의 모습에서 얻을 수 있는 걸 한껏 얻어가도록 놔두고 싶었다.

이윽고 대로우가 이쪽으로 걸어와 소파에 앉았다. 두 사람 모두 여전히 말이 없었지만, 잠시 후 그가 입을 열었다. "오늘밤에는 대답을 줘야 해."

애너는 자기가 할 말을 그가 해버린 것 같아 충격에 얼른 자세를 바로

잡았다.

"오늘밤?" 그녀는 떨리는 목소리로 겨우 이렇게 물었다.

"내일 첫차로 떠나야 하니까 아침에는 얘기할 시간이 없을 거야."

애너는 생각했던 얘기를 하려면 빨리 손을 빼야 할 것 같았다. 그런데 다시 생각해보니 그건 스스로의 나약함에 굴복하는 것밖에 안 됐다. 그렇다면 끝까지 그의 손을 잡고 그의 눈을 바라보며 그 얘기를 하는 수밖에 없었다. 그와 지내는 마지막 시간에 그에 대한 자신의 사랑을 두려워할 필요는 없지 않은가.

"오늘밤에 얘기해줘." 대로우가 부드러운 어조로 다시 말했다. 애너는 그의 고집에서 힘을 얻었다.

"당신한테 물어볼 게 있어요." 애너는 그렇게 말하는 자기 목소리를 들으며 애초에 하려던 말은 이게 아니라는 생각이 들었다.

대로우는 기다리는 표정으로 가만히 앉아 있었고, 애너는 말을 이었다. "남자들한테는 그런 일이 자주 일어나나요?"

조용한 방 안에 이 질문의 메아리가 길게 울려 퍼지는 듯했다. 애너는 얼굴을 돌렸고, 대로우는 그녀의 손을 놓고 일어섰다.

"다른 사람들한테 어떤 일이 있는지 모르겠지만, 내게는 처음 있는 일이었어……."

애너가 다시 그의 얼굴을 마주 보았다. 그녀는 절벽과 벼랑 사이를 걷는 사람처럼 현기증을 느꼈다. 이제는 얘기를 계속하는 수밖에 없었다.

"그 아가씨를 파리에서 만나기 전에…… 시작된 일인가요?"

"아니, 그건 절대로 아냐! 사실대로 말했잖아."

"모든 사실을 다?"

그러자 대로우가 갑자기 돌아섰다. "그게 무슨 뜻이지?"

애너는 목이 타고 관자놀이가 쿵쿵 울렸다.

"그 아가씨에 대해서요…… 그전부터…… 그 아가씨에 대해서…… 알고 있었을 거 아니에요."

그녀는 말을 멈추었다. 방 안은 쥐 죽은 듯이 조용했다. 벽난로 안에서 장작 하나가 굴러 떨어져 쉬익 소리를 내고 있었다.

대로우가 분명한 어조로 대답했다. "아무것도, 정말 아무것도 몰랐어."

그녀는 가장 내밀한 의심, 한번도 말하지 않았던 마지막 부끄러운 의심의 해답을 얻은 것이었다. 애너는 슬픔에 압도된 채 앉아 있었다.

대로우가 벽난로 쪽으로 걸어가더니 방금 전에 떨어진 장작을 발로 밀어 올렸다. 그러자 불꽃이 확 일어나며 슬픔으로 굳어진 그의 창백한 얼굴을 비추었다.

"그게 다야?" 대로우가 물었다.

애너가 천천히 고개를 끄덕이자 그가 다시 그녀 쪽으로 걸어왔다. "그럼 이걸로 작별인가?"

애너가 다시 고개를 끄덕이자 그는 다가오지도, 손을 내밀지도 않은 채 이렇게 말했다. "내가 안 돌아올 거라는 거 당신도 알지?"

대로우가 그녀를 바라보고 있었고, 애너 역시 그의 눈을 바라보려 했지만, 눈물 때문에 아무것도 보이지 않았다. 그녀는 울고 있는 걸 들킬까 봐 자리에서 일어나 저쪽으로 걸어갔다. 그는 따라오지 않았고, 그녀는 그에게 등을 돌리고 선 채, 탁자 위에 흩어져 있는 책들 사이에 놓인 줄무늬 카네이션들을 내려다보았다. 눈물 때문에 모든 게 실제보다 더 커 보였고, 카네이션의 줄과 톱니 모양의 가장자리, 구부러진 여린 꽃술 등이 모두 아주 크고 생생히 보였다. 흩어져 있는 책들 중에 대로우가 영국에서 보내준 시집이 눈에 띄자 애너는 그가 시집을 보낸 때가 그 전인지 후인지 계산해보았다…….

그녀는 대로우가 대답을 기다리고 있음을 깨닫고 그쪽으로 돌아섰다. "내일 떠나시기 전에 뵐게요……."

대로우는 아무 말도 하지 않았다.

애너가 문 쪽으로 가자 대로우가 문을 열어주었다. 손잡이를 잡고 있는 그의 손과 은으로 된 인장 반지를 보자 그녀는 이제 정말 마지막이라는 생각이 들었다.

두 사람은 가리개와 장식장들이 그림자를 드리우고 있는 응접실들을 지나 나란히 계단을 올라갔다. 현관 끝에 놓인 등의 불빛이 거기 걸린 어두운 전쟁화의 불투명한 색채를 비춰주고 있었다.

대로우가 층계참에서 걸음을 멈추었다. 그의 방이 계단에서 제일 가까이 있었다. "잘 자." 대로우가 손을 내밀며 말했다.

그에게 손을 내미는 순간 애너가 울음을 터뜨렸다. 그녀는 슬픔을 억누르려 애썼지만, 복받치는 설움 때문에 숨이 막혔고, 그래서 흐르는 눈물을 감추기 위해 대로우에게 몸을 기댄 채 그의 팔에 얼굴을 묻었다.

"그러지 마……. 그러지 마." 대로우가 그녀를 달랬다.

모두 잠든 조용한 집 안에 그녀의 억누른 울음소리가 크게 울렸다. 그녀는 입술을 악물었지만, 목이 고동치는 걸 막을 수 없었다. 대로우는 그녀를 껴안고 자기 방으로 데리고 들어갔다. 문이 닫히자 애너는 침대 발치에 놓인 소파에 앉았다. 목의 떨림은 멈추었지만 말을 하려고 하면 다시 시작될 게 뻔했다.

대로우는 저쪽으로 걸어가 벽난로 선반에 기대 섰다. 붉은 갓을 씌운 등의 불빛이 그의 책과 서류, 난로 앞의 안락의자, 화장대 위에 놓인 잡동사니들을 비추고 있었다. 애너는 난생처음으로 그가 거처하는 방에 들어와 그의 물건들과 일상의 자취들을 보고 있었다. 주변의 물건 하나하나에 그가 담겨 있는 듯했다. 아니 공기 자체가 그의 향기를 품어, 그가 아주 가까이 있는 듯한 느낌에 휩싸이게 했다.

애너는 문득 '이게 바로 소피 바이너가 체험했던 것이구나……' 하는 생각이 들어 그런 곳에서 두 사람이 같이 있는 장면을 그려보며 괴로워했다. 대로우는 그런 사람들이 가는 호텔에…… 그녀를 데리고 갔을까? 그게 어디였든 간에 밤의 고요가 두 사람을 감쌌을 것이고, 그가 사용하는 물건들이 주변에 흩어져 있었을 것이다……. 애너는 그 혐오스러운 장면을 상상한 게 부끄러워서 달아나고 싶어졌다. 하지만 그와 정반대의 충동에 사로잡혀 고개를 숙인 채 그 자리에 멈춰 섰다.

대로우는 그녀가 자리에서 일어서는 순간 이쪽으로 다가왔고, 잘 자라는 인사를 기다리고 있었다. 그는 분명히 다른 가능성은 전혀 생각지 않고 있었고, 이 사실이 왠지 그녀의 자존심을 건드렸다. 그녀의 자존심을 존중해주는 듯한 그의 처신과 자제심이 그녀가 보여주기를 원했던 다른 특질들을 모욕하는 것 같았는지, 그녀의 내면에서 무언가가, '왜 안 그럴까, 왜 안 그럴까?'라고 속삭이고 있었다.

"그럼 아침에 봐야겠군?" 그가 이렇게 말하고 있었다.

"네, 아침에 뵙죠." 애너가 대답했다.

하지만 그녀는 어렴풋이 주변을 둘러보며 여전히 그 자리에 서 있었다. 이제 헤어질 수밖에 없지만, 헤어지기 전에 단 한번이라도 그에게 소피 바이너보다 더 소중한 존재가 되고 싶었다. 그런데 어떤 말, 어떤 행동으로 그런 심정을 표해야 할지 몰라 그저 박힌 듯이 서 있을 뿐이었다. 그러고는 스스로의 무력함에 마음이 아파, '난 정말 다른 여자들과 느끼는 게 다른 건가?' 하는 의문에 빠졌다.

이때, 전에 자신이 대로우에게 준 서류 가방이 눈에 띄었다. 주머니에 넣고 다녀서 네 귀퉁이가 닳아 해졌고, 안에는 서류들이 불룩이 들어 있었다. 애너는 그 안에 자기가 보낸 편지도 들어 있는지 궁금했다. 그녀는 손을 빼 가방을 만졌다.

그리고 그 순간, 지금까지 두 사람이 느끼거나 보았던 모든 것, 두 사람 사이에 오간 모든 말과 눈길, 그리고 그보다 더 친밀한 무언의 대화들이 손가락 끝을 통해 온몸에 전해져오는 듯했다. 그녀는 머리 위에 새로운 하늘이 열린 듯한 느낌을 주던 그의 말들, 자신이 호흡하는 공기의 일부처럼 느껴지던 그의 행동들을 기억했다. 그러자 소녀 시절에 느꼈던 사랑의 희미한 온기가 되살아나 생각을 관통하면서 열기를 더해갔고, 길고 긴 기억의 파도 위에 흔들리는 배처럼 심장이 고동쳤다. 애너는, '그건 내가 이 사람을 정말 모든 면에서 사랑하기 때문이야'라는 생각을 하며 천천히 문 쪽으로 걸어갔다.

그녀는 대로우가 여전히 자신을 지켜보고 있다는 걸 의식하고 있었지만, 그는 그녀가 문간에 이를 때까지 아무 말 없이 가만히 서 있었다. 하지만 다음 순간 그가 다가와 그녀를 껴안았다.

"오늘밤…… 오늘밤엔 얘기하지 마!" 그가 속삭였다. 그녀는 고개를 뒤로 젖히며 잠시 눈을 감았고, 천천히 눈을 뜨자 그의 빛나는 눈이 보였다.

제37장

다음 날 애너와 대로우는 파리행 기차의 칸막이 좌석에 단둘이 앉아 있었다.

좌석에 들어서자 애너는 제일 안쪽에 앉더니 옆 의자에 가방을 내려놓았다. 그녀는 갑자기 대로우를 파리까지 배웅하겠다고 결심한 후, 자기랑 같이 갈 수 있게 그다음 기차를 타라고 그에게 부탁했던 것이다. 그녀는 어떻게든 그와 같이 있고 싶었고, 잠시라도 그가 안 보이면 말할 수 없이 초조했다. 그가 신문을 사러 기차에서 뛰어내려 플랫폼을 달려가자 다시는 그를 못 볼 것 같았고, 영원히 그와 헤어졌다는 생각에 너무도 괴로웠던 지난번 파리 여행을 떠올렸다. 그런데도 그와 어느 정도 거리를 두고 싶어 반대편 좌석에 앉았고, 기차가 역을 벗어나자 그에게 눈을 안 보이려고 집을 나설 때 가방에 쑤셔 넣었던 편지들을 꺼내 읽기 시작했다.

이제 그녀는 평생 그의 것이었고, 앞으로 에피의 앞날이나 다른 추상적인 의무감 때문에 자신을 희생할 일은 절대 없을 터였다. 에피에게는 물론 아무런 피해도 없을 것이다. 그녀는 자신이 아내로서 느낄 행복감의 두 배만큼 딸에게 잘해줄 생각이었다. 걱정할 게 전혀 없는 건 아니었지만, 지금 당장은 요동치는 행복 때문에 다른 소리는 전혀 들리지 않았다.

그녀는 편지들을 뜯어 읽으면서도 대로우가 자신을 지켜보고 있음을 의식하고 있었고, 그 눈길에 끌려 눈을 든 후에는 거기 깃든 열정적인 사랑을 깊이 들이마셨다. 그러고는 얼굴이 붉어지면서 다시 그에게서 벗어나 숨고 싶어졌다. 그래서 다시 편지 다발로 눈길을 돌리자 오언의 글씨가 적힌 봉투가 눈에 띄었다.

그녀의 심장이 무겁게 뛰기 시작했다. 그녀는 지금 아주 간단한 일에도 가슴이 철렁 내려앉는 그런 심리 상태에 빠져 있었다. 오언이 자기한테 할 말이 뭘까? 편지는 한 장뿐이었는데, 보자르에 다니는 미국인 친구와 다음 날 저녁 스페인으로 떠난다는 내용이었다.

'그럼 그 아가씨를 안 만났구나!' 편지를 읽자마자 곧바로 이런 생각이 들었고, 그러자 묘하게도 한편으로는 다행이다 싶으면서도 다른 한편으로는 어쩐지 창피해졌다. 그 아가씨는 자기가 한 약속을 지켰고, 스스로 결정한 바를 지켜가는데, 자기는 그러지 못했기 때문이다. 애너는 그것 때문에 자신을 나무랄 생각은 없었지만, 자기가 소피 바이너 양에게 한 말과 그 뒤에 취한 행동이 좀더 일치했으면 좋았을 것 같았다. 그 아가씨가 자기보다 스스로의 결정을 실행에 옮길 수 있다는 자신감을 더 많이 갖고 있다는 게 어쩐지 꺼림칙했다…….

고개를 들어보니 대로우는 신문을 읽고 있었다. 그는 차분하고, 침착하고, 그녀의 존재에 대해 거의 무관심한 것처럼 보였다. '저 사람에게는 내 존재가 이렇게 빨리 일종의 당연지사가 되어버린 것인가?' 애너는 이런 생각을 하며 약간의 질투심을 느꼈다. 그녀는 자기가 그의 눈길을 느꼈듯이 그가 자신의 눈길을 의식해주길 바라며 가만히 앉아 있었다. 애너는 대로우에 대한 자신의 사랑에 하나의 새로운 요소, 즉 상대를 의심하고 그를 독차지하려는 애정이 생겨나 한시도 안정감을 느낄 수 없게 되었다는 사실을 깨닫자 놀랍기도 하고 부끄럽기도 했다. 이윽고 대로우가 눈을 들어 그녀를 바라보았고, 그녀는 자신이 속속들이 그의 것이라는 것, 너무도 온전하고 확실하게 그의 것이라는 걸 깨달았다. 그러자 자기가 딴 생각을 했다는 것 자체가 부질없게 느껴졌다.

그녀는 당혹감을 감추기 위해 그에게 오언의 편지를 내밀었다. 대로우는 편지를 받아들더니 내용을 읽어 나갔고, 얼굴이 점점 진지해졌다. 애너는 불안한 마음으로 그가 고개를 들기를 기다렸다.

"아주 좋은 계획이군." 그렇게 말하는 대로우의 어조가 약간 긴장된 것 같았다.

"네, 맞아요." 애너가 얼른 맞장구를 쳤다. 그녀는 두 사람 사이에 말

없이 흐르는 희미한 안도감을 느낄 수 있었다. 그들은 둘 다 오언이 이 나라를 떠난다는 것, 그래서 한동안 자신들을 방해하지 않을 거라는 사실을 다행스럽게 생각하고 있었고, 애너는 자신들의 행복의 상당 부분이 이처럼 겉으로 드러낼 수 없는 감정들로 이루어져야 한다는 사실이 끔찍하게 느껴졌다…….

"오늘 저녁에 그 애를 만날 거예요." 애너는 대로우가 자신이 오언을 만나는 걸 겁내지 않는다는 사실을 알아주길 바라면서 이렇게 말했다.

"그래야지. 그 애가 당신이랑 저녁을 먹자고 할지도 모르겠군."

그런데 이 말이 애너에게는 아주 우둔하게 들렸다. 대로우는 역에서 대사를 기다렸다가 그가 도착하면 그날 저녁 시간을 같이 보내기로 되어 있었고, 그래서 그녀를 혼자 남겨두는 걸 미안하게 생각하고 있었다. 그런데 어쩌면 그렇게 아무렇지도 않은 어조로 오언과 저녁 먹는 얘길 할 수 있을까? 애너는 낮은 목소리로 대답했다. "그 애는 지금 말할 수 없이 비참할 거예요."

그러자 대로우가 약간 짜증스러운 어조로 대답했다. "그럴 땐 여행 가는 게 제일 좋아."

"그래요……. 하지만……." 애너는 거기서 입을 다물었다. 그녀는 대로우가 어쩔 수 없는 과거지사에 대해 얘기하는 걸 싫어하는 것을 알고 있었고, 그가 싫어한다는 이유로 자신이 어떤 행동이나 말을 안 하고 있다는 걸 깨닫자 자존심이 상했다. 그녀는 이런 생각이 들었다. '저이는 내가 변해가는 걸 느낄 것이고, 그 아가씨에게 그랬듯이 언젠가는 내게도 무관심해질 거야…….' 그런 생각을 하자 한순간 자신이 소피 바이너가 이미 겪었던 일들을 체험하고 있다는 느낌이 들었다.

대로우는 애너가 하던 말의 나머지가 뭔지 물어보지도 않고, 오언의 편지를 돌려주더니 다시 신문을 읽기 시작했다. 그리고 몇 분 후 그가 맑은 이마와 미소 띤 눈으로 고개를 들자 애너는 자기도 모르게 기분이 좋아졌다.

기차는 어떤 역에 들어서고 있었고, 잠시 후에는 평범한 한 쌍이 여러 개의 짐 보따리를 들고 애너와 대로우의 칸막이 좌석으로 들어섰다. 그들이 다가오자 애너는 자신과 연인 사이에 다른 사람들이 끼여 있을 때 사랑에 빠진 여인이 흔히 갖는 긍지에 찬 소유욕을 느꼈다. 그녀는 대로우에게 유리창을 열어 달라, 가방을 그물망에 넣어 달라, 담요를 말아 발을 괴어 달라고 부탁했고, 그가 자기를 위해 이런 일들을 하면서 허리를 굽혀 자신의 눈을 들여다보자 그가 전보다 더 헌신적이 된 듯한 느낌을 받았다. 이윽고 대로우가 자리로 돌아가자 두 사람은 뭔가 즐거운 비밀 때문에 미소 짓는 연인들처럼 서로 마주 보았다.

애너는 지브레로 돌아가기 전 오언에게 자기 아파트에 묵으라고 했는데, 그는 자기가 짐을 보냈던 호텔에 그냥 있겠다고 했다. 파리에 도착하자 그녀는 곧바로 그 호텔로 가기로 했다. 한시바삐 오언과의 일을 마무리 짓고 싶었고, 그래서 대로우가 어떤 동료를 만나러 역에서 곧바로 대사관에 가겠다고 하자 다행이다 싶었다. 그녀는 대로우가 오언을 다시 만나는 게 겁났지만, 차마 그런 말을 할 수는 없었다. 그래서 그를 따돌리기 위해 양장점에 급히 들러야 한다는 둥, 시어머니를 위해 이런저런 일을 처리해야 한다는 둥 몇 가지 핑계를 늘어놓았다.

"그럼 내일 아침에 만나요." 그녀는 이렇게 말했다. 그런데 대로우는 미소를 지으며 대사를 만나고 오는 길에 잠깐 들르겠다고 하더니, 그녀가 차에 타자 유리창 안으로 고개를 들이밀고 입을 맞추었다.

그녀는 한편으로는 행복하고 다른 한편으로는 화가 나서 소녀처럼 얼굴을 붉히며, '어제 같으면 이러지 않았을 텐데……' 하는 생각을 했다. 그의 표정과 행동에 나타났던 미묘한 변화들이 이 어린애 같은 행동에 요약되어 나타난 듯했기 때문이었다. 애너는 '어쨌든 난 저 사람의 약혼자니까'라는 생각을 하며, 이 어울리지 않는 명칭에 실소를 금치 못했다. 그리고 다음 순간, '저는 처음부터 그분이 저를 사랑하지 않는다는 걸 알고 있었어요……'라는 소피 바이너의 말이 생각나 심한 자책감에 사로잡혔다. 애너는 "안됐어, 정말 안됐어!"라고 중얼거렸다…….

오언이 묵고 있는 호텔에 도착한 애너는 수위가 올라간 사이 불안한 마음으로 기다리고 서 있었고, 잠시 후 오언이 방에서 기다리고 있으니 올라가보라는 전갈을 받았다. 방문을 열자 현관에 이미 행선지 딱지가 붙은 여행 가방이 놓여 있었다.

오언은 문을 등지고 앉아 책상에서 뭔가를 쓰고 있다가, 그녀가 들어오자 유리창을 등지고 일어섰다. 그래서 비 내리는 오후의 빛 속에서 그의 표정이 거의 보이지 않았다.

"오언…… 정말 떠나는 거야?" 애너는 잠시 문간에 멈춰 선 채 이렇게 물었다.

오언이 이쪽으로 의자를 밀어주었고, 두 사람은 마주 앉은 채 서로 상대가 입을 열기를 기다렸다. 이윽고 애너가 전에 오언을 따라 지브레에도 왔었고, 이번에 같이 여행을 떠나는 수줍고, 차분하고, 늘 생각에 잠긴 얼굴을 하고 있는 친구에 대해 몇 마디 물었다. 그녀는 오언이 다른 더 활달한 친구보다 이 말수 적은 친구를 고른 게 당연하다는 생각이 들어 자기도 모르게, "프레드 렘슨이 같이 간다니 다행이구나" 했다.

그러자 오언도 비슷한 어조로 이 말에 대답했고, 두 사람은 한동안 진부한 얘기들을 주고받았다. 애너는 오언이 자기 계획에 대해서는 이런 저런 말을 하면서도 애너의 계획에 대해서는 일체의 언급을 애써 피하고 있다는 사실을 눈치 챘다. 오언의 얘기를 들어보니 그는 한동안 나가 있을 심산이었다. 그는 애너에게 지브레에 두고 온 겨울옷들을 싸서 보내 달라고 부탁했다. 그래서 애너는 하루나 이틀 후에 지브레에 돌아갈 테니, 그때 꾸려 보내겠다고 대답하고는 이렇게 덧붙였다. "오늘 아침에 대로우 씨랑 같이 왔어. 내일 오전에 런던으로 돌아가야 한대." 그녀는 오언에게 자기 결혼에 대해 얘기할 기회를 주려고 일부러 대로우의 이름을 언급했다. 하지만 오언은 그 문제에 대해서는 여전히 아무 말 없었고, 그 이름은 두 사람 사이에 어색하게 남아 있었다.

방은 거의 어둠에 잠겼고, 애너는 "네 얼굴이 전혀 안 보인다" 하며 일어서서 전등 스위치를 찾으려 했다.

"아, 켜지 마세요……. 전 빛이 싫어요!" 오언이 이렇게 소리치며 그녀의 손목을 잡아 의자에 도로 앉혔다. 그러더니 신경질적으로 웃으며 이렇게 덧붙였다. "전 지금 신경통 때문에 눈이 거의 안 보일 지경이에요. 이 끔찍한 비 때문에 그럴 거예요."

"그래, 스페인에 가면 훨씬 나을 거야."

애너는 전에 그런 일이 있었을 때 처방 받은 약이 있는지 물었고, 어디 두었는지 모르겠다는 답을 듣자 약국에 다녀온다며 일어섰다. 그녀는 오언을 위해 뭔가 할 수 있다는 게 다행스러웠고, "아, 고마워요. 그래주시겠어요?"라는 말로 미루어 오언 역시 그녀를 붙잡지 않아도 될 핑계가 생긴 걸 다행스러워 하는 것 같았다. 평소 같으면 이런 병쯤은 약 없이도 금방 낫는다고 할 텐데, 이렇게 선뜻 다녀오라고 하는 걸 보면 오언도 더 이상 얘기를 나누는 게 시간 낭비라고 생각하는 것 같았다. 이제 그의 얼굴은 완전히 어둠 속에 잠겨 뿌연 얼룩처럼 보였고, 애너에게 이 어둠은 엄청난 고통에 사로잡혀 있는 그의 얼굴을 감추기 위한 베일처럼 느껴졌다. '오언은 알고 있어……. 알고 있어…….' 애너는 속으로 이렇게 중얼거리며, 그가 무슨 증거가 있어서 그걸 눈치 챘는지, 아니면 그냥 짐작으로 알게 된 건지 궁금해졌다.

오언 역시 자리에서 일어서서 그녀가 떠나기를 기다리고 있었다. 애너는 문 쪽으로 돌아서며, "금방 돌아올게" 했다.

"아, 다시 올라오지 마세요!" 오언이 당황한 어조로 말했다. "제 말은…… 제가 여기 없을지도 몰라서요. 렘슨을 만나서 마지막으로 처리할 일이 몇 가지 더 있거든요."

애너는 가슴이 철렁 내려앉아 문간에 멈춰 섰다. 오언은 지금 작별을 고하고 있는 것이다. 그는 애너의 결혼 날짜를 묻지도 않았고, 그녀가 지구 저쪽 끝으로 떠나기 전 다시 만날 날을 기약하지도 않았던 것이다.

"오언!" 애너가 이렇게 소리치며 돌아섰다.

그는 어둠 속에 말없이 서 있었다.

"언제 돌아올지도 얘기 안 했잖아."

"언제요? 아, 그게 좀……. 아직 불확실해서요……. 저는 원래 확실하게 날짜 정하는 걸 싫어하잖아요……."

오언은 여기서 입을 다물었고, 더 이상 아무 말도 안 할 눈치였다. 애너는 '내 결혼식 때는 돌아올 거지?' 하려 했지만, 차마 그 말을 입에 올리지 못했다. 그래서 결국, "6주 후에는 나도 떠날 거야……"라고 말했을 뿐이었다. 그러자 오언은 그 말을 예상하고 대답도 준비해 두었던 것처럼, "아, 그때까지는 아마……" 했다.

"어쨌든 작별 인사는 안 할게." 애너는 베일 속에서 눈물을 흘리며 이렇게 말했다.

"네, 네. 하지 마세요!" 오언은 그 자리에 선 채 이렇게 말했고, 애너는 그에게 다가가 그를 감싸안았다. "편지 쓸 거지?"

"물론이죠, 물론……."

애너는 그의 손을 붙잡았고, 두 사람은 한동안 어둠 속에 말없이 서 있었다. 이윽고 오언이 어색하게 웃으며, "이제 정말 불을 켜야겠네요" 하며 한 손으로는 스위치를 누르고 다른 손으로는 문을 열어주었다. 애너는 그의 얼굴에서 차마 못 볼 것을 볼까 봐 고개를 돌리지 않고 문을 나섰다.

제38장

애너는 오언의 약을 사러 약국에 가는 길에 서점에 들러 소설책을 한 아름 사 갖고 나왔다. 그녀는 오언이 어떤 책을 좋아하고, 어떤 책을 읽었을지 알고 있었기 때문에, 안목 있는 독자답게 신간들을 뒤져 살 책들을 금세 골라냈다. 하지만 다시 호텔로 돌아오는 길에 애너는 신경통 약에 이런 정신의 약을 더한다는 게 어쩐지 이상하게 느껴졌다. 그런 여행을 떠나는 사람에게 엄선된 소설들을 선물한다는 게 어딘지 기괴하고 거의 비웃는 것처럼 느껴졌던 것이다. '오언은 알고 있어……. 알고 있어…….' 애너는 속으로 몇 번이고 이렇게 중얼거리며, 수위에게 약만 전해주고 나왔다.

애너는 자기 아파트로 갔다. 아파트에 먼저 도착한 하녀가 응접실에 불도 피워놓고, 난롯가에 차도 준비해놓은 참이었다. 커튼을 걷은 유리창에 비바람이 몰아치고 있었다. 애너는 얼마 안 있어 혼자 괴로운 심경으로 이 빗속을 달려 역으로 갈 오언을 생각했다. 그녀는 오언이 어려울 때마다 늘 자신의 도움을 청한다는 걸 자랑스럽게 생각해왔는데, 제일 괴로운 지금은 마음을 털어놓을 수 없는 유일한 존재가 되어 있었다. 이제부터 두 사람 사이에는 넘을 수 없는 침묵의 벽이 늘 존재할 것이다……. 그녀는 괴로운 마음을 집중해 오언이 진실을 알게 된 경위를 추적해보려 했다. 소피 바이너를 만나 얘기를 들은 걸까? 그런데 애너의 본능적인 반응은 그럴 리는 없다는 것이었다. 하지만 지난 몇 주간 들이쉬는 공기 자체가 그 비밀로 가득 차 있었으니 굳이 구체적인 말을 듣지 않아도 능히 짐작할 수 있는 일 아니었을까? 대로우가 처음 지브레에 온 이후 지난 몇 주 동안을 되돌아봤을 때, 누가 일부러 어떤 말을 하거나 뭔가가 드러난 일은 없었던 것 같았다. 진실이 그 자체의 압력 때문에 저절로 새어나온 것이었다. 그런 생각을 하자 갑자기 인간관계의 정연한 표면 저 아래 숨어 있는 어지러운 매력과 거부의 힘이 느껴졌다. 애너는 서글픈 마음으로 전에 자신이 갖고 있던 인생관을 되돌아보았다. 그때는 삶이 환히 불이 켜 있고 안전한 교외와, 전혀 알 필요가 없는 어두운 동네로 나누어져 있다고 생각했었다. 그런데 이제 애너 자신의 가슴속에 그 어두운 동네들이 들어와 있었고, 이제부터는 자신이 가장 사랑하는 사람들에게 가기 위해서는 늘 그곳을 지나가야 할 터였다!

애너가 아직 손도 대지 않은 다과상 앞에 앉아 있는데 현관에서 대로우의 목소리가 들렸다. 그녀는 깜짝 놀라 일어서며 "저이에게 오언이 안다는 걸 말해줘야 해"라고 중얼거렸다. 하지만 문이 열리고 아직도 소년처럼 의기양양한 미소를 머금은 그의 얼굴이 보이자 말해봤자 아무 소용 없으리라는 생각이 들었다……. 대로우는 오언이 모를 거라고 생각해본 적이 있을까? 그는 세상 경험이 더 많으니 지금까지 일어난 일들이 모두 불가피했다고 생각할 수도 있었다. 그리고 어쨌든 지금은 그런 생각 때문에 고민하는 눈치조차 없었다.

그는 이미 만찬에 갈 차림으로 그녀에게 다가오며, "대사님이 공식 만찬에 가실 일이 있어서 난 풀려났지. 저녁은 어디서 먹을까?" 하고 물었다.

애너는 저녁 내내 혼자 비참한 생각에 잠겨 있게 될 줄 알았는데, 몇 시간 동안 그런 생각을 안 해도 된다고 생각하자 금세 마음이 놓였다. 그녀는 벌써 대로우처럼 가슴이 설레었다. 그래서 미소 짓는 그를 향해 웃어 보이며, '그 무엇도 내가 저이 것이라는 사실을 바꾸진 못해'라는 생각을 했다.

"저녁은 어디서 먹을까?" 그가 명랑한 어조로 다시 물었고, 애너는 전에 대로우가 맘에 든다고 했던 유명한 식당의 이름을 댔다. 하지만 그 말을 들은 그의 얼굴이 어두워지는 기색이 보였고, 애너는 금세 '그 아가씨랑 갔던 식당이 거기였구나!'라고 생각했다.

"아, 아니. 거기는 가지 말죠!" 애너가 얼른 그렇게 말했고, 대로우의 얼굴이 더욱 붉어지는 것 같았다.

"그럼 어디가 좋을까?"

애너는 대로우가 마음이 바뀐 이유를 묻지 않았다는 사실을 상기하며, 그건 바로 그녀의 추측이 옳았고, 그도 그걸 눈치 챘기 때문이라고 생각했다. '이이는 언제나 내 생각을 눈치 챌 것이고, 감히 그 이유를 묻지 못할 거야.' 이런 생각을 하자 자신과 대로우 사이에도 오언과의 경우처럼 결코 넘을 수 없는 침묵의 벽, 서로의 움직임을 전부 관찰할 수 있지만 소리는 전혀 통과할 수 없는 유리벽이 존재함을 느낄 수 있었다…….

두 사람은 결국 블르바르에 있는 한 식당에 갔고, 번잡한 식당의 한 아늑한 구석에 앉아 있다 보니 두 사람 사이에 말 못 할 것들이 있다는 사실이 아까보다는 덜 부담스럽게 느껴졌다. 대로우는 매우 명랑하고, 멋지고, 그녀를 순진할 정도로 자랑스럽게 생각하고, 그녀와 함께 있는 게 무척이나 행복하다는 표정이어서, 그와 함께 있으니 그 밖의 일들은 모두 하찮게 느껴졌다. 대로우 말로는 대사가 이틀간 파리에 머물 예정이어서 자신의 런던 복귀도 약간 늦춰질 것 같다는 것이었다. 자신과 몇 시간 더 같이 있을 수 있다는 사실에 희희낙락해 하는 그를 보면서 그게 모두 그의 둔감함을 보여주는 거 아닌가 하는 생각을 하긴 힘들었다. 애너는 자신의 기분이 대로우의 기분에 따라 아주 쉽게 좌우된다는 걸 익히 알고 있었기에, 자신이 그의 기분에 영향을 끼치고 있다는 사실이 내심 자랑스러웠던 것이다.

두 사람은 천천히 과일과 커피를 즐겼고, 일어설 시간이 되자 대로우가 애너에게 소극장 중 한 곳에서 진행 중인 공연의 두번째 프로를 보러 갈 수 있는 시간이라고 말했다.

시간 얘기를 듣는 순간 애너는 오언이 떠올랐다. 그를 태운 기차가 비바람 속에 남쪽으로 질주하고, 흔들리는 좌석 한쪽에 흐린 날 어두움 속에서 본 하얗고 흐릿한 얼굴로 앉아 있을 그를 떠올리자, 그녀는 자신의 행복에 대해 이렇게 끊임없이 대가를 치러야 한다는 사실이 끔찍하게 느껴졌다!

웨이터가 가져온 연극 잡지를 훑어보던 대로우가 고개를 들더니, "아테네 극장에서 하는 두번째 프로가 재미있다는군" 했다.

애너는 그럼 가보자고 하려 했으나, 바로 그 순간 오언이 두 사람을 본 극장이 바로 아테네가 아닐까 하는 생각이 들었다. 대로우가 그 극장을 거론한 적은 없지만, 혹시 그게 거기였을지도 모른다는 생각만으로도 마음이 어두워졌다. 대로우가 소피 바이너와 같이 갔던 곳을 따라간다는 건 정말 역겨울 것 같았다. 애너는 이런 걱정을 떨쳐버리려 애쓰며, 대로우의 품에 안길 때마다 소피가 다녀간 곳에 가는 셈이라는 것을 인정하려 해봤지만 두 사람이 갔던 곳을 함께 갈 수는 없다는 생각을 지워버리긴 힘들었다.

애너는 피곤해서 극장에 가긴 힘들 것 같다고 했고, 두 사람은 그녀의 아파트로 돌아왔다. 계단 입구에서 애너는 대로우에게 잘 자라는 인사를 하려 돌아섰지만, 그는 그걸 눈치 채지 못했는지 그녀를 따라 이층으로 올라왔다.

"여기가 극장보다 훨씬 낫군." 응접실에 들어서는 순간 대로우가 이렇게 말했다.

애너는 방을 가로질러 가 불을 피우려고 허리를 굽혔다. 그녀는 대로우가 다가오고 있다는 것, 다음 순간 그가 자신의 망토를 벗기고 틀어올린 머리 바로 아래, 목덜미에 입을 맞출 것을 알고 있었다. 그는 이런 특권들을 실제로 지니고 있었고, 비록 공손하고 부드럽게 그걸 누리더라도 아주 즐겁고 편안하게 그런 행동을 하는 걸 보면 전과 달리 이제 그런 것들을 자신이 지닌 권리로 생각한다는 걸 알 수 있었다.

'두 사람은 이렇게 극장에서 돌아왔겠지.' 이런 생각을 하는 순간 대로우가 그녀의 어깨에 손을 댔고, 그녀는 얼른 몸을 뺐다.

"이러지 마세요……. 아, 이러지 마세요!" 애너가 망토로 몸을 감싸며 말했다. 그의 놀란 얼굴을 보니 자신의 얼굴이 고통으로 떨리고 있음을 알 수 있었다.

"애너! 대체 무슨 일이지?"

"오언이 알고 있어요!" 애너는 어떻게든 변명을 해야 할 것 같아 이렇게 소리쳤다.

대로우의 얼굴빛이 달라졌다. "그 애가 그렇게 말했어? 뭐라고 했는데?"

"아무 말도 안 했어요! 하지 않은 말을 보면 알 수 있어요."

"오늘 오후에 오언을 만난 거야?"

"네, 아주 잠깐. 제가 온 걸 달가워하지 않았어요."

애너는 여전히 망토를 휘감은 채 의자에 털썩 주저앉아 몸을 웅크렸다.

대로우는 그녀의 추측에 반론을 제기하지 않았고, 놀라지도 않는 눈치였다. 그는 애너에게서 약간 떨어진 곳에 앉아 들어올 때 꺼내 든 담뱃갑을 손가락으로 빙빙 돌리고 있었다. 이윽고 그가 입을 열었다. "오언이 바이너 양을 만난 건가?"

그 이름을 듣자 애너는 몸을 움츠렸다. "아뇨……. 그런 것 같진 않아요……. 틀림없이 안 만났을 거예요……."

두 사람은 서로 외면한 채 말없이 앉아 있었다. 이윽고 대로우가 자리에서 일어나 몇 발짝 걷더니 다시 이쪽으로 와 애너 앞에 서서 그녀의 얼굴을 마주 보았다.

"앞으로 어쩔 생각인지 얘기해줬으면 해."

애너가 고개를 들고 그를 마주 보았다. "저로서는 오언을 도울 길이 없어요."

"아니, 계속 이렇게 지낼 수는 없어." 대로우가 말을 가다듬는 듯 잠시 가만히 있었다. "나를 혐오스럽게 느끼잖아." 그가 이렇게 소리쳤다.

그러자 애너가 울음을 터뜨리며 벌떡 일어섰다. "아니에요……. 아, 아니에요!"

"미안해……. 당신 얼굴을 보면 알 수 있어!"

애너는 그걸 숨기려는 듯 두 손을 들었고, 돌아서서 벽난로 선반에 얼굴을 묻었다. 대로우가 바로 뒤에 있는 것 같았지만, 그녀에게 손을 대지도, 다가오지도 않았다.

그가 낮은 소리로 말했다. "당신도 나처럼 우리가 서로에게 속해 있고, 그 무엇도 그 사실을 바꿀 수 없다고 느낀다는 거 나도 알아. 하지만 다른 생각이 드는 것도 막을 수 없겠지. 나를 볼 때마다 기억이 나고…… 당신이 싫어하는 것들이 떠오르겠지……. 당신은 말할 수 없이 관대했고, 여자가 줄 수 있는 모든 기회를 주었지. 하지만 그 때문에 당신이 괴롭다면 그게 다 무슨 소용 있겠어?"

애너는 눈물 젖은 얼굴로 그를 바라보았다. "꼭 그런 것만은 아니었어요."

"그래, 알아……. 어떤 순간은……." 대로우가 그녀의 손을 들어 입맞추었다. "죽는 날까지 기억에 남아 있을 거야. 하지만 그 때문에 당신이 그렇게 괴로워하는 걸 더 이상 보고 있을 수 없어. 난 당신이 그렇게 비싼 대가를 치를 가치가 없는 사람이야."

그녀는 눈물 맺힌 눈으로 그를 바라보다가 갑자기 이렇게 물었다. "그날 밤 그 여자랑 같이 간 곳이 아테네 극장 아니에요?"

"애너…… 애너!"

"그래요, 이제 알고 싶어요. 모든 걸 알고 싶어요. 그러면 잊을 수 있을지도 모르죠. 전에 물어봤어야 하는 건데. 어디를 가든 당신이 전에 그 여자랑 그곳에 왔었을 거라는 생각이 들어요……. 같이 있는 모습이 눈에 보여요. 그 일이 어떻게 시작됐고, 같이 어디를 갔고, 왜 그 여자를 버렸는지 알고 싶어요……. 이렇게 아무것도 모르는 상태로는 더 이상 견딜 수 없어요!"

애너는 자기가 왜 갑자기 이렇게 소리를 질렀는지 알 수 없었지만, 드디어 저주가 풀린 듯 벌써 마음이 한결 가볍고 자유롭게 느껴졌다. "저는 모든 걸 알고 싶어요." 그녀가 다시 말했다. "그래야만 잊을 수 있을 것 같아요."

그녀가 말을 마친 후에도 대로우는 팔짱을 낀 채 눈을 내리깔고 아까 그 자리에 가만히 서 있었다. 애너는 그의 얼굴을 건너다보며 기다리고 있었다.

"말해줄 거죠?"

"아니."

애너의 관자놀이가 붉어졌다. "안 해준다고요? 왜요?"

"말해주면 그걸 잊을 수 있겠어?"

"아……." 그녀가 탄식하며 돌아섰다.

"어쩔 수 없는 일이야." 대로우가 말을 이었다. "난 혐오스러운 짓을 했고, 당신은 그걸 참회하기 위해 또 다른 혐오스러운 일을 하라고 요구하고 있어. 그래서 당신이 얻는 게 뭐야? 그건 우리 둘 사이에 도저히 건널 수 없는 장애가 될 뿐이야."

애너는 벽난로 선반에 팔꿈치를 기대고 두 손에 얼굴을 묻었다. 자신이 지금 아무 이유 없이 행복을 얻을 마지막 기회를 내던지고 있다는 느낌이 들었지만, 어떻게 해야 그걸 잡을 수 있을지 막막하기만 했다. 그리고 '이 사람을 포기하면 마음이 편해질까?' 하는 생각이 뇌리를 스쳐갔다. 하지만 그를 보내고 한없이 쓸쓸했던 날들을 생각하니 그 역시 부질없는 희망이었다. 눈물이 계속 솟아나 손가락 사이로 줄줄 흘렀다.

"잘 있어." 대로우가 그렇게 말하더니 문 쪽으로 걸어가는 소리가 들렸다.

애너는 고개를 들려 했지만 절망의 무게에 다시 숙이고 말았다. "이게 마지막이야……. 저 사람은 다시는 내게 애원하지 않을 거야…….”
그녀는 이렇게 중얼거렸다. 그러고는 멍하게 얼어붙은 채, 아무 느낌도 없이 시간의 숙명적인 흐름을 감지하고 있었다. 그런데 바로 이때 그녀를 묶고 있던 끈들이 끊어진 것 같았고, 그녀는 고개를 들어 떠나가는 그를 바라보았다.

‘저이는 내 거야……. 내 거야! 다른 어느 누구의 것도 아냐!’ 대로우가 이쪽을 바라보았고, 그의 눈빛을 보니 모든 두려움이 사라졌다. 애너는 자기가 무엇 때문에 그렇게 어처구니없는 소리를 질렀는지 알 수 없었지만, 그를 사랑한다는 치명적인 감미로움이 또다시 이 세상에서 유일하게 의미 있는 사실이 되었다.

제39장

다음 날 아침, 잠에서 깨어나는 순간 애너는 전날 밤의 일이 생각나 계면쩍은 느낌이 들었다.

자기 둘이 희생해도 그 때문에 덕 볼 사람은 아무도 없다는 대로우의 말이 옳았다. 하지만 그런 기준으로 측정할 수 없는 의무들도 있었다. 어쨌든 자신뿐 아니라 대로우의 자존심을 위해서라도 그런 일이 되풀이되면 안 될 것이었다. 그런데 그와 같이 있을 때는 도저히 그럴 수가 없었다. 하지만 막상 그가 자기를 풀어주자 다른 생각은 모두 사라지고 그를 잃을지도 모른다는 맹목적인 두려움만이 남았다. 이제 그녀는 자신과 대로우가 뿌리가 엉킨 두 그루 나무처럼 서로 떼려야 뗄 수 없을 만큼 깊이 이어져 있다는 걸 깨달았다.

그녀는 자신이 처한 상황에 대해 오랫동안 생각했고, 이 문제를 해결하려면 뭔가 외부의 도움이 필요하다는 걸 어렴풋이 의식하고 있었다. 그리고 서서히 그 도움의 윤곽이 떠올랐다. 그녀를 구해줄 수 있는 사람, 그녀가 잃은 마음의 평정을 되찾아줄 사람은 소피 바이너뿐이었다. 그녀는 소피를 찾아가 자신이 대로우를 포기했다는 사실을 알릴 작정이었다. 그리고 다시는 되돌아올 수 없는 그 선을 일단 넘고 나면 어쩔 수 없이 혼자서 나아가는 수밖에 없을 것이다.

이런 상황에서는 어떻게든 움직여야 마음이 덜 괴로울 것 같았고, 그래서 애너는 팔로우 씨 집에 하녀를 보내 바이너 양이 자기를 만나줄지 묻는 편지를 전하고 오게 했다. 몇 시간 뒤에 돌아온 하녀는 주소가 적힌 작은 쪽지와, 바이너 양이 며칠 전에 팔로우 씨 집을 떠나 언니와 함께 플라스 드 레트왈 근처의 한 호텔에 머물고 있다는 전갈을 가져왔다. 하녀는, 팔로우 씨 부인이 바이너 양의 계획이 확정되지 않았다면서 처음에는 지금 있는 곳을 안 가르쳐주려고 하더라고 했다. 애너는 바이너 양이 팔로우 씨 집을 나가면서 오언을 피하기 위해 자기 주소를 가르쳐주지 말라고 부탁했을 거라는 생각이 들었다. '그 아가씨는 약속을 지켰는데, 난 그러지 못했어.' 이런 생각을 하자 애너는 계획한 바를 한시바삐 실천에 옮겨야 할 것 같았다.

대로우가 점심 시간 후에 찾아오기로 되어 있었는데, 벌써 한낮이 가까웠고 아직도 자신을 믿을 수 없었기에 애너는 곧바로 하녀가 적어온 주소로 찾아가기로 했다. 그곳으로 가는 차 안에서 애너는 소피 바이너의 언니에 대해 들은 얘기를 기억해보려고 했지만, 로라의 미모에 대한 소피의 격찬과, 그녀의 예술적인 재능과 복잡한 남자관계에 대한 팔로우 씨 부인의 모호한 얘기가 떠오를 뿐이었다. 대로우 역시 딱 한 번 로라를 언급한 적이 있는데, 아주 간단하게 그녀는 소피의 처지에 대해서는 별 관심이 없고, 설사 마음이 있더라도 너무 멀리 떨어져 있어서 실제로 아무 도움이 못 된다는 말을 했었다. 애너는 지금 바이너 양이 어떤 계기로 그런 언니와 같이 있게 됐는지 궁금해졌다. 팔로우 씨 부인은 로라가 유명 인사라고 했는데(어떤 분야에서 그런지는 기억이 나지 않았다), 그녀는 아무나 유명 인사라고 하는 버릇이 있었고, 쪽지에 적힌 맥타비-버취 부인이라는 이름을 보면 별로 유명한 사람 같지는 않았다.

시카고 호텔의 허름한 로비에서 기다리는 동안, 애너는 바이너 양에게 할 말이 너무도 확실히 떠올라 마치 그 아가씨가 자기 앞에 서 있는 듯한 느낌이 들었다. 그리고 한참 후에 수위가 돌아와 그 아가씨는 호텔에서 나갔다는 말을 했을 때 애너는 맥이 탁 풀렸다. 애너는 자기가 혹시 잘못 들었나 해서 지금 잠시 밖에 나갔다는 뜻이냐고 다시 물었다. 하지만 수위는 바이너 양이 그 전날 떠났다고 했다. 그가 아는 건 그게 전부였다. 애너는 잠시 망설인 끝에 그럼 맥타비-버취 부인을 만날 수 있는지 물어봐 달라고 부탁했다. 그녀는 소피가 언니에게도 팔로우 씨 부인에게 그랬듯 자기 주소를 알리지 말아 달라고 부탁했을 것이고, 로라를 직접 만나 사정해보면 그녀가 있는 곳을 알아낼 수 있을 거라고 생각했다.

한참 뒤 수위가 다시 나타나더니 따라오라고 했다. 애너는 불안하게 삐걱거리는 승강기를 타고 여러 층의 초라한 입구들을 지나갔다.

맨 꼭대기 층에 이르자 수위가 선박 화물 냄새가 풍기는 구불구불한 복도의 끝을 가리켰고, 그 문 앞에 이르자 진한 담배 냄새와 함께 낮은 소리로 싸우는 소리가 들려왔다. 문을 두드리자 잠시 침묵이 흐르더니, 흩어진 머리와 주름진 옷으로 미루어 볼 때, 아무렇게나 놓인 쿠션으로 가득 찬 소파에 늘어져 있다가 방금 일어난 것 같은 잘생긴 청년이 나타났다.

이 소파와, 시든 장미 바구니, 비스킷 통, 먹고 난 아침 식사 쟁반이 얹힌 그랜드 피아노가 좁은 거실을 거의 채우고 있었고, 남은 구석에는 키가 작고, 살결이 검고, 초라한 남자가 앉아 모자의 안감을 살펴보고 있었다.

애너는 어째야 좋을지 난감했다. 하지만 버취 부인의 이름을 대자 젊은이는 정중하게 어서 들어오라고 했고, 그러면서 저쪽에 있는 남자를 짜증스러운 눈길로 쏘아보았다.

둥글고 튀어나온 눈을 한 그 남자는 모자 안쪽을 살필 때와 같은 눈길로 잠시 동안 젊은이가 아니라 애너를 꼼꼼히 뜯어보았다. 그가 그렇게 자신을 살펴보는 동안 애너는 상세하게 분류되고 평가되고 있다는 느낌을 받았고, 이윽고 그가 자리에서 일어나 밖으로 나가는 순간 자기는 그가 감히 바랄 수도 없었던 확실한 담보로 치부되었다는 생각이 들었다. 그는 문간에 멈춰 선 채 방 안에 있는 청년과 번개처럼 빠르게 그야말로 의미심장한 눈길을 주고받았고, 애너는 이 짧은 순간 모든 걸 깨달은 느낌이었다. 그래서 청년이 안락의자를 내밀며 담배를 권했어도 크게 놀라지 않았다. 그녀가 정중히 거절하자 청년은 괜찮으시다면 자기는 좀 피워야겠다며 큰 호주머니에서 성냥을 찾기 시작했다. 그가 사진과 편지들이 쌓여 있는 벽난로 선반을 뒤지는 동안 애너는 버취 부인을 만날 수 있느냐고 또 한번 물었다.

"잠깐만 기다리세요." 청년이 미소 지었다. "지금 안마를 받고 있을 거예요." 그는 국적 불명의 영어로 부드럽게 대답했고, 애너는 그 어조에서 속눈썹이 긴 그의 눈과 금방 떠오르는 매력적인 미소에서도 알 수 있듯이 청년이 아주 오랫동안 편리함을 좇아 생활해왔다는 인상을 받았다. 이윽고 소파 옆 마룻바닥에 떨어져 있던 성냥을 집어든 청년은 담배에 불을 붙여 물고 다시 소파에 주저앉았다. 애너가 버취 부인을 귀찮게 해드려

미안하다고 하자 청년은 괜찮다며, 그녀는 모든 사람을 기다리게 한다고 대답했다.

청년이 줄담배를 피우는 동안 두 사람은 뿌연 담배 연기 사이로 이런 저런 얘기를 나누었고, 애너가 또다시 버취 부인을 만날 수 있느냐고 묻자 청년은 어깨를 약간 실룩거리더니 "로라는 정말 못 말려요" 하며 내실로 들어갔다.

애너가 여전히 그동안 여러 번 결혼했던 로라가 언제 어떤 경위로 그렇게 매력적인 남자를 만났는지 의아해 하고 있는데, 아까 그 청년이 돌아와 말했다. "침대에 누워서 맞아도 된다면 들어오시래요."

청년이 옆으로 비껴 섰고, 애너는 어둑하고, 묘한 향내가 나고, 물건들이 마구 늘어져 있는 방으로 들어섰다. 하나뿐인 창문에 분홍색 커튼이 드리워져 있고, 숱 많은 금발 머리에 목이 파인 옷을 입은 여자가 엄청나게 큰 분첩이 놓인 분홍색 침대에서 그녀를 향해 웃어 보였다.

"괜찮으시죠? 너무 비싸서 중간에 보낼 수가 없었어요." 버취 부인이 여러 개의 반지를 낀 손을 내밀며 말했다. 애너는 그게 안마사와 남편 중 어느 쪽을 가리키는지 궁금해졌다. 그런데 애너가 그 말에 대답을 하기도 전에, 분홍색 침대에서 분첩같이 생긴 뭔가가 작은 샴페인 마개 같은 소리를 내며 애너에게 달려들었다. 그러자 버취 부인이 얼른 팔을 내뻗으며 소리쳤다. "화장대 위에 있는 저 상자에서…… 캐러멜 좀 하나 꺼내주세요……. 그거나 줘야 얌전히 있거든요……." 애너가 캐러멜을 내밀자 강아지는 다시 침대보 속으로 들어갔고, 버취 부인은 웃으며 자리에 앉았다.

"정말 예쁘지 않아요? 저번에 왕자님이 니스에서 준 강아지인데…… 성질이 정말 고약해요." 버취 부인은 친밀하게 웃어 보이며 이렇게 말했다. 애너는 침대 커튼의 불그레한 그늘에 앉아 있는 로라의 모습을 보며 경악을 금치 못했다. 로라는 나이 든 소피 바이너의 기묘한 채색 사진 같았다. 소피보다 더 크고, 머리칼이 노랗고, 윤곽이 뚜렷했지만, 그녀의 눈길과 동작은 동생의 가장 신선하고 매력적인 면들을 연상케 했다. 그리고 그녀가 통통한 맨팔을 쭉 뻗자 지저분한 가족사가 드러나는 듯했다.

"앉을 자리가 있으면 앉으세요." 로라가 정중하게 말했다. 애너가 옷들이 수북이 쌓인 의자 한구석에 간신히 걸터앉자 그녀는 이렇게 덧붙였다. "노래 때문에 산책할 시간이 없어서 이렇게 살이 쪄요……. 예술을 하다 보면 그게 제일 불편해요."

애너는 그럴 거라고 중얼거렸다. "불편을 끼쳐드려 죄송합니다. 버취 씨께……."

"누구요?" 로라가 이렇게 묻더니, 애너보다는 자기 스스로를 위해 "아, 지미!"라고 했다.

애너가 얼른 말을 이었다. "팔로우 씨 부인이 바이너 양이 여기 있었다고 하시길래, 어디 가면 만날 수 있나 여쭤보러 왔습니다."

그러자 맥타비-버취 부인이 고개를 뒤로 젖히고 애너를 건너다보았다. "그 바보 같은 수위가 말 않던가요? 소피는 어젯밤에 떠났어요."

"어젯밤에요?" 애너가 이렇게 반문했다. 그리고 다음 순간 갑자기 무서운 생각이 들었다. 소피가 모두를 속이고 오언과 같이 떠난 걸까? 믿기 어려운 일이었지만, 정말 그런 것 같아서 애너는 떨리는 목소리로 다시 말했다. "수위가 그렇게 말하긴 했는데, 잘 몰라서 그런 거라고 생각했어요. 팔로우 씨 부인은 바이너 양이 여기 있다고 생각하시는 것 같았거든요."

"갑자기 일어난 일이라 팔로우 씨 댁에 알릴 시간이 없었을 거예요. 어제 머릿 부인의 전보를 받고 급히 짐을 싸서 떠났거든요……."

"머릿 부인이라고요?"

"그래요. 소피는 머릿 부인이랑 인도에 갔어요. 브린디시에서 만난다던데." 로라는 차분히 웃으며 이렇게 말했다.

애너는 지저분한 방과 분홍색 침대, 쿠션에 둘러싸인 천박한 얼굴을 건너다보며 가만히 앉아 있었다.

맥타비-버취 부인이 말을 이었다. "지난봄에 둘이 한바탕 싸웠다는 얘긴 들으셨죠? 하지만 제가 소피한테 그랬죠. 그 늙은이가 용서한다면 너도 잊어버려라……. 저는 예술가라서 동생을 데리고 있는다는 건 도저히 불가능하거든요……."

"물론이죠." 애너가 기계적인 어조로 대답했다.

애너는 너무도 괴롭고 혼란스러운 나머지 로라의 설명이 귀에 들어오지 않았다. "물론 저도 그 애가 그렇게 고약한 여자한테 돌아가는 건 별로 달갑지 않았어요. 사실 전 별말을 다 했어요……. 댁 같은 곳을 박차고 나오다니 바보라는 말도 했고요. 하지만 소피는 원래 한군데 오래 있질 못하는 성격이고, 이번에는 여행을 하고 싶었던 것 같아요……."

애너는 뭐라고 작별 인사를 하면 좋을까 궁리하며 자리에서 일어섰다. 의자를 미는 소리에 얌전히 있던 강아지가 다시 요란하게 짖기 시작했고, 로라의 말은 그 소리에 잠겨버렸다. 애너는 손짓으로 작별을 고했고, 로라는 잠깐 강아지를 베개로 누르더니 이렇게 소리쳤다. "꼭 다시 오세요! 다음번엔 노래를 들려 드릴게요."

애너는 고맙다고 중얼거리며 문 쪽으로 돌아섰다. 그리고 그녀가 문을 여는 순간 로라의 목소리가 들려왔다. "지미! 내 말 들려? 지미 브랜스!" 아무런 대답이 없자 로라는 다시 한번 소리쳤다. "가서 승강기를 불러 달라고 하세요!"

1. 작가 소개

1862년 뉴욕에서 태어난 이디스 워튼Edith Wharton(1862~1937)은 주로 유럽에서 유년 시절을 보냈다. 1872년 가족과 함께 미국에 돌아왔으나 거의 매년 수개월씩 유럽에 체류했고, 1885년 테디 워튼과 결혼한 후에도 장기간 유럽에서 생활하거나 여행하며 소설 및 유럽 여러 지역의 역사, 건축, 미술에 대한 글을 쓰곤 했다. 1937년 그녀가 세상을 떠난 후 묻힌 곳도 프랑스의 베르사유였다.

워튼은 생전에 미국 및 유럽의 여러 예술가 및 지식인들과 밀접한 관계를 유지했는데, 그중 문학적으로 가장 중요한 지우(知友)는 역시 헨리 제임스Henry James(1843~1916)였다. 미국에서 태어났지만 영국에 체류하며 유럽과 미국의 미묘한 차이와 거기서 빚어지는 미학적 · 도덕적 긴장을 그려내 20세기 가장 위대한 소설가 중 하나로 부상했던 제임스는 워튼을 후에 그녀의 연인이 된 모튼 풀러튼William Morton Fullerton(1865~1952)을 비롯한 여러 지식인들에게 소개해주었을 뿐 아니라, 그녀가 익히 아는 미국 및 미국인의 생활을 소재로 삼으라는("Do your New York!") 천금 같은 조언을 하여 그녀의 작품 활동에서 가장 중요한 전기를 마련해주었다. 워튼은 외국에서 오래 생활한 사람만이 가질 수 있는 객관적이고 깊이 있는 시선으로 미국 사회와 그 안의 여러 계층 및 신·구세대의 차이를 관찰했고, 이를 다양한 작품에 담아냈던 것이다. 그녀의 작품에는 또한 유럽과 미국을 오가며 두 문화의 차이와 괴리 때문에 고통 받거나, 그것 때문에 오히려 더 풍요로운 삶을 가꾸어가는 제삼의 부류가 자주 나오는데, 『순수의 시대』의 여주인공 엘렌 올렌스카Ellen Olenska가 그 대표적인 예다. 워튼은 이런 중간자들을 통해 두 문화가 지닌 힘과 문제점, 그 도덕적 함의와 인간관계에 미치는 치명적인 영향 등을 폭넓게 분석하고 있다.

워튼의 삶과 작품 활동에 영향을 준 이들 중 제임스 못지않게 중요한 인물로 연인인 모튼 풀러튼과 처녀 적부터의 친구인 월터 베리Walter Berry (1859~1927)를 들 수 있다. 1908년에 헨리 제임스의 소개로 만난 풀러튼은 양성애자에 극심한 바람둥이였고, 두 사람의 관계는 그의 모든 연애가 그렇듯이 채 3년도 못 가 끝이 났다. 하지만 그는 워튼으로 하여금 난생처음으로 낭만적 열정과 육체적 쾌락을 경험하게 해주었을 뿐 아니라, 개인의 사랑과 사회적 윤리 간의 상관관계에 대해 숙고하게 함으로써 결과적으로 후반기 소설에 아름다움과 깊이를 더해주었다. 워튼은 그의 매력과 헌신적인 열정에 깊이 빠져들었고, 그에게 "내 마음속엔 온통 당신뿐이에요. 깨어 있는 나는 당신에 대한 생각, 당신에 대한 느낌밖에는 다른 삶이 없어요"랄지, "책을 읽으려고 하면 책장 가득 그대 이름만 보여요"라고 써 보내곤 했다(Lewis, p. 218). 그와의 관계가 끝난 직후 씌어진 『암초』는 상당 부분 그와의 사랑이 준 행복, 그 행복의 치명적인 대가, 그리고 거기 동반된 배신과 환멸의 기록으로 읽힐 수도 있는 작품이다.

워튼이 "내 작품 중 가장 자전적인 소설"이라고 말한 『암초』에는 풀러튼과의 연애에서 그대로 옮겨 적은 듯한 부분이 아주 많다. 그중 몇 가지 예를 들면,

1) 풀러튼과 투숙했던 기차역의 초라한 호텔방은 워튼의 「역 Terminus」이라는 시에 그려져 있고, 그 시의 상당 부분은 대로우와 소피 바이어가 묵은 방의 묘사와 일치한다.

2) 생 제르맹에 간 풀러튼과 워튼이 차를 놔두고 도보로 중세의 교회를 방문하는 장면은(Lewis, p. 204) 대로우와 애너가 아주 낡은 고택을 방문하는 장면과 비슷하다.

3) 워튼이 거실에서 바느질을 하는 사이 모튼이 앙드레 세브리용의 글을 낭독하는 장면은(Lewis, p. 205) 『암초』에서 대로우가 샹텔 부인의 수틀을 고치는 장면과 비슷하다.

4) 프랑세 극장에서 공연된 「폴리페무스Polypheme」의 리허설을 보러 갔을 때, 워튼이 공연에 몰입해 있는 모튼의 옆모습을 지켜보는 장면은(Lewis, p. 223) 대로우가 공연에 빠져 있는 소피의 옆모습을 지켜보는 장면과 비슷하다.

4) 이 공연 뒤 두 사람이 튈러리의 숲에 가서 나무 그늘에 앉아 자신들의 사랑을 자축하는 장면은(Lewis, p. 224) 대로우와 소피가 「오이디푸스」 공연을 보고 난 뒤 나무 그늘에 앉아 대화하는 장면과 비슷하다.

5) 터미누스 호텔에서 소피와 연인이 되고 난 후 대로우가 창밖을 내다보며 느끼는 착잡함은, 워튼이 1912년 남편 테디의 외도를 알고 난 뒤 자신이 1909년에 저지른 풀러튼과의 외도에 대해 갖게 된 새로운 시각을 반영하고 있다.

하지만, 유명한 바람둥이였던 풀러튼은 워튼을 만나는 동안에도 파리에 있는 앙리에타 미르쿠르Henrietta Mirecourt라는 여성과 관계를 유지했고, 나중에는 워튼의 돈으로 그녀를 무마했을 뿐 아니라, 심지어 워튼과 연애를 시작했을 때 이미 어린 시절 한집에서 자라며 그를 열렬히 사모해 온 사촌 여동생 캐서린 풀러튼Catherine Fullerton이 근무하는 브린 모어 대학을 찾아가 비밀리에 그녀와 약혼한 뒤 하루가 멀다 하고 열렬한 연서를 주고받고 있었다. 이렇게 어려움으로 가득 찬 풀러튼과의 관계는 3년도 못 가 끝났지만, 이 연애는 많은 측면에서 그녀의 삶과 작품에 심대한 영향을 끼친 일생일대의 사건이었다.

월터 베리는 워튼의 여러 소설에서 조금씩 모습을 달리하며 꾸준히 등장하는데, 『암초』의 조지 대로우는 여러 면에서 그와 가장 비슷한 인물이라 할 수 있다. 워튼과 베리는 1883년 7월에 만나 금세 가까워졌고, 당사자들은 물론 주변 사람들도 이 두 사람이 곧 결혼할 거라고 생각했지만, 그녀보다 더 부유하고, 화려하고, 분방한 여성들을 선호했던 베리는 결정적인 순간에 청혼을 하지 않고 떠나버린다. 깊은 실망과 좌절감에 휩싸인 워튼은 베리가 떠난 직후 테디 워튼을 만나 2년 후인 1885년 4월 29일에 결혼하고, 베리와는 대로우와 애너 리스의 경우처럼 헤어진 지 14년 후에야 다시 만난다. 그리고 『암초』의 주인공들처럼 이 둘은 남편 테디의 정신 질환과 의존성을 비롯한 여러 장애 때문에 끝내 결혼하지 못한 채 죽을 때까지 무려 44년간 질긴 인연의 끈을 이어갔고, 죽어서도 베르사유의 미국인 묘지에 나란히 묻힌다. 성공한 국제 변호사였던 베리는 대로우와 마찬가지로 멋지고, 부유하고, 유능하고, 사려 깊고, 화려한 여성 편력을 자랑하는 신사였고, 워튼이 작품 구상이나 출판, 재산 관리나 남편과의 문제로 고민할 때마다 가장 실질적인 도움을 준 평생의 친구였다. 그렇게 보면 『암초』는 풀러튼과의 사랑 이야기이면서 동시에 젊은 시절 월터 베리와의 관계가 준 기쁨과 슬픔을 가장 정확하게 기록한 작품이기도 하다.

현재 워튼은 주로 페미니스트 비평가나 여성학자들이 연구하는 여류 작가 중 한 사람으로 간주되고 있지만, 생전에는 대단한 대중적 인기를 누리며 수많은 작품을 써낸 성공적인 시인 겸 소설가였다. 그녀가 1897년에 펴낸 『실내 장식』은 지금까지도 읽히는 사계의 고전이고, 그녀의 소설들은 매년 당시로서는 기록적인 판매고를 올리며 어린 시절부터 이미 상당한 재산가였던 워튼을 더욱 부유하게 만들어주었다. 1905년 그녀는 책 판매 수입으로 당시로서는 엄청난 액수인 2만 달러(지금 돈으로 환산하면 20만 달러 정도—Dwight, p. 7) 이상을 벌어들였고, 1906년에는 3만 2천 달러를 벌었다. 『순수의 시대』는 그녀에게 퓰리처상을 안겨주었을 뿐 아니라, 2년 만에 7만 달러의 인세 수입을 올려주었고, 『달의 모습』은 출간된 지 반년 만에 10만 부가 팔리며 6만 달러의 인세 수입을 올려주며 영화로 제작되었다. 『새벽잠』 역시 영화화되었고, 인세와 제작권 수입이 9만 5천 달러에 이르렀다. 1935년과 1936년에 연극으로 번안된 『노처녀』와 『이선 프롬』은 13만 달러의 저작권 수입을 올려주었고, 애플튼 출판사는 『암초』의 판권을 얻기 위해 자신들이 그때까지 지불한 최고 액수인 15만 달러를 지불했다. 그녀의 생전에 영화화된 몇 작품 이외에, 최근에는 『이선 프롬』과 『순수의 시대』가 영화로 제작되어 호평을 받기도 했다. 당시 이만한 대중적 인기와 비평가들의 호평을 받은 작가는 극히 드물었고, 그녀의 작품들은 지금까지도 꾸준히 영화와 TV물로 제작되고 있는 실정이다. 참고로 그녀의 작품을 바탕으로 제작된 영화 및 TV물들을 보면 다음과 같다.

영화

The House of Mirth(1918)

The Age of Innocence(1923, 1934, 1993)

The Glimpses of the Moon(1923)

The Children(1929, 1990)

Bread Upon the Waters(「Strange Wives」라는 제목으로 1935년에 영화화)

The Old Maid(1939)

Ethan Frome(1993)

The Reef(「Passion's Way」라는 제목으로 1999년에 영화화)

TV 프로그램

Ethan Frome(1960)

The House of Mirth(1981, 2000)

Summer(1981)

Looking Back(1981)

The Lady's Maid's Bell(1985)

The Buccaneers(1995)

The Touchstone(1995)

The Reef(1999)

워튼은 문학뿐 아니라 예술과 역사, 실내 장식 등에 전문가 못지않은 안목과 지식을 지니고 있었고, 제1차 세계대전 때는 자신의 재산과 친구들의 후원금으로 부상병들을 위한 시설을 운영함으로써 프랑스 정부로부터 레지옹 도뇌르 훈장을 받기도 했다. 그녀는 1923년에 여성으로서는 처음으로 예일 대학에서 명예박사 학위를 받았고, 국립학예원National Institute of Arts and Letters과 미국학예원American Academy of Arts and Letters의 회원이기도 했다.

워튼의 소설은 특히 치밀한 심리 묘사와 빼어난 문체로 유명한데, 전기를 보면 워튼 자신은 물론 남편도 심각한 정서적·심리적 상처와 장애를 경험했음을 알 수 있다. 워튼은 거의 정기적으로 격심한 두통과 우울증에 시달렸고, 1898년에는 유명한 미첼 박사에게 치료를 받기도 했다. 남편 테디 역시 오랜 기간 여행과 요양원 입원 등을 통해 정신병을 치료받고자 노력했다. 테디는 결혼 전에는 부유한 집안 환경과 멋진 용모, 매력적인 매너 덕분에 여성들 사이에 인기가 높았지만, "책과는 무관한 이디스의 남편Edith Wharton's unreading husband"이라는 헨리 제임스의 말에서도 엿보이듯, 유식하고 예민한 이디스와는 전혀 어울리지 않는 인물이었고, 무수한 외도 행각과 재정적 실패로 수십 년 동안 그녀에게 엄청난 정서적·금전적·사회적 부담을 안겨주었다. 이런 결혼 생활은 그녀로 하여금 영특하고, 예민하고, 상처받기 쉬운 여성이 결혼 생활을 하면서 처할 수 있는 갖가지 문제와 위기들을 그 누구보다 더 구체적이고 사실적으로 그려낼 수 있게 해주었다. 그녀의 여러 친구들 또한 모습을 달리하며 작품에 등장하는데, 한 가지 흥미로운 사실은, 많은 경우 워튼은 자신의 여러 측면을 각각 다른 인물로 형상화함으로써 그(녀)의 경험이 내포한 심리적·도덕적 함의들을 철저히 검토하고 깊이 있게 통찰하고 있다는 것이다. 『암초』에서 조지 대로우와 애너 리스가 둘 다 워튼의 자화상이라는 것은 그녀의 전기 작가 R.W.B. 루이스도 지적한 바 있다(p. 327).

최근까지도 워튼은 주로 헨리 제임스의 친구, 그의 위대한 소설과 비교해 통속적이고 불완전한 '여성적' 작품들을 생산한 여류 작가로 이해되어온 게 사실이다. 그러나, 그녀가 쓴 최고의 작품들인 『순수의 시대』나 『이선 프롬』, 『여름』, 그리고 『암초』 등은 그 문학적 완성도와 문체의 정교함에서 당대 어느 작가의 작품과 비교해도 뒤지지 않는 걸작이다. 이제 워튼은 제임스를 비롯한 '대가'들과의 차이보다는 유사성, 그리고 그녀만이 지닌 독특한 측면들을 중심으로 다시 연구되고 평가되어야 할 중요한 작가라고 생각된다.

2. 작품 소개

1912년 8월에 완성된 『암초』는 워튼이 작가로서의 개성과 자신감을 확립하는 계기가 되었다고 평가받는 『이선 프롬』(1911)(『자서전』, p. 209; Springer, p. 9)과, 그 작품과 같은 주제를 훨씬 더 큰 스케일로 한결 더 풍부하고 예리하게 묘사하고 있는 『순수의 시대』(1920) 중간에 위치하고 있는 작품이다. 이 세 작품은 모두 서로 다른 원칙을 대표하는 두 여성 사이에서 갈등하다가 현실의 굴레를 벗어나지 못한 채 치명적인 선택을 하고, 그 선택으로 말미암아 어두운 반생을 살게 되는 남자 주인공의 행로를 다루고 있다. 이 소설들은 겉으로 드러나는 공간적 배경(비참할 정도로 가난한 매사추세츠의 벽촌 스타크필드—파리와 런던의 상류 사회—뉴포트와 뉴욕의 상류층 사회)이나 주인공들의 사회적 지위(가난한 농부—성공적인 외교관—상류층의 법률가), 그들이 겪는 갈등의 원인(아내의 병—사회적 야심—아내의 임신)에서도 서로 전혀 다르지만, 실제로는 같은 주제의 세 가지 변주라고 할 수 있을 만큼 서로 유사하고, 그중에서도 거의 연이어 씌어진 『이선 프롬』과 『암초』는 쌍둥이 소설이라고 부를 수 있을 정도로 비슷한 점이 많다.

두 작품은 모두 진정한 사랑과 아름다운 생명력을 대표하는 여성과 사회적 요구와 전통을 대표하는 여성 사이에서 갈등하는 남자 주인공을 다루고 있고, 그들이 사랑하는 젊은 여성들의 모습 또한 놀라울 만큼 유사하다. 『암초』의 소피 바이너는 『이선 프롬』의 매티보다는 유식하지만 그녀처럼 재산도, 부모도, 집안 배경도 없고, 경제적 자립 수단도 거의 없는 중하류층 여성이다. 둘은 모두 아름답고 청신한 용모에 극도로 예민하고, 조신하면서, 마음속에 엄청난 정서적 에너지와 사랑에 대한 갈망을 안고 있는 젊은 처녀들이고, 경제적 · 정서적 · 사회적으로 극도로 결핍된 삶을 살지만, 남자 주인공에게는 청춘과 사랑, 아름다움의 화신으로 비치고, 예민함과 영적인 풍요로움, 용기와 자존심을 상실하지 않은 인물들이다. 그리고 물론 가장 중요한 점은, 이 둘은 모두 아름다운 외모와 매력적인 정신 때문에 아내와 약혼자가 있는 남자 주인공들의 감성과 도덕성에 심각한 도전을 제기하지만, 남자 주인공들은 이들을 선택하지 못하고 끝내 불행한 반생을 살게 된다는 사실이다. 이들과 대조를 이루는 여성들 또한 서로 아주 비슷한 인물들이다. 『암초』의 애너 리스는 겉으로 보기에 『이선 프롬』의 지나보다 훨씬 더 아름답고, 유식하고, 풍요로운 여성이지만, 대로우에게서 벗어날 수 없는 사회적 압력 내지 유혹을 대표하고 있고, 소피와의 관계에 대한 거의 편집증적인 질투를 통해 지나가 이선에게 행사한 압력과 비슷한 영향을 주고 있다.

이 작품들은 남녀의 삼각관계라는 고전적 모티브와, 그것이 비극으로 끝날 수밖에 없는 환경들을 충실히 구축해 보임으로써 독자에게 잊을 수 없는 감동을 안겨주지만, 그중에서도 『암초』는 소피의 절대적인 사랑과 거기서 나온 엄청난 자기희생 때문에 더욱더 인상 깊은 작품이다. 표면적으로 소피는 조지와 애너의 결혼 계획을 지연시키는 하나의 사소한 장애물에 불과하지만, 사실 그녀는 두 사람이 지닌 문제점과 둘 사이의 관계 안에 존재하는 어두움을 드러내주는 일종의 거울 같은 존재다. 조지는 의식적으로는 애너의 아름다움과 고상함, 지적인 면모를 깊이 사랑한다고 생각하지만, 실상 그는 마음속으로 모든 여성을 우아하고 금욕적인 상류층과 관능적이고 헤픈 하류층으로 엄격히 나눠놓고, 그 두 부류를 공히 즐기면서도, 양쪽의 특징을 모두 갖거나 자신이 속한 계층에 어울리지 않는 행동을 하는 여성을 혐오하는 상당히 위선적인 측면을 갖고 있다. 그런 조지에게 소피는 오언과 결혼함으로써 신분 상승을 꾀하는 건방진 하류층 여성, 귀엽고 안쓰럽지만 좋은 집안 출신의 외교관인 자기와는 어울리지 않는 일종의 관능적 유혹에 지나지 않는다. 그리고 그런 편견 때문에 그는 자신이 그녀를 얼마나 사랑하는지, 그녀로 인해 자신의 계획들이 얼마나 심각하게 교란되었는지 깨닫지 못한 채, 그녀와 그녀에 대한 자신의 사랑을 마음속에서 몰아내려는 헛된 노력을 계속한다. 이런 맹목성은 애너의 경우에도 마찬가지다. 처녀 시절, 아주 작은 육체적 쾌락도 용인할 수 없었기에 조지에게서 버림받았던 애너는 그를 사랑한다는 믿음을 갖고 있었지만 그 사랑보다도 시급하고 중요한 것들이 더 많은 데다가, 소피가 느끼는 깊고 격렬한 사랑이나 로라의 솔직하게 관능적인 관계들 앞에서 당혹감과 무력감을 감추지 못한다. 애너에게 삶은 늘 베일 뒤에 숨은 것이기에 조화롭고 안정된 상류층 사회의 우아한 표면 뒤에서 들끓고 있는 욕망과 두려움, 어느 부류의 인간이든 결코 피해갈 수 없는 엄청난 정서적 · 육체적 에너지는 그녀에게는 하나의 일탈이나 비정상적인 현상으로밖에 보이지 않는다. 그리고 소피 때문에 스스로가 바로 그런 본능과 아픔의 용광로에 빠지게 되었을 때 애너는 거의 공황 상태에 빠지고 만다.

이런 두 사람에게 소피의 지고지순한 사랑은 상상할 수도, 이해할 수도, 받아들일 수도 없는 하나의 불가사의이다. 그녀는 조지가 애너를 사랑하고 있고, 그녀와의 결혼을 통해 안정되고 품위 있는 삶을 이루기를 바란다는 사실을 알기에 기꺼이 그를 포기한다. 또한 애너가 자기 때문에 그와의 결혼을 망설이는 걸 알기에 자신을 열렬히 사랑하고 재산과 능력도 갖춘 오언과의 결혼을 깨끗이 단념하고, 그토록 혐오스러운 머릿 부인과 함께 인도로 떠난다. 말하자면 소피는 자신을 위해서는 아무것도 남기지 않은 채, 조지의 모습과 목소리, 그와의 추억만을 영원히 간직한 채 독자와 두 사람의 시야에서 사라짐으로써, 우리 모두에게 사랑과 도덕성의 진정한 의미를 생각해보게 하는 커다란 의문 부호인 셈이다.

3. 작품 해설

『암초』는 워튼의 작품 중 가장 자전적이면서 또한 가장 헨리 제임스적인 소설로 평가된다. 그러나 그 문학적 완성도나 의의에 대해서는 아직까지도 이견이 분분한 실정이다. 유명한 워튼 평전을 쓴 월프는 작가가 이 소설에서 제임스적인 작품을 쓰려고 시도했다가 처참히 실패했다고 평가하고 있고, 맥도윌 역시 이 작품의 후반부는 구체성이 부족하다고 말하고 있다. 워튼 전기로 퓰리처상을 수상한 루이스조차 이 소설은 전반부는 좋지만 후반부는 일관성과 통일성을 결여하고 있다고 말한 바 있다.

하지만 몇몇 학자는 『암초』를 워튼의 가장 탁월한 작품 중 하나로 꼽고 있고, 필자가 보기에도 이 소설은 『이선 프롬』, 『순수의 시대』와 함께 워튼이 지닌 작가로서의 특징과 역량, 문제 의식을 가장 잘 보여주는 역작이다. 그 문학적 완성도야 어찌 됐든 워튼 자신은 이 작품에 깊은 애정을 갖고 있었고, 이 소설이 나온 뒤 10년 후 친구 브라우넬에게 보낸 편지에서, 『암초』야말로 그녀 자신을 가장 많이 투영한 작품이라고 말한 바 있다("I put most of myself into that opus"). 그녀의 절친한 친구 헨리 제임스 역시 이 소설이 몇 가지 문제점은 있지만, 자신의 작품에서 보는 심리적 통일성과 강렬함, 단아함을 지니고 있고, 내러티브 역시 탁월하다고 평가했다. 전반적으로 이 작품이 출판된 1920년대나 현재의 비평가들은 모두 이 소설의 문체에 대해서는 한결같이 극찬을 아끼지 않지만, 그 구조와 인물 묘사에 대해서는 앞에서 보았듯이 상반된 견해들을 피력하고 있다.

문체 이외에, 필자가 이 소설을 워튼의 역작으로 평가하는 또 다른 이유는 바로 그 대표성 때문이다. 그녀는 여러 소설에서 정연하고 조화롭지만 수구적이고 비인간적인 구체제와 혼란스럽고 이질적이지만 인간적이고 생기 넘치는 신체제, 또는 자신이 속해 있던 뉴욕 및 유럽의 상류 사회와 소설 속에서 '보헤미안'으로 불리는 하류 계층의 차이를 다루고 있다. 그러나 이런 사회 · 경제적인 구분은 어디까지나 표면상의 문제이고, 이 두 세력은 사실은 도덕적 원칙 및 감성을 대표하는 상징들일 뿐이다. 예컨대 그녀의 또 다른 걸작 『이선 프롬』에서 똑같이 하류층 출신인 지나와 매티가 각각 이 두 힘을 대표하고 있고, 이런 대비는 10년 후에 씌어진 『순수의 시대』에 등장하는 상류층 출신의 엘렌 올렌스카와 메이 웰런드에서 절정에 달한다. 『암초』에서의 애너와 소피의 대비는 엘렌과 메이가 이루는 대비의 또 다른 변주로서, 워튼은 이 작품에서 『순수의 시대』에 못지않은 빼어난 솜씨로 이 두 도덕적 · 정서적 원칙들을 그려내고 있다. 다시 말하면 이 소설은 워튼의 주요 작품에서 자주 다루어지는 가장 중요한 주제 중 하나인 신 · 구체제 또는 지성/원칙/영혼/질서의 힘과 감성/삶/육체/상상력의 힘 사이의 대립을 극히 섬세하고 예리한 필치로 그려냈다고 할 수 있다.

그런데 이 대비와 관련해 한 가지 흥미로운 사실은, 『암초』의 소피 바이너는 이 두 힘의 대비 너머에 존재하는 특이한 주인공이고, 바로 그 때문에 이 소설은 『순수의 시대』보다 더욱더 복잡하고 감동적이라는 것이다. 소피는 『순수의 시대』의 엘렌 올렌스카에 해당하는 인물이고, 적어도 표면적으로는 그녀와 똑같이 상대에게 패하고 말지만, 『순수의 시대』에서 메이가 죽는 순간까지 자기 계층의 원칙과 이익을 고수하며 엘렌과 선명한 대조를 이루는 반면, 『암초』의 애너는 소피의 가치 체계와 존재 방식을 완전히 이해하지는 못하지만, 조지에 대한 소피의 사랑이 자신은 꿈도 꾸지 못할 만큼 강렬하고("애너 자신이 평생 한번도 체험하지 못한 엄청난 열정을 목도하고 있는 건 분명했다"—p. 295), 자신의 인간적 행복이나 조지와의 진정한 교감을 위해서는 소피와 같은 시각이 필요하다는 것을 인정하고, 결국 그녀를 찾아 나선다. 이 탐색도 물론 실패로 끝나고 말지만, 애너가 어떤 식으로든 "성에로 덮인 집"인 지브레에서의 삶을 바꿀 것은 거의 확실해 보인다. 말하자면, 애너에게 있어 소피는 경쟁자라기보다 하나의 외적인 힘, 거의 추상화된 일종의 도전인 것이다. 소설의 후반부가 거의 소피 없이 진행되는 것도 바로 그 때문이다.

이는 남자 주인공인 조지의 경우도 마찬가지다. 그는 소설의 도입부에서 소피와 이 주일을 같이 보내며 그녀의 얼굴과 표정, 행동을 면밀히 관찰하고 그 매력에 빠져들지만, 아이러니하게도 그 귀여운 표면 뒤에 숨은 격정과 자기희생, 도덕적 예민함은 전혀 감지하지 못한다. 조지는 처음부터 상당히 민감하고 생기 넘치는 인물로 그려지지만, 그의 이런 예민함은 어디까지나 그 자신의 즐거움을 위한 것이다. 그래서 조지에게 소피는 자신과 똑같은 지성과 고뇌를 지닌 인간이 아니라 "요정과 같이 이슬 맺힌 숲을 걷는 기분"을 느끼게 해주는 하나의 매체, 청춘과 일탈의 추상화된 상징일 뿐이다. 조지의 이런 둔감함 및 이중성은 애너와의 관계에서도 잘 드러난다. 그에게 애너는 "손짓 하나, 말 한마디까지도 의미심장하게 느껴지는 여자"(p. 10)이고, 두 사람 사이에서는 "모든 게 중요"(p. 109)하지만, 실제로 그는 십여 년 전에도 키티 메인과의 사소한 희롱 때문에 애너를 잃었고, 이번에도 그녀를 만나러 오는 길에 소피를 만나 정사를 벌일 정도로 애너의 현실적·정서적 필요에 무심한 사람이다. 그런 조지가 애너나 자신보다 사회적 지위가 낮고 돈 한 푼 없는 소피를 자신과 동등한 인격체로 취급하지 않는 것은 어쩌면 당연한 일일 것이다. 실제로 소피가 애너의 의붓아들인 오언과 결혼하게 되었다는 말을 들은 그는 그녀를 자기도 모르게 일종의 건방진 사기꾼, 자신의 처지를 모르고 감히 부유한 상류층 자제와 결혼해 팔자를 고쳐보려는 모험가로 매도하고 만다. 그는 자신이 무심히 베푼 친절이 예민하고 열정적인 소피의 가슴에 영원한 사랑을 불러일으켰다는 것은 상상도 못 할 뿐 아니라, 어디 내놓아도 돋보일 만큼 아름답고 고상한 애너와의 결혼이 이 작은 연애 사건 때문에 무산될까 봐 전전긍긍하며 어떻게든 그녀를 내쫓으려 한다. 조지는 애너의 극기와 차가움에 혐오감을 느끼면서도, 그 자신은 소피에 대해 애너보다도 훨씬 더 차갑고 무심하게 행동하는 것이다.

이런 애너와 조지 사이에서 소피는 일종의 시약(試藥)으로 작용한다. 활화산 같은 열정과 생명력, 엄청난 도덕적 용기를 지닌 그녀는 애너와 조지의 정연하면서도 이기적인 세계에 밀물처럼 갑자기 들어와 그들의 계획을 흩뜨려놓고, 두 사람으로 하여금 자신들의 맹목을 되돌아보게 한다. 그녀의 젊음과 매력, 순수함은 하나의 거대한 암초가 되어 두 사람을 낯선 도덕성의 해안에 좌초시킨 것이다. 이 소설의 뒷부분이 구체적인 사건이나 행동보다 수많은 생각과 대화로 채워져 있는 것은 이처럼 소피가 두 사람에게 끼친 영향이 주로 그려져 있기 때문이고, 바로 이 때문에 소피는 그처럼 매혹적이고 생기발랄한 처녀이면서도 궁극적으로는 극히 추상적이고 초월적인 존재로 남게 된다.

그러나, 이 작품에서 그 철저한 도덕성과 정교한 플롯 및 상징들보다 더욱더 감동적인 것은 바로 그 예민함이다. 앞에서 말했듯이 애너와 조지는 도덕적으로는 극히 무심하고 무감각한 상류층 인물이지만, 그들의 내면에서 일어나는 미묘한 변화나 정서적 상호 작용, 주변 풍경과의 교감은 다른 소설에서 유례를 찾아보기 힘들 만큼 섬세하고, 소피의 경우는 말할 나위도 없다. 이 작품에 등장하는 인물이나 풍경은 거의 예외 없이 하나의 상징으로 작용하고 있고, 세 사람의 행동은 가벼운 미소 하나까지도 상대에게 깊은 영향을 주는 의미심장한 사건으로 기능한다. 예컨대, 두 연인의 대화 도중 조지가 애너의 말에 웃음 짓는 장면이 있는데, 애너는 바로 그 웃음 때문에 그에 대한 신뢰를 잃는다. 그 순간에 그가 그렇게 상냥한 미소를 지은 것은 그녀의 간절한 욕구와 감정을 전혀 이해하지 못했음을 보여주었기 때문이다("그녀는 다정히 미소 짓는 그가 무심하게 느껴졌다"—p. 109), 세 사람의 예민함에 대한 언급은 작품 도처에 반복적으로 나타나고(예컨대, 애너의 "겉으로 보기에 극히 자연스러운 눈길이나 행동에 숨어 있는 내밀한 의미를 읽을 능력"—p. 238), 워튼의 섬세하고 감각적인 문체는 이런 인물들의 특징을 아주 효과적으로 그려내고 있다. 별다른 사건이 없으면서도 작품 전체가 그토록 흥미진진한 것은 이처럼 생생히 형상화된 내면의 드라마가 줄곧 독자의 주의를 사로잡기 때문이다. 이런 종류의 심미적·정서적·도덕적 예민함은 인간 정신의 고귀함과 아름다움을 보여주는 가장 웅변적인 증거의 하나이고, 왜 우리가 육체적 욕구와 동시에 그토록 강렬한 영적 욕구를 갖고 있는지 이해할 수 있게 해준다. 이런 작품이 소중하고 감동적인 이유는 우리가 일상 속에서 마주치는 행동과 욕망의 차원 너머에 존재하는, 작고 미묘하지만 한없이 중요한 영혼의 움직임을 적확하게 포착하여 그것을 감각적이고 풍요로운 문체로 형상화해 보여주기 때문이다. 그리고 『암초』에서는 이런 특징들이 등장인물들이나 문제의식과 잘 부합되면서 작품의 완성도를 높여주고 있다.

참고 문헌

Eleanor Dwight, *Edith Wharton: An Extraordinary Life*, New York: Abrams, 1994.

R.W.B. Lewis, *Edith Wharton: A Biography*, New York: Fromme International, 1985[1975].

Margaret McDowell, *Edith Wharton*, Boston: Twayne, 1976.

Edith Wharton, *A Backward Glance*, New York: Appleton-Century, 1934.

Cynthia Griffin Wolff, *A Feast of Words: The Triumph of Edith Wharton*, New York: Oxford UP, 1977.

■ 작가 연보

1862 1월 24일 뉴욕의 유서 깊은 상류층 가정에서 조지 프레더릭 존스George Frederick Jones와 루크레셔 존스Lucretia Rhinelanders의 딸로 출생. 본명은 이디스 뉴볼드 존스Edith Newbold Jones. 위로 오빠 둘이 있었는데, 이디스가 태어난 해에 해리Harry는 16세, 프레더릭Frederick은 12세였음.

1866 존스 가족, 미국을 떠나 6년간 프랑스, 독일, 이탈리아 등지에 체류.

1872~73 존스 가족, 미국으로 돌아와 뉴욕과 로드아일랜드 주의 뉴포트를 오가며 생활. 이디스, 뉴포트의 부유층 자제들과 활발히 교류.

1876~77 중편소설 "Fast and Loose"를 씀.

1878~79 모친, 이디스의 시집을 출판. 윌리엄 딘 하월스William Dean Howells, 『애틀랜틱 먼슬리*Atlantic Monthly*』지에 이디스의 시를 실음.

1882 헨리 스티븐스 Henry Stevens와 약혼하지만, 얼마 안 가 파혼. 부친 사망, 2만 달러의 유산을 받음.

1883 메인 주에서 여름을 보내는 동안 월터 베리Walter Berry와 알게 됨. 당시 베리는 24세로, 나중에 국제 변호사로 활약하게 됨. 베리가 청혼하지 않고 떠나간 뒤, 8월에 에드워드('테디') 워튼Edward ('Teddy') Wharton을 알게 됨. 당시 워튼은 각종 스포츠에 능한 33세의 청년으로, 가족에게서 매년 2만 달러의 연금을 받아 생활하고 있었음.

1884 캐서린 그로스Catherine Gross를 개인 비서로 고용.

1885~88 1885년 4월 29일, 뉴욕에서 테디 워튼과 결혼. 뉴욕에 사는 한 사촌에게서 12만 달러의 유산을 받음. 이로써 워튼은 평생 부유한 생활을 할 만한 재산을 갖추게 됨. 1888년, 남편과 요트를 빌려 석 달간 에게 해를 항해.

1889~92 뉴욕에 저택을 구입. 간헐적인 원인 불명의 구토와 만성 피로에 시달리기 시작함.

1897 『실내 장식*The Decoration of Houses*』 출간.

1898 미첼 박사 S. Weir Mitchell에게 울병(鬱病)을 치료받음.

1899~1900 계속 울병에 시달림. 유럽, 뉴욕, 뉴포트, 매사추세츠 주의 레녹스를 오가며 생활.

1901 레녹스에 '마운트The Mount'라는 저택을 지음. 모친의 사망으로 상당한 유산을 물려받음.

1902 계속 같은 증상들에 시달림. 헨리 제임스Henry James와 알게 됨.

1903 장기간의 이탈리아 여행. 뉴포트의 집을 매각. 테디 워튼의 정신 질환.

1904 자동차 구입, 테디가 운전하여 유럽과 영국을 여행.

1905 『환락의 집*House of Mirth*』 출간. 워튼 부부, 백악관 방문.

1906~07 워튼 부부, 겨울 거처를 뉴욕에서 파리로 옮김. 『이선 프롬*Ethan Frome*』의 초고를 불어로 쓰기 시작. 여름에는 '마운트'에서 생활. 파리에서 모튼 풀러튼Morton Fullerton을 만남. 풀러튼, '마운트' 방문.

1908 테디의 정신 질환이 악화됨. 이디스, 런던에 있는 헨리 제임스 방문. 풀러튼과 연애 시작.

1909~10 이디스, 파리의 바렌 가 53번지로 이사하고 이후 11년간 그곳에서 지냄. 테디는 보스턴에서 생활하며, 이디스의 돈 5만 달러를 몰래 빼내 애인의 거처를 마련해줌. 이디스, 풀러튼과 결별. 병중인 헨리 제임스를 만나기 위해 런던 방문. 테디, 우울증 치료를 위해 스위스의 한 병원에 입원.

1911 『이선 프롬』을 『스크리브너스*Scribner's*』지 8~10월호에 연재함. 9월에 책으로 출간. 이디스와 테디, 별거에 들어감.

1912~13 『암초*The Reef*』, 『시골의 풍습*The Custom of the Country*』 출간. 1913년 4월 16일, 테디와 이혼. 월터 베리, 버나드 버렌슨 등과 유럽 여행.

1914 퍼시 러벅Percy Lubbock, 게일랴드 랩슬리Gaillard Lapsley, 월터 베리 등과 유럽 및 아프리카 여행. 영국에서 헨리 제임스를 방문. 파리에 돌아와 전쟁 구호 활동 시작.

1915~16 전쟁 구호 활동 계속. 프랑스 정부로부터 레지옹 도뇌르 훈장 수여. 1916년 헨리 제임스 사망.

1917 『이선 프롬』과 짝을 이루는 『여름*Summer*』 출간. 월터 베리와 한 달간 모로코 여행.

1918~20 파리 근교에 '파빌리옹 콜롱브Pavillion Colombe'라는 저택을 구입. 『순수의 시대 *The Age of Innocence*』 출간.

1921 『순수의 시대』로 퓰리처상 수상.

1922~23 예일 대학교로부터 명예박사 학위를 받기 위해 일시 귀국.

1927 월터 베리 사망. 이디스는 한 친구에게 보내는 편지에 "지금 저는 말할 수 없이 슬프답니다. 사랑, 우정, 이해에 있어 그는 제게 한 사람이 다른 사람에게 해줄 수 있는 모든 것을 해주었으니까요"라고 씀. 월터 베리의 묘 옆에 땅을 구입.

1928 테디 워튼 사망.

1929~30 건강 악화.

1933 49년 동안 같이 생활해온 캐서린 그로스 사망.

1934 『자서전*A Backward Glance*』 출간. 영국과 스코틀랜드 여행.

1937 8월 11일, 뇌일혈로 사망. 프랑스 베르사유의 미국인 묘지Cimetiere des Gonards에 있는 월터 베리 묘 옆에 묻힘. 모든 자료를 예일 대학교에 기증. 이 자료들은 1969년에 공개되었음.

■ 작품 목록

Verses(1878) 시집

The Decoration of Houses(1897) 실내 장식 관련 서적

The Greater Inclination(1899) 소설

The Touchstone(1900) 중편소설

Crucial Instances(1901) 단편집

The Valley of Decision(1902) 첫 장편소설

Italian Villas and Their Gardens(1904) 이탈리아의 빌라와 정원을 묘사한 기행문

The House of Mirth(1905) 소설

Italian Backgrounds(1905) 이탈리아 명소들 및 그와 관련된 예술 작품을 소개한 책

The Fruit of the Tree(1907) 소설

Madame de Treymes(1907) 소설

A Motor-Flight Through France(1908) 프랑스 여행기

Artemis to Actaeon and Other Verse(1909) 시집

Ethan Frome(1912) 중편소설

The Reef(1912) 소설

The Custom of the Country(1913) 소설

Fighting France, from Dunkerque to Belfort(1915) 친프랑스적 선전 책자

The Book of the Homeless(1916) 피난민 구호 작업을 위한 기금 마련을 위해 편집 한 책

Xingu and Other Stories(1916) 단편집

Summer(1917) 중편 소설

The Marne(1918) 중편 소설

French Ways and Their Meaning(1919) 프랑스인들의 생활상을 소개한 책

The Age of Innocence(1920) 소설

In Morocco(1920) 기행문

The Glimpses of the Moon(1922) 소설

A Son at the Front(1923) 전쟁소설

Old New York(1924) 중편집

The Mother's Recompense(1925) 소설

The Writing of Fiction(1925) 소설 이론서

Here and Beyond(1926)

Twelve Poems(1926) 시집

Twilight Sleep(1927) 소설

The Children(1928) 소설

Hudson River Bracketed(1929) 소설

The Gods Arrive(1932) 소설

A Backward Glance(1934) 회고록

The Buccaneers(1938) 소설(미완의 유작)

Edith Wharton: the uncollected critical writings. Edited by Frederick Wegener (1997).

Edith Wharton Abroad: selected travel writings, 1888~1920. Edited by Sarah Bird Wright(1996).

'대산세계문학총서'를 펴내며

근대 문학 100년을 넘어 새로운 세기가 펼쳐지고 있지만, 이 땅의 '세계 문학'은 아직 너무도 초라하다. 몇몇 의미 있었던 시도에도 불구하고, 전체적으로는 나태하고 편협한 지적 풍토와 빈곤한 번역 소개 여건 및 출간 역량으로 인해, 늘 읽어온 '간판' 작품들이 쓸데없이 중간되거나 천박한 '상업주의적' 작품들만이 신간되는 등, 세계 문학의 수용이 답보 상태에 머물러 있었음을 부인하기 힘들다. 분명한 자각과 사명감이 절실한 단계에 이른 것이다.

세계 문학의 수용 문제는, 그 올바른 이해와 향유 없이, 다시 말해 세계 문학과의 참다운 교류 없이 한국 문학의 세계 시민화가 불가능하다는 의미에서, 보다 근본적으로, 우리의 문화적 시야 및 터전의 확대와 그 질적 성숙에 관련되어 있다. 요컨대 이것은, 후미에 갇힌 우리의 좁은 인식론적 전망의 틀을 깨고 세계 전체를 통찰하는 눈으로 진정한 '문화적 이종 교배'의 토양을 가꾸는 작업이며, 그럼으로써 인간 그 자체를 더 깊게 탐색하기 위해 '미로의 실타래'를 풀며 존재의 심연으로 침잠하는 작업이라 할 수 있다.

우리의 현실을 둘러볼 때, 그 실천을 위한 인문학적 토대는 어느 정도 갖추어진 듯이 보인다. 다양한 언어권의 다양한 영역에서 문학 전공자들이 고루 등장하여 굳은 전통이나 헛된 유행에 기대지 않고 나름의 가치 있는 작가와 작품을 파고들고 있으며, 독자들 또한 진부한 도식을 벗어나 풍요로운 문학적 체험을 원하고 있다. 새롭게 변화한 한국어의 질감 속에서 그 체험이 이루어지기를 바라는 요청 역시 크다. 그러므로 필요한 것은 어쩌면 물적 토대뿐일지도 모른다는 판단이 우리를 안타깝게 해왔다.

이러한 시점에서, 대산문화재단의 과감한 지원 사업과 문학과지성사의 신뢰성 높은 출간을 통해 그 현실화의 첫발을 내딛게 된 것은 우리 문화계의 큰 즐거움이 아닐 수 없다. 오늘의 문학적 지성에 주어진 이 과제가 충실한 결실을 맺을 수 있도록, 우리는 모든 성실을 기울일 것이다.

'대산세계문학총서' 기획위원회